ドゥルガーの島

篠田節子
Setsuko Shinoda

新潮社

ドゥルガーの島

1

息せき切ってホームに駆け上がり、売店で缶コーヒーとパンを買った。ウェットスーツやフィンなど軽量ダイブ機材のケースを縛りつけたカートを引っ張り、発車寸前の列車に乗り込む。

身を投げ出すようにシートに腰掛けると、袋を開いて缶コーヒーのプルトップを開けた。

この日、目覚めてもテーブルの上に朝食の用意はなかった。

加茂川《かもがわ》一正《かずまさ》が、京成スカイライナーで成田空港に向かったのは、三人目の妻に逃げられた翌朝のことだった。

昨年、四十八歳の春に結婚したばかりの、二十あまりも歳の離れた妻だった。

結婚式は凄まじいばかりに盛り上がった。建設会社の同僚も、ダイビング仲間も、博物館の学芸員仲間も、一緒にジャズバンドを組んでいるメンバーも、祝福とやっかみ交じりの言葉で、若く可憐な妻の隣で日焼けした赤ら顔を火照らせている一正をこき下ろした。

なぜ出て行かれたのか、一正は未だにわからない。

昨日、この調査旅行の準備のために海洋未来博物館を訪れ、夕刻になって戻ってみると部屋の様子が一変していた。

ドアを開けた瞬間、マンションの部屋を間違えたのだと思った。慌てて廊下に出て部屋番号を確認したが、間違いなく自宅だった。

内部が、がらんとしていた。

クロゼットが、鏡台が、大画面テレビが、食器棚が、消えて、床には家具の裏から出て来た埃やゴミが散らばっていた。

とっさに泥棒に入られたのかと思い、通帳を確認すると、引き出しの中にそれはちゃんとあった。しかし振り込まれたばかりの退職金から三百万円が前日のうちに下ろされ、食堂のテーブルの上には判を押した離婚届が置かれていた。

それでも何が起きたのか、まったくわからなかった。

喧嘩などした覚えはない。妻にも変わった様子はなかった。

女はわからない……。いつものことながら。

家具の跡が床や壁に残る部屋に立ち尽くした一正は、呆然としたまま、とりあえず旅支度を整えた。パスポート、eチケットの写し、着替え、ウェットスーツ、ダイビングシューズ、フィン。そしてダイブコンピュータに、水中でメモを取るための専用筆記用具とノート。

ウェットスーツは、肩の筋肉も胸板も格別に厚い一正の体に合わせ、ダイビングショップで作らせた特注品だ。


空港の搭乗カウンターに荷物を預けたとき、「失礼ですが、加茂川さんですか」と声をかけられた。

「はあ……」

「人見《ひとみ》です。静岡海洋大学の」

栗色の髪をポニーテールに結ったジーンズ姿の女性が立っている。紹介状によれば一正と同年配のはずだが、艶やかな小麦色の肌も朱の口紅を差した唇に浮かんだ笑みも、思いのほか若い。

「あ、どうも、今回は……」

慌てて差し出した名刺は、一ヶ月前に早期退職した大手ゼネコンのものだった。新しい名刺はまだ作っていなかった。

今の身分は大学の教員だ。「武蔵野情報大学国際交流学群国際貢献学科」まではいいが、「非常勤講師」という肩書きは、今ひとつ重みに欠ける。

「所属は変わりましたが、名前はこの通りで変わっていませんので。仲間うちでは、加茂川のカモヤンで通っております」

頭をかきながら、一正は、男の場合は離婚しても姓は変わらないんだよな、と食卓に残されていた届け出用紙を思い出す。

「ああ、はい」と素っ気なく受けとり、人見は、自分の荷物をカウンターのベルトコンベアに載せようとする。手伝おうと手を伸ばすと「ああ、大丈夫」と、スーツケースと大型の布のバッグをひょいと持ち上げた。コバルトブルーのポロシャツに包まれた上半身がしなやかに伸び、二の腕の筋肉が盛り上がった。重量計の目盛りは軽く三十キロを上回った。

一正の方も軽機材とはいえダイビング用品が入っているのでそれ以上の重さがある。超過料金を支払っている背後から、「このたびはお世話になります」と声をかけられた。

一正より一回り若い男が几帳面な仕草で頭を下げていた。

静岡海洋大学の准教授、藤井《ふじい》だ。水中考古学の研究者で、このメンバーの中では唯一の専門家だ。

出国審査を済ませロビーにたどり着くと、人見は混雑しているカフェの一画を指差し「朝食は？」と男二人に尋ねる。

「済ませてまいりました。どうぞお気遣いなく」と藤井は答える。

「私も」と一正も一礼する。

人見は機敏な足取りでカフェのカウンターに行くと、サンドウィッチと野菜ジュースを買ってきた。

「遅れましたが」

サンドウィッチを咀嚼しながら、人見はノートパソコンの入ったリュックサックをかき回し、名刺を取り出して一正に手渡す。

人見淳子《じゅんこ》、肩書きはリベラルアーツ学系海洋学群海洋文明研究科特任教授とある。

「特任教授ですか」

長年培われたサラリーマンの生理で、一正は肩書きに弱い。「教授」の文字に無意識のうちに襟を正した後は、その前の特の字に注目した。

「ああ、有期雇用の教員のことね」

「はあ?」

「共生文明学を教えているの」

聞いたことのない学問だ。

「ジャンルからすると昔で言う文化人類学。今はあちこちの大学でいろんな名前がついてるから」

厚切りのカツサンドを、いとも優雅な手つきで口に放り込みながら、人見はてきぱきと答える。

物腰も口調も、最初の妻にそっくりだというのに、一正は気づいた。

二十代の最後の歳に結婚した相手は、大手出版社の編集部員だった。愛嬌があって美人の彼女とは、友人を通して知り合い、一目惚れした。自分が当時話題になった〝三高〟の部類に入ったのかどうか定かではないが、大手建設会社勤務、一級建築士、それなりの体格とそれなりに精悍な面差しをしていた一正は、それなりに女性たちの人気を集めていた。

似合いのカップルとして周囲の人間から祝福されて結婚し、一年半後、一正は所帯を構えた賃貸マンションから追い出された。深夜まで残業に追われる妻を尻目に、仕事の傍ら、学生時代から夢中になっていたバドミントンの合宿、試合、遠征、さらに冬場のスキー、そして友達と組んだジャズバンドのライブと、家事分担などどこの世界の話、とばかりに、独身時代と変わらぬ生活を楽しんでいたのだ。

「始発の電車で帰ってきた私が、なんであなたのパンツを洗わなきゃいけないわけ？」

試合で優勝し、トロフィーを手に意気揚々と帰宅した翌朝、妻はおそろしく冷静に、しかし早口で詰問してきた。外で見せる愛嬌たっぷりの笑顔やおっとりして隙だらけの物腰は、男社会で勝ち残るための擬態だということに、一正はこの期に及んでも気づいてなかったが、最初の妻の本性はすこぶる素っ気なく合理的だった。

目の前でサンドウィッチにかぶりついている人見教授には、別れた最初の妻の見せた外面《そとづら》はない。そんな必要もない人物、と見なされているのだろうが、一正には、もともと人間の裏側を読み取る習慣はないし、そんな芸当もできない。ただ、二十年近くも昔の出来事と昨日の帰宅時の衝撃が同時によみがえってきて、何とも切ない気分に見舞われていた。

「文化人類学の先生が、なぜまた今回、海底遺跡の調査に？」

一正は人見に尋ねる。

「面白そうだから。今までも多くの先住民は住処《すみか》を追われているのよ。海を追われ、森を追われてきた。パームヤシのプランテーションを作るため、港を作るため、地下資源の採掘のため、そして遺跡発掘のため、理由はいろいろ。今回のケースについても、私なりにできることをしたいの」

人見は微笑んだ。目の周りの日焼けした肌に、くしゃりと皺が刻まれた。年齢を感じさせるとびきり魅力的な笑顔だった。

「それはともかく、海の中にあるのが遺跡かどうかは、まだわかりませんよ」

藤井が冷ややかな口調で遮った。

「遺跡でない、というと？」

「人工物か、単なる自然の地形なのか、あるいは人工物だとしても現代の人間がレプリカを沈めて海底にボルト留めしたものか、調査してみないことにはわからないからですよ。今の段階で安易に『遺跡』という呼び方はできません」

「与那国島《よなぐにじま》沖のムー大陸巨石文明の話？」

人見が茶化す。

「我々、専門家から見れば、あんなものはただの自然石です。そもそもがまったくの素人であるレジャーダイバーの話が元ですからね」

俺のことか、と一正は少し気を悪くしたが、藤井の生真面目な口調に当てこすりのニュアンスはない。

「いいじゃないの、ロマンがあって」

ざっくばらんな口調で言うと、人見はさっと席を立って食べがらを片付ける。コーヒーを買ってきたが自分の分だけだ。藤井が呆れたようにそちらを一瞥し尋ねた。

「加茂川さん、何か飲まれますか？」

「恐れ入ります。コーヒーを」

「楽しみね、海底のアンコールワットなんて」

頬杖をつき、人見は夢見るような顔でガラス越しの滑走路に目を向ける。

「あ、いや、アンコールじゃなくて、ボロブドゥール」

銀色に輝く海面の下、正午の光を浴びて、青い視界の中にそそり立つ仏塔。それが丘のような造礁珊瑚の上に載っている。

高さ四メートルほどの、ハンドベルを立てたような形の仏塔とその根元の造礁珊瑚。全体のフォルムはあのあまりにも有名な仏教遺跡、ボロブドゥールそっくりだった。ボロブドゥールの丘は天然の地形の表面を安山岩《あんざんがん》や粘板岩のブロックで覆った建造物だが、海中のそれが人工物なのか、単なる岩礁とその上に発達した珊瑚礁なのかはわからない。またあの仏塔だけが、なぜ珊瑚にもフジツボや牡《か》蠣《き》の類《たぐ》いにも覆われていないのかも謎だ。

それでも自分の目に狂いはない。あれは間違いなく仏教遺跡、海のボロブドゥールだ、と一正は確信している。

学生時代、国家の威信をかけて行われたボロブドゥール遺跡公園の整備事業に、指導教授とともに参加した。

片言のインドネシア語をそのときに覚えたこともあり、卒業後に入社した大手建設会社ではジャワ島で発生した地震後の遺跡修復事業に関わることもできた。さらには都市部の耐震化工事や空港建設事業と、社員として四半世紀近く日本とインドネシアを行き来しながら働いた。

その都度、ジョグジャカルタに足を伸ばし、大聖殿を間近に見てきたのだ。頂点の仏塔は少なくとも現代の造形物などではない。

昨年の六月、ジャカルタにある日本企業の工場と社屋の耐震化工事のために、長期出張していた折のことだ。

仕事が一段落し、まもなく帰国という頃、現地の役所と日本企業との間にちょっとしたトラブルが発生し、決着するまで、約二十日間の待機を余儀なくされた。それ自体はよくあることだったが、排気ガスをまともに被る幹線道路沿いの狭いアパートメントホテルに男一人で引きこもるのは気鬱だ。かといって、用もないのに受注先企業のオフィスに毎日顔を出して、仕事をしているふりをするのもいじましい。

ならば、と、彼は一時帰国するかわりに、携帯電話とタブレット端末を手に、スマトラ島パダン行きの国内線に飛び乗った。その先にかねてから訪れてみたかった島がある。

インドネシアに単身赴任した二十代の頃、彼は現地でスキューバダイビングのライセンスを取り、今でもジャカルタ市内のダイビングクラブに会員登録している。日本にいる間も、そのクラブからはダイビング情報が定期的にメールで送られてきており、それによればスマトラ沖、インド洋上に浮かぶその島も最近注目されているスポットで、まだ観光客に荒らされておらず、欧米人のサーファーも訪れない。海中では年間を通してマンタを見られる。しかも群れをなして泳いでおり、中には極めて珍しいブラックマンタまでいると聞く。島には小さいながらもダイビングセンターがあり、機材をレンタルできるということだった。

せっかくのインドネシアで願ってもない二十日間の休暇をもらったような状態だから、行かないという手はない。

本人は格別意識していないのだが、アクシデントはチャンスに他ならないという楽観主義によって、一正は予定通りには何も進まない新興国で、心身ともに病むこともなく、現地に馴染み実績を上げてきた。その楽観主義だけが彼の取り柄でもある。

パダンのミナンカバウ空港に降りた一正は、ほど近い港から出航間際のフェリーに飛び乗った。島民の生活物資から家畜まで満載にした、このあたりでは珍しくもない老朽化した船だ。一等船室といっても薄汚れた二段ベッドが並んでいるだけだったが、とりあえずそちらで横になって一晩過ごし、翌日の昼過ぎには目的地の島に着くはずだった。

船から下ろされたのは、翌早朝のことだ。

船内に流れたインドネシア語の放送によれば、目的地周辺の海域で地震が発生し、津波の怖れがあるため、手前の島に一時避難したのだと言う。まもなく目的地に向かうのかそれとも引き返すのか、まったく情報がないのは、ここでは普通のことだった。

フェリーに乗っていた客たちは、ぶつぶつ言いながらいったん下船し、殺風景な港で船が動き出すのを待っているが、休暇のシーズンでもないので、見回した限り観光客らしい者は一正一人だ。

下船間際に船員に尋ねたところ、そこがネピ島というスマトラ沖約七十キロの小島だとわかった。フェリーはいつ動くのかわからず、とりあえず週二回は定期就航しているとのことなので、マンタを見に行くのはひとまず諦め、朝食をとりに町に向かった。

船員の話によれば、港周辺が繁華街になっているということだったが、薄汚れたコンクリート造りの低層住宅の間を舗装道路が延びており、雑貨屋や食料品店の間にモスクと役所と思しきビルが建っているだけで、町の賑わいなどどこにもない。整然としているが殺風景な町だと感じたが、その理由はすぐにわかった。

店はあるが、どこの食べ物屋もテーブルの上に椅子が載せられたまま閉店しているのだ。すでに陽は高く昇っている。

思わず舌打ちした。昨日まで外国企業の集中している都市部にいたので気づかなかったが、ラマダンの最中だったのだ。都市部と違い、こんなときに開いているインド料理屋、中華料理屋の類いもすぐには見つけられない。

生温《なまぬる》いペットボトルの水を飲みながら港に沿って回り込むと、ごく狭い砂浜に出た。その一帯だけが、観光客向けのエリアらしい。英語の看板を掲げた安宿とさしかけ小屋のようなレストランがあって、そちらは営業していた。

安宿の軒下のテーブルで、中国系住民とおぼしき男がコーヒーを飲みながらパンをかじっている。

さっそくその隣のテーブルに陣取り朝食を頼んだ。甘ったるいパンとインスタントコーヒーしかないが、この際、文句は言えない。

暑さが増してくる空気の中でぱさついたパンをかじっていると、どこからともなく男たちが現れた。

「ホテルは決まっているのか？」

「千年モスクはもう見に行ったか？　ムスリム以外は入れないが美しい建物だ。外からだけでも拝むといい」

「スルタンの王宮跡に案内しよう。昼食付きで七十ドルでどうだ」

観光客相手でもあり、袋菓子一つが数十万となるルピアではなく、ドル単位で交渉してくる。

「丘の上に英雄の墓がある。独立戦争の英雄だ。この島の出身だったのだ。それと博物館と城壁を見学して、七十ドル」

互いに相手を押し退けるようにして、訛《なま》りの強い英語で客引きに精を出す。

「ダイビングしたいんだが」と一正は尋ねた。目的地の島には行き着けなかったが、ここも似たようなものだろうと思った。

「それはだめだ。だがこの先に、沈船がある。魚がたくさんいる。船の上から見られる。八十ドルでどうだ？」

「船の上から沈船見物じゃない。ダイビングだ。このあたりにマンタはいないのか」

「マンタ？　あの魚のマンタのことか」

半裸に黒いつばなし帽を被った中年の男が不思議そうに尋ねた。

「ばかばかしい」

黒帽子の男が吐き捨てるように言った。

「そんなものを見てどうするんだ？　それより英雄たちの墓に行くべきだ」

「ところで宿は決まっているのか？　この先にいいところがあるのだが」

別の男が割り込む。

「いらない」

「部屋が広い。安くしてやる」

一正はかぶりを振った。

「後にしてくれ、今、食事しているんだ」

男たちがあっさりと引き下がったのは、少し意外だった。

コーヒーのおかわりをしようと空のカップを持って厨房の方に行きかけると、「旦那《トゥアン》」と声をかけられた。インドネシア語だった。

「魚を見たいのか」

前歯が一本かけているが、若い男だった。

思わず身構えた。眩《まぶ》しげに細めた目には、さきほど寄ってきた男たちの商売気のようなものは見えないが、不機嫌な獣を思わせる粗野な光が宿っている。何よりその胸にある、ラスコー洞窟の壁画に似た雄牛の入れ墨が、男に精悍といえば精悍、獰猛と言えば獰猛な風貌を与えている。

「ああ、マンタの群れを見られるという島を目指して来たんだけど、地震があったとかでそこまで行き着けなかった。腹の部分まで黒いブラックマンタが見られるという話だったのだが」

「黒くて大きな魚ならこの島だって見られる、俺の村にくれば。もちろん他の魚もいる。踏むほどな」

言いながら男は一正の皿にひょい、と手を伸ばした。そこにあったパンの一つを手にして口に入れる。無意識に咎《とが》めるような視線を送ると、男は恥ずかしそうな笑いをうかべた。精悍で獰猛な印象が不意に和らぎ、何とも言えない愛嬌が滲む。

「いいよ、食っても」

一正は薄汚れた室内に入り、バーカウンターに置かれたジャグから空のカップにコーヒーを注ぎ、ついでにパンを四つばかり手づかみにして取ってくる。

「俺が見たいのはただの黒くて大きな魚じゃない。マンタだ」

「ああ、マンタがいる。踏むほどな」

「で、それはどこなんだ？　この近くか」

「島の裏側だ。こっち側と違って波が荒くない。俺が案内する。往復の船賃とガイド料、それに昼食代込みで、二百ドルでどうだ」

「ダイビング機材のレンタル料は込みか？」

男は首を振る。

「高い」

「百十ドル」

一正は無視して、コーヒーを一口すする。

「九十ドル」

「……」

「八十五ドル」

「まあ、いいか」

交渉成立だ。

一正のパンを食べ終えた男は、今度は一正のカップに手をのばし、コーヒーをぐびりと飲み、顔をしかめた。そしてテーブルに置いてある砂糖を勝手に三袋ほど放り込んだ。

「まあ、いいけど」

かなり厚かましい。が、こんなところでいちいち文句をつけていても始まらない。

甘いコーヒーを飲み干すと男は立ち上がった。

「すぐ行こう、旦那」

「何を急いでいるんだ」

騙されているのではないかと警戒信号が頭の中で点滅する。

「急いでくれ、遅くなると行けなくなるんだ」

「なんで？」

答えずに男は歩き始める。

怪しい物言いだが、せっかくここまで来たのだから、という好奇心が、警戒心を押しのける。

支払いを済ませ、海岸に向かう男の後を追う。

「おい、ちょっと待っててくれ」

ダイビング機材を借りてから行こうとショップを探すが、観光案内の看板を掲げた店はあっても、それらしきものはない。とりあえず店の一軒に入ると、さきほどやってきた男がいた。

黒いつばなし帽と化繊のシャツをきっちりと身につけた男は、この島にダイビング機材や水着の類いはないと答えた。

「どういうことだ？」

「この島のポリシーさ。いいか、ここでは海の観光客は歓迎されないんだ」

「なぜ？」と目の前の黒砂の浜と、じりじりと照りつけている朝日を跳ね返して輝いている青い海面に目をやる。

「海の観光客は浜で裸同然の姿で過ごす。それでそのまま人前に出て来る。酒を飲んでバカ騒ぎをする。ここはバリじゃない。島民が真似をしたら困る。ここは伝統文化と信仰の島だ。見るべきものはたくさんある。約半日で今なら九十ドルのところを五十ドルにしておく」

「まだか、旦那」

そのとき店の外から苛《いら》ついた様子でさきほどの男が声をかけてきた。

店の主人が目をむいて男を指差した。

「あいつはだめだ」

「なぜ？」

「あいつらは野蛮人だ。俺たちとは違う」

「違うって？」

「だからあいつらは良い人間たちじゃないんだ、教育程度も低い」

あいつら、人間たち、と複数形にしたところを見ると、どこの国にもある貧しい人々への差別だろうと考え、無視して外に出る。

「おい、よせ」

先ほど群がってきた男たちが再びあちこちから出て来て、一正の腕や肩を掴《つか》んで引き止めにかかる。

「そいつに付いていくのはやめるんだ」

「なぜだ？」

「そいつらは良くない人間なんだ」

島に巣くう犯罪集団、ということか。しかし一正は、男の胸の入れ墨や、赤く血走った獰猛そうな眼差しにもかかわらず、そうした邪《よこしま》さをその顔に見出すことができなかった。

「だからなぜ良くない？」

「人間の程度も教育の程度も低い。何をやらかすかわからない」

せいぜいが人のパンと飲み物を失敬するくらいなものだろう、と一正は楽観的に考えた。

「ろくでもないところに連れて行かれるぞ」

「それはどこだ。ボッたくりレストランか、偽物市場か」

「汚い船、汚い海岸、汚い家、汚い人間。わざわざそんなものを見たいのか。島の恥だ」

中の男が一際甲高い声で、吐き捨てるように叫んだ。

「何よりそいつもそいつの村のやつらもムスリムじゃないんだ」

つまりそういうことだ。

てめえらこそ原理主義のテロリストだろ、という悪態は呑み込んだ。

「ムスリムでないっていうのがどういうことかわかるだろ」

一目で上質とわかる白シャツを身につけた中年の男が続けた。

「人として生きる指針が無いんだ。ムスリムでもキリスト教徒でも、仏教徒やヒンドゥー教徒でさえない。呪術師が占いで仕切ってる首狩り族だぞ、首狩り族」

「うるせえ。大きなお世話だ」

くるりと男たちに背を向ける。

多民族国家インドネシアでは、国民はイスラムかキリスト教、仏教、ヒンドゥー教、儒教のいずれかの信仰を義務づけられている。そうした体制下では、金儲けさせてくれる得体の知れない神様をあがめる中華系の実業家や、ジャングルの中で石や木や山などを拝み、祖先の霊などを敬っている連中は犯罪者、ということになる。

「だれとどこに行こうがこっちの勝手だ」と日本語で吐き捨てる。

「怒らせて、銛《もり》で突かれて殺されたって知らないぞ」

「おまえはきっと地獄に落ちる」

「あの村の女はどいつもこいつも売女《ばいた》だ。おまえはそれが目当てなんだな」

他の男たちも口々に叫ぶ。

雄牛の入れ墨の男は、眉間に皺を刻むと、英語でわめき続ける男たちを一瞥した。

「早く行こう、旦那。時間がない」

黒い岩のごろごろしている海岸を足早に歩いていく。

「待ってくれ、これから行くところにダイビングショップはあるか」

「ある。さあ、乗ってくれ」

浜の端まで行くと、そこに引き上げてある船を指差す。

仰天した。ダイビングショップで用意してくれるモーターボートでないことくらいは覚悟の上だったが、船外機つきの船ですらない。

アウトリガーのついた手こぎ船だ。船に染みついた生臭い匂いと、傍らに置かれた椰子で編んだ籠の底に光っている無数の鱗から、漁船であることがわかった。男は町の市場に魚を売りにきた漁師なのだろう。

男は小舟を水面に押し出す。

おもしろいことになりそうだ、と一正はズボンの裾をまくり上げて乗り込む。

腰まで水に浸かって船を押していた男は、やがて船端に置いてあった頭陀袋《ずだ》から紐を取り出すと、きりきりとねじって頭に巻き付けてから、ひょいと船に上がる。

このあたりの普通の漁民たちが被っている頭巾とは違う。長さといい巻き方といい、どう見ても御《み》輿《こし》を担ぐときのねじりはちまきだ。

「それで気合いを入れるの？」

一正は尋ねた。

「いや、これが無いと海の悪霊が頭の中に入り込むんだ」

「へえ、悪霊かい」

頭の地肌に食い込むほどきつく巻いた赤い紐に一正は目を凝らす。

町の人々が野蛮だの悪魔信奉者だのと蔑《さげす》んでいたのは、こうした風俗や迷信深さを指してのことだろう。

船尾に立った男は器用に櫓《ろ》を操り、入り江の狭い出口を抜ける。黒砂の海は、水深が増すにつれ菫《すみれ》色がかった黒から濃紺へと変わり、白波が船縁《ふなべり》を洗い始める。

しかし左舷に一本アウトリガーを付けた船は意外なくらいに安定し、ミズスマシのように島の外縁に沿って海面を滑っていく。

男のはいている色の褪《あ》せたトランクスが、風にあおられればたばたと音を立て、ゆったり櫓を動かすたびに肩から胸にかけての筋肉が膨らみ、胸に彫った雄牛が呼吸するように動く。一正はジムで鍛え上げた自分の胸板を無意識のうちにぴしゃぴしゃと叩いている。その分厚さからして、男らしい見た目といえば自分の方が勝るが、痩せてはいてもこの男の方が力はありそうだ、などとついつい比べている。

「いいね、その雄牛」

一正は男の胸を指差した。

「ああ、勇者の印だ。旦那も男であることを証明すれば、入れてもらえる」

「遠慮しとくわ。背中に龍ならともかく、胸に牛では」

そこまで言ってふと思った。

「しかし漁師なのに牛の図柄？　鮫とかワニじゃなくて」

「鮫やワニなど入れるやつはいない。雄牛の他には、車輪もある。太陽をひっぱる車輪だ」

いずれも陸上のものだ。海洋民としては少し意外な気がした。

「ところで旦那は、名前はなんていうんだ」

船尾の櫓をこぎながら男は尋ねる。

「カモガワ・カズマサ」

「カム……」

「カモガワ」

「中国人の名前は難しい」

「中国人じゃない、日本人だ。カモガワ・カズマサ。ＫＫと呼んでくれ」

「ケーケー？」

男は、不審そうに目をすがめた。

「ああ、わかった。カモヤンでいい、カモヤンで」

半ば自棄《やけ》になって言った。二度目の結婚が破綻したあたりから、同僚も友人も、いつの間にか、一正のことをそう呼ぶようになっていた。初めのうちは陰で、そして今では本人に面と向かって。

「俺はケワン」

「ケワン君か、よろしく」

島を半周もした頃だろうか。海の色が鮮やかな青色に変わる。水深が浅くなるにつれ緑色を帯び、やがて水底の珊瑚の黒ずんだ紫色が見え始める。

船のスピードが緩くなる。

行く先に入り江があって岸辺にごちゃごちゃとした小屋のようなものが見え始めた。

「水上住宅か、ケワン君」

ケワンは返事をしない。

「もしかして漂海民の村なのか？」

海上の強い光に痛めつけられたのか、赤く血走った若者の目には、笑みのかけらもない。無言でゆっくり櫓を動かす。

背筋がぞくりとした。

「おい、どこに行く？」

「黙っててくれ、カモヤン」

命令口調でケワンが返事をした。カモヤンという呼び方と相まって、ばかにされたような気がした。

むっとして口を閉じ腕組みして、ふと海底に目を凝らすと、一面、紫がかった黒だ。

浜のあたりの砂の黒ではない。見事な珊瑚の群落だ。潮が引いているのだろう。入り江の向こうの村までかなりの距離があるというのに、水深はほとんどない。そのうえ強い流れがある。慣れてはいるのだろうが、かなりの難所だ。黙っていろ、と言われた理由がわかった。

入り江の入り口を抜けると水の色は再び青味を帯び、水深が増していく。

ケワンの顔から険しい表情が消え、海岸沿いの住宅が見る見る近づいてくる。

期待した水上住宅ではなかった。家船《いえぶね》もない。

海岸に建てられた家々は、一見二階屋のように見える高床式の木造住宅だ。ニッパヤシの葉で屋根が葺いてある。さきほど見た港周辺の家々も、決してきれいとは言えなかったが、ほとんどが漆喰やモルタル造りだったから、この村の家々の貧しさが際立つ。

定住政策によって、家船で国境を越えて自由に行き来することを禁じられ、島や沿岸部の粗末な小屋に住まざるをえなくなった元漂海民たちの村だ。定住を強制された後も、生活のすべてを海に依存して生きている海の民だ。

民族も宗教もライフスタイルも、他の島民とはすべて違う人々は差別の対象となり、侮蔑的な眼差しを向けられているのだろう。

しかしと、ケワンの横顔を見る。町の人々に比べて色が黒く、精悍な印象を受けるのは漁師であれば当然のことで、顔の造作を見た限りは、他の島民と格別、人種的な違いがあるようには見えない。この国では多数派のマレー系の顔立ちともやや違う。目が大きく、鼻が横に張っている。それはこの島の島民全体の印象だ。それでも普通にインドネシアの公用語を使いこなす。町の人々もケワンも。

水深が再び浅くなってきた。

ケワンが船から海中に下りる。腰まで水に浸かって船を浜に向かって押す。

「まだ乗っていていいよ、カモヤン」と言われたが、膝ほどの深さになったところを見て、一正もズボンをまくり上げて海に入った。

海底は黒い。黒砂だ。火山性の岩が細かく砕けたものだ。

家々の造りは、と仕事柄、一正は近づいてくる家並みを観察した。

幾度か瞬《まばた》きした。粗末な小屋にふさわしくない立派な破風板《はふいた》がある。

真っ黒に朽ちた羽目板と、やはり朽ちたような椰子葉の垂れ下がった屋根、その境に、唐草や、渦巻き、といった文様の彫られた板が貼り付けてある。

もちろん雨水が室内に入らないようにするための実用的なものなのだが、その文様も細工も、家の造りや素材に比して不釣り合いに洗練され、手が込みすぎている。

あの部分だけをどこかから買ってくるのか、とケワンに尋ねると、「あんなものが売ってるわけないじゃないか」とケワンは不思議そうに答えた。

「祖先から伝わってるものだよ」

浜には魚や海藻が干してあり、家々の高床部分から人々がこちらをのぞいている。

一正はきょろきょろとあたりを見回すが、ダイビングショップはもちろん売店もない。

「ダイビングショップは？」

「それは何だ？」

「だからダイビング機材を貸してくれるところだよ。さっき言っただろ、エアタンクや、レギュレーターや、ウェットスーツ。潜るための道具を貸してくれる店だ」

「海に潜るのになぜそんなものがいるんだ？」

「おいっ」

現地の人間の口先だけの安請け合いなら、すでに慣れっこになっている。仕事がらみでなかっただけましだと思って諦めるしかない。

「こっちだ、カモヤン」

ケワンが手招きし、高床式の家の一軒を指した。壁も床もない一階部分の砂の上に、古びたプラスティックの椅子とテーブルが置かれ、張り渡したロープにTシャツやら腰巻きやらが干してある。

「荷物はここに置いてくれ。大丈夫だ」

本当に大丈夫か、と半信半疑でケワンを見る。傍らでは、褐色の胸に入れ墨をした老人が漁網と浮きの修理をしている。

「あれ、うちの親父」

ケワンに言われ、「どうも」とぺこりと頭を下げるが、相手はケワン同様赤く潮焼けした目で不審そうにこちらを一瞥したきり、黙々と作業を続けている。

「それじゃ乗ってくれ。旦那に大きな黒い魚を見せてやる」と、ここに来たときのとは別の船外機付きの小型ボートの方に行く。

「あっちの船じゃないのか」とアウトリガー付きの小舟を指差すと、「こっちの方がスピードが出る。燃料費がかかるが、カモヤンのためだ」とにこりともせずに言う。

浜でサーフパンツとTシャツに着替えていると子供たちが寄ってくる。物珍しげに客を眺めているだけで、金や物を求めて手を突き出したりするわけではない。呼びかけたり手招きしたりすると、はにかんだような笑顔を見せて、さっと散っていく。

年長の男の子は銛を手にしている。魚を突いて家計の足しにしているのかもしれない。

ケワンはボートを押して水深のあるところまで出すと一正を乗せた。船外機を水中に沈め、紐を引く。寄ってくる子供たちに、スクリューが危ないからあっちに行けというように追い払う。

　せっかくマンタを見られるのにエアタンクどころかフィンやシュノーケルさえないのが残念だが、滞在先のプールで体を鍛えるために出張時に持ち歩いているスイムゴーグルがある。この際、素潜りで潜れるところまで行こうと考えた。

　小さな湾の外に出るとコバルトブルーの海面の色が、突然、漆黒に近い紺に変わった。マラッカ海峡側と異なり、スマトラの西側はすぐにインド洋の深い海底に落ち込むのだ。

「ここに大きな黒い魚がいるぞ、カモヤン」

　水面を指差してケワンが言う。

「俺が見たいのは黒いマンタだ」

「ああ、黒いマンタ」

　マンタどころか魚影など見えない。

「ほらそこ」

　指差した先の海面を三角形のヒレが通り過ぎる。

「うわっ」と声を上げ、仰《の》け反《ぞ》った。

「サメじゃないか」

「大きな魚だ」

「だからマンタのいる場所はどこなんだ」

「マンタって何だ？」

　言葉を失った。

「カモヤンはここじゃ嫌なのか」

「当たり前だ、危なくてしかたない」

海底は垂直に近い絶壁となって外海に落ち込んでいるのだろう。再び湾の入り口方向に戻っていくとそこはボウルの縁のように浅くなっている。珊瑚が海面上に露出している場所もあり、水深のある珊瑚の切れ目を選んで慎重に通過する。

先ほどは船が出ていなかった湾内には手こぎボートが浮かんでおり、水面上に子供たちの頭がいくつかある。

「ここなら魚がいるぞ、カモヤン。踏むほどいる」

緑を帯びた青い水を通して、海底の岩や珊瑚が強い太陽光の下で揺らいでいる。海面の色からして水深はせいぜい二、三メートルといったところか。目が慣れると青緑色の水の間にきらきらと光る小魚の群れが見えてくる。

だがこんな浅瀬にマンタは来ない。すでにそんなものは諦めた。

ダイビングショップもマンタの群れも、口から出任せというよりは、それが何か知らないまま単純に「イエス」と答えただけなのだろう。

子供たちがこっちだ、というように手招きする。

浜ではにかむような顔を見せていた子供たちが、海ではやけに堂々としている。

引っ張り込まれるように海に入る。さすがに海底に足は着かないが浅い。

薄っぺらな体の熱帯魚は船上から見下ろすとあまり目立たないが、水中に入り側面から見ると青や黄、銀の鱗の華やかさが際立ち、視野を覆い尽くすばかりの圧倒的な密度に驚かされる。

「踏むほどいる」というケワンの言葉は嘘ではなかった。マンタではなく、格別めずらしくもない小魚だが。むき出しの腕や足に魚の体のぬめるような、ざらつくような微妙な感触が通り過ぎ、硬い口吻《こう ふん》がぶつかってくる。

子供たちは一正の腕を摑んでひっぱり、岩の陰や珊瑚の根などの様々なポイントを見せてくれた。

ダイバーでも何でもない子供たちにとってはそれはポイントなどではなく単純な遊び場なのだろう。

二度の結婚に破れ、この歳まで子供を持たずに来てしまったから、一正は子供の扱い方を知らない。だが彼自身が大きな子供のようなものだから、容易に彼らの遊び仲間に入ることができる。

光の差し込む水深三、四メートルの海底、火山性とおぼしき真っ黒な砂の上を、ちょうど地上を歩くように、年長の子供たちが歩く。真似をしてみたが、一正にはそんな器用な真似はできない。頭を下にして潜っても、重りもフィンもない体は不器用な亀のように、手足を動かし泳ぎ回ることしかできず、たちまち息が詰まって水面に顔を出さなければならない。

数メートル先で、細く血煙が上がった。子供の一人が魚の頭を銛で貫いた。ばたばたと暴れる獲物を素手で摑み、水を蹴って海面に上がっていった。

遊びのように見えて、これは子供たちにとっては立派な仕事だった。

別の子供が手招きする。子供はカエル足で水を蹴って湾の中心部に向かい、一正はクロールで追いかける。動きを止めた子供はぷかりと浮かんでどこかを指差す。

スイムゴーグルを額の上に上げて、そちらに目をやる。

手をつければ青く染まってしまいそうな鮮やかなコバルトブルーの海面。そこから何かが突き出している。クロールで近付いて行くと紫を帯びた褐色に見えるそれは珊瑚や岩ではなかった。

明らかな人工物だ。

潜ってゴーグル越しに目を凝らす。

信じがたいものがあった。

ハンドベルを立てたような形の構造物だ。それが頂点をわずかに水面上に出して海底から生えている。

その形は、昔、この国の遺跡公園の整備に携わった一正にとっては妙に馴染んだものだ。どっしりとした釣り鐘形の肩のあたりから絶妙な曲線を描いてすぼまり、ハンドベルの取っ手のような尖塔がすっと空に向かい立ち上がる。巨大な聖殿の頂点に置かれた、石造りの仏塔にそっくりだ。

しかしここにある仏塔は緑深い山々を背景にそそり立つものではない。海底から生えている。またボロブドゥールはその方形壇部分の石に仏陀の生涯を語る様々な物語が彫り込まれているが、最上部の仏塔に彫刻はない。だが、この塔には海底近くの膨らんだ部分から尖塔に至るまでの石の肌に浮き彫りがある。水中のことで、しかも素潜りではその細部を確かめることができない。それでも目を凝らせば、フジツボや牡蠣殻や白い石灰質のものが付着した肌の間に、風景や人々の姿を彫ったと思しき浮き彫りの一部が見える。

「大変だ」

水中にいるのを忘れて叫んでいた。叫びは泡となって上っていく。

大変だ、大変だ……

だれがこんなものを水中に建てたのか。

水面に出て何度か浅く速い呼吸をして、血中酸素濃度を高めた後、ジャックナイフのように体を曲げて一気に潜る。鼻をつまんで耳抜きをしながら仏塔の基部にまで達すると、それが珊瑚や牡蠣殻などの石灰質に覆われた巨大な丘の上に載っているのがわかった。

ざっと目測したところ仏塔の高さは約四メートル、基壇と思しき丘の直径は不明だが、その最上部は差し渡し七、八メートルといったところか。

丘の周囲は青い闇に吸い込まれるように落ち込んでおり、ダイビング用マスクとフィンさえ持たない素人の素潜りでは、そうした深部に下りて行くことは叶わない。

それだけではない。潮の流れが速い。手足を動かし海流に逆らっていないと流される。

浮上しては息を吸い込み、手で水をかき、足で蹴り、鼻をつまんでは耳抜きしながら一正は潜り、その塔の周りを巡る。

「すごいぞ、すごいぞ」と水中で叫ぶ度に、口から泡が出ていく。

海中のボロブドゥールだ。

いったいいつ、だれが建てたのか。だれかはわからないが、いつ建てたのかは、想像がつく。ボロブドゥールが八世紀末から九世紀にかけ、中部ジャワを支配していたシャイレーンドラ王朝の時代の建造物であるから、様式から見てもその前後だろう。スマトラ一帯を支配したシャイレーンドラ王国の流れを汲む王が建てた、ボロブドゥールを小型にした霊廟かもしれない。

海面に出て息を吸い込む。夢中になって見ていたせいかひどく息苦しく、しばらくの間、ぜいぜいとあえいでいた。

「大丈夫か、カモヤン」

ケワンがボートにくくりつけてあった浮き輪を投げて寄越す。気がつかなかったが一正の潜っている頭上にボートを移動させていた。子供たちの姿はすでにない。

「大丈夫」

せき込みながら一正は答えた。

「すごいぞ、ケワン君。これは世紀の発見だ。とんでもないことだぞ」

「あの塔のことだろう」

ケワンは気のない返事をする。

「それよりはやくボートに上がってくれ。次は大きな魚のいるポイントだ」

「いや、大きな魚はいい。もう少しここにいたい」

「ただの大きな魚じゃないぞ、一メートルもある緑色の魚だ。今は眠っている。さわれるぞ」

「いや、いい。ここだ」

ケワンは肩をすくめた。

写真を撮りたいが、こんなことがあるとは思わなかったから、デジタルカメラは水中撮影用ケースごと他の荷物とともにケワンの家に置いてきてしまった。しかし防水ケースに入ったスマートフォンならある。ケワンに頼んでバッグの中からそれを取り出して手渡してもらう。

塩水から守るための透明なビニールケースに入ったそれを手にして、カメラに切り替える。うまく写るかどうかはわからない。それ以前にスマートフォンごとだめにしてしまうかもしれない。

「頼む」と念じながら、水面付近から仏塔に向けて全景を入れてシャッター部分にケースの上から触る。水中に疑似シャッター音が響く。

「頼む、頼む」とつぶやきながら流れに逆らって、自転車を漕ぐように足を動かし、何枚も撮る。潜って撮りたいところだが、防水ケースでスマホの本体を保護できるとは思えないので、水面付近から撮るしかない。

どの程度鮮明な画像が撮れたのかいささか自信はなかったが、スマホを船上に戻し、再び潜って仏塔の周りを一周した。塔の頂上部分、ハンドベルの取っ手に当たる部分の先端は海面すれすれだから、さらに潮が引けば海面上に突き出てくるかもしれない。頻繁に耳抜きし、息苦しさに耐えながら一正はその構築物の表面を凝視する。浮き彫りにあるのは、古代インド風の神々と半裸の姿の人々、そして建物、木々のようだ。

回り込むと、人々が逃げているような図が見えた。水中でもあり不鮮明な図が何を意味するのかはわからない。

素手で触れると浮き彫りの表面は滑らかだ。それに白っぽい。ボロブドゥール遺跡の表面は、ざらついた明るいグレーの石基《せっき》に黒っぽい結晶がはめ込まれた安山岩だ。しかしこれは石灰岩のようだ。大理石のように結晶してはいないが、滑らかな石灰岩。重たい石材は、遠くから運んでくるわけではないので、その土地の物が使われる。ここはインド洋に面したスマトラ西部にはめずらしく、珊瑚礁の発達した島だ。ということは、石灰岩があってふしぎはない。

白く滑らかな肌は、海中では青味が強くさらに美しい。塔は長さ八十センチ、高さ五十センチほどの石灰岩のブロックを積んだものだ。

陽光が差し込むその水深では、珊瑚がかなり発達するはずだが、仏塔の周りには付着していない。そう新しいものには見えないから、普通ならこうした構造物は、沈船同様、珊瑚や牡蠣殻、海藻などで覆われているはずだが、なぜ岩の肌が露出しているのか謎だ。

さらにいったいどうやって水中にこんなものを建てたのか。

浮上するとケワンが叫ぶ。

「戻るぞカモヤン。昼食をとったら潮が引かないうちに町に戻るからな」

いずれにしても機材がないから、これ以上は何も調べられない。ケワンの腕を摑み、ボートに這い上がる。

後ろ髪を引かれる思いでその場を後にし、一正は肌身離さず持っている野帳《やちょう》に入り江の簡単な地図を書き、仏塔の位置を×印でチェックした。

「あのボロブドゥールがそんなに珍しいのか、カモヤン？」

ケワンは尋ねた。

「ああ、もし本物なら、とんでもないぞ。世紀の大発見だ、インドネシアの財産だ」

ふうん、とさほど感心した様子もなくケワンは船外機の紐を引っぱりエンジンをかける。その様を見て、はたと気づいた。

「君もあれがボロブドゥールの仏塔と似てると思ったのかい？」

「以前に案内したイギリス人が、あれをボロブドゥールだ、と言って喜んでいた。これはたいへんなものだ、と。イギリスの学者さ。大学が休みなので、この島に遊びに来たんだ」

　先客がいた。しかも一土木技師である自分に対し、相手は学者だ。一正が真っ先に危惧したのは、大発見の手柄を先取りされてしまうことだった。

「それはいつの話だ。そのイギリス人が来たというのは」

「三年くらい前かな。また来ると言ったくせに、ぜんぜん来ない。イギリスで詩を教えているんだと言ってた。それでこの島にも、詩や伝説を調べにきていた」

「そうか」

　文学が専門なら、少なくとも建築学を専攻したこちらの方が有利だ、ととっさに頭の中で優劣をつけている。

　潜ってみて驚きはするが、それきりになってしまうというのは、この島の地の利のなさもあるだろう。飛行場はない。スマトラからさほど遠くはないが、貨物から家畜まで積んだ清潔とは言い難いフェリーで一晩を過ごすのは、上品な観光客にとっては耐えがたいことだろう。

「実は、俺はボロブドゥールの遺跡公園を造った男だ」

　一正は胸を張った。遺跡の修復が行われたのは、まだ一正が少年の頃だが、その後の遺跡公園の整備に学生として指導教授とともに関わり、建設会社に就職した後には、周辺のインフラ整備事業に十年以上も携わったというのが一正の誇りだった。

　そうした自分の業績を誇示し、俺が、俺が、と相手かまわずアピールすることを、一正は格別、恥かしいとは感じない。日本では白い目で見られるが、国外に出れば現地に多くの知り合いや友人を作るのに役立つ。

「へえ、カモヤンはボロブドゥールを造ったのか」

「そうじゃない。ボロブドゥールを造ったのは、ジャワ島のシャイレーンドラ王朝の王だ。というか王に仕えていた建築家たちだ。それを後世の人間が修復工事したんだが、俺は、その後の遺跡公園整備や周辺整備に携わった」

どうでもいい、という顔でケワンは肩をすくめる。

「ところでカモヤン、ボロブドゥールって何だ？」

脱力した。彼はイギリス人の学者から「ボロブドゥール」という固有名詞を聞きはしたが、それがどんな物なのかは知らないのだ。

一正は熱弁を振るった。それがこの国にとってどれほどすばらしい歴史的国民的財産であるか、どれほど美しい建築物であるか。

「何だか知らないが、ボロブドゥールは、俺たちの神の住まうところだぞ」

少し険しい表情でケワンは言う。

「ああ、だから俺が言ってるのは、ジャワ島の本物のボロブドゥールの話さ」

「じゃあ、あれは偽物なのか」と、ケワンは血走った目をかっと見開いて食ってかかる。

「いや、だから、そういう意味じゃなくて」

頭をかきながら説明を繰り返した後、一正は尋ねた。

「ところで君たちの神様って、何なんだ。君たちは仏教徒か、ヒンドゥー教徒か」

「神様は神様だ」

「で、あの塔の中に入っているのは何なんだ？」

ボロブドゥール遺跡で最大の謎とされているのが、丘状の巨大な聖壇の上に建つ、釣り鐘状の塔の中身だ。密林にうち捨てられた遺跡に修復の手が入ったとき、その頂点にある仏塔の中に鎮座していたのは、作りかけの仏像が一体だけだったと言われる。しかし本来そうしたところに、未完成の仏像など入れない。おそらく幾度も墓泥棒の被害に遭い、内部を空にされたところに、だれかがそうしたものを放り込んだのだろうと言われている。

元々は本尊の仏像が鎮座していた、仏舎利が入っていた、あるいはシャイレーンドラ朝の王の遺骨が入っていた、と諸説ある。

「あの水中の塔の中に入っているもの？」

ケワンは鼻の穴を膨らませた。

「海の神様に決まってるじゃないか。遠い昔、ジャワ島にあった大帝国シャイレーンドラの王子、バラプトラの遺骨さ」

バラプトラと言えば、まさにボロブドゥールを建てたシャイレーンドラ王朝の最後の王だが、王国間の侵略戦争があったのか、王位継承の内紛か理由はわからないが、それまで幾度か戦いを交えたシュリヴィジャヤ王国の王女と結婚し、スマトラに逃れた、と伝えられる。

いずれにせよここでは、ジャワにあったとされる伝説的な王国の最後の王が、華やかな交易ルートであったマラッカ海峡とはスマトラを挟んで反対側にあるこの島に逃れ、この地で死んだ、と伝えられているわけだ。

「で、何だ、そのバラプトラ王が君たちの村の守り神なのか？」

「バラプトラ王じゃない。バラプトラ王子だ。いいか、カモヤン、バラプトラ王子は、村の開祖で、俺たちはバラプトラ王子の子孫で、バラプトラ王子は現世の王子であると同時に、海の神様バイラヴァの化身なんだ」

生徒に言い聞かせるように、ケワンは説明する。

「要するにポセイドンか」

「何だ、そのポセイドンって？」

「ああ……いや、西洋の海の神様」

それからバイラヴァの名前にふと思い当たった。確かヒンドゥーの神で破壊神だったような気がするのだが、少なくとも海神ではない。所変わればというよりは、漁師たちはもともと信仰する神を、漁の安全や大漁を祈願する中でそうしたものに変えたのか。

「いいかカモヤン、あの海中の塔の中には、バラプトラ王子、つまり海神バイラヴァが住んでいる。このへんの海を治めて、海で死んだ者たちの魂を支配しているんだ。中にはたくさんの黄金の壺があって、その中に海で死んだ漁師や商人の霊を閉じ込めている。だからちゃんと供養しないと、やつらが海神の目を盗んで出て来て、俺たちに悪さをする」

いずれにせよ、そこにある仏教遺跡を、ケワンたちは彼らの信仰する神の祠《ほこら》と見なして、大切にしてきたのだろう。

世界最大のイスラム国家インドネシアとはいっても、イスラムの表層の一枚下にあるのは、インド由来の王国のもたらした仏教とヒンドゥーの神々への信仰、さらにその下に祖霊や自然に由来する様々な精霊や土地の神がいる。伝説神話の混じり合った、混沌とした宗教の集合体が、未だに脈打っており、それぞれの島のそれぞれの村に、それぞれ異なった世界がある。一般教養としての民族と宗教など観念的なものに過ぎないのだ。

幸いなことにそんな教養主義とは縁無く暮らしてきた一正は、さしたる混乱もなく、疑問も抱かず、出会った人々の語りをあっさり受け入れて、この国で仕事をしてきた。

「トビウオ漁が始まる前や、雨期の始まりなんかに、祭りがあるんだが、三月の大潮の祭りが一番大きい。そのときは海に供物を捧げて、手こぎボートの競走をする。山羊や豚を潰してごちそうも食べるんだ」

「俺は祭りに来てもいいか」

「さあ、親父に聞いてみなければわからない」

「親父って、君の？」

「ああ、俺にはまだそんなことは決められない」

「へえ」

赤く潮焼けした目で黙々と網を繕っていた無愛想な老人を思い出す。もっとも、強い陽差しに焼かれた肌が年老いて見せていただけで、そう歳はいってないのかもしれない。裸の上半身にはケワンと同様の文様の入れ墨があった。

「たぶん、カモヤンなら、親父もいいと言うと思うよ」

「なぜそう思う？」

「ジャワ島の方のボロブドゥールを造った男だからさ」

そうじゃない、そうじゃない、と訂正するのは面倒で、「それならありがたいな」とうなずいた。


浜に戻ると、ケワンの母親だという女が魚に真っ黒な土をまぶしている。

インドネシア語で尋ねると、ひどくなまった言葉で干して売ると答える。真っ黒な土は火山灰土で、

「どうするの、それ」

それをまぶすと腐らないらしい。

ケワンの母親は海風の吹き抜ける高床式住居の一階部分で、昼食を出してくれた。バナナの葉に包んだ白い飯と塩辛いジャコを揚げたもの、刻んだ漬け物が二、三種類に、ぶつ切りにして蒸し煮にした魚だ。ケワンや家族は、食べない。こちらの人々は昼食はとらない習慣なので客専用らしい。

「やっぱりこういうの食べてるの？」と一正が、傷だらけのプラスティックの皿に載った食べ物を指差すと、ケワンは首を振る。彼らが普段食べているのは、魚の他は、キャッサバや芋、それに茹でた野菜だと言う。

一正の皿が空になると、ケワンの母親は、ケワン同様、前歯が一、二本欠けた口でにこにこ笑いながら、鍋の中にある粘りけのない米を皿に空け、漬け物やジャコをさらに盛りつける。

「いやぁ、このくらいで」と慌てて断るが、ケワンは「いや、それは全部、カモヤンのものだから」と言う。

この歳にしてはかなりの大食漢だと自分では思うが、それでも鍋一杯煮た飯は、とうてい一人の腹に収まるものではない。

「それじゃ、お母さんも一緒に。ケワン君やお父さんも」

「俺は、いい。親父もいらない」とケワンは顔の前で手を振る。

「じゃあ、お母さんだけでも」

執拗に誘うと、少しはにかんだように笑いながら、ケワンの母は自分の皿を持ってきて、ジャコや漬け物などのおかずで、ぱさぱさした飯を食べている。

「お袋は米が好きなんだけど、ここでは米は特別のときしか食べないんだ。市場で買ってこなくちゃならないだろ」

「お母さん、いくつになるの？」

一正は母親に呼びかける。母親は四十六、と答えた。

仰天した。一正より若い。潮焼けして皺を刻んだ褐色の肌と抜けた前歯、潮焼けした白茶けた髪はどう見ても六十半ば過ぎだ。

食べている間に、ケワンは裏手の物置に行った。一正を送るためにボートにガソリンを入れるのだと言う。どうやら帰りは動力付きの船らしい。

母親は席を立つと階段を上がり、四角いプラスティックボトルを抱えて戻ってきた。

相変わらずにこにこ笑いながら、中身をコップに入れて手渡す。水かと思って受けとったが薄茶色で泡が浮いている。

観光客ならともかく、社員として現地の人々と働いていれば、腹を壊すから、などと言ってそうしたものを断っていては仕事にならない。

匂いを嗅いでみるのも失礼なので、一正はあっさり口に運ぶ。

酒だ、とりあえずは。椰子酒だ。

「うまいっ」

愛想が半分ではあるが、海から上がってきて、ほどよく冷えて口から喉まで塩っぽくなった体に、薄甘く弱いアルコールを含んだ発酵飲料は、すっ、としみこんでいく。

「お父さんも」と、近くで網を繕っている父親に声をかけるが、とんでもないという風に首を振った。

「女の飲み物だよ。特に赤子を産んだ後の女が飲むと乳の出が良くなる。別に男が飲んでも悪いことはない。体にいいし元気になる」とケワンの母親が説明し、もっと飲めと注ぎ足す。

「いやいやいや」

「たくさんあるから飲んでよ。私が桶一杯、造ったんだから。私は椰子酒造りがうまいんだよ。若い娘と違って」

「うん、確かにうまい」

町中の食堂では気楽に酒も飲めないイスラム国インドネシアで、こんな形で昼酒が飲めるのはありがたい。後でケワンに少しチップを渡しておこう、と思いながら、「じゃあ、まあ、お母さんも一杯」と勧める。

「それじゃ少しだけね」

「そう言わず。で、お母さん、名前、何ていうの？　俺、加茂川一正。呼びにくけりゃ、カモヤンでいいよ」

「私？　私はマヒシャ」

「へえ、マヒシャ？　良い名前だね。でも、女の人にもつけるんだなぁ」

以前仕事で知り合ったインド人の男がマヒシャ、という名前だったので、てっきり男につける名前だとばかり思っていた。

「マヒシャは女神の名前さ。私のお母さんも、そのお母さんもマヒシャなんだ」

「へえ、マヒシャって女神なのか」

いろいろな土地にいろいろな神がいるものなのだな、と感心する。

学生時代にこの国に関わって以来三十年、朝っぱらから町中のスピーカーが「お祈りしろ」とがなり立てる世界最大のイスラム国でありながら、その大宗教の下からしばしばヒンドゥーの神や土地の神や、精霊、死霊、生霊の類いまでが顔を出す。パンチャシラだの何だのと国家はそれらしい理屈をつけるが、雑多なもの丸ごとがインドネシアだと一正は認識し、この国を気に入っている。あるがまだ。人間などそれほどご立派なものではない、と。

強烈に照りつける太陽にぎらつく海面を眺め、高床式住居の床下の冷えた砂の上で甘酸っぱい酒を飲んでいるのは、どこぞのリゾート地の高級ホテルにいるより快適だ。

「カモヤン、カモヤン」と、幾度かケワンに肩を摑んで揺り起こされた記憶はある。

「だからダイビングはいい、と言ってるだろう。装備がないんだから潜れないんだよ。寝かせろよ」

とろれつの回らない口で答えた記憶もある。

尿意を覚えてはっきり目覚めたとき、あたりは暗くなっていた。

ケワンが泣きそうな顔で、傍らで膝を抱いていた。

「知らないからな、カモヤン。もう、だめだよ」

「何が？」

「いいじゃないか、うちに泊まっていけば」と母親のマヒシャが笑っている。

「そういうわけにはいかないんだ。観光客には予定があるんだよ」とケワンは母親に食ってかかる。

どういう意味かわからなかった。

はっきり目覚めてから、ケワンに説明され、ようやく理解した。

潮が引いてしまい、船で湾を出るのが難しくなったらしい。

「浅瀬といっても通り道はあったじゃないか」

「夜の海だぜ」

「月明かりじゃ無理か」

ケワンは身震いするように首を横に振った。

「月明かりで漕ぐと気が違ってしまうぞ。海の中の神様が俺たちの魂を引っ張り込んで帰してくれなくなるんだ」

「ああ……それな」

迷信だ、などと一刀両断したらこの国で仕事はできない。

「同じ島の中なんだから陸路で帰れないか？」

「どこに道があるんだよ。密林だぜ、あっちは」とケワンは波音がする方とは反対側の一際濃い闇を指差す。

「うちに泊まっていきな」

傍らでマヒシャが言う。その背後で、苦虫をかみつぶしたような顔の父がうなずいた。

「それではお言葉に甘えまして」と一正は一礼した。

「正気かよ、カモヤン」

港に戻ったところでフェリーがいつ動くのかわからないうえ、ホテルも予約していない。アジアや中東に来て、スケジュール通りに物事が運ぶと考えること自体が間違いだ。これを事故と考えるよりは、機会と捉えて見知らぬ島民の好意に甘えるのもいいさ、と、一正はいとも気楽に、前向きに考えた。

夕食は家族と一緒で、昼のような客用のものではない。サゴヤシの澱粉と野菜を細かく刻んだ物、魚の煮物などだ。魚の煮汁も野菜を刻んだサラダのような物も酸味がきいている。酢よりも柑橘類よりも鋭い酸味だ。黒く細かな粒から蟻だとわかった。以前、オーストラリアで行われた土木学会の懇親会で、スモークド・サーモンに振りかけて出されたのを食べたことがあるから、さほど驚きはしなかった。現金収入も農地も少ない浜辺の村で、食べられるものは何でも工夫して食べるのだろう、と感心しながら味わう。

その夜は、ケワンの隣にマットレスを敷いてもらって寝た。

ケワンの家は、ケワンと両親、ケワンの姉の一家が同居しており、内部には簡単な仕切りがあるだけだが、月明かりが差し込み、海風の吹き抜ける高床式の住居の居心地はまずまずだ。

野犬の吠え声そっくりなトカゲの鳴き声が耳障りだが、昼間の疲れも手伝い、たちまち眠りに落ちる。

明け方、どこからともなく流れてくる歌声のようなもので目覚めた。この国で仕事するようになってから耳慣れてしまった、神への祈りを促すアザーンだ。家族のだれもそんなものに気を配る様子もなく、それぞれが起きてすでに立ち働いていた。

ケワンに尋ねると、アザーンは密林の向こう側にある小さな村の拡声器から、風に乗って流れてくるものらしい。道路さえあれば、すぐに行き来できる距離のようだ。

屋外に置かれた水瓶《みずがめ》の水をすくって顔を洗い、家に戻ると居間の床の上に皿が置かれている。客人のための朝食だ。

サゴヤシ澱粉のパンケーキと茹でた魚を皿に盛りつけてくれたのは、四人の子持ちであるケワンの姉だ。母親のマヒシャに似ているが、腰のあたりは細《ほ》っそりしている。鍋の中の魚を皿にあけながら、褐色の瞳で一正を見据え、白い歯を見せて、にっ、と笑った。

頭にかっと血が上り、一正はおちつきなくあちこちに視線をやる。

昨夜見た妙な夢を思い出したのだ。暑苦しさ、息苦しさに目覚めると、何かが体を締め付けていた。滑らかで汗ばんだもの……。間近に女の顔を見た。窓から差し込む月の光を浴びて、それはやはり、にっ、と笑い、次の瞬間、股間を摑まれた。無遠慮でがさつな接触に、勃つどころか萎えた。

まもなく五十という歳は若くはないが十分に男だ。だが、だれでもいいわけではない。五十男だからこそ、こだわる。夜這いをかけるならともかく、女に夜這いをかけられるのはごめんだ。その手を振り払い、寝返りを打ち背を向けた。さらに触ってくるのを、ハエのように払った。

目覚めてから気づいた。さほど広くもない部屋には、ケワンと一正の他に、ケワンの姉の、思春期とおぼしき男の子二人が寝ていた。そんなところに夜這いをかける女などいない。おそらく寝相の悪い少年の一人にのしかかられて、女に夜這われる夢を見たらしい。我ながら浅ましい。

朝食の後、まだ潮が十分に満ちる前に、一正は、真っ黒な火山灰をまぶした大量の干し魚とともに、ケワンの船で町に戻った。

「それじゃお母さんたちによろしく。必ず、また来るからな」

別れ際に一正がケワンの裸の肩をぴしゃぴしゃと叩くと、ケワンは、口を尖らせて視線を外した。

「そんなこと言ったって、どうせ来やしないんだよな」

「何でそんなことを言う」

「みんなそうじゃないか。俺が案内してやった客はみんなそうさ。ダイビングスポットでわいわい騒いで喜んでいるが、また来ると言っておきながらだれも来ない。俺の村は何もないからだ。いや、ネピ島自体を嫌ってるのさ。ろくなホテルはないし、裸になるなだの、酒を飲むなだのとやたらうるさいし」

「いや、俺は絶対来る」とケワンに片手を差し出す。

疑わしそうにケワンは上目使いに一正を見ると、戸惑うように握手に応じた。

「で、君はここに毎日来てるのか？　次に来たときもここで会えるのか？」

「いや、魚を売りにくるときだけだが、これがある」

ケワンは手にしたビニール袋の紐を解くと、中から何かを取りだした。

携帯電話だった。それも四つだ。充電器のコードが本体に絡んでいる。

「おいおい……」

確か、彼の住んでいる集落に電気は引かれていなかったはずだ。

「これから市場に行って、他の村人の分まで充電するのさ」

驚いて瞬きしていると、ケワンは鼻先でふん、と笑った。

「俺たちのこと、未開の部族か何かだと思ってバカにしていただろ、カモヤン」

「ないない、そんなことない」

「これがなきゃ商売にならないのさ。俺ら、芋と魚で自給自足してる野蛮人じゃないんだぜ」

「しかし電波は……」

「ちゃんと入るよ、同じネピ島の中だぜ。切れ切れだからちょっと通話にコツがいるけどな」

わかっていれば昨夜のうちに、フェリーの運航について調べることができた。

それから二人は互いの電話を鳴らし合って、番号を登録した。

一正は、財布から改めてルピア札を取り出す。

「いろいろ世話になったお礼だ。お袋さんに市場で土産を買っていってやってくれ」

ケワンの顔に、不意に恥ずかしそうな笑みが浮かんだ。

「ありがとう、旦那《トゥアン》。これで米や菓子を買っていくよ。必ず来てくれ。次も」

今度はしっかりと一正の手を握りしめた。

「現金なやつだ」と苦笑しながら別れた直後に、昨日の黒いつばなし帽の男たちが、ばらばらと駆け寄ってきた。

「大丈夫だったのか、旦那。何もされなかったか。昨日、戻ってきた様子がないから、てっきり殺されて海に沈められたかと思った」

「無事だったのは、俺たちがアッラーに祈ってやったからだ」

「さっきはあれにいくら払ったんだ。この島にチップの習慣はない。島民までが影響されて人間が卑しくなるから、ああいうことは今度からやめてくれないか」

口々に勝手なことを言う。

「チップじゃない。宿代だ」

「宿代って、どこに泊まった」と男の一人があたりの安ホテルを指差す。

「彼の家だ」

呆然としたように男たちは一正をみつめ、「よくまあ、無事に戻れたものだ」と首を振った。


その日の午後の定期船で一正はネピ島を後にし、二日後にはパダンを経由して空路でジャカルタに戻った。

アパートメントホテルの一室で、幹線道路を通り過ぎるトラックの振動と古いエアコンの爆音のような音に耐えながら、海中のボロブドゥールのことを思い出す。そのたびに高揚感を抑えかねる。

市内にあるダイビングクラブに行き、懇意にしている日本人オーナーやダイバー仲間を捕まえてはその話をした。それだけではなくオフィスにいる同僚たちにまでしゃべりまくった。

感心してくれる人はいたが、たいていは社交上のもので、嘘と決めつけられることはないまでも、体長五メートルのウミガメを見た、の類いの大言壮語と受けとられた。それゆえ駐在員同士の酒の席では、大声でしゃべっても差し障りのない楽しい話題となったが、同じ話をインドネシア人にしても、さしたる興味を持たれないのは意外であり、不本意でもあった。

考えてみれば、世界遺産のボロブドゥール遺跡も仏教徒にとってこそありがたいものだが、開発独裁のスハルト時代も終わりを告げて久しい今、国家統一を掲げて仏教遺跡、ヒンドゥー遺跡を国の宝として保護するという思想は、大半のムスリムからは冷ややかに受けとめられている。彼が遺跡公園の整備に関わった数十年前と時代は大きく変わっていた。

スマートフォンで撮った写真も見せたが、青緑色の視界の中にハンドベル型の塔のシルエットが浮かび上がる不鮮明な画像からはそのサイズも質感も伝わって来ず、海底に落ちた波消しブロックとどこがどう違うのかよくわからない。

「そんなものが、そもそもスマトラ西側のインド洋沖にあるはずがない」と一蹴したのは、一正が出席したジャカルタの都市防災会議で出会ったガジャ・マダ大学の教授で、専門外とはいえ自国の歴史については一家言あると思われる教養人だった。

「いいかね、スマトラ島の東側、マラッカ海峡に面した側には仏教遺跡やヒンドゥー遺跡、すなわちインド由来の王国の跡は数多くみつかっているが、西側のインド洋に面した海岸には、そんなものはない。インドと中国を結ぶ海洋交易ルートは、唐の交州を出発して当時のシュリヴィジャヤ王国の首都のパレンバンを経由して、マラッカ海峡を通り南インドに至る。それは中国・アラビアの交易ルートも同じだ。パレンバンは言うまでもないが、スマトラの東側の海岸に栄えた港町だ。スマトラ・ジャワの東側の穏やかな浅い海を、島沿いに航行するのだ。わざわざ波の荒いインド洋を行き来する船などない。だからインド洋に面したスマトラ島の西側の島なんぞ、そもそもがマラリアの蔓延する熱帯雨林、首狩り族の住む未開の地だった。インドや中国、そして後のアラビアからもそうした文化がもたらされることはなかった。ようやく十七世紀に入ってスマトラ本島からイスラムが入り文明化された。だが内陸部に住んでいる首狩り族にその恩恵はもたらされず、近世になって宣教師が入った。だから首狩り族たちにはキリスト教徒が多い」

「しかし私は見たんですよ、確かに」

ありえない、ありえない、ありえない……。どこでだれに言っても本気にするものはおらず、一正はほら吹き扱いされるか、彼の人柄を知っている日本人からは、「また名前の通りカモにされたか」と笑われるのがおちだった。

しかしインドネシアでの仕事も終わりかけた頃、さる懇親会の席で出会った男は、そうした一般の人々とは、いささか異なる反応を示した。

「そんなものは普通にあるんだよ。ボロブドゥールみたいなものは、ジャワだけじゃない、あんなのはインドネシア中に散らばってるんだ、珍しいものじゃない」

化織の立ち襟シャツを身につけたメダン出身の土木技師だった。

たいていの人間はビールさえ飲まないこの国で、日本の会社が持ち込んだ清酒でしたたかに酔った男の、「そんなもの」「珍しいものじゃない」という言葉にいささかむっとして、一正は尋ねた。

「じゃあ、君はそれを実際に見たのかい？　海の中だよ、海の中」

「見なければこんな事を言うものか。ジャワにもスマトラにも以前はインド起源の大帝国があって高い文明を誇っていたのだ」

もちろん一正もそれは承知の上だ。ケワンの語ってくれた島の伝説でも、ネピ島の祖は、シャイレーンドラ王朝の王子ということになっている。

男が空のグラスをその場に置き、おかわりをするためにバーコーナーに向かう。

一正は追いすがるようにして質問を続けた。

「で、君が見た海の中というのは、たとえばどこ？」

男は足を止め、「獺祭《だっさい》」の満たされたグラスを受けとりながら黒い瞳を見開いて、一正をじっと見詰めた。

「だからスマトラの南側、インド洋に面した島さ。最初の妻がそこの島の出身だったのさ。妻の語る島の伝説によれば、海から近づくだけですばらしい香りが漂ってくる黄金の島、だったそうだ。島中、黄金だらけで、たくさんの商人がやってくる。泉が湧き出て、目が眩むような神殿やきらびやかな家が建ち並ぶ町があったそうだ。伝説は伝説としてその片鱗くらいはないかと期待して、妻の実家に同行したわけだが、確かに島に近づくにつれて匂ってきたよ。魚臭いのなんのって。干し魚が浜一杯にある。それを本島に運んで売るのさ。黄金なんかどこにもなかった。アブラヤシのプランテーションと漁業。山だらけの貧しい島さ。そのとき気づいたんだ。泉の湧き出る、黄金の都市とは、すなわちそれは我々ムスリムの夢さ。そうオアシス。たとえ砂漠などない国でも伝説は生きている。たまたま訪れたアラビアの船乗りたちがそんな夢を見たのかもしれないと私は考えた。それでその島の港付近の町を散策した。ちいさなつまらない町だが、そこをぶらぶら一人で歩いていたとき、漁民の一人に声をかけられた。面白いものを見せてやるから来い、と誘われて、船に乗った。そうしたらあったね。ボロブドゥールが。海の中に。ボートの底をひっかきそうなところに、頂上の仏塔が立っていたわけだ」

「それだ」と一正は叫んだ。「島の名前はネピだろ、ネピ」

「いや」と男は否定した。「ネピだ」

日本人の耳には区別がつかないが、発音かイントネーションの違いがあるらしい。

「ところが妻も妻の家族も親類も、この島にそんなものがあるわけがない、と言う。いや、そんなことはない、この目で見たんだ。いや、あるわけない、とやってるうちに、連中、怒り出す始末さ」

「で、それで、どうしたんだ？」

男は肩をすくめる。

「それきりさ。二年後に妻が産褥《さんじょく》熱で死んで、以来あの島とも縁が切れてしまった。今更、そんなとこ行きたいなんて言ったら、今の妻が焼き餅を焼いてたいへんだ」

海中遺跡は散らばってなどいない。一正が見たものも彼と同じだ。彼の他にどれほどのインドネシア人が、あのネピ島の海中の仏塔とおぼしきものを見ているのかわからない。だが彼らは関心を示さない。今に至っても、あの海のボロブドゥールがそのまま研究対象になっている気配はない。

「しかしあれは立派な遺跡だ、政府はなぜ何もせずに放っておくのだろう」

「ああ、その話か」

男はうんざりした顔で首を振った。

「この国にいったいどれほどの遺跡があると思っているんだ？　保存だ、修復だ、ったって、ただでできるわけじゃない」

十分承知している。金のかかる調査を行った後、保存、修復するとなれば、地方政府の担当部署は図面作成、事業計画、予算計画、報告書の他にあらゆる書類を揃え、予算を確保しなければならない。一正のかかわったボロブドゥールのような重要な遺跡はともかくとして、政府の金や人的資源が無尽蔵にあるわけではない。僻地《へきち》にある小さな遺跡の整備など、ほとんどは計画倒れで放置されている。

しかし一正は、この土木技師が何と言おうと、あの海中のボロブドゥール遺跡の調査に関わり、復元し、遺跡公園として整備したいと思った。一生を一サラリーマンとして終えるであろう男が抱いた壮大な夢だ。

しかし遺跡公園の整備工事に関わった経歴があるとはいえ、古代建築や歴史、ましてや考古学について一正は素人だ。

専門家の意見が必要だ。幸い一正にはつてがある。

大手建設会社の社員として、一正は道路や大規模団地などの建設に携わってきたから、開発時に遺跡や遺構が出て来た場合、事前調査を請け負う発掘調査会社や研究所と繋がりがある。

帰国してさっそく、発掘調査を請け負っている財団や会社の調査研究員に連絡を取ったが、彼らからも彼らの知り合いの考古学者からも、陸上の遺跡や遺構しかわからない、水中遺跡は専門外、という返答しか得られなかった。

しかし一正は諦めない。仕事の他に、趣味においても彼には人脈とつてがある。

十数年前、スキューバダイビングの趣味が高じて、彼は通信講座とスクーリングで学芸員の資格を取り、当時配属されていた土木技術センターにほど近い海洋未来博物館で、ボランティア活動を始めた。二年後、一正はそこに非常勤研究員として迎えられた。待遇はボランティアと変わらず、交通費程度の日当しか出ないから、会社の職務専念義務に抵触することもない。

その後、一正は静岡にあった土木技術センターから埼玉支社へと異動してしまったために、非常勤研究員の職は辞したが、生来の宴会好き、イベント好きが幸いし、博物館のスタッフとの個人的な交流は続いている。

そこで彼は、ネピ島で見た仏塔、と思しき建造物の話をその海洋未来博物館に持ち込んだ。もちろんそちらの博物館の展示や研究対象に水中遺跡は入っていないが、そこのシニアスタッフが、博物館の母体である静岡海洋大学に連絡を取り、水中考古学研究室の准教授、藤井に繋いでくれたのだ。

藤井には写真を添付した電子メールを送り、一正は自分がインドネシア、パダン沖の小島で見たものについて伝えた。

藤井の反応は懐疑的なものだった。そもそもそれが遺跡、しかも古代のものか、取り壊し工事で海中に投棄されたコンクリート製の建築物の一部か、いささか疑わしいと言う。

その文面からは、また素人ダイバーの情報か、どうせ背後に観光業者やら、地元の行政担当者やらが群がっていることだろう、といううんざりした気分が伝わってきた。

一正はこのときとばかり、自分がトータル十年間インドネシアに駐在し、ボロブドゥールの修復工事に伴う遺跡公園その他の整備に携わった、という経歴を書き送った。現地のスルタンや知事、さらには著名な考古学者と共に撮った写真も添付し、とにかく一度お目にかかって説明したいと書いたが、藤井からはそれには及ばないという素っ気ない返信が来ただけだった。めげることもなく一正は、その海底の仏塔について、彼が見た限りの特徴や大きさ、さらには本当に古代王国の遺跡であった場合の途方もない重要性を説明するメールを何度となく送りつけた。

二ヶ月後、会社と若い妻の待つ家庭を往復する生活を送るうちに、まったく無視されたかに見えた藤井から、メールが突然届いた。

「遺跡か現代の構造物かは不明ですが、今年度中に、一度、見ておくべきかもしれません」とあった。

遺跡に決まっているではないか、と一正は少しばかり憤慨しながらも、前向きに考えてくれる人間が現れたことを喜んだ。

今年度、ということは、おそらく予算消化の目的もあったのだろう。

旅程についてもやはりメールのやりとりのみで決まった。

予算も日程もずいぶんと厳しいものだったが、不満を口にできる立場ではない。

専門家に見てもらえばその重要性はすぐに理解されるに違いない。

自分はあの海中のボロブドゥールを発見し、日本の学者がそれを確認しインドネシア教育文化省に報告する。その歴史的重要性を認識したインドネシア政府は、潤沢な予算を組み、本格的な発掘調査に乗り出し、次には修復が始まる。

十年かかるか、二十年かかるかわからない。しかしいずれは海中公園「海のボロブドゥール」として整備し、公開する日がくる。多くの人々が、小船で海に繰り出し、貴重な遺跡を見学できる日が来る。そして加茂川一正の名は、海のボロブドゥールの発見者、そして研究者として記憶される。五十を目前にした一正はそんなことを夢想した。

日程は、最初に決まった。というよりは、一正が、是非に、と推した。三月の大潮の日だ。ケワンが、この日に海神の祭りがある、と言っていたからだ。

大潮の干潮時間帯であるなら水深はもっとも浅くなる。藤井はすぐに同意してくれた。その時期にはちょうど予定が空くという。

さらに「海の民の盛大な祭り」というキーワードに、海洋文明研究科の研究者が興味を示し参加したがっている、と藤井が連絡を寄越した。

問題は一正の会社員としての立場だ。決算期の平日に九日間の休暇を取るなどというのは、不可能だ。

しかし一正は、さして煩悶することもなく、早期退職、という人生における大きな決断をした。もともと将来に不安を感じるたちでもなかった上に、ちょうど転職のチャンスが訪れていたのだ。

埼玉支社に異動した直後、地元の飲み屋で、新設私立大学の理事と親しくなったのだった。幾度か一緒に飲むうちに、一正の経歴に興味を持った理事から、それまでの海外勤務経験を生かして、翌年の九月から、国際理解についての講義をしないか、と持ちかけられたのだ。収入面ではあまり期待はできないが、「武蔵野情報大学国際交流学群国際貢献学科　非常勤講師」の肩書きがつく。

大学で講義する、という言葉に、一正は躍り上がり、例によって深く考えることもなく引き受け、ネピ島行きの話が具体化してきたその年の正月明けに、二十五年十ヶ月勤めた建設会社に退職届を出した。前年に結婚した二十あまりも若い妻には一言の相談もしなかった。

インドネシア駐在の後、本社には戻れず、地方の研究所や支社、事業所を回されている自分に出世の目がないことくらいは、いくら自惚《うぬぼ》れの強い一正でもわかっている。

五十を前にした今も、得体の知れない「グループ長」という肩書きを得ただけで、彼は大手ゼネコンの看板を背負い、英語の他にインドネシア語、ヒンディー語、さらには片言の福建語やタイ語まで操れる社内随一の国際派としての自負の下、便利屋としてこき使われている。

それでもどこかの派閥にすり寄って出世する気はなかったし、自分を冷遇し続けた上司を恨み、臥薪嘗胆、千倍返しのチャンスをうかがうほどの粘着質でもなかった。

企業人から大学人へ、たとえそれが非常勤講師であっても、新しい未来が開けていくような気がしていた。何より自分は、前代未聞の海中遺跡の発見者となるかもしれないのだ。


「もし、加茂川さんの発見された『海のボロブドゥール』が本物なら、というか私が見て本物と判断した場合ですが……」

インドネシアに向かう機内で藤井は説明した。

「可及的速やかに、厳密に言うと二週間以内に、政府の歴史考古局に報告する義務が生じます。これはインドネシアでは学者から地元の農民まで、すべての人々に義務づけられています。問題は、報告したら政府がすぐに調査に乗りだして、保存、修復に動き出してくれるかどうかですね。そこが大きなハードルとなるでしょう」

「ああ、それはあるなぁ」と一正は片手で自分の額を叩く。

大星の数ほどある遺跡で、調査、発掘、保存、修復の計画はあっても、予算と人の手当がつかず、大半は計画倒れになる。世界遺産ボロブドゥールの発掘調査と修復は、オランダの植民地下で発見され、スハルトの独裁政権下であったからこそ実現した大事業だった。

「保存、修復の前に、国か地方の考古学センターか歴史考古局がすみやかに調査を行い、文化財リストに登録するか否かを決定します」

「そりゃ登録されるでしょう」

「そうだといいですね」と藤井は冷めた表情で微笑んだ。

機材繰りのために六時間以上遅れて、翌早朝、到着したジャカルタで、一正が現地までの交通やダイビング機材の手配について確認する間、藤井は政府の考古学センターに、人見は国立図書館に向かった。

藤井が考古学センターに行くのは調査の許可を取る目的ではない。遺跡らしきものを発見したとして、外国人の学者が調査したいと言っても、許可など下りない。

一正は、「前人未踏の辺境の村で、現地民の案内でとんでもない遺跡を発見した」といったニュアンスで話をしたのだが、藤井はより慎重だった。

「我々からは未開の地に見えても、インドネシアにそんなところはもはやありませんよ。文化財に関しては政府がほとんど把握、管理していますから」

そう説明して、まずはネピ島の海中遺跡について、すでに発見されている可能性があるかどうか、藤井は政府のリストを確認するために考古学センターに向かったのだ。

夕刻近くにジャカルタ市内のホテルで落ち合った藤井は、自分の部屋に一正と人見を呼ぶと、深刻な表情で告げた。

「文化財登録はされていませんね」

「それじゃ……」

「候補リストには載っていました、確かに」

「どういうこと？」

人見が不審そうに尋ねた。

藤井は、ノートパソコンを立ち上げると画面を一正の方に向けた。グーグルマップのスマトラ西海岸の画像が出る。

ネピ島の遺跡は、すでに七年前に、現地を訪れたジャワ出身の旅行者が歴史考古局に報告していたのだ。

「報告によって候補リストに載り、政府が調査をしたようです。だが、結果は文化財的価値なし」

「なぜ？」と思わず食ってかかるような物言いをしていた。

「現地住民のねつ造、だったそうです」

「んなわけ、ないだろ」

一正は思わず拳でテーブルを殴った。

自分は見た。

間近にボロブドゥール遺跡を眺めながら遺跡公園整備に携わった後も、トータル十年以上インドネシアで仕事をしてきた自分が、そんなものを見間違えるわけがない。

日本においても、遺跡は考古学者や一般市民にとっては貴重なものだが、建設事業者や開発事業者にとっては貧乏くじだ。そんなものが出たら最後、マンション工事も道路工事も橋梁工事もストップし、発掘調査のために莫大な費用と時間がかかる。竣工が遅れれば、その経済損失もばかにならない。知らないふりを決めこんで埋めてしまうなどということが、バブルの頃は頻繁に起きた。ひょっとするとあのあたりでもそんな思惑があるのか？

「調査を行った担当官とは会えなかったので、詳しいことはわからないのですが、調査グループのメンバーであった考古学の教授が、私的な記録を残していました。地震が起きたり、不慮の事故にあったりで調査は二回ほど中断したようです。三回目に訪れた干潮の折に、ようやく結論が出たらしいんですが、遺跡周辺に住んでいるのはえらく野蛮で好戦的な連中だったそうです。たまたま祭礼のときだったからなのでしょうが、遺跡に近づこうとすると銛やヤスで攻撃をしかけてきたらしい」

「そんなばかな……」

ケワンたちは観光客をあの場所に案内こそすれ、好戦的な態度などまったく見せなかった。

「あのあたりに住んでいるのは、元は首狩り族ですから、怒らせればそういうこともあるでしょう。しかしとにもかくにも問題はその後の記述です。彼らは、ノミと金槌でかちかち彫っていたそうですよ」

「何を？」

「だから仏塔の表面を。つまり加茂川さんが見たという仏塔は彼らの作品だった、というわけですね」

「いや、違う」

即座に否定した。

「どうやって水に潜ってそんな作業をするんだ。連中は私らと違って、スキューバの装備なんぞない。いくら漁師で息が続くったって、浮き彫りを岩にほどこすなんてことを素潜りの状態でできるはずがない。いやエアタンクを背負っていたって無理ですよ。潮の流れがあるから」

「で、加茂川さんは、それを見学するのにいくら払いました？」

冷たい声で藤井が尋ねる。

「百ドルくらいかな。たまたま一泊させてもらったので、合計二百ドルは払っている。実際は米ドルではなくルピアで」

「貧しい漁民にとっては莫大な収入ですよ。遺跡のもたらす観光収入は、インドネシア経済にとって重要なものですが、しかし」と藤井は言葉を切った。「無いところには、無い。だったら作っちまえ、ということにもなるんじゃないでしょうか」

「私にとってはねつ造する人々の行動の方が興味深いわ」

人見が目を輝かせていた。

「貧しい先住民が、海の向こうからやってくる人々とコミュニケートして、新しい産業を立ち上げようとしている。彼らにしてみれば、ねつ造なんて意識はない。テーマパークを建設しているだけかもしれないでしょう」

「絶対、ねつ造でも、テーマパークでもない」

一正は叫んだ。自分がカモになるなど、あっていいはずはない。しかも今回は学者を巻き込み、自分の今後の人生を変更してまでも、やって来たのだ。

「役人だって間違うことがあるでしょう。どれだけ偉い専門家か知らないが、私はずっとボロブドゥールを間近に見てきた。そのてっぺんにあるメインの仏塔とそっくりだった。いや、あんなのっぺりした仏塔じゃなくて、彫刻が施されていた。それにケワンはボロブドゥールそのものについては知らなかった。レプリカを作ろうなんて、そんな意図があったはずがない。それより、現にあるものを無いことにして、調査を打ち切って登録さえしないインドネシア政府に抗議したいですよ。あんたたち、恥ずかしくはないのか、遺跡は国民統合の象徴、あなたがたの誇りじゃないのか、と」

激してきて、ついつい声が裏返りそうになり、一正は言葉を止めた。

「いずれにせよ、これから数日間の僕の仕事は、それが本当にねつ造か、それとも加茂川さんの言うように本物なのかを見定めることですね」

ほとんど感情を込めずに藤井は言うと、ノートパソコンを閉じた。

翌日、ジャカルタからスマトラのパダンへ移動した一正たちは、そこで丸二日かけて準備を整えた。

ネピ島に渡ってしまったら、ダイビングショップの類いはない。そこでこの町のダイビングクラブで一切合切を揃えた。

幸いなことに一正は、仕事でインドネシアに来ている間中、暇があれば海に潜っていたから、この国の各所のダイビングクラブに顔が利く。

馴染みの日本人インストラクターが、周辺海域でのダイビングについて相談に乗ってくれ、海洋遺跡の専門家である藤井准教授と様々なケースについて細かく検討することができた。

また半信半疑ではあったが、ケワンの携帯電話にもつながった。

「カモヤンか、本当にカモヤンなのか。本当に来てくれたのか」

ケワンが電話の向こうで野太い声を上げた。

たとえ遺跡がねつ造だとしても、何一つふくむ物などない、善意丸出しの声色だった。

「そうだとも、大潮の祭りに来いと言ってくれたじゃないか。今、パダンだ」

「本当に祭りに来てくれるのか。また来るといって、本当にやってきた客は初めてなんだ。カモヤンは本物の男だ」

底抜けの好意しか感じられない声だ。この男が自分を騙そうとしているわけがない、と一正は確信した。

「で、祭りは見物だけでなく参加もさせてもらえるのか？」

「決まっているだろう。カモヤンは俺たちと同じだ」

涙が出そうだ。

「あと二人いるんだが」

「カモヤンの部下か？」

「いや」

躊躇しながら答えた。

「友達だ。大事な」

仕事がらみということで身構えられるのも困る。

「わかった。大事な客としてもてなす」

力強く請け合った後にケワンは尋ねてきた。

「で、その二人は金持ちか」

「はぁ？」

感激の再会であっても商売気は捨てない。

「それほどではない」

「ふうん」と少し失望したような声を漏らすと、ケワンは電話を切った。


三日後の夜、地元民を満載した定期フェリーで三人はパダンを出港した。

海洋遺跡については専門外の人見教授と一正は、交通費や宿泊費などは自費、専門家の藤井にしても正式な調査ではないから、必要最低限の経費しか研究室の予算からは捻出できなかった。

それでも定期フェリーの乗船料は十分に安く、ワンランク上のクラスが取れた。

雑魚寝の二等船室と違い、各自ベッドがあてがわれる。

破れかけた黒いラバーの狭い二段ベッドに人見淳子はさっさと這いあがり、荷物を枕にTシャツ半ズボン姿でごろりと横になる。一方、藤井は一正を促し、船内を見て回る。好奇心からの探索ではない。

「ニュースにはなりませんが、こっちの地元の定期船はときどき沈没事故を起こしていますからね」

「そのようですね」と一正もうなずき、救命胴衣や非常脱出経路などを確認する。

船室内に戻ったが、まだ消灯時間まで間があるのか、あちらこちらのベッドの上で、食事をしている家族連れの姿がある。

藤井は自分に割り当てられたベッドの薄汚れたラバーの上に、テント用のシートを敷く。仕事柄、調査旅行は多いのだろうが、なかなかの清潔好きのようだ。

眠っているように見えた人見がむくりと起き上がると、「とりあえず」とデイパックの中から何かを取りだした。缶ビールだった。三缶あって、二人の前に一つずつ置く。

藤井が気まずそうに一正を見た。ムスリムの多い国なので周りの家族の目が気になる。だいいち町中のコンビニに酒は売っていない。大方、ホテル裏のいかがわしいレストランで買ってきたものだろう。とはいえ少し離れたベッドでは、ネピ島の先にある島まで行くと思しき半裸のフランス人のグループが、やはりビールをあおりながら奇声を発してゲームに熱中していた。

「それじゃありがたく」と一正は受け取り、プルタブを引き上げる。

藤井も困惑したような笑いを浮かべて、それに倣う。

甲板で風に吹かれて飲んだ方が快適なのだろうが、盗難の危険があるので、三人揃って、荷物を置いてこの場を離れるわけにはいかない。

ベッド上であぐらをかいて、乾杯する。

生温い液体を喉に流し込み、一正は眠りについた。

ネピ島には翌日の午前中に着き、港にはケワンが先に来て待っていた。潮焼けして血走った目をした厳《いか》つい顔の入れ墨男は、前回とは打って変わった、少し照れくさげな笑顔を浮かべて走り寄ってきた。そして訛りのある英語で藤井と人見に挨拶した。二人の学者は礼儀正しく挨拶を返し、この男と握手した。

人見と握手したケワンは何を思ったか、いつまでたってもこの五十間近の学者の手を放さない。

四人は重たいダイビング機材を船に積み込む。

ケワンは今回のために、前回よりも大型の船外機付きの船をどこからか調達してきていた。それでも予想外に多い荷物のために、船はかなり沈み込んだ。

不意に大きな横波がきた。舷《ふなばた》から海水がなだれ込んでくる。

座っていた人見のズボンがびしょ濡れになったが、格別慌てる風もない。

ケワンはプラスティックのカップを一正に投げて寄越した。

「すまない、カモヤン、水を掻き出してくれ」

「了解」

船底の海水をさらっていると、フェリーが近づいて来るのがみえた。横波はこのフェリーが立てたものだったようだ。

「なんだ？」

一正たちが乗ってきたフェリーではない。

「ずいぶん頻繁に船便があるんだね」

「島で商売している華人たちがチャーターした船さ」

「へえ、連中は定期便じゃなくて、チャーターか？」

港の方を振り返ると、段ボール箱やスーツケースを抱えた人々が、桟橋付近に集まっている。色白で扁平な顔立ちの、裕福そうな人々がどこか苛立った様子で乗り込んでいく。声高な中国語がここまで聞こえてくる。桟橋の向こうにある繁華街の人出も多い。賑わう、というより、騒然とした雰囲気だ。目を凝らすと、暗いグリーンの制服が交じっているのが見える。兵士だ。もっともインドネシアの町中で、軍隊を見るのは格別珍しいことではないのだが……。

「ひょっとして暴動か何か？」

ずいぶん昔の華人襲撃事件を思い出した。

「いや」

ケワンはそっけなく答えた。

「デマが飛び交っているのさ」

「どんな？」

藤井が尋ねた。

「島の火山が噴火するって」

ぎょっとして繁華街の向こうに見える緑の丘に目を向ける。うっすらした雲がたなびいているように見えるが、それが火山の煙なのかもしれない。

「地震があったりすると、迷信深いムスリムたちが騒ぎ出すんだ。それを真に受けて金のある華人が逃げ出すってわけさ」

「本当に大丈夫なの」

「あたりまえだろう」

ケワンはこちらに背を向けると船外機のエンジンの紐を勢い良く引っ張る。けたたましい音を立てて、船は方向を変える。

入り江の外に出ると、波を被るたびに船の中に大量の海水が入って来る。三人の乗客はズボンをずぶ濡れにして、船内の海水をプラスティックカップでかき出す。

「ところで君の村の名前は何というの？」

藤井はプリントアウトしたグーグルマップを手に、船を操っているケワンに尋ねた。

フェリーの着く港町の名前は、ビアクと地図に表示されていたが、ケワンたちの村の名前は地図上にない。

「プラガダン」

小さな漁村に似合わぬエキゾチックな響きだ。人見が素早く地図に書き込む。

そのとき一艘のスピードボートが近づいてきた。

紺色の制服を着た警察官が乗っている。

船が止められた。

「どこに行く？」

警察官は船上の日本人たちに、簡潔な英語で尋ねた。

「プラガダン」と一正は答え、藤井がすばやくパスポートを見せた。

「何をしに？」

「観光」

間髪を入れず、藤井と人見が同時に答えた。

「観光客は次のフェリーで速やかに島を出るように。小イスカンダルが噴火する」

警察官は無表情に告げた。

「小イスカンダル？」

「この島にある火山の名前だ」

藤井と人見がぎょっとした様子で顔を見合わせる。デマではなかったのか。

「そんな気配はないようだけど」と一正が言うと、「活動が活発になっているんだ」と警察官は言う。

「噴火した場合、我々は島民の避難だけで手一杯だ。観光客の面倒までは見られない。最悪、全島民がこの島からフェリーで避難しなければならなくなるかもしれない」

「わかりました」

藤井が返事をした。

「フェリーは明日までないので、それまでは島に留まるしかありません」

「プラガダンに行くことは勧めない」

警察官は生真面目な顔で遮った。

「その男の誘いに乗って、興味半分で訪問するとひどい目に遭うぞ」とケワンを指差す。

警察官にせよ、一般市民にせよ、地元の人間のこんな言葉には慣れているのだろう、ケワンは唇をひん曲げただけで何も反論しない。

「明日には、島から出ます」

藤井が繰り返す。

「いいか、私は今、忠告した。後は、火山弾に当たろうが、火砕流に巻き込まれようが、またはあの村の野蛮人に首を狩られようが、君たちの自己責任だ」

それだけ言うと、警察官を乗せたスピードボートは横波を食らわせて離れていった。

人見がふっと息を吐き出し、苦笑した。

島を約半周した後、船は漁民たちの集落のある入り江に入っていく。前回に来たときと違い、ケワンはそれほど神経質になってはいない。ちょうど大潮の満潮時で、海はかなり深くなっているのだ。

ふと陸に視線を向けた藤井が、無言のまま上方向を指差す。

緑の森の梢から、草木一つない白茶けた山頂が覗き、そこから白い煙が上がっている。

耳を澄ますと、波の音、風の渡る音に交じり、かすかだが地鳴りのような低い音が聞こえる。

「ああ」とケワンが笑った。

「あの山はいつもそうさ。人間だって息を吸ったり吐いたりするだろう、山も同じだ」

活火山だ。人間と同じで火山も正常な呼吸をしている方が危険ではない。沈黙したまま、いきなり怒りを爆発させる方が怖い。そう言っていたジャワ人がいたことを一正は思い出す。

入り江の中にはたくさんの船が浮かんでいた。網を備えた小型動力船からアウトリガーつきの手こぎの船まで、どれもマリーゴールドのような黄色の花やニッパヤシの葉などで飾り立てられている。

海神の祭りなのだ、とあらためて思い出す。

「レースをやるのさ」ケワンは、飾り立てた手こぎボートが集まっているあたりを顎で指す。船上の人々と挨拶を交わしながら近づくと、動力船に乗った男たちが海中に花や米の粒のようなものを撒いている。船の周囲の海面がさざ波立ち、たちまち騒がしく水がはね始める。わき上がるように魚が集まってきた。水を透かして鱗がきらめき、小魚が躍るように水面上に跳ね上がる。

傍らで人見が歓声を上げた。

その歓声はすぐにその喉に呑み込まれる。

漁師の男の一人が、船上の籠からショッキングピンクと白のものを摑み出す。足を持って海面に逆さまにした。鋭い鳴き声が響き渡った。闘鶏用なのか、白い鶏の首回りを派手な色に着色してある。男の手が空を切ったように見えた直後、ショッキングピンクと白の羽毛の色に、鮮やかな赤が交じる。

「うわっ」と藤井が悲鳴のような声を上げる。

噴き出した血が海面に注がれる。

さらに船上に引き出されたものを見て一正も目を疑った。

山羊だ。足を縛られ舷に転がされた。真っ青な海と空と太陽に極めて不釣り合いな、陰惨な鳴き声を立てる。

「よせ」と思わずつぶやいていた。

呆然とした表情で人見が、そちらを凝視している。藤井は目を背ける。

一瞬の後にすべて終わっていた。海面が赤く染まる。

一正たちが乗っている船体に波が当たり、ぴしゃぴしゃと長閑《のどか》な音を響かせ、波に浮かんだマリーゴールドやジャスミンの黄や白の花びらが押し寄せてくる。少し遅れて生け贄の血で赤く染まった海水もやってきた。

「このへんに鮫はいないの？」

一正が尋ねるとケワンは、「リーフの内側では見たことがない」と答える。

視線を上げると、少し離れた船の上に転がされた山羊や鶏の死骸の、ところどころ血に染まった白い毛が海風になぶられている。

「あれ、どうするの？」

一正が指差すと、「持ち帰って食べるんだよ。神様のお下がりだもの」と、こともなげにケワンが答えた。

「我々の感覚からすると、米と酒までは海に注ぎますが」と藤井が眉間に皺を寄せる。

「人の首でないだけ良しとしますか」と一正は応じる。

気がつくと、海岸線にいくつか並んだ家々の破風板の彫刻が隅々まで見えるほど、船は陸地に迫っている。

ケワンは砂浜に乗り上げるようにして船を着け、客たちを下ろした。

四人でリレーするようにして、荷物を砂浜に下ろし、空になった船の上にケワンが船外機を引き上げる。

人見が家々に目を凝らしている。

視線の先は海辺の家々の破風だ。彫刻は草の葉や牛と、それに何か得体の知れない唐草模様などだ。

「なかなか凝った作りでしょう」

一正が言うと、人見はそれに答えず、「この人たち、海の民じゃないわよ」とつぶやくように言う。

ぽかんとしていると人見は早口で説明した。

「あなたの話では、元は家船で暮らしていた漂海民ってことだったけれど」

「ええ、港周辺で会った島民は、首狩り族だと言っていましたが、あちこちの海に潜ってきた私からすれば、ケワンたちの生活は後になって島に住み着いた家船の漁民たちのものですよ」

「確かに政府の定住政策で、浜に家を建てて住まわされた漂海民は多いし、みんな小さな船で魚を捕って細々と暮らしてる。貧しくて教育水準が低くて、差別を受けながら」

「実際、ひどく差別的な物言いでした」

最後まで言い終える前に、人見は遮った。

「でも漂海民なんかじゃない。漂海民は確かに様々な地域、国境さえ越えて広い海を行き来して生きてきた。けれどその範囲は東はフィリピン、西はせいぜいジャワ島南部まで。こんなところまで漂海民は来ない」

「しかし彼らだっていつまでもアウトリガー付きの手こぎ舟に乗ってるわけじゃない。金を貯めて動力船を買ったりしてるわけですよ」

一正の反論を遮って人見は続けた。

「何よりさっき見た祭りの儀式よ。漂海民は船を飾り立てたり、レースはするかもしれないけれど、海に生け贄の血を撒くなんて聞いたこともないわ。家の装飾も漂海民ではありえないし、漁民のものでもない」

「確かに、元は家船で暮らしていた漂海民の家に、伝統的な建築様式はあり得ないかもな。漁民の家であんな凝った破風っていうのも見たこともないし」

「それにあの胸の入れ墨。水牛は稲作文化の象徴よ。田んぼを耕すための」

「水牛に見えますかね、私には西部劇に出てくるバッファローにしか……」

「アメリカバイソンは北米大陸にしかいないわよ」

いずれにせよ、海の男が彫る文様とは違う。

「少なくとももともと海で暮らしていた人々じゃなくて、どこか別の島からやってきた農民だと思う。

地震や津波、火山の噴火などから逃げてきた。あるいは部族間の争いで追い出されてきた。けれど内陸部の地味の肥えた平野には、先住民がいて入り込めない。ジャングルもダメ。それでしかたなく海辺で魚を捕って、サゴヤシ澱粉と芋と魚で食いつなぐハメになったんだと思うわね」

それまで黙っていた藤井が、「近辺には無数に島がありますからね」と言葉を挟んだ。

「必ずしも災害や戦争から逃げてきたのでなくても、人口が百から二百くらいのところでは、行政の手も届かないですから。学校も病院もなくてあるのは教会やモスクだけみたいなところでは、結局住みきれなくて移り住んだ可能性もある。スマトラ本島まで出たいところだろうけれど、そこまでできない。とりあえずこの島、ネピには、表側に行けば必要なものは一通り揃っているからここに住み着いた、というふうにも考えられます」

そのとき波打ち際で男女の言い争う声が聞こえてきた。

振り返ると、ケワンの母、マヒシャと男二人が口論している。男のうち一人は、警察官の制服を着ている。男二人が恫喝するような口調でマヒシャに何か言っているのだが、マヒシャは顎を引き口を一文字に結んだまま、腕組みしている。

私服の方の男は、つかつかと一正の方にやってきた。

「ダイバーか？」

英語で尋ねられた。

「そうだ」

「すぐにこの村を出ろ」

どうやら先ほどの警察官と同じことを言いたいらしい。

「あなたは？」

「防災局の者だ。島の火山活動が活発化している。ここの村は特に火口に近い。爆発すると火砕流は真っ直ぐにここまで到達する。取りあえずビアクの町まで退避し、明日のフェリーで島を出るんだ」

ぎょっとして藤井と顔を見合わせた。

「つまりすぐに、ということですか?」

藤井が確認した。

「可及的速やかに。ここの部族長に、早急に荷物をまとめ村民をここからビアク郊外のキャンプサイトに避難させるように勧告したのだが、拒んだ。あの女の指示があるまで、避難はしないという」

役人はマヒシャの方を指差した。

「部族は、因習の世界に生きる無知蒙昧な野蛮人だ。あの女が火山の噴火を止められると本気で信じている」

警察官は、マヒシャではなく、部族長を呼べと怒鳴っていたが、あいにく男はほとんど海の儀礼に出払っている。

役人と警察官は、その後もマヒシャに向かい、代わる代わる説得を試みていたが、ついに怒鳴り散らし始める。それでも聞かないとなると、舌打ちを一つしてボートに帰って行った。

「気にすることはないさ」

マヒシャがこちらにやってきて肩をすくめた。

「大学の偉い先生が何か難しいことを言っているらしい。でも私が見たところ、山は一週間前と何も変わったところはないよ、安心しな」

一正は身じろぎした。精霊信仰の世界に生きている老女の言葉を鵜呑みにはできないが、地元民の勘がけっこう当たっていることもある。

藤井が不安げに火山の方向を振り返る。

この集落からは、濃密に繋った緑の木々に遮られて火山は見えない。ただ地鳴りのような音が聞こえてくるだけだ。日本からやってきた三人は視線を交わし合い、黙りこくった。ここまでやってくるための費用と時間とリスクを、それぞれが胸の内で秤《はかり》にかけている。

ケワンが自宅に上がり、手招きした。一正や人見は、すばやく靴を脱ぎ、祭りで家族が出払った住居に上がり込む。藤井が戸惑ったように後に続き、高床式の階段を上がってくる。

「村にホテルはないんで、滞在中はここに世話になります」

一正が二人に告げる。

「滞在中ってことは……」

人見が口ごもった。

「その間は、まあ噴火は起こらない、と考えることにしますか」

藤井が室内を見回した。

「マヒシャの託宣に一票」

人見が楽観的な口調で同意した。

「じゃ、そういうことで」

実のところ不安な気分でいっぱいだが、一正はあえて磊落《らいらく》な口調で付け加えた。

「いずれにしてもフェリーは明日の昼までないことだし、いざとなればケワンに頼んで船を出してもらって避難しましょう」

ケワンは手際良く、三人の部屋を割り当てる。一正はケワンやその父と同室になる。三十代とはいえアジアの同世代の男に比べて、青年のように若く見える藤井はケワンの甥たち若者の部屋を割り当てられた。人見はケワンの母親のマヒシャや彼の姉たちと一緒に居間に寝る。

それぞれの部屋は手狭だが、余計な家具がないので、さほど窮屈には感じられない。

何より家族が昼間から室内にいることはほとんどなく、高床式住居の下の土間や椰子の木陰で過ごすので、ケワンの親族が屋内で身を寄せ合って過ごすのは、就寝時だけだ。

次に裏手の浜に下り、三人で大型のテントを設営した。研究、通信用機材やダイビング用品、着替え、その他かさばる私物を置くためだ。荷物は家の中や高床式住居の下の土間に置いてかまわない、とケワンは言ってくれたが、就寝時には人で満杯になる住居にそんな空間はないし、豚や犬、鶏に人間の子供が自由に入り込む階下の土間にも、荷物は置けない。

ポールを立てながら、ふと気になって耳を澄ませたが、地鳴りのような音は今のところ、聞こえない。

作業が終わると藤井は、そのテントの隣にもう一つ、テントを張り始める。

「何やってるんですか？」

「自分の宿泊用です」

「ケワンの家があるのに」

人見が眉をひそめる。

「ここでは海風が当たって冷えるし、寝心地も悪いでしょう。いくら一晩とはいえ」

噴火警報さえなければ、四日間ここに留まるはずだったが、藤井はその間、ずっとテントで過ごすつもりだったらしい。

「テント泊まりは我々のスタンダードですから」

藤井はテント内部の砂地にマットを広げる。

「そりゃそうだけど、水場も炊事場もないところにテント張ったって……」

「そんなもののない調査地はいくらでもあります。二、三ヶ月テント暮らしに耐えられなければ、こんな商売はできませんよ」

学問外のプライドが籠もる口調だ。

「まあ、まあ、せっかくの機会だから、あちらでお世話になったら？」

人見がケワンの家を指差す。

「人見先生のご専門からすればそうでしょうが……」

藤井は苦笑して首を振るだけだ。言葉の通じない、しかも腕白盛りの男の子を抱えた一家と狭い部屋に詰め込まれて寝るのは耐えられないらしい。神経質なのか肝が据わっているのか、どちらなのかわからない。

三人はそれぞれ機材を取り出し、準備を始める。

今回の目的はそれが遺跡か否かを確認することだけだ。火山が噴火するおそれもあり、明日には戻らなければならないが、その程度のことはできるだろう。

夕刻、大潮の水深がもっとも浅くなった頃を見計らって、三人は問題の塔を見に行くことにした。夕刻とはいえ晴れているので十分に明るい。

そうこうするうちに船が次々に引き揚げてきた。儀式が終わり、レースも勝負がついたようだ。砂浜で女たちが火をおこし、料理の準備に取りかかっている。

火山の方はさきほどとさほど変わらない。唸りのような音は続いている。

勧められた酒を藤井は断り、一正と人見は形だけ口をつける。

「遠慮するな」と言わんばかりに、入れ墨をした男の一人が、プラスティックのコップをあおる真似をしてすすめる。

「いや、これから海に出るから」と、一正がインドネシア語で応じる。

「これから海に出るから飲むんじゃないか。そうしないと海神が祟《たた》りをなすぞ」

「それじゃ少し」

この前、マヒシャにすすめられたものとは違うが、これもまた穀物ではなく椰子の酒のようだ。アルコール度数はごく弱い。人見は受けとって一息に空けた。

気がつくと陽がだいぶ低くなっていた。海面が黄金色に輝き、まぶしさに目を開けていられない。

ケワンが浜に用意した船を見て、一正は慌てた。

「これじゃない、これじゃない」

動力もアウトリガーもない。手こぎの小舟だった。

「大丈夫だ、カモヤン」

「カモヤンって呼ぶな、他の日本人がいるときは」と前置きして、一正は浜辺に置いたタンクやレギュレーターなどの装備を指差す。

「そんなものはいらない」

カモヤン、と言いかけ、ケワンは「旦那《トゥアン》」と、言い直す。

「俺は君らとちがって、素潜りは得意じゃないんだ」

「潜るところなんかないって」

「潜る潜らないはこっちが決める」

「浅いぞ」

「だから君たちにとって浅いだけで、こっちには装備が必要だ」

「だめだ、旦那はボロブドゥールを見たいんだろう」

「ああ、ボロブドゥールというか、この島の仏塔のあるところだ」

「この船でなければ行けない」

その場に着くまでに珊瑚の群生地があって潮が引いているので、このカヌーのような船しか通れないのだと言う。

「ま、いいんじゃないの」と人見がとりなす。

藤井も「今日のとこはあきらめましょう」とあっさり同意した。彼は初めから、ここの遺跡については、ほとんど期待していない。

「それも邪魔」とケワンが浜に置かれたフィンを指差す。

藤井が苦笑して従う。不承不承一正もそれに倣う。

船を漕ぎ出した時には、陽はだいぶ傾いていた。しかし赤道直下の海は十分に明るい。海面に反射する光が少なくなり、日中より海中の様子がよく見える。

色鮮やかな珊瑚の間からわき上がるような魚の群れに、人見が歓声を上げる。

珊瑚の群落を抜けると少しばかり水深は深くなるが、それでも砂地の海底が見える。海藻の間をエイやヤガラの類いの大型魚が泳ぐのが見え、三人は我を忘れて海中に目を凝らした。

「なんだあれは」という藤井の言葉に顔を上げたとき、遥かな海面に突き出たハンドベル型の仏塔がシルエットになって浮かび上がっていた。

海中にあった塔は、大潮の干潮時、海面上に根本まで露出している。

「すごい」と無意識に感嘆の声を上げていた。

櫓を操っていたケワンが「どうだ」と言わんばかりに、こちらを振り返った。

「ここまでだ、旦那。儀式が終わったら、そばまで行ける」

ケワンは櫓を船の上に引き上げた。

緩やかに上下する小舟から目を凝らすと、仏塔の上に半裸の男たちがよじ登っているのが見える。

小舟は速さを増す。引き潮に乗っているのだ。あたりの水深は急に深くなり、しかし塔が近づくにつれて再び水底が見え始める。

仏塔が載っているのは小さな丘状の地盤だ。

潮はさらに引き続け、石灰質の堆積したかつての石積みの円壇とおぼしきものが海上に姿を現す。

「うわっ」と藤井が悲鳴のような声を上げた。

頭に椰子の葉と布を巻き、腰布を身につけた男たちが、ノミと金槌のようなもので仏塔の表面を削っている。

一正も言葉を失ってその様を凝視した。ふらふらとその場にくずおれそうになった。

歴史考古局の判断に間違いはなかった。ボロブドゥールも何もない。水中に構造物を作るのは困難だが、干潮時には水面上にそれは露出する。彼らは石を積み上げ、それに彫刻を施した。前回、一正が見たあれは未完成の浮き彫りで、彼らは自分たちのような物好きの観光客を呼び寄せるために、せっせと彫り続けているのだ。

もちろんやっている方に、悪気などない。ネピに来た観光客か、あるいはジャワ島に遊びに行った島民の一人が持ち帰った絵はがきか何かを参考に、こんなものがありがたがられるなら俺たちだって作れる、とばかりに石材を積み上げ、基壇の大伽藍までは作れないにしても仏塔だけは建て、彫刻をほどこしたのだろう。

「やられたね」

悔しがるよりは、うかうかと乗せられた自分が滑稽で、一正は片手で頭を叩いた。

「沖縄の八重干瀬《やびじ》みたいなものだったのね」

人見がすこぶるこだわりのない口調で言うと、作業の様子に目を凝らす。

「なるほど」と藤井がうなずく。

八重干瀬といえば、スキューバダイビングの仲間から何度となく聞かされたダイビングスポットだ。宮古島沖に広がる広大な珊瑚礁だが、大潮の干潮時、場所によってその一部が島のように海面上に出る。

「八重干瀬では、昔から浜下《はまお》りの神事が行われていたけれど、たぶん似たようなことがこの岩礁の上でも昔から行われていたんじゃないかしら。干潮時に石を積んで塔を積み上げるというのも、彼らの神事の一環だったのかもしれない」

「そんなものならいいけど、ボロブドゥールのレプリカを作ろうっていうのは姑息だ」

一正がため息をつくと、藤井は「あの形はボロブドゥール云々ではなく、ジャワからスマトラまで、普遍的に存在する様式の一つですよ。特別なものじゃない」と冷めた口調で答える。

「しかし一年に一回きりの作業では、いくら頂上部分の仏塔一つにしたって、そうとうに時間がかかるはずだ。少なくとも何十年の単位じゃないぞ」と一正は首を傾げる。

「祭りは年一回でも、この岩礁が海上に出るのは年一回きりじゃありませんよ」

藤井が言う。

「満月と新月の折、月に二回は大潮が来る。季節的にもっとも干満の差が大きいときに祭りが行われるとしても、干潮時に岩が露出する回数はもっと多いはずです。少なくとも年に数回、ひょっとすると毎月、二、三日ずつ。それに塔の下部だけ石を積めば、次回は海面すれすれのときに積み上げた方が効率がいい」

確かにその通りだ。クレーンもない時代に重たい石を上部へと積み上げるのは難儀だが、たとえば満潮時に筏《いかだ》のようなもので石を運び、潮の引き具合を待ってそこから石を下ろして積み上げれば、地上に塔を作るよりは遥かに容易《たやす》い。しかもトラックのような交通手段のない時代であれば、石それ自体も地上よりは海上を運搬する方が楽だ。

「そして祭りの度に、表面を浮き彫りやら何やらで装飾を加える、と……」

「加茂川さん、あれ、彫ってるわけじゃないですよ」

そのとき人見が指差した。

「よく見て。まわりの石灰質を取っているだけ」

「なにっ」

藤井とふたり船縁から身を乗り出して凝視する。

「掃除してるのよ。すす払いよ、すす払い。というか、御身拭《おみぬぐ》い。奈良の大仏でやるでしょうよ」と人見が続ける。

「御身拭いですか」

「海の中の汚れだから、はたきや雑巾じゃ落ちないのよ」

彼らは確かに作品を彫ってはいない。頭を赤い紐で縛り、裸の上半身に貝や動物の牙のネックレスを下げ、下は装飾をほどこした褌《ふんどし》といった儀礼用の身なりの男達が、ノミと金槌を振るう。はらはらと石灰質や貝殻や海藻が落ちる。下から鮮明な浮き彫りが現れる。

一年の大半は海面下にありながら、仏塔が珊瑚や石灰質に覆われず、なめらかな白い肌を露出させていた理由はそれだった。

「御身拭いってことは、彼らがあれを作ったということにはならないじゃないか。つまりねつ造という線も消える」

目を輝かせている一正を一瞥して、藤井が首を傾げた。

「調査団が住人のねつ造だとする根拠が他にあったのではないですか。それに政府からねつ造のお墨付きをもらったものだからこそ、我々がこうして堂々と近づけるんですよ。そうでなければ外国からやってきた研究者がインドネシアの遺跡を調べるなんてことはできません」

ケワンは作業している男たちと何か合図を交わすと、船を近づけていった。

そして塔の根本部分の岩礁に船を着ける。

船から岩の上に飛び移り、無造作に近づこうとする一正の腕を、藤井がその細身の体からは想像もつかない力で摑んだ。

「僕がジャカルタで注意したことを忘れましたか？」

政府の調査に同行した大学の教授が、儀礼の最中に近づこうとして、好戦的な連中に襲われた、という話だ。

だがケワンは、「来いよ」とでもいうように手招きする。男たちは塔から下りてきて、はにかんだような笑いを浮かべた。

「海神の祠はきれいにしたから、お参りしてかまわないよ」

ケワンが言う。男たちは自分たちの船から小型のポリタンクやざるを手に戻ってきた。ポリタンクを担いで、四メートルほどの塔の上によじ上り、頂上から液体をぶちまける。別の男が塔の根元にジャスミンとキンセンカの花、米といったものを撒く。椰子酒と花の芳香が一帯に漂う。

「生け贄を捧げるんじゃなくてよかった」

ほっとした口調で藤井が言う。

「暗くなる前に、さっさと調べたら」

ケワンが塔を指差す。

「いいのかい？」

男たちはまだ儀礼の最中だ。航海の安全と大漁の祈念だろうか、歌うような調子で祝詞《のりと》か呪文のようなものを唱えている。

「かまわないよ」

藤井が、カメラとスケッチブックや画板、メジャーなどを手際良く用意する。しかし日没までの時間を考えると、できることは限られている。

一正と人見が手伝い、詳細な撮影を行い、塔の各部のサイズを測る。計測した数値と写真を参考に、後で正確な数値を出すのだろうが、目測したところ塔の高さは四メートル、釣り鐘状の下壇の直径は五メートルくらいだろう。水中で見たのに比べると二回りほど小さく、何とはなしに失望したが、使われている石材が石灰岩ということをのぞけば、ボロブドゥール最上階の仏塔によく似ている。いや、ボロブドゥールで使われている安山岩の黒より美しい。しかもボロブドゥールと違い、こちらは基壇にではなく、仏塔の本体に浮き彫りが施されている。

仏塔上部に彫られているのは、ジャワやバリで見かける男神の姿だが、藤井に言わせると、仏塔に浮き彫りされているところからして、ヒンドゥーを取り入れた密教の諸仏だろうとのことだ。

男神は男たちを従えて小舟に乗り、荒波を渡っている。その裏側には女神の図だ。

こちらはどこから見ても密教の観音ではなくヒンドゥーの女神で、山を背景に木の下に立ち、女たちが女神を拝礼している。その背後の山は、煙を吐いている。

男神女神の浮き彫りの下にあるのは、武器を振り上げた男たちと女たちが入り乱れての交戦の図だ。

一正は「なんで戦いの図に女が入っているんだ」と首を傾げつつ反対側に回り、仰け反った。

何とも露骨な男女の交接の図が彫られていた。

大きく広がった仏塔の下部には、陸の風景が描かれている。建物やインド風の服装の男女の姿があるが、武器の代わりに手にしているのは、瓶や果物、小枝や花などで、繁栄する町の様子が表わされている。

しゃがみ込まなければ見られない仏塔の最下部に、大きな面積を使って彫られているのは、阿鼻叫喚の図だ。地獄絵図といっても、鬼や悪魔の姿はなく、両手を挙げ、口を大きく開いて逃げ惑う人々が、劇画のようなタッチで彫られている。画面の右側から波のようなものが押し寄せ、寺院とおぼしき建物が半ば飲み込まれている。

「津波……」

人見と一正は同時に言った。

近年、アチェやニアス島を襲った大津波は、東日本大震災を経験した者はもちろん、多少ともインドネシアに関わりのある者にとっては記憶に生々しい。

「いえ、水ではなく火砕流じゃないですか？」と藤井が言い、浮き彫りの背景に細く刻まれた輪郭線を指差す。

女神の図の背景にあったのと同じ火山だが、こちらは煙を吐くかわりに、天に向かい花火のように放射状に線が引かれている。噴火の図だ。

人々を襲っているのは水ではなく、火山ガスと細かな噴石の類いと見ることもできる。とすればこれは噴火でまさに滅びようとしている町の様ということになる。

藤井は「で、この中には何があるんでしょうかね」と尋ねるともなく、日本語でつぶやく。

「ケワン君が言うには、シャイレーンドラ王朝の王子の遺骨だそうだけど……」

「まさにボロブドゥールを作った王国の、ですか」と藤井が応じる。

「そうバラプトラ、と言ったかな？」

インドネシア語でケワンに尋ねると、そうだ、というようにうなずく。

「シャイレーンドラ王朝の王ですね。サンジャヤ王党に追われてジャワを逃れ、シュリヴィジャヤ王国の王女と結婚して拠点をスマトラに移す」と藤井が解説し、「それはともかく実際のところは何が入っているのだろう」と首を傾げる。

「ボロブドゥールの大仏塔の中には、造りかけの仏像が一体」

このときとばかり一正は解説する。

「ただし造りかけの仏像を頂点の大仏塔に安置することなどありえないから、中身は盗掘で持ち去られ、後の時代に、価値のわからぬ者たちがそこに造りかけの仏像を放り込んだと考えられています。元々何が安置されていたのかは、研究者たちが調べましたが結局わからなかった」

「さすがに海の中では盗掘は免れたでしょうから、まあ、何かお宝があるかもしれないですね」

未だにこれを遺跡と見ることに半信半疑の様子の藤井が茶化すでもなく言う。

「この下は、表面の珊瑚を取りのけると何があるんだろう」と一正は自分が立っている足元を指差す。

頂上仏塔のサイズから推測して、この構造物全体がボロブドゥールの二分の一ほどのサイズだ。とすれば、大潮の干潮時にも水中に没している基壇は高さ二十メートル、最下層は一辺が六十メートルほどの方形かもしれない。

「海底から突き出たただの岩礁でしょう」

冷ややかな口調で藤井が断じた。

「ボロブドゥールのあの見事な基壇も、もともとの丘の上に安山岩を張って作られたものですよ。これだってただの岩礁ではないかもしれない」と一正は反論した。

この分厚い石灰質の下に、華麗に浮き彫りを施した基壇が隠れていないとも限らない。

「あんなものを常に海中に没している場所にどうやって？」

藤井が尋ねる。

「いや、そのへんは」と一正は前回潜って海中からながめた折の形状を想起する。

「ただの岩礁があんな整ったお椀型をしているはずがない」

「昨今、海中の岩や石を見て、古代の宮殿だの都市だのというのが流行っていますが、オカルトはともかくとして、水中考古学の常識からすればあり得ませんよ。与那国島沖の遺跡騒動を見ればわかりますが、人々の期待や想像力は、ただの自然石や岩礁を、広場や階段や回廊やパンテオンに変えてしまうんですよ」

「夢のない話ね」と人見が笑う。

「夢があるから学問なんです」と即座に藤井が反論した。

「調べ、思考して、真実をみつけ出すのが夢とロマンであって、妄想、夢想することじゃない」

「それじゃ、この表面をはがしてみれば真実がみつかる、ということだろう」

一正は足下の丘状の岩を踵《かかと》でたたく。石灰質と珊瑚、そして海藻。いったいどれほどの層が重なっているのか想像がつかないが、はがしたとき、そこにたくさんの厨子《ずし》や彫刻で埋め尽くされた回廊が眠っていない、と、だれが言えるだろう。

「もちろん。ただしこの仏塔の台座部分が、遺跡というか、人工物である可能性は限りなく低いと思います」と藤井はうなずいた。

「いずれにしてもこの上の仏塔に関しては、ねつ造の線は消えた。もし、歴史考古局の見解が誤りで古代のものだとすれば、たいへんなことですよ」

勢い込んでしゃべる一正を藤井が冷静な視線でみつめる。

「調査官は専門家ですからね。同行する学者も日本で言えば京大の教授クラスですよ。そんな彼らが、ねつ造、文化財的価値なし、という結論を出したとなると、何か根拠があるのでしょう。われわれとしてはいかんともしがたいですね」

どこまでも悲観的かつ現実的な藤井の言葉など無視することにして、一正はケワンに尋ねる。

「我々がこれを調べていいと、お父さんも村の人も了解してくれているよね」

「ああ、俺たちは旦那を信用している。何しろ、ここに戻ってきてくれたのは、旦那だけなんだ。これがボロブドゥールだと旦那たちが宣伝してくれれば、もっと客が来て、俺たちはもっと儲かるんだ」

ケワンのインドネシア語を一正が通訳してやると、藤井が失笑した。そのとき仏塔の根元に屈み込み、つるりとした灰白色の肌に触れていたその手が止まった。

無言で一正を手招きする。藤井の指先がその表面を横縦に滑った。それで気づいた。たとえしゃがみ込んだとしても、見下ろしたのではわからないが、塔の根元の石積み部分に、そこだけ横に一センチチ以上、隙間が空いている。

「なんと」

即座に一正は腕立て伏せのような姿勢を取り、片目を開けて隙間部分に押しつける。

「修復の跡みたいですね。いや、修復というより、地震か何かで隙間が空いたので、だれかが適当な石で塞いだのでしょうか」と藤井も屈み込んだ。

「そこには触るな」

ケワンが鋭い声を発した。

「失礼」と藤井が飛び退く。

「地震や波で長い間に歪みが生じたのでしょう」

重力をまともに受けることのない水中なので、本物のボロブドゥールのように崩れたり波打ったりということはなかったが、当然そうした影響は受ける。

ケワンが船の方に行ったのを見計らい、藤井は手にしたメジャーを隙間に差し入れた。

「おっ、おっ、おっ」

一正は思わず声を上げる。薄っぺらいメジャーが中に入っていく。中は空洞だ。

藤井が満足気にうなずく。

「だめ」

人見が低い声で止めたのと、ケワンが駆け寄ってきたのは同時だった。無言で藤井を突き飛ばす。受け身の体勢を取っていなかったせいもあり、藤井はそのまま仏塔の根元の珊瑚の上を転がり、浅い水中に落ちた。ケワンは充血した目をぎらつかせ、肩で息をしている。

一正は凍り付いた。野蛮な連中で何をするかわからないというビアクの黒帽子の男たちの言葉が蘇る。情は濃いが、うっかり怒らせると殺される……。

「ごめんなさい」

土下座せんばかりの勢いで人見が謝る。ずぶ濡れになった藤井も「悪かった」と両手を合わせて幾度も頭を下げる。

ケワンは目をぎらつかせ藤井とそこにある隙間に忙《せわ》しなく視線を行き来させる。

「恐ろしい」

身震いを一つした。

「魂を引き抜かれるぞ。中の黄金の壺に永遠に閉じ込められたいのか」

「申し訳ない」

藤井がさらに謝る。

「俺に謝ったって何もならない。そのメジャーは浜に戻ったらすぐに焼き捨てるんだ。それから今夜中に供物を用意してやるから、明日、もう一度ここに戻って海神に捧げろ」

厳粛な表情のケワンは訛りの強い英語で命じる。それから宣言するように言った。

「帰るぞ」

先ほどまで、残照に淡く輝いていた西の海上から急速に光が消えつつある。

「暗くなってからこんなところを船で渡ると海神バイラヴァに魂を引き抜かれる。そのうえあんなことまでやってくれた。海神を怒らせると、旦那たちだけでなく俺たちにも災いが降りかかるんだ」

「すまない」

藤井はただただ平身低頭する。

「しきたりには従ってくれよな」

「承知しました」

藤井と人見が神妙な表情で、同時に言い、一正は無言で頭《こうべ》を垂れる。

「ここにやってきた国の調査グループは、さぞ苦労したことでしょうね」と藤井が日本語で耳打ちした。

浜に戻った頃には、一帯には夜の帳《とばり》が下りていたが、あたりは賑やかだった。

赤々とかがり火が焚かれ、野太い歌声と木琴とも木魚ともつかない楽器の音が聞こえてくる。

砂の上をそちらに向かい数歩歩き出したとき、一正は、ふと目眩《めまい》のような感じを覚えた。

「あれ」

顔を上げると不安げにあたりを見回していた藤井と目が合った。

「地震ですよ、加茂川さん」

かなり大きい。

「するとやはり噴火が……」

人見がかがり火に照らされた集落の背後の闇に目を凝らす。

「確かにどこもかしこも火山ですよ、インドネシア全体が。伊豆諸島と一緒です。いつ噴火が起きてもおかしくない。我々は逃げ遅れさえしなければ、帰る場所があるからいいが、島民はここから動けない」

藤井が深刻な口調でつぶやく。

「ああ、ビアクの町の避難キャンプなんかに移りたくはないだろうな。どうせろくな土地でもないだろうし、島民の差別もきつい」

切ない気分で一正はうなずく。

一通りの作業を手伝っていたケワンが、こちらの日本語を解したように、「大丈夫さ。津波さえ来なきゃ」と肩をすくめる。「それにこのくらいの揺れはしょっちゅうだ」

「いや、地震だけじゃなくて、噴火がさ」

地鳴りのような音とともに、長い揺れが続く。

「こんなものいちいち怖がっていたら生きていけないさ。俺たちは小さい頃からこんなの普通だから。安心していいよ、お袋がちゃんと鎮めてくれる」

人間が火山の噴火を鎮められれば、だれも苦労はしない。

一行は、不安な気持ちで家々の方を見る。余震で揺れる高床式の家から、年配の女性が落ち着いた様子で下りてくる。木や竹やニッパヤシ、それにプラスティックと少々の金属で作られた、軽量で風通しの良い家は、揺れはしても倒壊する危険は小さい。たとえ倒壊したところでレンガやコンクリートの家と違い、大けがはしない。溶岩で焼かれてもすぐに建て直せる。しかも家の中には本棚もなければ、パソコンの載った机もない。高い洋酒のボトルもワイングラスや凝った器も何もない。電気がなければ停電も怖くない。多くの物、ご大層な物を持つほどに自然災害で失うものが多くなるのだと、一正は今さらながら知らされる。役人の避難勧告を拒否するのには、そんな事情もあるのだろう。

機材を置いたテントの様子を見ようと浜に出た一正は度肝を抜かれた。

かがり火に照らされ、モスクともヒンドゥー寺院ともつかない建築物が突然現れたのだ。

近づくに従い、それが竹やプラスティックパイプの骨格をビニールシートや布、紙で覆った張りぼてであることがわかった。

灯明で明るい内部には、祭壇がしつらえられ、花や果物で飾られている。背後の壁には男女一対の神を描いた絵画が貼られている。

いかにも素人臭く稚拙なタッチだが、塔に彫り込まれた男神と女神のようだ。

背後で人見が息を呑み、「お参りさせてもらっていいわよね」とケワンに尋ねる。

「もちろん」とケワンがうなずく。

人見が張りぼての前で、両手を頭上に挙げて合掌し頭を下げる。とりあえず藤井と一正もそれに倣う。

　男神の方は長い腰布に剣、冠とネックレスといった、古代王国の貴族か英雄といった出で立ちだが、白い肌の優男風だ。一方女神の方は、鍾馗《しょうき》様のような朱の肌をしている。頭髪は金色で頭頂部を結い上げている。男神同様赤と金の長い腰布をつけ、何かを踏みつけている。目を凝らすと角を生やした水牛だ。

「南海の女神ニャイ・ロロ・キドゥルですね」

　一正は得意顔でインドネシアの伝説を披露する。

「元はジャワ島の王女で、うら若い身で何を思ったか山に入って修行して、ジャワの海の霊的支配者になったとか、呪術のようなことをして島民の病気を治していた貴族の娘だったが、海に投げ込まれて殺されたとか、諸説ありましてね。いずれにしても海で死んだ後、南の海を支配する女王になったそうです。緑色が好きで、本人も緑の服を着ていた。それで緑の水着で泳いでいる女性を見ると、侍女にするために海底にさらっていくそうです。あるとき一帯を支配したスルタンをさらっていってしばらく海底の宮殿に暮らしているうちに恋仲になったそうで、やがてスルタンに服従する優しい女神になったとか。これもまた諸説ありますが」

「元々のインド由来の王家が、後から入ってきたイスラム由来の王家に、平和的に政権を譲ったという意味合いでしょうか。出雲の国譲り神話のようなものじゃないですかね」と藤井が応じる。

「でもジャワ島のロロ・キドゥルは緑のドレスを着てる、と今、加茂川さんも言ったけど」と人見がその朱と金で彩られた絵を指差す。

「確かに。しかしここはスマトラ島沖だ。ドレスの色が変わることもあるんじゃないですか？」

　一正はケワンを手招きして、神の由来を尋ねる。

　男神は一正たちが想像したとおりバラプトラ王子が化身した海神バイラヴァ、女神の方はと尋ねると、ケワンは両手をぴたりと脇につけ身震いするように首を横にふる。

「女神は女神だ。名前を唱えると怖い、祟りがある」

「どんな？」

人見が尋ねる。

「いろいろ」

「なぜ祟りが？」

「女神だからだ」

「ああ、女神は嫉妬深いとか言うからね」と一正が応じる。

「嫉妬かどうかなんて知らない。女神だから祟るんだ。女神は怖いものなんだ」

日本人三人は思わず笑い出すが、ケワンはにこりともしない。

「怒らせると船を沈められる。噴火で焼かれ、町を沈められる」

「なるほど噴火ね」と人見がうなずいた。

怖いながらも守り神であるバイラヴァに化身した開祖バラプトラ王子とは違い、女神の方は得体の知れない荒ぶる神のようだ。

「ロロ・キドゥル？」と藤井があらためて尋ねると、ケワンは少し怒ったように「そんなものは知らない」と吐き捨てるように答える。

「名前も由来も性格も違うけれど、海を支配する女神の伝説はあちこちにあるってことね」

人見がうなずく。

「よせ」

ケワンが止めた。

「女神の噂をしてはいけない。聞きつけて祟りをなす。深入りしてはだめだ」

「わかりますよ、よく、わかります」

藤井がなだめるように言いながらにやりとした。

「日本にもそういう女神はいます。うちの家庭にも一人」

「だからその話題はやめろって言ってんだろ。病気になって死んだ者もいるぞ」

絶叫すると同時に、ケワンは背後から掌で藤井の口を塞いだ。

あらためて女神像に目をやって、初めてここに来た晩の奇妙な夢が不意に一正の記憶によみがえった。ぐっすり眠っていたら、どこかの女がやってきて股間をぐっ、と摑み、にたりと笑った。

褐色の瞳のアーモンド型の目は、ケワンの姉の目であり、この島の女たちの目であり、この女神の目でもある。その目をした女に、自分は夜這いされる夢を見た。無意識に身震いした。

「どうしたの？」

人見が怪訝《けげん》な顔で首を傾げる。

「いや、何でもない、何でもない」と片手を振る。

「しかし、こんなの見たのは初めてですよ」と一正は改めて張りぼて寺院を指差す。

「バリならそれぞれの村に立派な寺院があって祭りだ葬式だ寄り合いだと、何かと寺に人が集まっていろいろやってるが、貧しい漁村は張りぼてで間に合わせているのかもしれない」

「見たところ集落内に本物の寺院のようなものはないですね。やはり特定の住居を持たない海の民だったのかもしれない」と藤井が首を傾げた。

「いえ、漂海民にしては家が立派すぎる」

人見が即座に反論した。

「彼らの慣習からして単に石や木で寺を建てないだけかもしれない。神様の絵はヒンドゥーのようだけど、バリヒンドゥーとは違う。海中に仏塔はあったけれど、お祭りの仕方は仏教でもヒンドゥーでもない。インドネシアのイスラムや仏教やヒンドゥーの下には、土着の信仰が土台のようにあるのよ。ここの人たちも元々は森の中の木とか、石とか、洞窟とか、そういうものを神の依《よ》り代《しろ》としてあがめていて、そうした信仰の上にいろいろな文化が入ったのでしょう」

一正は好奇心にかられ、張りぼて寺院の裏に回る。プラスティックのパイプが組まれた上に白い化繊の布が張られた様は、中学校の文化祭の展示のようで、女神に関するケワンの反応を思い出すほどに、何とも滑稽なものに感じられてくる。

そのとき張りぼて寺院の明かりにぼんやり照らされた藪の中に、何かがあるのに気づいた。その姿がはっきりとらえられないにもかかわらず、背筋が冷たくなった。

ガジュマルに似た大木の枝と枝の間に、木製のハンモックのようなものが吊ってあり、そこに何か布に包まれた物体が乗っている。微動だにしないそれは、確かに横たえられている。

横たえられた物体。

うぉっ、と声を上げて反射的に後ずさる。

「どうしたの?」

人見がいる。

「何でもない、何でもない、見るな」

両手で人見の体を押し戻し、張りぼての正面に回りケワンの腕を摑んで、そちらの方向を指差した。人見はまだその場にいてしげしげと見入っている。

「あの木の間にあるものは何だ?」

尋ねた後に、先ほど女神について質問したときと同様の反応が返ってくるかもしれない、と身構えていた。

「ああ」

ケワンは小さく肩をすくめた。

ごく平静な様子に、自分が想像したようなものではなかったか、とほっとした。

「ハスナといって、二ヶ月ばかり前に死んだんだ」

「死体……」

再びぞっとした。

「死体、というか、ハスナはハスナだ。面倒見が良い婆さんだったけど、歳には勝てない。それでしばらくあそこに住んでいるんだ」

「墓は作らないのか」

「ああ、埋葬はしない。自分らはイスラム教徒じゃないから。しばらくはお供えものをして、動物や鳥に食われないようにみんなで見張っている」

それにしても棺ならまだしも、布にくるんで集落の中の藪にそうした形でつるしておくセンスがわからない。動物や鳥は来なくても虫にやられるだろう。

不思議なことには、死体を布に包んで放置しているのだからひどく臭いそうなものだが、屍臭らしきものはない。

「ミイラにでもしてるわけ？」

「いや」

「腐ったりしないのかい？」

「ああ、火山灰を皮膚にしっかりすり込んで、上から霊布で包む」

いずれにせよ不気味なことに変わりなく、一正は早々に引き揚げる。

浜辺のかがり火の下では、飲めや歌えやの騒ぎが続いている。

一正たちがそちらに行くと、マヒシャや他の女性たちが、プラスティックの皿に、米や茹でた豚肉や魚の切り身などのハレの料理をよそってくれた。

「どこに行ってたんですか」と藤井に尋ねられ、一正は今見たもののことを話す。

人見が解説した。

「ムスリムたちは人が亡くなるとすぐに埋葬するけれど、森の中に住んでいる人たちには、けっこういるわね、そういうの。スマトラの東の方に行くと布で何重にも巻いて何年も家の中に鎮座させて置くところもあるし。木がふんだんにあれば火葬にするし、簡単に灰にしたくないと思えば、自然に朽ちるまで村を見守ってもらう」

「人生いろいろ葬式もいろいろ、ですか」

藤井がしたり顔でうなずく。

「しかし人見先生、あんなものをよく暗がりでじっと見られますね」

「ええ……珍しかったので」

呆れて二の句を継げずにいると、人見は弁解するように続けた。

「遺体を布でくるむのは、珍しいことではないけれど、他の地域ではたいていは絣《かすり》なの。先染めした糸を女性たちが織り上げたものなんだけど、あれは更紗《さらさ》だった」

「ああ、バティックか」

一正がうなずく。

「いえ、ろうけつではなくて更紗。型押しではなく手描き。物語風の線描画。染料はわからないけれど、伝統的なものでしょう。家の中にはそれらしきものはなかったから、どこかに工房みたいな小屋を持っていて、女の人たちが描いているのかもしれない」

「それもまた女の文化ですか」

藤井がうなずく。

プラスティックのコップに注いで手渡されたのは、濁って泡の浮いた椰子酒だ。

人見と一正は飲んだが、藤井は受けとらない。

「どうしたの？　ケワンに渡したガイド料には、食事と酒代、宿泊代が込み込みですよ」

一正が尋ねる。

「いや、無理はしないことにしています。こんなところで腹をこわしても困りますから」と自分のテントに引き揚げる。

「以前に私も飲んだから大丈夫ですよ」とその後ろ姿に向かって叫んだが、人見が「まあまあ」と止め、「そういうポリシーなんだから」と肩をすくめた。

藤井は一人でテントの前で湯を沸かし、アルファ米のパックに注いでいる。

俺たちはあんな真似をしたら仕事にならない、と一正はその様をみつめる。現地の人間の食べ物をすげなく断るなど考えられなかった。赴任先で物を売ったり、工場を建てたり、現地スタッフと一緒にプロジェクトを遂行したりするビジネスマンと、調査に入るだけの学者は違うのだ、と妙に納得したりもする。

そそくさと自前の食事を終えた藤井は、しばらくの間、ランプの明かりを頼りにキーボードを打っていたが、すぐにテントに入ってしまった。仕事を終えて寝たらしい。

集落の中は夜が更けても賑やかだ。年に一度の大祭の夜ともなれば、当然のことだろう。

一正も英語とインドネシア語を駆使して、村の男たちとしゃべり、薄い酒と料理に舌鼓を打つ。そして人見の方は、これが彼女の専門らしく村の女たちの中に入り、小さなメモ用紙を手に、何やら親しげに話し、ときおりインドネシア語の通訳を頼みに一正のところにやってくる。

ケワンの家の男部屋に入ってうとうとしたときだった。雷鳴に似た低い音に飛び起きた。地鳴りのようなものが続いている。

不安になって隣の大部屋に行くと、人見が一人ぼんやり窓辺に座っている。

「ちょっと、面白いものがあるみたいよ」とささやく。

跳ね上げ窓から浜を覗くと、すがすがしい月明かりに照らされ、波打ち際で女たちがダンスに興じている。

中央に女性が一人、踊るともなく祈るともなく両手を頭上に上げたり、うずくまったりしている。

「ほら、トランスに入っている」と人見がささやいた。

「シャーマンか」

「こっち」

人見に促されるまま階段を下り、岩陰の闇に隠れて近づいていったのは、それがバリの部族の祭りで目にしたような男のシャーマンではなかったからだ。

男のシャーマンはごめんだ。唇に釘のようなものを突き刺したり、刃物で体を傷つけたり、鶏の血をかぶったりといったまがまがしい儀式を見せつけられて吐き気を覚えたことがある。入れ墨だらけの体に異様な衣装を身につけて陶酔していた男のシャーマンたちとは違い、月の下で歌い踊る女たちの輪は美しく神秘的だ。

近づくに従い、歌が聞こえてくる。経を読んでいるような、いささか気の抜けた感じの女性コーラスだ。経文か呪文なのかもしれない。

少女から年配者までが、互いの肩に手をかけ、輪になって踊っている。さまざまな年齢の女性の服装はTシャツに絣のような模様の巻きスカート姿で、普段着とさほど変わりないが、こうしてみると美しい。

中央のシャーマンの装束も似たようなものだ。両手を上げ下げしたり、砂の上を這い回ったりしているシャーマンは、顔に白い粉をはたきつけた中年女性で、彼女だけがＴシャツの上に黄色と朱に染め抜いた帯を締めている。体型もごく普通の年配女性で、帯で巻かれた胴体はどっしりと太い。取り巻く女性たちにも格別、儀式めいた厳粛な雰囲気は見えない。

シャーマンはそのとき、長いスカートの裾から両手で何かを取り出した。

未熟な椰子の実だ。それを砂上に露出した岩の上にそっと置き、傍らの鉈《なた》で叩き割った。

こぼれたジュースをその場に撒く。

「椰子の実はね、人の首のかわりなのよ」

人見がささやいた。

「狩った首を鉈で割って、こぼれた血を大地に撒く。相手の戦士の力や生命を大地に戻すことで豊穣を祈願する儀礼よ。それがこんな形で残ったのね。ということは、やはり彼らは海の民じゃない……」

海の民も山の民も関係なく、一正は背筋が冷たくなる。しかしそんなことにかまわず、好奇心に駆られたように、人見はすたすたと女たちの輪に近づいていく。止める暇もない。

女性の一人が場所を空けて人見を輪の中に引き入れた。プラスティックカップを持たされ、女の一人がそれにポリタンクの中のものを注ぐ。ためらう風もなく人見は飲み干す。

数分後、人見は岩陰に戻ってきた。歯磨きコップのようなものを手にしている。

「どさくさにまぎれて持ってきた」

「酒？」

一正は指差す。

いたずらっぽい笑みを浮かべ、人見はうなずく。

一口飲むと甘い。蜂蜜酒だ。天然蜂蜜特有の昆虫臭さに花粉の香りと苦みが入り交じっている。

「なんか養命酒みたいだな」

甘味酒は好みではないが、潮風に吹かれて疲労した体に、とろけるような甘味が心地良い。飲み干し、空のカップを返した。

やがて中央でトランス状態になっていた中年女性が歩き出す。その姿を凝視して、一正は思わず、おっ、と声を上げた。

何のことはない。ケワンの母親、マヒシャだ。

桶のようなものを抱えたマヒシャを先頭にして女たちは桶を手にしたまましずしずと海に入っていく。

「何だ？　大丈夫なのか」

声が大きい、と人見に脇をつつかれる。

腿《もも》ほどの深さのところに達すると、女たちはくるりと体をこちらに向け引き返してきた。

鉢合わせするのは気まずく、一正は慌てて岩陰に身を隠す。

そのとき月光を白く映した海面がきらめいているのに気づいた。

人魚。一瞬、そんなロマンティックなものが頭に浮かんだが、島の女だった。

引き返さずに四人ほどの女が海に入っている。桶のようなものを手に、水に太腿まで浸かって歩いている。

「何をする気なんだろう」

人見が女たちが手にした桶を指差す。

「禊《みそ》ぎかな。いずれにしても昼の海では男たちの神事、夜の海では女の祭りがとり行われる」

「よし」

機材を置いてあるテントに走って戻り、一正はＬＥＤライトを手に取る。思いついてスイムゴーグルも手にして浜に取って返す。

「何するの？」

一正の手にしたものに目を止め、不審そうに人見が尋ねる。

「これなら水中に隠れてこっそりのぞける」

海中を歩いていく女たちを追い、一正たちは波打ち際をいく。夜半にいったん満ちた潮は、この時間帯には再び引いて海岸線が後退している。むき出しになった岩礁の上を岩に隠れながら歩くのは、足下が月で明るいこともあり、比較的容易だった。

それで油断したのだろうか、ふいに足をすくわれた。

人見が支えようとしたが間に合わず尻餅をついた。

浜の方ではなく、幾分深くなった海側に落ちたのが幸いだった。死んだ珊瑚からなる濡れた岩礁は、カミソリの刃のように鋭い。そちらに手をついたら大けがをしていた。

「気をつけて」

人見がささやく。

「さっき飲んだ甘い酒が効いたかな」

一正は首を傾げた。

「私も妙な感じなのよ。疲れたせいかな。回りが早いわ。足下がふわふわしちゃって」

四人の女たちは相変わらず浅い海の中を行進している。まるでそこに岸に沿った細道があるように。

岩だらけの狭い浜のすぐそこまで緑の低木が生い茂る断崖が迫っている波打ち際が、不意に開けた。かなり大きな入り江になっている。

足下にあるのは平坦な岩と砂だ。鋭い岩礁ではない。

砂浜の先の海面は鏡のようにさざ波一つない。

「すてきなプライベートビーチね」と人見がつぶやくともなく言う。

「潮が満ちたら無くなると思うがね」

「ええ、帰り道もなくなる」

女たちが歩みを止めた。女たちはその場で手桶に海水を汲むと、自分の体にかけ始めた。それも頭からだ。

「やっぱり禊ぎだ」

そのとき女の一人が、神経質な動作でこちらを振り返った。

とっさに一正は浜に突き出た岩に身を潜める。男の自分がここにいてはまずい、と本能的に察した。

女たちはそのまま太腿ほどの深さの海中を沖に向かって歩き出す。たちまち腰あたりまで海水につかったと思うと、そのうち一人の頭が海中に没した。次々に女たちの姿は海面から消える。

潜ったようには見えない。沈んだのだ。海底の階段を下り切ったように。

「なぜ体が浮かないんだ」

一正は女たちの消えた海面を凝視する。浮かなくても水中に入った人の体はバランスを崩し、体の一部が水面に出るはずだ。

一正はTシャツに半ズボンのまま、岩場から水に入った。

「ちょっと、大丈夫？」

叱責する口調で人見が尋ねた。

「ああ、ここから目立たないように近づいてみる」

一正は首から吊していたスイムゴーグルをかけ、右手に小型ＬＥＤライトを握りしめた。

「気をつけて」

振り返ると人見が胸を押さえている。

「私……すごくどきどきしちゃって」

そんな歳でもないだろ、と普段なら茶化して応じるところだがその余裕もなく、一正は女たちが水中に没したあたりに視線を向け、注意深く足下の岩を探り、音を立てないように水を切って泳ぎ出す。潮の流れはない。水温の変化も特にはない。危険はないだろうと判断した。夜の海底の黒さが不意に途切れた。

水底は砂地に変わった。あの白砂の浜は海中にも続いている。南の島の満月の明るさに驚く。澄み切った水を通して、肩ほどの水深の白砂の海中は、意外なほど視界が良い。サンゴも突き出た岩もなく、舗装した広場のように平坦な砂地の表面に青く海草が揺れている。

何か不自然な地形だ、と感じた。

女たちの姿を視界に捉えることはできない。真昼の光であっても水中ではそう遠くの物までは見えないのだから、いくら明るいとはいえ月明かりでは当然のことだった。

立ち上がりあたりを見回すと、一つ、二つと頭が水面に上がる。磯笛のような大げさなものはないが、息継ぎをしては女たちの体は再び海中に没する。

水柱を上げないように近づき、息を大きく吸い込んで潜る。

水深はせいぜい一正の背丈ほどだ。海草の繁った平坦な海底に女たちはうずくまり、合掌した手を頭上にかざしている。

その先に異様なものがあった。

階段状の土台の上に載った方形の建物だ。屋根部分には壺型の塔がいくつか立っている。

小さな堂、と認識した。華やかな彫刻の刻まれた壁面中央、階段を数段上がったところに四角い入り口が見える。中に揺らめく炎が見えた。

まさか、とかぶりを振ったとたんに、肺を焼くような息苦しさを感じた。慌てて顎を反らせ水面に顔を出し勢い良く息を吸い込む。

月の光が眩しい。真昼のようだ。わずか四、五メートル先の海面が波立ち、人の頭が見えた。次々に女たちが水面に上がり、息を整えると再び潜っていく。

そのうちの一人、マヒシャの顔が見えた。みつかってしまったならしかたないと、一正は軽く手を挙げた。マヒシャは確かにこちらに目を留めた。親しげに挨拶を返されることも、咎めるような視線を向けられることもない。まったくの無表情のまま、海面上で深い呼吸を繰り返した後、再び沈んでいった。

二度、三度深呼吸し、一正もその後を追う。

ウェイトがないために体が浮いてしまうので、海底の水草に摑まると体がようやく安定する。さきほどの堂は消えていた。しかし淡い月明かりの下、そこにはたしかに方形の上に壺型の塔をいくつか載せたような堂に見えなくはない岩がある。

錯視か、と納得しかけた矢先、女たちが立ち上がり、一列縦隊でその堂の内部に入っていくのが見えた。岩は再び堂に姿を変えている。何より水深二メートル足らずの海底に立つ堂はせいぜいが五十センチほどの大きさしかない。遠近感が狂っているのか?

今、堂は二つに割れ、その間から深い闇が見えている。闇の奥でちろちろとかがり火が焚かれていた。

水の中で火が燃えるはずはない。

透明な樹脂か何かで遮断された空間があるのか。かがり火の色は奇妙に白っぽい。目を凝らすとちらちらと虹色に輝いているようにも見える。

いつのまにか女たちは先ほどの桶を手にして戻ってきている。桶の内部に入っているのは供物のようだ。鶏と小さな山羊までがいる。

なぜか息苦しさはない。

目の前を魚が横切っていく。

ゆったりと細長い魚だ。

何か白いものが浮いている。クラゲだ。白に見えた半透明の体の輪郭がきらめいている。長い触手が光る。体色が変わった。青い。南の海の色より、地中海の空の色より、さらに透明な、鮮やかを通りこして毒々しいばかりの青。小さな立方体の体が、長い触手を揺らめかせながら、雪のように降ってくる。

触れれば激烈な痛みとともに、命の危険にもさらされる。一正は慌てて逃げる。

自分の体がウェットスーツで保護されていないことははっきり認識していた。

臑《すね》にくくりつけておいたダイバーナイフを無意識に引き抜く。

振り回して気づいた。

ナイフなど身に帯びてはいなかった。手にしているのはＬＥＤライトだ。

ライトを振り回して浮上する。水面に顔を出し息を吸い込んだ。二度、三度、喘ぐように呼吸したそのとき、一本の剣が視界に飛び込んでいた。まるで生命を帯びたように剣はまっすぐに一正の胸元に飛んできた。慌てて払ったような気がする。

激痛が走った。

悲鳴が喉の奥からほとばしり出る。剣が腕に突き刺さっている。筋肉自慢の太い腕に切っ先を食い込ませた剣は、ぎらぎらと輝きながらなぜか、動き、くねっている。

喉の奥から悲鳴を発した。

神罰だ、と悟った。ケワンが語った怖い女神が放った剣だ。

先ほどから目の前に現れるものは幻だ、と認識はしていた。しかしこの剣は紛れもなく実在し、現実の激痛を一正に与えている。

だれかに救助された。

そのまま何人もの手で支えられ、砂浜に倒れ込んだ。マヒシャに抱き起こされて椀を口に当てられた。

水かと思ったが、干したドクダミの煎じ汁に似たものだった。

気づいたときには、小船に転がされていた。明け方だった。

腕の痛みは続いている。傷口を見たとたん、気絶しそうになった。魚と目が合ったのだ。銀色の魚の頭が、その口吻を自分の腕に突き刺したまま、濁った目で一正を睨みつけている。

事態がおぼろげに理解された。

ダイバーであるなら、当然、注意しなければならないことだった。

ダツに飛び込まれたのだ。夜の海で不用意にもライトを振り回したために、光めがけて飛び込んできた魚の鋭く尖った口吻が腕に刺さってしまった。慌てて抜くと出血多量で死ぬことがあるため、病院に行くまで食い込んだ魚体はそのままにしておかなければならない。だれかが辛うじて魚の胴体だけは切り離してくれたのだろう。銀色の魚の頭部を腕に突き刺したまま、一正は小船の底で唸り続ける。

たぶん桟橋から車か何かで病院に担ぎ込まれたのだろうが記憶がない。

目覚めたとき、藤井の渋い顔が自分を覗き込んでいた。

「いい加減にしてくださいよ、加茂川さん」とでも言いたげなうんざりした表情で、「大丈夫ですか、気分はどうですか」と尋ねてきた。

水色のペンキの剝がれかけた天井や壁の様子から、自分がネピ島内の病院のベッドにいることがおぼろげに理解された。腕には分厚く包帯が巻かれている。

「幸い太い血管を外して刺さっていたので大事には至りませんでしたけどね」と冷めた口調で藤井が

言う。

「人見さんは？」

はっとして首を起こすとぐらりと目眩がした。

「だめですよ。一日酔い。だから言ったでしょう。先住民の作った質の悪い椰子酒なんか飲むからです。人見さんは気分が悪いとかで、吐きっぱなし。とても船には乗せられません。村に置いてきました」

「大丈夫ですかね」

「人の心配をしていられる立場じゃないでしょう。人見教授の方はマヒシャたちが椰子の汁を飲ませていましたから、すぐに回復するでしょう。不衛生な環境ですから、たぶん下痢するでしょうけれど」

一正の方も気分の悪さは同様で、目を開けていられずに瞼を閉じる。閉じた瞼の裏側がぐらぐらと回っている。尋常なことではない。

「噴火は……」

「幸い、今のところ、大丈夫なようです」

愛想を言う気力も尽きた様子で、藤井は舌打ちとともに言葉を吐き出す。

「これからすぐにケワンのボートで村に戻ります。あっちに機材を置きっぱなしにしているので」

「いや、手当も済んだことだし、私もすぐそっちに戻りますから」

最後まで言わせず、藤井は「しばらくここに入院していてください」と言葉を被せた。

「破傷風の怖れがあるそうで傷口を切開しました。必要な手続きは僕がやっておきましたが、旅行保険については自分でお願いします」

それじゃ、という言葉とともに、事情を尋ねる間もなく出て行く。

島にたった一つしかない、老朽化したあまり清潔そうでもない病院だった。それでも有能なインドネシア人外科医が派遣されており、火山活動の活発化と噴火の危険を知らせる警報が出ていたにもかかわらず、逃げ出していなかったのは幸運だった。

傷口切開の後、一正は個室のベッドで抗菌薬を点滴されたうえ、破傷風の検査の他に、なぜかいらぬ性病検査まで受けさせられて寝ていた。

翌日、プラガダンから干魚を運んできたケワンが病院に立ち寄った。

ケワンによれば、ダツに刺された一正を救助したのは、マヒシャたち村の女らしい。浜に引き上げられ、マヒシャが暴れるダツを摑んでいる間に、他の女がケワンたちを呼びに行き、彼らが一正の腕に口吻を突っ込んでいるダツの頭をその場で胴体から切り離し、町の病院まで運んでくれたらしい。

その間、人見は訳のわからないことを口走りながら走り回ったり、へらへら笑ったりしていたということ。

「それが終わったと思ったら苦しみ始めて、朝になっても動けない。ずっとお袋が看病していたよ。だから俺、言っただろ、女神は怖いって」

ケワンは身震いするように、両手で自分の腕を抱いた。

つまり昨夜見たあの女たちの儀礼は、女神に捧げるものだったのだ。

「ああ、反省してるよ。だけどあの夜、俺は変なものを見たんだ。海の中で。お母さんたちはいったい何をしていたんだろう」

ケワンは叫んだ。

「こんなひどい目に遭って、まだわからないのか」

「その話題はなしだ、カモヤン」

唇を一文字に引き結び、ケワンはいつになく厳しい視線で一正を見下ろす。

「なしと言われたって、気になるよ。女の人たちが海の中に入っていったんだ。遠浅というか、水の中に寺院のような、堂のような……」

「あるわけないだろ。お袋たちは女神様にお伺いを立てたのさ、噴火が起きるのか起きないのか。それで戻ってきて、とにかく今年中には噴火なんか起きないということがわかったんだ」

マヒシャたちは、そのために海に入った。そして椰子酒か、あの甘ったるい蜂蜜酒で悪酔いした自分は、そこに無いものを見た。それにしても酔っ払ってナイトダイブとは、ずいぶん危険な真似をしたものだ。

「つまり噴火はない、と」

包帯された腕を見る。

「それ以上、何も言うな、カモヤン。俺は今、ものすごくやばいことを口にしたんだ。これ以上、こんな話をしていると、今度は俺が怪我をしたり病気になったりする。カモヤンたちは、村にきて、やってはいけないことをたくさんしているんだ。これ以上のことをすると、お袋も親父も、二度とカモヤンを村に入れなくなるぞ」

そのとき室内に白いスカーフで頭髪から首まで覆った若い看護師が入ってきた。ケワンの姿を見たとたんに、甲高い声を張り上げて何か怒鳴り散らす。

「おいおい」

仲裁に入る間もなく、ケワンは退散する。

「いったいどういうことなんだよ」

「お金を取られたり乱暴されたりしませんでしたか」

看護師は、切羽詰まった表情で尋ねる。

「ないよ。彼は俺の大事な友達なんだ」

憤然として一正は答えたが、看護師は困惑したように首を振る。

「だめですよ、彼らに近づいては。教育も信仰もない野蛮な首狩り族なんですから。何をされるかわかりません」

うんざりして看護師の布で覆われた端整な顔を見上げる。

ふと枕元に目をやると、粗末な紙に包まれた飴が四つばかり転がっている。口に入れると懐かしいキャラメルの味がした。干魚を売った少しばかりの金の中から、ケワンが買ってきてくれた見舞いの品だ。胸が熱くなった。


人見や藤井と再会したのは、その翌日のことだった。

警察官にはすぐに島を出るようにと言われたが、一正に加えて人見までが二日酔いで倒れたために、藤井も身動きが取れず、二人で入院中の一正の見舞いに訪れたのだった。

「すみません、私が軽率だったために」と藤井に向かい平身低頭する一正に、「誘った私が悪いのよ」と人見がため息交じりに答えた。「おまけにお酒まで飲ませて」

「ひどい酒だったね。椰子酒はともかくとして、砂浜で飲んだやつが余計だった。甘い酒っていうのは、要するに不純物が多いんだ」

「本当、バッドトリップって感じ」

頭痛を思い出したように、人見は自分のこめかみを押さえた。

「やばい英語を不用意に口にしない方がいいですよ。ここで違法薬物をやったら死刑判決もありますから」

開いているドアの方に視線を向け、藤井が鋭い口調でたしなめた後、格別皮肉を込めた様子もなく尋ねた。

「で、酔っ払ってるうちは気持ち良かったですか？」

「さあね。よく覚えていないけれど、真昼みたいにあたりが明るくなって、虹色の物が見えたわ。いろいろなものが飛び回って、しゃべるのよ。スワヒリ語、オリヤー語、ゾンカ語……。きれいな鳥だとおもったら、人の顔がついている。二度とごめんだわ、翌日一日の苦しさを考えたら。本当に、胃をひっくり返して洗いたいくらい。死ぬかと思った」

幸い、病院に担ぎ込まれた一正の方は、それほどひどい二日酔い症状には至らなかったが。

「まぁ、人見さんほどじゃないが、私もそれなり酔っ払ってましたね」と一正は自分が海中で見たものについて苦笑まじりに語った。

ダツに刺された後のことはおぼろげなのに、あのときの海中の光景は、現実か幻覚か区別がつかないまま脳裏に鮮やかに刻みつけられている。

人見の眉がぴくりと動いた。

「あそこの女の人たちが海に潜った？」

「人見さんも見てたでしょ。浜から」

「記憶が飛んでいるのよ」と額に手を当てて首を振った。

「海女みたいに器用に潜って水中で礼拝していましたよ。ときおり頭をぷかりと水面に出して」

「実際は何か獲っていたんじゃないですか？　ライトをつけて潜って、動きが鈍くなっている魚介類を捕獲したりするのでは？」

藤井が尋ねる。

人見が視線を上げた。

「海女みたいに、女性が海に潜って海産物を獲るというのは東アジア、それも日本と韓国の済州《チェジュ》島、それから台湾くらいでしか行われていないのよ」

「そういえば十年もインドネシアに住んで、ずいぶんダイビングをしたけれど、漁村の女性たちが泳いでいるのは見たことがない」

「ええ。海に出るのは男で、女性たちの仕事は獲ってきた魚を加工すること。せいぜいが波打ち際で貝や海藻を採取するくらいですもの。でもあの夜の女性たちがダイビングをしていたとすれば、やっぱり魚介類の採取というよりは、儀礼だったのでしょう。それにしても女性たちが泳いだり潜ったりというのは、かなり珍しい」

ひどい目にあったにもかかわらず、人見の熱心さは変わらない。学問的な情熱というよりは、好奇心を持て余し、どんなところにも突っ込んでいく若い野生動物のようだ。

「ところでマヒシャは何か言ってた？　我々は島のタブーを犯したんだよね」

ふと気になって尋ねると、「何も」と目を閉じて藤井はかぶりを振る。

「説教する必要もないってことだね。バチが当たったんだから」と一正は手を握ったり開いたりしてみる。ダツに飛び込まれた傷口から、痺れるような痛みが上腕から肩まで上ってきた。

とりあえずこれから二時間後に出航するフェリーでパダンに戻らなければならない。早急に退院手続きを取りたいが、腕にはまだ点滴の管がぶら下がっている。

藤井が看護師を呼んでくれた。

「まだ退院はできません」

病室に入ってきた看護師は素っ気なく答えた。

「いや、だから必要な治療は、日本でもパダンでも受けられるから」

「ドクターがいないので、私は退院を許可できません」

「許可って言われても」

「僕が会計担当のところで話をつけてきます」と藤井がばたばたと病室から出て行った。

数分後、困惑した様子で戻ってきた。

「事務室が閉まっている。だれもいない。担当の中国人マネージャーが、噴火騒ぎで逃げ出したそうです」

医者も事務担当者もいない。

「支払いをしたいんだが、だれか何とかならないかな」

看護師に尋ねたが困ったような顔をして首を振るばかりだ。

「帰らなければならないんだよ」

さあ、というように看護師は天を仰ぐ。

「踏み倒すわけにはいかないしなぁ」

「病院に担ぎ込んだときに、僕がデポジットを払っているんですよ」

藤井が言った。

「いくら？」

「一千二百六十万ルピア。日本円にして十万円。手持ちの現金をはたきました」

踏み倒されない手段を相手は講じていた。

「すみません」

「ということは、少なくとも明日会計担当者が出勤して、精算しないと出られない、と？」

人見が尋ねた。

「人質ですね」と藤井が再びうんざりした顔で一正を見下ろす。

まあ、こんなこともあろうか、とも予想していた。フェリーの欠航や遅れの可能性も見込んで、パダンで一日、予備日を取ってあるのだ。明日のフェリーで戻っても帰国便には間に合う。

藤井たちも怪我人を置いて本島に帰るわけにはいかず、一正が止めたにもかかわらず、ビアクの町にもう少し留まる、と言う。

だがそれはかなわなかった。

怪我人の一正はともかくとして、防災局としては噴火時の混乱も予想されるこうした時に、観光客を島内に留めておきたくはない。フェリー会社にキャンセルの電話を入れた直後に、警察から電話がかかってきて事情を尋ねられ、藤井と人見については予定通り島から退去することを命じられた。

「まあ、こっちのことは心配しないで」と一正は、無事な方の左手で胸を叩いた。

「何しろ何十年もインドネシアで仕事してるんだから」

それから自分の財布の中にあるルピア紙幣をありったけ出す。

「残りは日本で。必ず返しますんで」と藤井に渡す。

「いえ、パダンに戻れば銀行がありますから」と、藤井はその中から、二、三万円程度を受けとり、残りを一正に返した。

「それじゃ、明日、パダンのホテルか、空港で。何かあったら携帯に」

藤井はそう言い残して病室を出て行きかけ、再び戻ってきた。

「実は得体の知れないものが見つかりまして。先ほどグーグルマップを見ていたら」と告げた。

夜中の儀式を覗き見し、幻覚に襲われ、さらにダツに飛び込まれたあの入り江を、藤井は地図上で拡大してみたらしい。

「ああ。実に禍々《まがまが》しいところだったね。呪術のパワーがみなぎってるというか」と一正は謎解きの期待をこめ、身を乗り出した。

「いや、そういうオカルトじみた話じゃなくて」

生真面目だが軽い口調に、何とはなしに見下された感じがする。

「あの入り江を外海から隔てている岬があるのですが、海上部分は途中で切れています。ところが、海面下ではずっと延びていて、湖のように入り江を囲んで閉じています。入り江全体が台地状になっていて、その先が外海に面して落ち込んでいる。岬部分の形がまるで堰堤《えんてい》のように不自然に整った弧を描いている。ちょうどだれかがあの部分の海底にダムを造ったかのように」

「堰堤ですか……。人工物ですね、間違いなく。与那国島沖の例のあれのような」

「また古代の巨石文明の話ですか？　あれについてはあり得ませんよ。ただの自然石です」

例によって藤井は断定して続けた。

「しかしあの入り江は自然物には見えない。いえ、海上に延びた岬の地形は自然のものですが、海面下で延びて外海と仕切っている部分は、工事によって作られたものとしか思えません。しかし海中にそうしたものを作るのに、何の意味があるのかわからない。海面上なら堤防にもなるが」

「聖地ですよ」

一正は答えた。

「あの海のボロブドゥールでは男たちが拝んでいたけれど、入り江は巫女《みこ》たちの、ほら、ケワンが怖れていた女神の聖地」

人見が目を輝かせてうなずいたが、藤井は表情を変えないまま首を傾げる。

「もしそうなら、わざわざ水中にそうしたものを構築する意味は？　また技術的にどうすれば可能なのでしょうか」

「土木工学的には、いくらでもやり方はあります」と一正は専門的な知識を披露しようとしたが、それを待たずに藤井はちらりと腕時計に目を落とすと、「それではパダンで」と言い残し、人見をうながして忙しなく病室を去った。


翌朝は、医者も会計担当者も出勤してきて、一正は破傷風についての注意を十分に受けたうえで、精算をすませ無事退院した。

受付でタクシーを呼んでもらおうとして、島内にそんなものは走っていないと告げられる。

後部座席に覆いをつけたバイクタクシーはあるが、怪我した腕で荷物を持って乗る自信はない。機材や当面必要なさそうな物は、藤井と人見がパダンに運んでくれたが、それでも着替えやタブレット端末、身の回りのものなど、かなりの私物が手元に残っている。

それならと、病院のスタッフが呼んでくれたのは、港界隈で客引きをしていたガイドの一人だった。小型のバンで現れた男は手際良く一正の荷物を車に積み込む。

「災難だったな、旦那《トゥアン》。あいつらの村に行ったりするからやられたんだ」

狭い町のことで、漁民の村から病院に担ぎ込まれた外国人の噂はすでに広まっているらしい。

「何もやられたわけじゃない。こっちの不注意さ」

「まあ、無事に退院できてよかったが、今夜の宿はどうする？　俺がいいところを知っている。親類がやっているんだ。清潔だ。シャワーも付いてる」

「帰るんだよ、フェリーターミナルまで頼む」

「船なんかないぞ、旦那」

片手でハンドルを操作しながら男は、リアシートを振り返る。

嘘つけ、と吐き捨てて「とにかくフェリーターミナルまで行け」と命令口調で言う。

男は不満そうに鼻を鳴らすと、ビンロウで赤茶色に染まった唾液を、車の窓から勢いよく吐き出して、アクセルを踏み込む。

フェリーターミナルで降りて金を払ったが、男は立ち去る気配がない。物欲しげにこちらをうかがっているのを無視してチケット売り場に向かう。

一時間後にパダン行きの船が着くはずだ。

凄まじい熱気の籠もる薄暗い待合所で、大荷物を手にした人々がやはり船を待っている。

カタカタと音がする。地震だ。

ぎょっとしてあたりを見回す。それぞれが不安そうな顔で、ベンチに腰掛けたり、コンクリートの床の上にシートを敷き、荷物を枕に横になったりしている。

揺れはすぐに収まった。チケット売り場に行ったが窓口には内側から板のようなものが立てかけられている。

「おおぃ」

窓口で叫ぶ。

「だれかいないのか」

返事がないので裏手に回り、そこのドアを力任せに叩く。やはりだれも出て来ない。

「フェリーチケットなら売り切れた」

背後でだれかが答えた。

ゴム草履を履いた半ズボン姿の男が立っている。

「一人くらいなんとかならないか」

「だめだ、運航規則で定員が決まっている。近頃、定員については厳しいんだ。何度か事故が起きているからな。みんなここから出たいんだ、火山が噴火するかもしれない」

「やっぱりそうなのか……」

「安心しろ。島のこちら側は大丈夫さ。山頂から海岸までが長いだろ。避難場所はいくらでもある。それでも小金を持ってる連中は、真っ先に逃げ出すのさ」

再び低いうなり声のような音とともに揺れが来た。

昨日、藤井たちは島に留まりたいと希望したが退去を命じられて、予約した便で帰っていった。だが、今度は本人が出たいと言っているにもかかわらず、出て行くことができない。

反射的に振り返り背後の空を見る。

無慈悲なほど強烈な陽差しが照りつける空は、どこまでも青い。煙のようなものがたなびいている様子はない。

タブレット端末でインターネットを立ち上げ、ニュースを見る。

ここから二百キロほど北西の島で地震が発生したらしい。火山情報については何もない。続いて新しいニュースが入った。

たった今発生した地震による津波のおそれがあるために、フェリーの運航が中止になった、とある。乗船を待っている人々は、まだ何も知らない。

なすすべもなく一正はフェリーターミナルから引き揚げる。

無事な方の腕で荷物を担いで、よろめくようにして焼けたコンクリートの歩道を歩いていると、背後からきた車が停まった。

さきほど病院から乗ってきたバンだ。

「よぉ、旦那」

男が顔を出しにんまりと笑って「ホテル！」と、親指を立てて見せる。

憮然として車に乗り込んだ。

「俺の言った通りだろ」

男は得意げに言う。

「君は怖くないのか、噴火が」

「ああ」と男はうなずいた。

「火山活動は沈静化した、当面の危険はなくなったと今朝、発表があった。役人や軍も昨夜のうちに本島に引き揚げたらしい」

マヒシャの長年の勘は当たっていた。

「どっちにしてもこの町は大丈夫だ。火口から離れているからな。避難キャンプに行くのは俺は嫌だ。暑くて狭くてきれいな水もない。みんな病気になる。シートと屋根があるだけだ。何もない。やることもない」

「なるほど」

マヒシャたちが役人の勧告に従わなかったのはそんな理由もあるのだろう。

「もちろん旦那が今夜泊まるのは、そんなキャンプじゃない。俺の伯父さんのやってるホテルさ。清潔で、安い。みんな一度、そこに泊まったら、次からは他のホテルには行かないぞ」

「ああ、そこでいい」

あきらめて藤井の携帯に電話を入れる。

藤井は心配げな声で「承知しました」と答え、航空会社のキャンセル手続きは彼の方で済ませると言って、電話を切った。

他の二人と違い、自費でここまできた一正のチケットは、フィックスの格安航空券なので、いずれにしても他の便への振り替えはできない。

男に連れていかれたホテルは、港町のはずれにある、コンクリート二階建ての古びた建物だった。スマトラ本島に帰り損ねた大半のフェリー客が、あの暑く薄暗い待合室で一晩を過ごすことを考えれば、どんなところであれ自分は恵まれていると、楽観的に考えることにした。

ルピアで前払いした宿泊料も高くはない。灰色の外観はともかくとして部屋に入ればタイル張りの床も、バケツの水を自分で汲んで流すトイレも、シャワーも、どこもかしこも清潔だ。謹厳実直できれい好きなムスリムの経営する宿のようだ。

「それじゃ、観光コースを案内するので、後で迎えにくる」と言い残し、男は「ネピ島　観光ガイド　アハメド・リバイ」という名刺を残して立ち去った。

部屋にぽつりと置かれた木製のシングルベッドに、一正はどさりと腰掛け、そのまま大の字になる。

つまり明日まで、丸一日、時間ができた、ということだ。

まてよ、と考えた。

藤井たちと違い、自分は大学の予算で来ているわけではない。自費と自分の休暇を使っての旅行である以上、慌てて帰る理由はない。どうせ帰りの飛行機はキャンセルし、非常勤講師として働いている大学の授業は新学期まではなく、口座には退職金があって、父はすでに他界し、残された母は、地元で中学の教諭をしている弟夫婦と住んでいる。たった一人の家族であった妻には、つい数日前に、逃げられた。

嫌になるほど身軽な立場だった。

腹は決まった。戻れない以上、もう少しこの島にいて、一人で調査すればいい。

政府の調査グループは、海のボロブドゥールをねつ造、文化財的価値無し、と判断したが、自分にはそうとは思えない。

海中にあるのは古代王国の遺跡だ。そうに違いない。それなら島内には他にも似たようなものがあるのではないか。それは海中とは限らない。

天井のところどころはがれた塗装を眺めながら、一正は大学が休みの間、ここに腰を据える決意をした。

不運なんてものは、嘆いた瞬間に不運になる。すべてのことは、チャンスと捉えさえすればチャンスになる。逆風を正面から捉えれば、より高く上昇することができる。

俺に不運など存在しない、すべてはチャンスだ。

声に出してそう唱え、ベッドから起き上がる。

三十分後、アハメド・リバイはホテル前に戻ってきた。一正をバンに乗せると、勝手な方向に車を走らせる。

まずは港にほど近い公園脇にある木造建築の前に連れていかれた。

鮮やかな黄色と緑に塗り分けられた幼稚園と見まごうような可愛らしい建物で、この国やマレーシアの田舎によくある木造のモスクだ。都市部や中東の国々で見る石造りのもののものしい建築物にくらべて、いかにも地域住民の心に寄り添ったたたずまいに、ムスリムではない一正も何とはなしに心が和む。

「これが千年モスクだ」

アハメドが説明する。

「千年モスク？」

「俺たちの祖先は一千年以上も昔にアラビアからやってきたんだが、島に上陸して真っ先にモスクを建てた。それがこれだ」

「へえ、そんなに古くも見えないけど」

はて、法隆寺の建立はいつだっけ、と首を傾げながら、装飾のほどこされた色鮮やかな羽目板に見入る。

「建物は町がここに移ってきたときに新しく建て直した」

「町が移ってきた？」

「ああ、ビアクの町は、昔は山の中腹の小高い丘の上にあったのだが、四十八年前の噴火で破壊されたんだ。それで安全なこの場所に移ってきて、そのときに建て替えた」

「それじゃ四十八年モスクじゃないか」

アハメドの目が三角になった。

「千年モスクは千年モスクだ。俺たちの先祖がアラビアから渡ってきたときに建てたのだから」

断固とした口調だ。

噴火で破壊された町という言葉から、ふと思い当たった。あの塔の根元にあった、火砕流とおぼしきものに襲われ、人々が逃げ惑う図だ。だが町が噴火で破壊されたのが四十八年前だとすると、やはりあれはそれ以降に彫られたもの、すなわちねつ造なのか？

いや、とすぐに否定した。表面の彫刻が新しいだけで、塔自体は古代のものだろう。

色鮮やかな木造モスクの背後には、やはり木造で赤いトタン屋根を載せた長屋のような建物がある。

「プサントレンだ」

イスラム神学校のことだ。貧しくても志の高い子供たち、少年だけでなく少女たちもそこで学んでいると言う。

千年モスクの隣には、小さな公園を挟んで瀟洒な平屋建ての建物がある。役所だった。広々として緑濃い庭に、色とりどりの花が咲いている様は、オフィスというよりは広めの一般住宅のようだ。

車に戻り、魚臭く見通しの悪い港町から坂を登ると、半球形の屋根に避雷針のような尖塔を建てたコンクリート造りの立派なモスクがあった。千年モスクと違いもっぱら市長や王族などが礼拝に訪れる所らしい。

振り返ると、眼下に港と陽光にきらめく青い海が見える。なかなかの絶景だ。

平地の少ない島らしく、幾重にも畳まれた急坂を、汚れた車は咳き込むような音を立てて上る。断崖絶壁の上にある、独立戦争の英雄の墓に詣で、その先にあるスルタンの屋敷跡を見る。

「この島には今でもスルタンがいるの？」

スマトラ島のスルタンの大半は、インドネシア独立後にまもなく起きた革命運動で急進派に殺された、と聞いたことがある。そのことを尋ねると、アハメドは「ああ、いるさ」と答えた。

「だから一族の王子が、スマトラ島から船でこの島に逃げてきて首長になったんだ」

スルタン、とは言うが単なる首長か地方豪族の意味合いのようだ。

「で、今、スルタンはどこに住んでいるんだい」

「本宅はパダンにあるが、南の端の丘陵地に別荘を持ってて、ときどき来ているようだ」

「豪華な屋敷か?」

アハメドはかぶりを振った。

「見えないよ。高い塀を巡らせてあるから」

一正の立っているスルタンの屋敷跡は、緑の斜面のところどころに礎石らしきものが残っているだけだ。麓《ふもと》の方にパッチワーク状に色調の異なる緑が見える。アブラヤシのプランテーションが原生林の中に作られているのだ。

再び町中に戻る途中に、博物館があった。

木造平屋建ての建物は、役所同様、木立に囲まれている。

木々の一本をアハメドは指差した。

「これは聖木だ。俺たちが流れ着いた一千年前からここに立っていて、俺たちアラビア人をこの地に呼んでくれた。すべてを浄化してくれる木なんだ」

「ブリンギンの木だろ、ジャワでもバリでも見た」

「ジャワのものとは違う。これは聖木だ」

ジャワのものも聖木だが、確かにあちらの桑の大木を思わせるブリンギンの木とは樹形も葉も違う。

海底の塔に関連して何か参考になるものがあるかもしれないと博物館に入る。

アハメドはチケットを二枚買った後、当然のように二枚分の料金を一正に請求した。

古い学校の講堂を思わせるがらんとした室内に格別空調は効いていないが、ほっとするような涼しさだ。

薄暗い内部に目が慣れてくると、壁にところ狭しと張られた写真や年表、展示物などが見えてくる。それによるとここネピ島は、二万年前の巨大噴火によって沈んだ島の山頂の一部が海上に残ったものだという。地図で見ると、ぐにゃりと曲がった南北に長い三日月形をしており、かつてそこにあった大カルデラの一部であることがわかる。

インド洋に面したこの島の周りの潮の流れは速く、また複雑だ。そのうえたびたびサイクロンに見舞われ、さらにはスマトラ西側の海域の島には珍しく珊瑚礁も発達しており、大きな船の着く港が作りにくい。

そうした自然条件が船の接岸を阻むためネピ島は孤立し、二十世紀に入って港が作られてからようやく近代的な発展を遂げたらしい。

港があるビアクの町は弧の外側、北東部だ。ケワンたちが住んでいるプラガダンは地図上に記載がない。島を回り込んでいった裏側なので、おそらく弧の内側にある入り江だろう。

島は三日月形に曲がったなまこのような形だが、なまこと違うのは、島には脊椎のような険しい山脈が通っていることで、中央部に火山がある。小イスカンダルというささか物々しい名前がついている火山だ。イスカンダルはアラビア語で、アレキサンダーを意味する。小があるなら大イスカンダルというさらに物々しい名前の火山もあってよさそうなものだが、大イスカンダルの方はない。アレキサンダー大王その人のことを示すのかもしれない。

先ほど、一正が見てきたモスクの写真の他、独立後にここに逃げてきたスルタン一族の写真、オランダの侵略と独立運動の歴史を示す年表や写真、武器、衣服などの資料、さらに独立運動の英雄たちの写真などが、博物館には展示されていた。

ネピ島はかつて「黄金の島」と呼ばれたとパネルにある。そういえば以前、この国の土木技師からもそんな話を聞いた。だが、なぜそう呼ばれたのかという記述はそこにはない。

アラビア、インド、中国をつなぐ交易ルートは、マラッカ海峡側を通り、ネピ島のようなインド洋側にはないから、貿易港として繁栄したという象徴的な意味合い、とは考えにくい。

するとまさに金鉱があったのか？

ビジネス界では今、イリアンジャヤあたりの金鉱が注目を集めているが、確かスマトラのメダンあたりにも金山はあるはずだ。この島が黄金の島であっても不思議はない。

現代史のコーナーに入ると、独立運動や、四十八年前に起きたという小イスカンダルの噴火についての解説がある。

空に向かって真っ赤な火の粉や火山弾を噴き上げる山と、焼ける家々、逃げ惑う人々の様子を稚拙なマンガのようなタッチで描いたパネルが展示されていた。

「心配はいらない、旦那。たとえ噴火があってもビアクの町は今回は大丈夫だ。一帯を管轄する防災局の観測所から最新データが上がってくる。それを火山学の偉い先生がきちんと分析しているんだ。その上で、どこの地域が危なくて、いつ避難したらいいか指示を出してくれる」

「プラガダンに行ったときも警察官と役人が来たよ。避難するようにと住民を説得していた」

「ああ、首狩り漁民のことか」

アハメドは鼻先で笑った。

「首狩り族は、海で魚なんか捕らないぞ」

「どっちにしたって無知で野蛮な連中だ。何といってもやつらはムスリムじゃないんだ。火山だの海だのを崇《あが》めて不道徳な生活を送っている。挙げ句に防災局の勧告を無視する。もっとも、非科学的な迷信のために彼らが焼け死ぬのは勝手だが」

実際のところ火山はどうなっているのかとプラガダンにいるケワンたちを案じながら、一正は博物館に展示された文物やパネルに目を凝らす。しかしどこをどう探しても、ケワンに連れて行かれた海底遺跡についての記述はない。

「ボロブドゥールのような古代王国の遺跡はないのかな？」

一正が首を傾げると「それはジャワ島の話だ、旦那。ここはネピだぞ。そんなものを見たければジョグジャカルタに行け」とアハメドは冷たく答えた。

「いや、ボロブドゥールのような遺跡であって、ボロブドゥールそのものじゃない。つまり古代の仏教遺跡だ」

「そんなものはここにはない」

「いや、確かに見た。調査したこの国の学者や役人はそうじゃないと言うが、俺の見立てじゃ間違いなく古代仏教王国のものだ」

「そんな王国がここにあったためしはない」

アハメドは吐き捨てるように言う。

「おいおい、まさか知らないのか？　プラガダンの入り江の海底に古代王国の遺跡らしきものがあるんだよ。この島の君たちのルーツ、いやインドネシア国民のルーツであるところの、古代王国の跡だ」

「ルーツだと？　ボロブドゥールみたいなものが、俺たちの？」

アハメドは目をむいた。

「そんなわけがないだろう。いいか、昔々、ここは無人島だったんだぞ」

アハメドは壁のボードにある十二、三世紀頃のマレー世界の地図を指差す。

「ここネピは、家船で魚を捕って暮らしている漁民たちがときおり嵐を避けるために立ち寄るだけの、森の中に猿や鳥がいるだけの、何もない島だったんだ。人もいない、もちろん建物もない。あるとき、香料やガラスの壺、絨毯などを抱えて中国を目指したアラビア人たちが、スマトラの北端にさしかかった。そのとき凄まじい嵐に見舞われたんだ。それまで出会ったこともないような嵐だ。帆をすべて畳んでも船は木の葉のように揺れ、盛り上がってはなだれ落ちる波に、空と海の境さえわからない。空を覆った真っ黒な雲に昼と夜の区別さえつかない。この世の終わりのような凄まじい嵐だった。アラビアの船乗りも商人も神に祈った。だが船はどんどん航路を外れ、この世の果てのようなところに流されていく。三日三晩荒れ狂った嵐が静まり、雲間から星が覗いたのを見たとき、乗っていた四十人のアラビア商人と船乗りは、涙を流して神に感謝した。しかし船は大きく航路を外れ、櫂《かい》は流されマストも折れてしまっていた。そのまま三日三晩流されて船はついにこの島、ネピの海岸に打ち寄せられたのだ。しかし我々の先祖、アラビア人たちの本当の苦難は、この島に上陸したときから始まった。島には何もなかったのだ。人を寄せ付けぬ密林と、動物たち、朝夕に凄まじい勢いで降る雨、稲妻、すべてのものを腐らせる熱気と湿気。それらと闘い、ここに上陸した人々は神に祈ることによって生き延びた。そして二度とアラビアに戻れぬと悟った後、ここにモスクを建て、城を建て、自分たちの国を造っていったんだ。それが俺たちの遠い祖先だ。俺だけじゃない、この島の者は、後になって島に住み着いた家船の首狩り漁民や中国人は別として、生粋のアラビア人なんだ」

「生粋のアラビア人って、君たちの顔って、ぜんぜんアラビア人っぽくないじゃないか」

褐色のつるりとした肌、黒くよく光る丸い目、丸い輪郭、そして華奢な骨格。

どう見てもマレー系で、彫りが深く毛深く、長身でたくましい中東の男たちとは似ても似つかない。ケワンたち漁民と見た目は同じだ。彼らのような海に鍛えられ、潮に焼かれた荒々しい印象がないだけで。

アハメドはため息をつき、かぶりを振った。

「食べ物のせいさ。その昔、この島にはまともな食べ物が何もなかった。だからここに流れ着いた我々の祖先は、芋やサゴヤシの澱粉や魚を食べるしかなかった。それでこんな顔と体になってしまった。しかし外見はこんなになってしまっても、心はアラビア人だ。時代が変わって親父も俺もメッカに行ってきた。いずれ何代か後には、見た目も普通のアラビア人に戻れるに違いない」

「絶海の孤島に流れ着いた四十人のアラビア人が君たちの祖先ってことは、だよ」と一正は人差し指を立てた。

「船には女も乗っていたのか。それとも近隣の島から連れてきたのか。子孫を残したってのは、つまりそういうことだろ」

「他の島なんかから連れてくるわけがないだろう。何度も言うが、俺たちは生粋のアラビア人なんだ。船には女が乗っていた。女商人がいたんだ」

「女が商人になんかなれるわけないだろ、イスラムで」

ご都合主義も極まれり、と思わず失笑した。

「そんなことはない。いいか、旦那、覚えておけ。マホメットの妻だって女商人だったのだぞ」

「そうか……」

これ以上突っ込みを入れることはやめて、博物館の職員はいないものかと目で探す。しかしがらんとした内部には監視員さえいない。水色の頭巾を被ってチケットを売っている中年の女性が一人いるきりだ。

「ま、いいや」

宗教が、思想が、ということは考えないようにしている。考え過ぎないことは、五十を目前にした一正の言動から深みを奪っているが、ビジネスの世界では、トップに立つ人間ならいざ知らず普通の社員にそんな深みなど必要ない。へえ、そんなものですか、と思って済ませていればこそ、どこにいっても格別にカルチャーショックも受けず、余計なストレスも溜めずに現地の習慣に合わせて生活し、仕事をしてこられた。ただ、案内された島の遺跡や博物館のどこにも、あの海中のボロブドゥールを説明するものを見いだせなかったことに、一正は落胆した。

博物館を出るとまだ陽射しは熱いが、時刻は夕刻になっていた。

「それじゃ旦那、金細工の店に行こう。ここは黄金の島なんだ。他の島じゃだめだ。ここでは金の指輪やネックレスがメダンの三分の一くらいの値段で買えるんだ」

そういえば博物館のパネルにも黄金の島の記述があったし、懇親会で出会ったメダン出身の土木技師も、そんな話をしていた。

「つまりそれは島に金鉱があるって話かい？」

「ああ、だから黄金の島なんだよ」

アハメドは一正を車に押し込むと、勢い良く発進させる。

店は博物館から、坂道を下ったところにあった。

古びたコンクリート造りの住宅の並ぶ一角の、路地を入ったところに土産物屋を兼ねた作業場があり、一正の顔を見たとたんに店主とおぼしき中年男が揉み手をしながら近付いてくる。

ガラスケースの中にはネックレスや、ブレスレット、ピアスの他、置物などもある。

「奥さんに奥さんに」と女店員に勧められ、「妻はいない」と答えた瞬間、エンゲージリングとペアリングを押し売りされそうになり、逃げられたばかりの妻を思い出し、ずきりと心がうずいた。

いろいろ見せられた末に、金をグラム換算し、なかなか買い得に思えるチェーンネックレスを選びカードで支払った。

その夜、部屋に戻った一正は、その土産物を手に取ってしみじみと眺めた。アクセサリーを土産にする相手もいないから、自分用の男物チェーンを買った。だがあのとき、売り子の女のセールストークにその気になってしまったが、こうして手に取ってみると、やけに金ぴかでヤクザかホストのアクセサリーにしか見えない。そもそもネックレスをしている男自体が、一正の感覚からして、やはり堅気ではない。

後悔した後、まあ、金貯金の代わりにでもするか、と考えて箱に収めたとき、ふと、四日前の夕刻、海上に美しいシルエットを描いていた仏塔を思い出した。

「暗くなると海神が、航行する者たちの魂を引き抜いてしまう」

ケワンは真剣な顔で言った。かつてのシャイレーンドラ王国の王子が化身した海神バイラヴァが、夜に通りかかった者の魂を引き抜いて入れているという黄金の壺。

アハメドはここに金山があると語っていた。

塔の中の黄金の壺は単なる神話伝説の類いではなく、実在するかもしれず、その内部には、死者の魂の代わりに、仏舎利と称する遺物か、かつて島を統治した族長と家族の骨が収められている可能性がある。

中庭に出て夜空を見上げる。

町中とはいえ、灯《あか》りが少ないから、降るような星空だ。無意識に小イスカンダルの方向を仰ぎ見る。煙がたなびいているが格別変化はない。

スマートフォンを取りだした。ホテルに供給されている電気の電圧は不安定かもしれない、という危惧はあったが、さきほどケーブルに繋いでおいたスマートフォンはフル充電されていた。

プラガダンにいるケワンに電話をかけたが、通じない。諦めずにかけ直すと、一瞬呼び出し音が聞こえたが、すぐに不通になった。

その直後に向こうからかかってきた。

「あ、カモヤン、傷の具合はどうだい？　もう、日本に着いたのか」

情のこもった響きだった。

「いや、それがまだ島にいる」

「何だって？　ずっと入院していたのか」

「いや、ホテル」

事情を話した。

「で、まだしばらくこの島にいることにしたよ」

「なんだ。それじゃ俺の家に来いよ。毎日、船に乗せてやるし、お袋の酒もある」

「ありがとうな」

涙が出そうだ。好意に甘え、すぐに飛んで行きたい気分だが、腕の傷を理由に丁寧に断った。油断すると化膿するかもしれず、このホテルの方が、ケワンの家よりも清潔な環境であることは間違いない。それにまだ破傷風の危険が去ったわけではない。

「それよりよかったな、噴火しないで」

「あたり前だろう。今回は大丈夫だとお袋が宣言しただろうが」

「ああ……そうか。実は、今日、ビアクの町にある博物館に行ったよ」

「ああ、俺たちも小学生の頃、連れて行かれた」

「で、博物館には海中のボロブドゥールについて、何の展示もなかった」

「そうさ、連中は俺たちのことには興味がない」

「で、俺は考えた。あの仏塔の中にある、死者の魂を入れるとかいう黄金の壺についてだけど、もっと詳しく教えてくれないか」

祟られるぞ、と怒鳴られるのは覚悟の上だったが、ケワンは以前と同じ言い伝えを繰り返しただけで、女神のことと違って話題に上らせるのを避けたりはしない。

「たとえばその黄金の壺を狙った盗賊がいたとかいう話は？」

「できるわけないだろ。もしそんなことをしたら無事に陸に戻ってこられるはずがない」

「中を見た人間はいないのかな。君たちは毎年、祭りのときにあの塔の掃除をしているだろう」

「やるか、そんな恐ろしいこと。いいか、万が一、だれかに壺を開けられたりしたら、霊が迷いだす。そうしたらどんな悪さをするかわかったもんじゃない。怖くて俺たちは海に出られなくなる」

そこまで言ってケワンは思い出したように「あ、いた」と叫んだ。

「政府の役人がやってきて、中を見ようとしたんだ」

「七年前のことか？」

「ああ、二、三度、来た。最初は海神に撃退された。その後に地震が起きた。そのとき塔の下に隙間が出来たんだ。それだけでも恐ろしいのに、連中はまたやってきた。役人は猫なで声で親父に言った。あれは君たちの祖先とインドネシア国民のすばらしい歴史的遺産だとかなんとか。『あれは神様の住まうところだ』と親父たちは答えた。役人は、『だから貴重な物なのできちんと調べなくてはならない』というので親父たちが許した。すると連中は次々と恐ろしいことをやらかした」

「何を？」

「地震で開いた隙間を懐中電灯のようなもので照らして中を見ようとしたり、カモヤンの仲間がやったように中に何かメジャーのようなものを突っ込んだり……。何をやっているのかは、詳しくはわからなかった。村の者はだれも近づけなかったからだ。そのときには警察官がたくさんボートでやってきて、海神の祠を取り囲んだ。それで親父たちが止めようとすると、逮捕するぞと脅して、追い払ったんだ」

「で、どうなった？」

「それきりさ。あれから連中は二度と来ない。きっと本島に戻る途中で船が沈んだか、病気になって死んだかしたに違いない。俺たちはすぐにあの場所に酒と山羊の血や米をまいて供養した」

歴史考古局の役人が二度と来なかったのは、もちろん祟られて死んだり病気になったからではない。あの塔を文化財ではない、と判断したからだが、そうした調査結果がケワンたちに知らされることはないのだろう。

「で、カモヤンは、海神の黄金の壺に興味があるのか」

ケワンが尋ねた。トレジャーハンターなどと疑われたらたまらない。

「ないない、ないっ」

慌てて否定した。

「ただ、ここは黄金の島と呼ばれていたそうなんで、昔はいろいろなものにふんだんに金が使われていたんじゃないかと思ったのさ。たとえば金鉱山があったりとか……」

「ああ、ここは黄金の島さ、金の山は見たことがないけれど」

「町にも金細工店があった。金工芸も盛んなんだね」

短い沈黙があった。

「まさか、カモヤン、何も買ってないよな」

ケワンの声が押し殺したものに変わっていた。

「いや、ネックレスを買ったよ。18金でなくて純金で柔らかいから、傷をつけないように気をつけろと言われた」

「バカ」

「はあ?」

「バカ、あいつらみんなペテン師だ。ビアクは町ぐるみ、みんなペテン師だぞ」

「しかしそれなりの値段だったし、証明書が……」

「そんなものコピー機があればいくらでも作れるだろ。警察に言ったって無駄だ、買っちまったらおしまいなんだよ」

「しかし何だって偽物と決めつける？」

「噛んでみろよ、カモヤン。自分のバカさ加減がわかるから。ああ、なんてバカなんだ」

「バカバカとうるさいな」

「バッテリーが無くなるから、もう、切る。くれぐれも町の人間には気をつけるんだぞ、カモヤン。あいつら、みんなろくなもんじゃないからな」

それだけ言うと、ケワンは一方的に通話を切った。憤慨しながら一正は箱を開け、あらためてネックレスを取り出す。

チェーンに噛みつく度胸はない。

鞄《かばん》にしまってあった地図と方位磁石を取り出した。

おそるおそるネックレスを近づける。針はぐるりと回りはしなかった。だが、小刻みに震えた。明らかに反応している。何か金以外の金属が含まれている。

まさか、とつぶやき十徳ナイフの刃先で、ほんの少しだけ傷をつけてみる。

傷など付かない。力を込めた。表面の層がはがれた。鈍い銀色の地金が出て来た。

メッキだ。ひょっとすると金メッキですらないかもしれない。

あっさり騙された。

どこが黄金の島だ、と一正は悔し紛れに、そのきらきら光るチェーンに噛みつく。金属独特の酸味を帯びた嫌な味を、舌先に感じた。チェーンのどこにも本物の金など使われてはいなかった。

翌日、一正はバイクタクシーを一日借り上げた。ドライバーはアハメドの従兄弟で、ハムザという若い男だ。日よけの幌をかけた座席をバイクで引っ張る、オートリクシャーのようなものでなく、バイクのリアシートに乗るだけのタンデム型を頼んだのは、未舗装の悪路や細道を入っていくためだ。車で行ける観光スポットは、すでに前日、アハメドのバンで見学を済ませた。この日は、島内の小さな村を回ってみるつもりだった。

プラガダンで見つけた仏塔が、果たして本当に古代の遺跡なのか、それとも村人たちの手によるレプリカなのか。もし古代の遺跡だとして、あの仏塔の根本にあるサンゴに覆われた丘は、人工物なのかそれとも自然の岩なのか、それは藤井の調査の結果が出るまで待たなければならない。だが陸上からそのヒントを探ることもできる。

昨日は見つけることができなかったが、陸上に同時代の遺跡のある可能性を一正はまだ捨ててはいない。

そうしたものの存在は、ビアクの町はずれにあった博物館の展示からはうかがい知ることはできなかったが、島内の他の村には、何かを知っている人々がいるかもしれない。あるいはケワンの語ったシャイレーンドラ王朝のような、古代王国の王の末裔を自称する人々に出会えるかもしれない。ひょっとすると、村の子供の遊び場やアブラヤシのプランテーションの中に、古代遺跡が眠っているかもしれない。

片腕が不自由な状態で、しかも男の胴体にしがみついて移動するのは、決して快適ではなかった。それでもバイクは未舗装の道をけっこうなスピードで走った。

ネピ島の平地は海岸沿いのごく狭い地域に限られている。ホテルを出発し、十分も走らぬうちに家並みは途絶え、あとは荒々しいインド洋から高い波の打ち寄せる海辺の黒砂の上に、簡易舗装された道路が延びているだけの変わりばえのしない景色が続く。

サンゴの白砂に対し、黒い砂は溶岩が細かく砕かれたものだ。活火山の小イスカンダルは、現在もときおり噴火してはそうした黒い噴出物を降らせる。

十五分ほどで行き着いた小さな集落には、一正の期待したような貧しいが長閑な風景はなかった。周辺のアブラヤシ林で取れた実をビアクの町に運ぶのだろう、モルタル造りのごく簡素な家々の前にトラックが数台止まっていた。住宅はいずれも平屋で、ケワンたちの住んでいるような高床式の木造家屋ではない。

バイクから降りて、村人から話を聞きたかったが、だれもがアブラヤシ林での収穫の他に、消毒や施肥といった作業に追われており、話し相手にはなってくれない。ドライバーのハムザが一帯を案内してくれたが、学校やモスクのある整然とした農村だ。村外れに建設中の建物があるのは診療所だという。

別の村も見たいか、と尋ねられてさらに海岸に沿って移動したが、いずれも似たようなもので格別、見るべきものもない。村人の顔立ちに目を凝らしても、ケワンたちと人種、民族の違いがあるとは思えない。

海岸沿いの道路は島を一周することはなく、密林で断ち切られた。

ハムザによれば、島の中で陸路で行かれるところは限られているということだったが、集落はそれぞれ踏み分け道のようなもので結ばれている。そしてそうした道では行かれないプラガダンは、かれらにとっては、邪《よこしま》な人間と悪霊の跋扈《ばっこ》する異界だった。

ホテルで持たされたピーナツバターのサンドウィッチとゆで卵で昼食にした後、一正は山側に向かった。この島は海岸沿いに動かない限り、どこに行こうと山道だ。

斜面に作られたアブラヤシやゴムのプランテーションを過ぎれば、もう車で行ける道はない。急斜面を覆う獰猛な緑が、頭上を覆っているばかりだ。昨日、アハメドの車で上ったスルタンの屋敷跡のある丘が、唯一、開けた高地のようだ。

海岸近くまで下りてきて、ふと振り返った山肌に一正は目を凝らす。山を覆う、鮮やかさを通り越し毒々しいほど濃い緑、その中に明らかに緑の密度の薄い部分がある。周囲にくらべどことなく淡い緑は、木々の間から透けて見えるチャコールグレーの地面と一体化して、山頂から山裾にかけてしどけなく解いた帯のように伸びている。

「あれは？」

バイクを止めさせ、一正が尋ねると、ハムザは「四十八年前の噴火の跡さ。あそこを溶岩が流れ下ったんだ。親父が生まれた頃の話さ。下に町があったんだけど、あっという間に火事になって全部燃えたらしい。だれも逃げられなかったんだ。ものすごい速さで、天から火が降ってきたんだって」と答えた。

話の内容からして、溶岩ではなく、流れの速い火砕流だったようだ。

噴火に関する話はここに来たときから聞かされ、避難を促されているが、実際に火砕流の跡を目の当たりにすると背筋が冷える。

「大丈夫だ、旦那。今朝になって警戒警報は解除された。県政府が観測所からのデータを分析した結果、しばらくは大丈夫だとわかったそうだ」

結論はマヒシャの託宣と同じで、しかも発表は遅い。だが地元民の勘や神様のお告げと違い、県政府の見解は科学的根拠があることなので信頼できる。

「下にあった町っていうのが、昔のビアクだ。燃えてしまったので、四十八年前に港付近に新しい町を作った」

「そういえば港近くの今のビアクには、築四十八年の千年モスクがあったな」と前日のアハメドの話を思い出す。

「築四十八年なんかじゃない」

激高した様子でハムザが反論した。

「千年モスクは千年モスクだ。千年前からあそこに建っていたんだ」

「だって新しい町なんだろ？」

「だから町なんかなくてもモスクはあったんだ。いいか？　俺たちの先祖のアラビア人は千年前にあそこに上陸したんだぞ」

　どこに行っても意味不明な話を聞かされる。

　化膿止めと痛み止めを飲みながら、二日かけて島内を回ったものの、結局のところ古代王国の痕跡のようなものは見つからなかった。

　モスクと学校と役所と病院、スルタンの屋敷跡。この島に特別なものは何もない。あの海のボロブドゥールを除いては。

　サーフィンには絶好の波がインド洋から打ち寄せるが、島民は裸の観光客を許さない。治安は十分過ぎるくらい良く、偽貴金属ショップはともかくとして、住民は謹厳なムスリムのようで、一缶のビールを手に入れるにも苦労する。

　ネピ島は観光客にとっては退屈きわまりない平安な島だ。

　収穫を得られないまま、翌午前中、一正はフェリーでパダンに戻った。

2

　成田空港で最終のリムジンバスに乗り込んだとたんに、一正は、インドネシアの小島どころではない自身の人生の危機を意識した。

車窓の外に広がるひたすら暗い田園風景を眺めながら、三番目の妻にも逃げられたという現実に向き合い、あらためて打ちのめされた。

逃げられた理由はわからない。暴力を振るったことはもちろん、ひどい物言いをしたこともない。生活費はきちんと家に入れていたし、女を作ることはおろか風俗にさえ、彼女と結婚してからは行っていない。

東京に戻り、離婚届を提出した後は、悄然として一人用の安物の家財道具を買い集め、怪我の治療をし、その傍ら辛い現実から逃れるように、非常勤講師として勤務することになった大学の授業のために、シラバスを書く。

新学期が始まり、久々に藤井に電話をかけてみたが、素っ気ない口調は相変わらずだった。その素っ気ない口調のまま、藤井は重要なことを述べた。

「例の、歴史考古局の文化財候補リストの件ですがね、登録されなかった理由が判明しましたよ」

「村人がハンマーとノミでかちかち彫っていたから、というのでなくて……」

「いくら何でもそんなことでねつ造と判断したわけじゃありません。向こうも専門家ですから」

日本に戻ってきた藤井は、その後、ジャワ島の遺跡調査に協力した実績があるという日本人考古学者を通じ、現地の大学の教授に繋いでもらい、話を聞いたと言う。

七年前、歴史考古局の調査チームは、ジャワから飛行機とフェリーを乗り継ぎ三日をかけて現地に赴いたが、一度目は地震、二度目は海洋性の有毒生物の大発生にぶつかり、中断せざるを得なかった。そしてようやく三度目に、地元漁師の妨害に遭いながらも、なんとか調べることができた。

おそらく地震がなければ、彼らも騙されていたかもしれない。

一度目の調査を中断させた地震のために、塔の石積みの間には大きなひび割れが生じていた。石灰岩の切石を重ねて作ったと思しき構造物のひび割れの断面を見たそのとき、彼らは自分たちの調べていた構造物の文化財的価値を知った。

ライトに照らされたそこにあったのは、塔の表面の白い石灰岩の肌とはまったく異なるものだった。小粒の角張った石が灰色の基質の間に詰まっていた。日常的にあまりによく目にするものだったのだ。

コンクリート。あの塔は、白い石灰岩を積み上げた型枠に、コンクリートを流し込んで作られたものだったのだ。念のために調査チームはひび割れにノミを差し込み、欠片を持ち帰った。その欠片に酸性の試薬を注ぎ入れたとたん、細かな泡が上ってくるに至り、彼らは一見、切石を重ねて造り上げた歴史的建造物に見えるそれが、町で小金を貯めた商人たちが建てる邸宅と同様の材質のものであることを知ったのだった。

また塔の基壇部分、大伽藍か岩礁か一正たちの判断がつかなかったものは、まぎれもない岩礁で、その表面を珊瑚やフジツボが覆っているだけの代物だった。

塔は、遺跡観光で潤っているジャワ島辺りの情報を入手した村の知恵者のアイデアで作られたものか、漁民たちが彼らの海洋信仰の対象として建造したものかわからない。たとえ漁民たちの信仰対象であったにせよ、もともとは宗教建築の伝統のない彼らのことであるから、植民地時代から有名なボロブドゥール遺跡の、最上階にある仏塔を真似て作ったと考えられる。

「ちょっと待ってください」

一正は遮った。

「地震でできたひび割れに懐中電灯を突っ込んだか、手を突っ込んだか知りませんがね、そう簡単にコンクリート製と結論づけられるんですかね。だいいちどうやって海中にコンクリートを打ったんですか。ちょっと考えればわかりますが、水の中にコンクリートを流し込めば、砂利や石灰がたちまちばらばらになって固まりませんよ。我々が海に橋をかけるときなんかは、鋼管でコンクリを打設場所まで圧送して、パイプ先端をあらかじめ打設したコンクリート内部に突っ込んで水に触れないようにして打っていくんですよ。水中で打っても分解しない特殊なコンクリートを使うこともありますが、そんな高度な工法や特殊な素材を、どうやってケワンたちが駆使するっていうんですか？」

「まあ、仏塔については、型枠を作っておいて干潮時に一気にコンクリを流し込んだのかもしれません」

「そのインドネシアの先生は歴史と考古学の専門家かもしれない。だが、建設素材についちゃ、こっちがプロだ」

現場を仕切った人間の意地が言わせている。建設会社に勤務していたのは、二十六年。遺跡公園の仕事はほんの一部で、ビルや橋、高速道路の建設をいくつも手がけた。

「見た目がコンクリートそっくりの天然石などいくらでもありますよ。礫岩《れきがん》の地層なんか見ると、素人はコンクリと間違えますからね。その歴史の先生だって、建材についちゃ素人でしょう」

「礫岩ですか。しかしあれが切り石になるんですか」

「なりますよ。石灯籠など、日本でだって、凝灰角《かく》礫岩を切り出して作っている。何も仏塔だからボロブドゥールのように安山岩《あんざんがん》でなけりゃならないということはない。その土地に砂岩があれば砂岩、石灰岩であれば石灰岩、地域にある石で、作るんです。それで表面に化粧板として石灰岩を貼り付けた可能性もある」

「なるほど」

藤井は即座に否定したりはしなかった。それがこの男の育ちの良さによるものか、それとも何か思い当たるふしがあるのか、一正にはそのあたりの相手の心の内を推し量る習慣はない。

「しかしそうなると、酸性の試薬によって溶けたという話は？」

「あのねえ、石灰岩だって、塩酸に突っ込めば溶けますよ」

「なるほど。確かにあちこちの遺跡が、酸性雨でやられていますね。しかしそもそもスマトラ、ジャワの西側のインド洋に面した側には、仏教やヒンドゥーの遺跡はない、とされてきましたよね」

「そんなこと言ったって、イスラム王朝が入ってくる前には、あの国のあちこちに仏教王国もヒンドゥー王国もあったんですからね。シュリヴィジャヤ、シャイレーンドラ……。今、ヒンドゥーが残っているのはバリだけですが」

「もちろん、ジャワ、スマトラ、バリ、それどころか東南アジア一帯に、インド由来の仏教王国、ヒンドゥー王国はありましたよ」

噛んで含めるように藤井が解説した。

「それぞれの地域での王国成立期に、東西貿易を行った商船にインドのバラモンたちが乗り込んで、お助け外国人として王たちに統治の指南をしたからです。彼らはマレー半島にやってきて、そこに住み、半島を拠点にして、周辺の島へと散っていった。その後も多くのバラモンが移住し、東南アジア世界に一大インド文明圏を作り上げた。それが加茂川さんが言うシュリヴィジャヤ王朝であり、シャイレーンドラ王朝の由来です。ですが、そうした王国の勢力は、波が穏やかで水深の浅いマラッカ海峡側で展開したが、インド洋側には及んでいません。ネピ島の位置はスマトラの西側の海。インド洋の波が洗う首狩り族の島、マラリアの巣とされ、インド人も中国人もアラビア人も避けて通っていった場所です。同様にやはりスマトラのインド洋側にあるニアス島には、謎の巨石文明なるものがあってサーファーで賑わっていますが、僕に言わせれば、あれは文明なんかじゃない。単に時代が下った後も石器時代そのままの暮らしをしていたという後進性を示すものです。つまりスマトラの西側は、ごく新しい時代にアラビア人がやってくるまで、あるいは西洋から宣教師が入ってくるまで、熱帯雨林の中で人々は原始の暮らしをしていた。つまり古代文明も中世世界もなかった。そう考えられている地域なわけですよ」

ジャカルタで行われた会議の懇親会で、一正がガジャ・マダ大学の教授から聞いた話と同じだ。

「しかしそんなところに仏教遺跡が出た、となれば、定説が覆るわけでしょ」

「ロマンある話ですが、可能性としては小さいですね」

「小さくても可能性はある？」

「まあ、僕としてもそのあたりは考えるところはあるので」

言葉を濁したきり、それ以上は言及せず、藤井は「それより村人が総出で、海中の岩礁の上にコンクリートの構造物を造り、彫刻した石を貼り付けて作ったという方が説得力がありますね」と冷めた声で続けた。

「なんでそんな手の込んだいたずらをしなけりゃならないんですか」

憤然として一正は尋ねる。

「観光ですよ。電気もない、水道もない、あまりにも貧しい漁村。島内では差別され、漁場も限られる。しかし観光客が一人でもくれば、彼らからすれば小魚をとって市場で売るのとはケタ違いの収入になる」

「いや、私が見たところ、やっぱりあれは古代遺跡です」

一正は半ば意地になって主張した。

「そう思われますか」

藤井は真っ向から否定することもなく、鷹揚な口調で尋ねる。

「ボロブドゥールの保存整備事業に携わった者の勘です」

実際は、遺跡公園整備事業だが、この際、そんなことはどうでもいい。歴史的にあり得ないと言われても、それを確かめに行くために費やした労力と、そのために変えた人生設計を考えると、納得できない。

歴史考古局の見解を鵜呑みにしたかに見えた藤井が、意外なことに一正の言葉に同意ともとれるような「なるほど……」という低い声を発して続けた。

「いずれにしても今回は地震に、火山噴火にと……まあ、いろいろあって中途半端で戻ってきてしまいましたから、僕としても、何かこう、消化不良の感じはするんですよ」

調査半ばで戻ってきた理由について、お前たちの軽率さのために、と言わないところが品が良い。

「そういうことです」

一正は、いっそう力を込めて言った。

「スマトラの西側になんぞ古代のヒンドゥー文化、仏教文化は伝わらなかった。だから仏教王国もヒンドゥー王国も存在しなかった。結構！　そのありえないところに、ヒンドゥー・仏教遺跡があったとなれば、世紀の大発見ですよ、藤井先生」

「実は……」

逡巡するような沈黙があった。

「実は何なんですか？」

幾分焦《じ》れて一正は追及するように尋ねる。

「僕はそもそもシュリヴィジャヤ王国は一つの帝国であったとは考えていないのです」

「帝国でないとすると何なんですか」

「文化圏です。仏教、ヒンドゥー系の小国がいくつも集まった文化圏。だからその小国がジャワ、スマトラのあちらこちらに散らばっていてもおかしくはない」

「とすれば、ネピ島だってその一つかもしれない」

思わず身を乗り出した。

「ええ、つまりスマトラの西側にあったとしてもおかしくない。まあ、可能性としては小さいですが」

一瞬置いて藤井は慎重な口調で続けた。

「それに僕は、あの海底の構造物は、それ自体、後世、村の人間が受け狙いでコンクリートで作ったにしても、ひょっとすると中には、何か重要なものが収められているのではないか、と睨んでいます」

「黄金の壺」

反射的に言葉が一正の口をついて出た。

「山下将軍の財宝、それから丸福金貨ですか」

受話口から藤井の呆れたようなため息が漏れてきた。

「確かに七、八世紀のスマトラといえば、シュリヴィジャヤ王国が中国、インドを結んで一大交易国家を築き上げていた時代ですから、沿岸部では金貨が流通していても不自然ではありませんが」

「それです、それです。要するに、貴重な財宝が眠っている可能性だってある」

咳き込むように一正は叫んだが、藤井は冷静な声で説明した。

「さっき話した通り、隊商ルートはマラッカ海峡側です。そもそもインド文明の通った道は、遠くローマを起点としてインドから中国に向かっていますが、インド洋をつっ切ったりしてはいない。十六世紀の大航海時代ではないんですから。貧弱な船でベンガル湾を渡ってビルマの西岸、そこからアンダマン諸島には向かわず、マレー半島に沿って南下し半島の端からヴェトナム目指して北上する。大陸の縁《へり》を辿っているんです。そのルートならひょっとするとローマ金貨で潤う黄金の島もあったかもしれない。しかし残念ながら、ネピのようなインド洋に面した、接岸の難しい島にそうした船は来なかった。研究室にあるパソコンで、より精度の高い衛星画像を見たのですが、金鉱跡のようなものはありません。島の黄金伝説も、黄金の国ジパングの類《たぐ》いのホラ話でしょう。それにしても加茂川さんはずいぶん黄金にこだわりますね」

「別にこだわっているわけじゃないよ。そういう伝説があるって話を、あっちの人間から聞いただけで」

不機嫌に答えた。騙されて買ったチェーンネックレスのことで、ばかにされているような気がした。

藤井はかまわずに話を続ける。

「それはともかく、塔の中には、ケワン氏によれば、バラプトラ王の遺骨が入っているとか。かつて島を統治した者たちの遺骨と副葬品があるとしたらどうですか。建物の表面は切石とコンクリートの文化財的価値が無いものでしょうが、内部には歴史的な遺物が鎮座していないとも限らない。奈良の大仏殿と中の大仏が、同じ年代のものだ、と考える者はいないでしょう。歴史考古局の見解の通り、確かにあのあたりは、海の交易ルートから外れていた。そのうえ周りには速くて複雑な海流がある。だから船の接岸が難しかった。だがたとえインド由来の文明の影響下にはなかったにせよ、何かはあるかもしれない。ネピはかつてマラリアのはびこる熱帯雨林、首狩り族が跋扈《ばっこ》する未開の地だった。しかし『闇の奥』じゃない。インドネシアの島嶼地域はコンラッドの描いたアフリカとは違います。中を調べてみる価値はあるような気がします」

「どうやって調べますかね」

一正はスマートフォンを耳に押し当てたまま、頬杖をついた。

「塔に穴を開けて中を見るなんてことをしたら、ケワンたちが黙っちゃいませんよ。下手すると殺される」

「X線か何かで、内部の輪郭だけでも外から探る手があればいいんですが」

不意に一正の脳裏にひらめいたものがある。

「あれを使えばいいんじゃないですか、あれ。内視鏡」

「内視鏡？」

藤井が、うっと詰まったような声を発した。

「胃カメラじゃなくて。あの塔の根元にはちゃんとひび割れの穴があったじゃないですか。そこから工業用ファイバースコープを入れるんですよ。ビルの下水管補修工事に使うあれ。ビル本体に穴を開けなくても、それで破損箇所を見つけて修理するのに使うやつです。仏塔を破壊せずに内部の様子を見ることができる」

「さすがはゼネコン」

その言葉にプライドを刺激された。

「何なら今、一番新しい機械についての資料をメールに添付して送りますから、検討してください」

果たして十日後、藤井から電話がかかってきた。

あらたまった口調で、この七月に再びネピ島に入ると言う。打診でも相談でもない。すでに決定したことのようだ。ファイバースコープは大学の予算で何とか購入できるように交渉中ということだった。

一正が予定表を見る間もなく、その時期にたまたま自分の日程が空いている、と藤井は付け加えた。前回と同じだ。専門家は藤井であり、一正はたまたま情報を寄せた素人ダイバー。その扱いでしかないのだ。が、そんなことはどうでもいい。とにかくその日程で調整してみる、と答えて一正は電話を切った。

非常勤講師という身分上、夏休みにあたるその時期に何も仕事が入っていなかったのが、幸いした。三度目のネピ島行きを決行した七月には、ダツに飛び込まれた腕も、酔っ払って傷跡を仲間に見せて、武勇伝を披露できるくらいに傷口がきれいになっていた。

メンバーは意外なことに今度も藤井と人見、そして一正の三人だけで、学生も他の研究者もいない。前回、不慮の事故のために中断したその続きで、今回も調査許可を取らない、名目上は観光旅行だったからだ。

人見の方は、国内にある著名な仏教寺院のスタイルを真似たものを作って自らの神をまつる、ケワンたちの信仰、それ自体に興味を持っている。

工業用ファイバースコープは購入の必要はなかった。一正が勤務している大学が、産学協同事業の一環として関わっている光学機器メーカーの開発したものを、性能データを検証するという約束で無償で貸してくれた。

スマトラ本島からさほど離れているわけでもないのに、ネピまでは例によってかなり時間がかかった。

藤井が予め防災局に問い合わせたところによれば、火山活動は小康状態のようで、格別警報は出ていない。

気になるのは、天気予報の方だ。インド洋上にサイクロンが発生した。とはいえ、直撃を受けるのはバングラデシュやインドの東部がほとんどであるから、それほど気にしてはいなかった。

ジャカルタに到着すると、汚れた湾の灰色の水面は気味が悪いほど凪《な》いでおり、頭上には抜けるような青空が広がって、肌を焼く陽射しは強烈だ。

ケワンの携帯電話には、ジャカルタから繋がった。挨拶の後、「何か変わったことは？」と尋ねると、「火山は大丈夫」と答えて続けた。

「防災局の役人がまたやってきた。お袋が、そんな必要はない、と言ってるのに、火山活動が活発化して危なくてしょうがないから避難キャンプに移れとうるさい。科学的データだかなんだか知らないが、火山についてはお袋が一番よく知っている。連中にしたっていつ噴火するかなんてわかっちゃいない。なのにとにかく危険だから引っ越せったって、俺たちにだって生活がある。大きなお世話だ」

「わかった。どっちにしてもすぐに行く」と言って、電話を切った。

すぐには行けなかった。ジャカルタ空港から、国内線、バスを乗り継ぎ、パダンのマリンショップでスキューバダイビング機材を揃え、台車に載せたそれらをフェリーに運び込むといった手間をかけ、丸三日後に一行はようやくネピ島に到着した。

今回も荷物が重いのでケワンに動力付き大型ボートを頼み、満潮時を待ってプラガダンに向かう。島を半周して湾内に入り、ケワンが浅瀬を注意深く航行していると、やがて浜に引き上げられた小舟や村の家々が見えてくる。そのとき波打ち際をグレーの作業着姿の男数人が歩き回っているのに気づいた。

「工事の人たち？　水道でも引くのかしら？」

人見が濃い色のサングラス越しの視線をそちらに向けて首を傾げる。

「測量技師たちですね」

手にした道具から判断し、一正が答える。

「何か施設ができるんですか」と藤井がケワンに尋ねる。

「いや、島の地図を作ることになったとか何とか」

ケワンにもよくわからないらしく、小さく口をとがらせて答えた。

やがて測量技師たちが機材をモーターボートに載せて浜を離れたのが見えた。

浅瀬の珊瑚の間を慎重にやってきたモーターボートとケワンの船がすれ違う。

「こんにちは、良い旅を」

技師たちは笑顔と礼儀正しい言葉で挨拶した。

「嵐が来ます。せっかくですが、早めにスマトラに引き揚げた方がいいですよ。我々も早めに帰りますので」

技師の一人がきれいな英語で忠告した。

「ありがとう」と一正たちも笑顔で応じる。

到着が午後遅くだったため、その日の調査は諦め、浜辺にテントを張って台車に載せたエアタンクや機材を収める。それからひとまずケワンの家に腰を落ち着けた。

例によってマヒシャの作った椰子酒でもてなされた後、藤井は前回と変わらず自分用のテントを設営する。

日が没し、辺りが夕闇に包まれる前に、一正はケワンの住居の階段を下りた。人見は小さなメモ帳片手にケワンたちと談笑している。

ふと思いついたことがあり立ち上がると、首筋あたりにむずがゆさを感じた。振り返ると、マヒシャの不審そうな視線に出会った。

「ちょっと、藤井先生のところに行ってきます」と彼のテントの方向を指差す。

砂浜を歩いて行き、テントの器材ケースの中から、マリンシューズを取りだして履き替える。マスクとシュノーケルを取り出す。背の立つ浅瀬でもありフィンは邪魔なので置いていくことにする。

「どこへ？」

藤井が尋ねた。

「ちょっと気になって」

一正は、以前、彼がダツに刺された入り江に行ってみる、と明かした。

「もっと日の高い時間になさったらいかがですか」と藤井は眉間に小さく皺を寄せる。

「女どもに見つかりたくないんで」

ここに来たときから、前回、ダツに飛び込まれる直前に自分が目にした物が何なのか、確かめずにはいられない気持ちになっていた。どうしても納得がいかないのだ。

「やめた方がいいですよ。やるならちゃんと彼女らに許可をとって、我々も一緒に潜りますから」

「いや、波打ち際を歩いてみるだけなので」

「波打ち際を歩くのにそれですか」と一正の手にしたマスクとシュノーケルを指さす。

「私、今、確かに止めましたからね」

凄みを込めて藤井は言った。

この先は自己責任だ、この前みたいになったら、今度は面倒をみないぞ、と視線が語っている。

藤井をその場に残し、集落の背後の藪を回り込み、浜を目指した。

月明かりを頼りに歩いたあの夜は、かなり遠く感じられたものだが、こうしてまだ明るみの残っているうちに、波打ち際から離れた藪を通ると、浜までは意外に近かった。

珊瑚の砕けた白い砂浜から波打ち際に向かっていく。

残照に輝く海の水平線あたりに雲が出て、海面の一部がぼんやりと曇っている。スコールだ。激しい雨に煙る遠くの海が、ここからもそれとわかるのだ。

嵐が接近しているというのに、この小さな入り江の内側は気味が悪いほど凪いでいる。

奇妙なことに気づいた。前回は大潮の干潮で、かなり潮が引いていたはずだが、あのときに比べても浜の広さはさほど変わっていない。

気のせいだろうか、と思いながら、プールのように波のない白砂の海中に入る。

あの夜の記憶が正しければ、水深はせいぜい女たちの背丈ほどだ。頭の上にマスクをのせたまま沖に歩き出す。

すぐに腿《もも》ほどの深さになったが、その先は深くなることはない。体を浮かせてゆらりと泳いでみる。快適だが、股間のあたりに奇妙な感触があった。ぎょっとして掌を水底にかざしてみる。

底から水が噴き出している。立ってみると足裏に噴き上がる水が触れた。奇妙に温《ぬる》い。もしや、と思い、両手で水を掬い口に入れる。塩味が薄い。予想した通りだ。水底から澄んだ真水、それも温水が噴き出している。陸の方を振り返る。

「おっ」と声を上げた。彼の立っているちょうどその位置から、緑濃い密林を越えて、見事な円錐形を見せる山頂が、暮れゆく空にくっきりと濃紺の裾を引いているのが見える。

「ネピ富士だ」と一正は月並みなたとえを口にした。

あの小イスカンダルだ。博物館のパネルで存在を知り、裾野には立ったが、周辺の密林が邪魔してその姿を見ることはできなかった。しかしこの波静かな入り江からはみごとなコニーデが望める。見る角度によって山はその形を変えるが、おそらくこの場所から望む小イスカンダルが一番美しい輪郭をなしているだろう。そしてこの海底に噴き出しているのは、あの山の伏流水だというのがわかった。神々しい頂と、清らかな温泉。何という自然の精妙さよ、と感心しながら山に視線を向け、海底を二、三歩下がったときのことだった。

足下の砂が崩れた。

「おっと」

笑いながら砂から足を引き抜く。

今度は反対側の足がはまった。

何か柔らかいものに足首を摑まれ、引き込まれるような感触だ。背筋がぞわりと粟《あわ》立った。それが噴き上げる淡水とその周辺の柔らかな砂だとわかって、自分の臆病ぶりに声を上げて笑った。一人でおどけて両手でバランスをとろうとしたそのとき、足がさらに深く潜った。

引き抜こうとするとさらに深く引き込まれる。

しまった、と思い、とっさにしゃがみこんだ。体重がかからなければ潜り込むことはない、と思ったのだ。

海底に触れた尻のあたりが、ずぶりと沈み込む。

今度こそ恐怖が体を包んだ。体ごとはまった。砂が流れている。水を吐き出す一方で柔らかな砂は内側に向かい崩れ続けているのだ。手をついた先にも噴き出す水の感触があった。

上半身を動かし、何とか足を引き上げようとするが、すでに膝から腿の辺りまで砂にくわえこまれていた。

「助けてくれ」

とっさに日本語で叫んだ。

「助けてくれ、おーい、だれか」

声の限り叫んだ。もうだれに見つかろうがかまってはいられない。もがけばもがくほど体が沈み、悲鳴を上げた口から薄ら塩辛い水が入ってきてむせる。

咳き込みながら、なお「助けてくれ」と叫び続ける。ばたつかせた体の下で、大きく砂が崩れた。

それでも、もうだめだ、とは思わなかった。異国での仕事で、家庭生活で、絶望的な状況には何度も陥ったが、一度も、もうだめだ、と思ったことはない。

愚か者と蔑《さげす》まれようと、おっちょこちょいと揶揄《やゆ》されようと、そうして生き残ってきた。

何かを探せ、と恐怖の底で考える。しかし何もない。それでも探せ。何か助かる手段があるはずだ。

仰向くようにして片腕と顔面だけは何とか水面上に出す。

そのとき拳骨のようなものでいきなり額を殴られた。驚いてあたりを見回す。人はいない。波間に何かがある。ロープだ。コブのように結び目のあるロープが水中を漂っていた。夢中になって摑む。

ほとんどパニックになりながら、視線を浜に向ける。人影があった。だれかが舫《もや》い綱を投げてくれた。その結び目が頭に命中したのだった。

「ありがとう」と叫び、ロープを両手でたぐりよせるうちにも、柔らかな砂に体は呑まれていく。まもなくロープはぴんと張った。ロープの端は、海岸の岩か何かに固定されているらしい。

胴体にロープを巻き付け、しっかり結んだ。力自慢の両腕で、ロープを引っ張る。

片足が抜ける。うつ伏せの姿勢で、なるべく上半身を水に浮かせ、体を引き上げていく。

数メートル浜に近づくと地盤がしっかりしてきた。油断して前に進んだとたんに、ふたたび海底を踏み抜いて体が横倒しになる。慎重に足を引き上げ、浅い水中を這うようにして浜に向かっていく。

ようやく乾いた砂の上にたどり着いたとき、全身の力が抜けた。

両腕を砂の上につき、肩で息をしていると、軽やかな笑い声が頭上から降ってきた。

女がいた。薄暗い中で顔立ちははっきりしない。彼女が舫い綱を投げて助けてくれたのだ。

「いやぁ、ありがとう」

跪《ひざまず》いたまま、無意識に両手を合わせて拝んでいた。

と、そのとき、たった今、自分が拝んだものを前にして一正は後ずさった。

女は腰巻きのような布の前をはだけて仁王立ちになっている。見事に筋肉の張った褐色の腿と付け根のふさふさとした繁みが目に入ってきた。

視線を外せないまま、一正は両手を背後について足をばたばたさせて後退した。

「何だよ、おい」

女は好きだ。もてるのはうれしい。しかし元来、男女関係に保守的な一正は、攻撃的な女の性には慣れていない。何より怖い。

だが女は、今、自分を助けてくれた。

女性に恥をかかせてはいけないという紳士道も心得ている。それでも……。

「勘弁してください」

尻をついたまま数メートル後ずさり、土下座した。

それでも相手はがっぷり四つに組もうとするように迫ってくる。近づいた顔は、笑っている。無邪気な笑みを浮かべた褐色の顔。翳りゆく大気の中で前歯がくっきり白い。黒い瞳がわずかな光を拾ってつやつやと輝いていた。

ケワンの姉だ。四人の子持ちの。

そういえば初めてここを訪れて泊まった翌朝、にっ、と意味ありげに笑いかけられた。そして夢かうつつか、夜中にのしかかられた気もする。

「ちょっと待って。やめなさいよ」

右手の掌を女の顔に向けて、一正はさらに後ずさる。

慎みのない女にはもともと魅力を感じないが、そんな趣味の問題ではない。こんな男癖の悪い子持ちの人妻に手を出して、ケワンやその父を怒らせたらたいへんなことになる。村への出入り禁止くらいではすまない。

海のボロブドゥールの崇高な夢は潰《つい》える。それ以前に、女の亭主やその他、村の男に半殺しにされる。

そういえば、とそのとき気づいた。ケワンの家に男はいたが、亭主と思しき年格好の男はいなかった。村人の一人なのだろうが、気づかなかったのか。

ケワンの姉は諦めたらしい。派手に舌打ちすると、ぷいっと顔を背けて、腰布についた砂を片手で払って一正の頭に浴びせかける。

「いや、命を助けてくれてありがとう。でも君は独身じゃないから」

慌てて一正は言い訳する。

「ばかじゃないの、あんた」

振り返ると女は吐き捨てるように叫んだ。

ひょっとすると未亡人なのか、と思った。漁師の妻であるなら、海の事故で若くして夫を失うこともあるかもしれない。

それでもあんなのは嫌だ、と目の前で広げられた腰巻きから見えた、黒々とした陰毛と中央に居座っていたグロテスクな物を思い出し、怖気《おぞけ》を震う。

気まずい思いでケワンの家に戻る。藤井のように自分のテントを用意すべきだった、としみじみ後悔する。

「顔色悪いよ、何かあったの」

食事に呼ばれ、ゴザの上に腰を下ろすと人見が肘で突いた。

一正は、さきほど入り江で砂に呑み込まれたことを簡潔に話した。

「危なかったわね、どうやって戻れたの」

「ケワンの姉さんが、舫い綱を投げてくれた」

「ああ、エダが」

それが彼女の名前らしいが、あまり覚えたくはない。

「いや、それがちょっと、まずいことになって」

それ以上、言わなかったにもかかわらず、人見はにやりと唇の端を引き上げ、それから笑いころげた。笑い事ではない、とむっとしたとき、隣の台所から入ってきたそのエダが、こちらを睨みつけているのに気づいた。

冷や汗が垂れたが、その視線が自分に向いてはいないことに気づき、違和感を持った。

彼女が睨みつけているのは、自分と談笑している人見の方だ。

「ほら、妬《や》いてる」と人見はさらに笑う。

「冗談じゃないぞ」

今夜は藤井の隣で寝かせてもらおう、と思う。

背後で肩を触るものがいる。女の子がはにかんだような笑みを浮かべている。

「エダの子よ」

「息子だけじゃないのか」

際だって色白で、幼いながらもはっとするような美少女だ。それにどう見ても白人の血が混じったような彫りの深さだ。

「君たちのお父さんは？」

思いきって一正は尋ねた。

女の子は黙ってケワンの父を指差した。きっとインドネシア語が通じないのだ、と思った。

「あれはお祖父さんだろ、お父さんだよ」

人見が意味ありげに笑う。

「何がおかしいんだよ？」

「エダの子はね、四人とも父親が違うのよ。ケワンが言ってなかった？」

「なんだそれは」

「最初の子は、村の男らしいけれど、二番目から四番目は別々」

「ひょっとして、海難事故か何かで最初の旦那を亡くした？」

「好きじゃないから、逃げてきたんだって。向こうは新しい妻をもらって幸せになってるそうよ」

「はあ？」

結婚しても好きでなくなったら、さっさと別れる。子供は実家に連れ帰り、女の両親や家族が一緒に育てるのがルールだ、人見はそう説明した。当然、家長である女の父親、すなわち祖父が、娘の産んだ子供の父親代わりとなって、責任を負う。

「そんなばかかな」

自分の計三回の結婚生活を思い起こしながら、我が事のように一正は憤慨する。

「とにかく父親が全部別。ケワンが連れてきた観光客や本島から来た役人たちだそうよ」

「ちょっと待て、それじゃ俺は」

「観光客といってもだれでもいいわけじゃないから安心して」と、代弁するように人見は続けた。

「お金と能力のありそうな男をちゃんと見極めているのよ。だから金のないマリファナ中毒の不良ガイジンなんかに粉はかけないって、エダは自慢していたわ。見込んでもらって良かったわね、加茂川さん」

「断る」

毅然と背筋を伸ばした。

「それで、この娘の父親は」と尋ねると、人見は白い肌の女の子を抱き寄せ、膝に乗せた。

「さあ。どこかの宣教師か、学者か。欧米人であることは間違いないわね。いずれにせよ、自分の母親にさえ、お腹の子の父の名は告げないのが、女たちのルールよ。ただ一人、産婆にだけは告白するの。産婆は、特別な人だからね。医者であり、巫女《みこ》であり、呪術師で、そういう女たちの長がマヒシャってわけ」

「冗談じゃないぞ」

一正はかぶりを振った。

「悪いけど、今夜から藤井さんの隣で寝かせてもらう」

人見は再び笑いころげる。

「まさか、この島の女がみんなそういうのってわけじゃないだろうな」

「まあ、ひとそれぞれだから。ただ、結婚したからといって、一生、家に縛りつけられるんじゃなくて、好きな人ができればそちらに行くし、満足のいく相手なら一生添い遂げる。観光客や役人と子供を作るのは、狭い村の中での遺伝子の交雑が起きるわけだから賢明よね。女の身体に備わった叡智じゃないかしら。同じ島内でも、他の地域のイスラム教徒は彼女たちと結婚はしないし、ここの村の親たちも娘がイスラムに改宗するのは許さない。お金と力があって、健康そうで見目がいい男を誘惑するのは、生物学的には正しいことよ」

一正は無意識にうなり声を発している。

「あそこの女はみんな売女《ばいた》」というビアクの人々の罵り言葉は事実だ、と知った。

食事が終わった後、一正はシートと大型のバスタオルを抱えて藤井のテントに移った。理由を話すと、いつもの冷ややかな表情を一変させて藤井も大笑いした。

「笑い事じゃないよ、藤井さんも気をつけてくださいよ。あんた、私より若くて男前なんだから」

たしなめると「僕は大丈夫」とすこぶる自信ありげにうなずき、藤井は携帯の待ち受け画面を見せた。

妻と幼い女の子二人の写真だ。

「厄除けですよ。自慢じゃないが、僕は女子学生にモテる。もちろん相手にしませんが、何もなくたって、万一、触られたとでも言われて第三者委員会に駆け込まれたら今の時代、すべてを失います。学外の若い女性たちも寄ってくる。飲みに行っても隣のテーブルの女の子たちに声をかけられる。ところがです。アジアではさっぱり。近づいてくるのは物売りと娼婦ばかり」

そう言いながら、自分の胸と腹を撫でる。

「ランニングや水泳で鍛えた体です。しかし細マッチョなんてものはアジアじゃ貧乏男のアイコンです。ろくな物も食えずに肉体労働に従事する。それに僕の顔はこれなんで」と、日焼けし、精悍に瘦《こ》けた頰を撫でてみせる。

「貧相なんですよ。こっちの女が引きつけられるのは、加茂川さんみたいながっちり分厚い体とエラと頰の張った存在感のある顔です。成熟したオランウータンの雄がそうでしょう」

「オランウータンで悪かったな」

さっさとシートを敷いて横になり、タオルをかぶった。

翌朝、一正たちはウェットスーツに着替え、調査用機材とダイビング機材一式をボートに載せ、陽光にぎらつく海に出た。

ちょうど早朝の漁を終えて戻ってくる村人の船と行き合った。

船底を覗き込むと、青と金のうろこをきらめかせた鯵《あじ》ほどの大きさの魚の他に、カワハギに似た平たく、大型の魚が転がっている。

一正が尋ねると、そちらは干魚にするのではなく、一正たちの昼食用だと言う。

ケワンと漁師は何か言葉を交わしているが、漁師はただでさえ潮焼けした真っ赤な目をかっと見開き、仁王のような形相で、片手を振り上げている。二人は何か言い争っているように見えたが、島の言葉なのでよくわからない。

「どうよ、捕れたか？」

「だめだ、まったく」

そんな会話だ、と人見が説明してくれた。

「わかるの？　連中の言葉が」

驚いて一正は尋ねた。

「少しはね。前回、せっせと書き取って覚えたから」

ぽかんとしていると、藤井が「それが人見さんの専門ですから」と微笑した。

「言語学だっけ？」

何かわからない学問名がついていたが、「要するに文化人類学」と言っていたような気がする。

そのとき相手方の漁師が、なお声を荒らげた。

「やつらを見つけた。戦争だ。すぐに仲間を集めて戻ってきて、見つけ次第、今度こそぶっ殺す」

人見が解釈したところによると、そういう内容らしい。

「ほんとかよ、物騒だな」

ケワンに確認すると、彼は遠い海上に視線を向けたまま眉間に皺を寄せ、「この海に泥棒が入り込んだだけだ。客のあんたたちの知ったこっちゃない」と、それまでとは打って変わった冷たい口調で、切り捨てるように答えた。

関わるな、というように藤井が目配せする。急にその場の空気が重たいものになった。

やがて彼方に、ぽつりと海面上につき出た岩のようなものが見えてきた。仏塔の先端だ。今回は大潮ではあるが、祭りのときほどには干満の差がない。近づくにつれ、先端の一メートルほどが海上に出ていることがわかった。

ケワンが船外機のエンジンを切り、船尾に持ち上げる。ボートには、防水ケースに包まれた小型ノートパソコンほどの大きさの機械が載せられている。今回の調査に使う工業用内視鏡だ。

「速やかに済ませましょう。ケワンの目もある」

藤井が促す。ケワンには前回に続き、塔のサイズを計ったり、表面を調べたりすると伝えてある。

塔の内部に手を突っ込んだりしなければかまわない、とケワンは言ってくれた。

ボート上にケワンと人見を残し、まず藤井が、続いて一正が船縁《ふなべり》から体を背後に反転させて水に潜る。

海中の視界は良い。光の差し込む海中に、塔の青白い肌が美しい。

ゆっくりとフィンを動かし、丘状の岩礁の上に載った塔の根本に近づいて行く。

藤井が手にしたチョークのようなもので、灰色の肌の上に大きく×印をつけた。

前回、藤井がメジャーの先端を差し入れた隙間は、この四ヶ月の間に、藻や付着した海水中の石灰質によってふさがれつつある。

手にした小型のドリルを用い、藤井は慎重な手つきで石灰質を削り取る。

いったん浮上した。ケワンの様子が落ち着かない。視線は沖の方に向けられ、妙に苛《いら》ついた様子で、船が流されないようにオールで位置を直している。

藤井は船上の機械から長いケーブルで繋がるリモコン装置と、さらにそこから延びるケーブルの先端についた小さなカメラを手にする。ケワンには、単に水中で細部の映像を撮るだけだと伝えてある。

水面から、塔の根本までの深度は三メートルくらいしかない。浅いから波や海流の影響を受ける。あおられてケーブルが絡まないように一正は細かくフィンを動かし、両手で押さえる。藤井はカメラ先端部を塔の隙間に差し入れた。

藤井がリモコンを操作すると、ケーブルが蛇のようにくねりながら隙間に入り込んでいく。ケワンに気づかれませんように、と一正は祈るような気持ちで海面を見上げる。自分と藤井の吐き出した銀色の泡が上っていくさまと、その先の明るい鏡のような銀色の水面が見えるばかりだ。

リモコン部分には掌大の液晶パネルがついており、それを見ながら藤井は内部の様子を撮影していく。


十五分ほどで撮影は終わり、丁寧にケーブルを塔から引き抜き、浮上した。

内部の映像は、船を下りた後にＰＣの画面で詳細に見ることになるだろう。そして、ひょっとするとそこには、ＬＥＤライトに照らされた、この島のかつての支配者の骨を収めた壺が、千年の時を越えて黄金色の肌を光らせているかもしれない。

船上の人見に、塩水で濡れたケーブルを受け渡したそのときだった。

「早く、船に上がれ」

ケワンの叫び声が聞こえた。

次の瞬間、たたきつけられるような衝撃を感じた。強い水圧とともに体が吹き飛ばされる。耳が聞こえないが痛みはない。体が痺れている。水面上に顔を出し、浮いたまま体の各部を確認する。ショックは受けたが、怪我はない。体が波に大きく持ち上げられ、数秒後に崩れる波に巻き込まれるように沈み込む。もがきながら再び浮上したが、なおも上下している波に揺られた。

振り返ると嵐のように白波が立つ中、ケワンの小さな船もまた木の葉のように上下している。

何が起きたのかまったくわからないまま、反射的に塔の方に視線をやった。

逃げろ、船に上がれと言われたにもかかわらず、水底に潜っていった。

塔の表面が一部剝がれ落ち、破片が波に煽られ水底に落ちていくのを視野の端に捉えたからだ。手を伸ばした。急速に落ちていくものを捉えた。長さ十センチくらいの三角形の石灰石の破片だ。しかし剝がれた面に、何かが付着している。

それを握りしめたまま少し浮上し、破損した塔本体の表面に目を凝らした。白い化粧石が剝がれ、芯の材質が露出している。灰色の生地に大小の石だ。

コンクリートだった。凝灰角礫岩などではない。まぎれもないコンクリートだ。手袋を外し、素手で触れる。確かにコンクリートだ。が、ただのコンクリートではない。ざらついた感触の中に、何か滑らかな塊が頭を出している。黒や白の天然石の骨材。骨材の石のサイズは不揃いで、やけに大きなものが交じっている。

まさか、と思った。頭の中で建築史の年表が回る。

そのとき水柱とともに人の体が近づいてきた。ケワンが飛び込んだのだ。一正のタンクの辺りを摑んだ。

早く浮上しろという意味だ。

大きくフィンを動かして海面に近づいていくと、藤井に手荒に腕を摑まれて船に引き上げられた。

「死にたいのか、カモヤン。何してたんだ」

素潜りで助けにきたケワンが甲高い声で叫んだ。

マスクを外し、肩で大きく息をした。幸い塔の破片はしっかり摑んでいた。すばやく人見に預けた。

「今度という今度は、許さない。あいつら、ただじゃ帰さない」

ケワンが血走った目をぎらつかせて、歯を食いしばった。顔を向けた方向に船が浮かんでいる。プラガダンの村にある船外機つきの漁船より、一回り大きい動力船のようだ。そのそばにぷかりと頭が一つ浮いた。網袋を逆さにして船端に魚をあけると、すぐに海中に没した。

ようやく何が起きたのか理解した。

ダイナマイト漁だ。いや、あの船の大きさからして、ダイナマイトなど使ってはいない。この近さでやられたのだから、ダイナマイトなら一正と藤井の命はなかった。

肥料や市販の爆竹を材料にして作った手製爆弾だ。それを海に投げ込み水中で爆発させ、浮き袋が破裂した魚や気絶した魚を捕る漁法だ。

禁止されているところもあるが、実際のところ、一部の地域を除いては野放しになっている。魚の住み家である珊瑚や海藻といった海中の環境を根こそぎ破壊する漁だが、今回のように遺跡を破壊する怖れもある。

そのとき暴走族のバイクを思わせる爆音が背後から近づいてきた。横波を食らってケワンの船が再び大きく揺れた。船縁から海水が流れ込み、藤井が慌ててファイバースコープのモニター部分を抱きかかえて水から守る。

ケワンの船の脇を、細長い船が次々と飛ぶようにすり抜けていく。櫓《ろ》の先端にスクリューのついた手製の船外機を積んだ漁船だ。乗っている男たちは赤い紐を頭に巻き付け、半裸の胸や腕に入れ墨がある。プラガダンの漁師たちだった。

振り返って見送ると、漁師たちの乗った船は急ブレーキをかけたようにスピードをゆるめて止まった。

「戦争だ」「ぶっ殺す」「俺たちの海に泥棒が入った」

人見によると船上でそんな物騒な言葉が飛び交っているらしい。

入れ墨の男たちが手に手に銛《もり》やヤスを握りしめ、海に飛び込むのが見えた。

入れ替わりのように水上にいくつもの頭が浮上した。さきほど爆発物を水中に投げ込んだ動力船に泳ぎ寄り、慌てふためいた様子で船に這い上がる。そちらもまたフィンもシュノーケルもつけていない、パンツ一つの漁民たちだが、プラガダンの男たちのように赤い鉢巻きや目立つ入れ墨はない。

海中から一筋、赤い煙のように血が上ってくる。頭が一つ浮き上がり、血の帯を引きながら動力船に向かい泳いでいく。

動力船の仲間がその腕を取って引き上げる。向こうにはまだ傷ついた者たちがいるようだ。船縁で肩のあたりを押さえている男の手が、やはり赤く染まっているのが見えた。

数秒後、エンジンの音とともに波を蹴立てて動力船が去っていった。

銛やヤスを手にしたプラガダンの男たちが海面に浮上した。バランスの悪い船外機付きの小船に軽やかに上がると、猛スピードで動力船の後を追っていく。

重たい動力船の音とマフラーを外した原付バイクのような船外機の音がけたたましく響き、大小の波がケワンの船を上下左右に揺さぶる。

一正は凍り付いたまま、その様を見送る。

先ほど船ですれ違った漁師の「戦争だ」「ぶっ殺す」「俺たちの海に泥棒が入った」という言葉の意味がようやくわかった。

プラガダンの漁民たちは、爆弾漁で彼らの漁場を荒らした人々に、ヤスや銛で制裁を加えたのだ。

「去年から漁獲量が減っている。あいつらはこのあたりの魚を一網打尽にして持っていく。魚の住み家まで爆弾でぶっ壊すから、あいつらにやられた後は魚影が消える。このあたりの海は俺たちのものだ。死活問題だ。魚が捕れなかったら俺たちは生きていけない」

「しかし銛で突いて、もし殺してしまったら……」

離島とはいえ、ここは歴《れっき》とした法治国家だ。

「だから何だ、やつらは余所者《よそもの》だ、関係ない」

ケワンは凄みを込めて言う。藤井が後ずさるように身じろぎした。

ビアクの町の人々が、ケワンたちのことを「あいつらは野蛮人」「殺されるぞ」と罵った理由が、恐怖とともに理解された。彼らとケワンたちとの間では、文化、宗教以前に、こんな事件が頻繁に起きているのかもしれない。

「漁場を荒らすだけじゃない。あいつらの安い干魚のおかげで、俺たちの魚の値段も下がるばかりだ。これ以上やられたら俺たちは終わりだ。たまにダイバーを案内するだけじゃ食ってはいけない」

ケワンは船外機を水中に下ろし、岸に向かって戻り始める。

藤井は終始無言で、不安げな視線を村の漁師たちが動力船を追っていった海上に向けている。

そのとき再び爆発音が響いた。一際大きく一発、続いて、二発目、三発目が聞こえた。

今度は少しばかり離れた場所からだ。

「性懲りもなく……」

呆れたように藤井が言い、かぶりを振った。

ケワンの顔色が変わった。

その意味に思い当たったたように、藤井が呻《うめ》き声を発した。

続いて一正の背筋が凍り付く。

手荒な漁をして、彼らの生活を脅かす漁師たちを、プラガダンの男たちはヤスや銛で襲った。だが船に戻った余所者漁師たちには、ヤスや銛以上の武器がある。その材料が化学肥料か爆竹をばらした黒色火薬か知らないが、彼らはまぎれもない爆弾、ヤスや銛では歯が立たない武器を手にしている。

無言のままケワンは珊瑚の間を通り、浜に戻った。

「早く下ろしてくれ」

船外機を引き上げ、ケワンは一正たちの機材を顎で指す。

「わかった」

「うちに入って待ってろ。危険なので浜には出るな」

「連中が攻めてくるのか」

一正の問いに返事もせずに再び船を押し出す。

他の漁船も男たちを乗せて次々と沖に出る。

二十分ほど経った頃、花火のような爆発音が聞こえ、数秒後に、腹の底に響く轟音が鳴り渡った。村からそう離れていない。浜を回り込んだあたりのようだ。

その場にいた女たちが悲鳴のような声を上げて走り回り、身を寄せ合い震えている。老人たちが血走った目に悲痛な表情を浮かべて沖を見つめている。

戦争、という言葉は、大げさではなかった。相手は魚雷でも撃ってきたのか。貧しい漁師たちのささやかな動力船に向かって。

ケワンたちは無事なのか。

先ほど爆弾漁を行っていた船はあくまで漁船だった。しかしその背後には武装した海賊船がいたのかもしれない。いったいこの小さな島に、何のためにそんなものが来るのか。

ほどなくヤスや銛で武装した男たちを乗せた船が戻ってきた。

怪我人が出ているようだ。死人が出たかどうかはわからない。

浜辺に舳先を引き上げた船から、男たちは仲間を助け下ろす。

一正たちが駆け寄ると、まだ血走った目で興奮している男たちはあちらこちらに火傷や怪我を負っていた。さほどひどい状態ではないが、それでも一人、下肢から出血している者がいる。

「救急箱」

人見が大声で指示し、藤井がテントに走っていく。

「ちょっとヤバくないですか、これ」

救急キットを手に戻ってきた藤井が、蒼白の顔で歯を食いしばっている男を見下ろしている。骨折した骨が、皮膚を突き破って外に出ていた。

「ああ、やっちまったな」

一正は首を振った。建設現場を仕切っていたから、幾度か事故には遭遇した。そのせいか、出血やひどい傷口を見ても、さほどうろたえない。安全衛生管理者の資格もあり、毎年、研修を受けていたのも幸いした。村人の見守る中、人見に手伝わせて、包帯と添え木で応急手当を施す。

「ほかに重傷者はいないのか」

振り返って尋ねると、ケワンが「これで全員だ」と答えた。死者は出ていない。

「あんた軍医か？　すごいな」

長老の一人が一正に尋ねた。

「いや、そうではないが、日本人の男ならこのくらいのことはできる」

驚嘆の声が広がる。このとき初めて一正は、この村で、自分が金を落としていくだけのただの異邦人ではなく人間としての敬意を払われたことを感じ、少しばかり得意な気分になった。

戻ってきた村の男たちによれば、「戦争」はこの村の全面勝利だったらしい。動力船を追っていったプラガダンの漁民たちに向かい、敵は爆弾を投げつけてきた。一発目はプラガダンの貧弱な漁船の脇に落ちて、こちらの一艘がばらばらになった。男の怪我はそのときのものだ。だが二発目は、投げようとした寸前に「敵」の手元で爆発した。敵の体が海上に吹き飛ばされるのを見た、と村人の一人が言う。爆発によって動力船は火災を起こし、敵の男たちは手こぎの筏《いかだ》で戻っていったと言う。

「潮が引いているから、やつらはまだ出られない。止めを刺したかったが、親父が引き揚げろというから引き揚げてきた」と漁師の一人が目をぎらつかせて語る。

大爆発が起きたのは、かれらが追撃を止めてその場を離れた数分後のことだった。

「船に積んだ爆薬に引火したのさ」

傷だらけになった男たちが笑う。

「海神バイラヴァの祟《たた》りだ」

「それより彼を病院に連れていかないと」と人見が、添え木をされて呻いている漁師を指差す。

言葉が伝わったらしく、人々がそれぞれルピアの小額紙幣を手に集まってきた。

「だめだ」

金を集めた老人が首を振った。

「足りない」

「足りない分は僕らが出すから、とにかく船に乗せろ」

藤井が舌打ちして指示した。

「しばらくだめだ」と男の一人が沖を指差す。引き潮なので、ここの島を外海と隔てている珊瑚礁の浅瀬をぬけられないと言う。

痛みに呻く男の傍らで、時間はゆっくり過ぎていく。

潮が満ちてきた二時間後、一正たち三人はコンピュータや調査資料など貴重品だけを船に積み込み、ダイビング機材などは置いたまま、怪我人と一緒にいったんビアクの町に引き揚げることにした。重傷の男の他にも村には怪我人がいて騒然としているうえに、潮が満ちれば、村人にやられた連中の仲間が武器を手に仕返しにやってくるかもしれない。

「大丈夫だ、病院まですぐだから」

浜を離れたところで、一正は横になっている男に呼びかけた。

「ああ、俺は平気さ。あの馬鹿野郎ども、誤爆しやがった。てめえらの方に死人が出たぞ、ざまあみろ」

蒼白の顔で、怪我人は笑った。悪魔のような形相に、三人揃って凍り付いた。

「警察に通報しないでいいんですかね」

藤井が英語でケワンに尋ねる。

「警察って、何だ？」

憤然とした表情でケワンが詰め寄った。

「だから相手の船は爆発沈没したようだし、爆弾漁は禁止されているんだから取り締まれるでしょう」

「沈没がどうした？　やつらにとっちゃこの辺一帯の海は自分の庭みたいなものさ。海底の地形から潮の流れ、どこに魚の群れが移ったかまですべて知ってて、ひとの島の波打ち際までやってきて、爆弾ぶっ込んで魚を捕っていくんだ。だからたちがわるいのさ」

「ちょっと待って。すると彼らはこの島の漁師じゃないのか」

「余所者だ」

「それじゃどこから来た人々なの」

人見の両眼が好奇心に輝いている。ヤクザの抗争よりも恐ろしげなものを見せつけられた後でも、学問的な興味が真っ先に顔を出す。学者という人種も恐ろしい。

「知るもんか」

吐き捨てるようにケワンが答えた。

「やつらは自分の漁場を持たない。すべての海を自分のものだと思い込んでいる連中だ。何しろ海の上に家を建てるやつらなんだから」

「漂海民」

一正と人見は同時に叫んだ。

「彼らは漂海民なの？　こんなところまで来ているの？　彼らはせいぜいジャワ南部までしか行かないはず」

「動力船の時代ですよ。いつまでもアウトリガーの手こぎ舟なんかに乗っていませんよ」

藤井が静かに答えた。

「どっちにしても、漂海民は自分たちの漁場を積極的に守る人々よ。破壊的な漁業は行ってないはず」と人見は首を振る。

「いや、やることもありますよ」と即座に一正は反論した。

海外からやってきたレジャーダイバーにとって、破壊的な漁業を行い環境にダメージを与える連中は許し難い。だが経済的な困窮度が高ければ高いほど、人々は法を犯し、誤爆の危険を冒してでも、効率的な漁を行おうとする。それどころかそうした漁を行う船主に安い賃金で雇われ、危険な仕事を引き受ける。そのもっとも貧しく差別される人々が漂海民だ。それは外国人のエコロジストたちの描く、家船《いえぶね》に暮らし海と共存するロマンティックな海の民のイメージをあっさり裏切る事実だった。

「いずれにせよダイナマイト漁は禁止されているはずだ」と藤井が口を挟む。

「だれが禁止したか知らないが、取り締まる者なんかいない。そんなものいちいち捕まえていたら刑務所がいくらあっても足りないんだよ。だから自分たちで守るしかない」

ケワンが目をぎらぎらさせながら船底に置かれた銛に手をかけた。藤井はひっと息を呑み込み、体を硬直させた。


前回、一正が入院した病院に怪我人を担ぎ込み、露骨に差別的な取り扱いを受けたケワンに代わり、一正が入院手続きを行った。

その後はケワン一人をプラガダンに帰した。「戦争」で怪我人が出て、村は騒然としている。観光客が戻れる状態ではない。

エアタンクなどの重量物は村に置きっぱなしになっているが、盗られることはないだろうとケワンたち村人を信用することにして、一行は、前回一正が宿泊したホテルにチェックインした。

客室で一息つく間もなく、一階の食堂に集まった。

人見がおもむろに自分の鞄《かばん》から、破片を取り出した。あの爆弾漁騒ぎの中で持ち帰ったものだ。

「おっ、ありがとう」

一正は押し頂くようにして受けとった。

「まぎれもない文化財、国家的財産です」と一正はその石灰岩の化粧石を裏返しにテーブルに置く。セメントに接着された芯のコンクリートが少し剝がれてくっついている。

やれやれ、というように藤井が首を振った。

「確かに国が決めた文化財の定義は、作られてから五十年以上ということですから、コンクリートも入りますけどね、たとえばジャカルタの独立記念塔。しかし何でもかんでもが文化財というわけにはいかない」

「確かにコンクリートですよ。だが、そんじょそこらのもんじゃない」

もったいをつけて一正はそれを藤井の方に押しやる。

「コンクリートは現代になってから発明されたものじゃないんですよ」

「まさか……」

藤井の視線が左右に動いた。

「ローマンコンクリート？」

ローマにあるパンテオンやコロセウムの建材になっている、古代のコンクリートのことだ。

「ローマじゃないから、ローマンコンクリートとは言わんでしょうけどね」と一正は、得意満面で言う。「私は本体の剝落面をしっかり見て、触れてきたんだ。だから断言しますよ。あれは現代のコンクリートなんかじゃない」

藤井は呆然とした表情で石灰岩の表面に貼り付いた生地部分を指で触れる。

「なぜわかるの、私にはさっぱり」と人見が首を傾げる。

「私が見りゃわかりますよ」と一正は胸を反らせた。

「現代のコンクリートなら、強度を高めるためにセメントはきっちり練ります。だから生地部分に気泡が入らないし、粒も均一だ。骨材の砂利だってきちんと割ってサイズを揃える。が、あの塔の芯部のコンクリートはそうじゃない。粒子も骨材も不揃いで、つまり、なんとなくすかすかしていた」

「しかし西ローマ帝国滅亡とともにローマンコンクリートの建造物が作られることはなくなった。中世ヨーロッパの町を形作った素材は石。現代コンクリートが発明されたのは、それから一千年も後だ」

藤井がつぶやくように言う。

「ヨーロッパではね」と余裕たっぷりに一正は応じた。

「どこをどう経由して、この島にもたらされたのか……」

「だから伝えられたんじゃなくて、オリジナルなんだよ。必要があって、材料が島にふんだんにあれば、この島の人間が発明したって不思議はないさ」

「やったじゃない」

人見が歓声を上げ、一正とハイタッチした。

「つまりあの仏塔は、立派な歴史的文化財だったわけよね」

「そういうこと」

「ちょっと待ってください」と藤井が浮かれた二人を制するように片手を上げた。

「塔は満潮時は水中に沈む。干潮時でも波に洗われています。コンクリートが乾いて固まる暇がない」

「ちっちっちっ」と一正は人差し指を顔の前で振った。

「だからローマンコンクリートだって二千年も前にあるでしょ。長い堤防を海の中に築いて人工の港を作っていた。藤井先生のご専門でしょう」

「オスティア港のことですか」

「そう。海中にコンクリートを打っているじゃないですか。どうやって？　木で型枠を作って骨材とセメントを流し込む。それを船で沖に運び海に沈めて、水で固めた。水硬性コンクリートですよ。どうやって作ったかって？　火山灰です。セメントに火山灰を混ぜ込んだ。ネピにはいやっていうほどある材料でしょうが」

虚を突かれたように藤井の顔から表情が消えた。

「いずれにしても早く動きましょう」

無意識に一正は腰を浮かせる。

「彼らが調査の誤りを認めてくれればいいのですが。そもそもこの地域で古代コンクリート、とはあまりに突飛だ」

慎重な口調で言う藤井が腹立たしい。

「突飛も何も、我々が見れば」と一正が反論しかけたのを遮って、「それじゃ今から、あの塔の中に何があるか見ましょう」と、藤井はテーブルの上に用意されたPCに、ファイバースコープで撮影した映像を呼び出した。

14インチの画面にぼんやりとしたグレーの空間が映し出される。ライトにきらきら光るものは、仏塔内部の淀んだ水中に舞い上がった埃の類いだろう。ごく小さなゴカイのような生き物もいる。目を凝らすと、水底には小さなイガイのようなものが貼り付いている。

小さなものしか入り込めない細い隙間であるにもかかわらず、中に生き物が住み着いていることに一正は驚く。しかし彼の期待するものはそれではない。

やがてぼんやりした視界に、何かが現われた。

「アンフォラだ」

藤井が低く呻いた。

地中海に沈む、古代ギリシャのワインを運搬するための壺。一般的にイメージされるそれらの底の尖った形状とは違う。泥のようなものの堆積した上に、たしかに壺の形をしたものが転がっている。

海神バイラヴァが海で死んだものの魂を封じ込めるための壺。そしてかつての王、バラプトラの骨を収めた骨壺。

「高さ六十センチ、直径は三十センチ内外か」

藤井が映像からだいたいの大きさを割り出す。

「仏舎利と称して、かつての支配者の骨が中に入っているのか」

「はあ……」

傍らで一正は、いささか失望しながらうなずく。壺の色は、LEDライトの照らし出す仏塔の底部分と同じ灰色をしている。光を反射してきらきらと輝いているのは、ときおり視界に飛び込んでくる小さな海老や、小魚の鱗だけだ。

黄金の壺はやはり言い伝えに過ぎない。

そのときゆっくり動き続ける画面に、何かが映り込んだ。

「おお」

藤井が声を上げ、人見が無意識になのだろうが、一正の頭に手をかけて退《ど》かし、背後から画面を覗き込む。

巨大な男根だ。その脇には溝を刻んだサラダボウルのようなものが見える。

「象徴化された女性器です。男根と合わせてリンガとヨーニ。ヒンドゥーの古い信仰対象ですね」

眉間に縦皺を刻んで真剣に画像に目を凝らしている藤井の隣で、人見が二度三度、目をしばたたかせ、笑い転げる。

「いやはや立派なものですな」と一正も見入る。

塔内部を這っていったファイバースコープは、さらに奥にあるものを録画していた。

「加茂川さん」

藤井のボールペンの頭が、画面の端を差した。何かが立っている。

「仏像だ」

思わず叫んだ。

円形の光背をいただいた仏……。

ボロブドゥールの最上階の仏塔からは、仏像が発見された。未完成のそれは、おそらく後世の人間が入れたもので、本物は盗掘に遭って持ち去られたのだろうと言われている。だが海のボロブドゥールの仏塔は荒らされてはいなかった。一体の仏像が、何か石灰質のものに周囲を固められて、千年を超えて立ち続けている。

カメラが底を這いながら近づいていくにつれ、その場の三人がそれぞれに首をひねり、瞬きをして像をみつめた。

「仏像じゃないわよ、これ」と人見が断定した。

密教仏の憤怒尊のようにみえるその像の胸には豊かな乳房があった。

ヒンドゥーの女神だ。

「それじゃ、これは……」

「そう、ヒンドゥー遺跡ですね」

像は拡大され、視野は下部に絞られてくる。腰から下、そして裸の足が映り込んだところでその下にあるものが見えた。

巨大な牡牛だ。上の女神像に比べても大きい。巨大な角、肩のあたりの筋肉の盛り上がりと力強い背筋。海底から生えた岩のような安定感を備えながら、生きているかのような躍動感を帯びた牛の彫像があった。そのたくましい姿は、ケワンたちの胸にあった線彫りの牛に似ている。

「加茂川さん」

藤井が言う。

「牡牛ナンディは確かシヴァ神の乗り物だった。が、三世紀前後、ヒンドゥー形成期においてはただの乗り物ではなくそれ自体が崇拝の対象になっています。おそらく先行するインダス文明の影響ですね」

「インダス？」

人見が素っ頓狂な声を上げた。

「つまりはそれほど古い時代のヒンドゥーというわけ？」

「たぶん」

「ちなみに男根も？」

「ええ、たぶん」

「とにかく、あれは仏塔ではない、と……」と失望とともに一正は確認する。

「ヒンドゥーの祠《ほこら》です。ボロブドゥールのような仏塔ではない」

藤井が断定した。

形が似ていた、それもボロブドゥール全体ではなく、あの巨大な聖殿の頂上部分の仏塔に、このヒンドゥーの神の祠が。考えてみればこのハンドベル様の姿は、必ずしも仏塔に特徴的なものではない。自分がかつてボロブドゥール周辺の公園整備工事に携わり、特別の思い入れがあったために、そしてインドネシアの遺跡としては、ボロブドゥールがあまりにも有名だったがために、スマトラ沖のこの小さな島の海中の塔に、ボロブドゥールの幻を見たのだ。

「これで決まりですね」

今度ばかりはきっぱり言って、藤井は続けた。

「間違いなく、古代の遺跡だ。しかもなかなかたいへんなものですよ」

「何が？」

「この場所、スマトラの西側は文化果つる地、首狩り族の精霊信仰の地であったという一般論が覆る。シュリヴィジャヤ王国は一つの帝国ではなく、いくつもの仏教、ヒンドゥーの小国が集まった文化圏だったと僕は前に言ったはずですが、それはスマトラの西側の海上、インド洋に面した島にまで広がっていた。あるいは飛び地を形成していた。しかも様式から判断するに、ジャワ、スマトラの他の遺跡よりも様式的に古い。だが古代のインド人たちは、どうやってこの島にやってきたのだろう。しかもどういう経緯で、ここに自分たちの足跡を残したのだろう」

人見が地図を広げた。

「ほら」と指差し、無邪気な笑みを浮かべる。

「マラッカ海峡に比べたってチェンナイやスリランカからこんなに近いじゃないの。島伝いにインド人がやって来たって不思議はないでしょう」

「ガルーダで飛ぶわけじゃないですから」

藤井が呆れたように首を振った。

「波は荒い、潮流は複雑、しかも島の周りは珊瑚礁で、船は着けられない。ここはそういうところなんですよ」

とりあえず、と一正は腰を上げた。各自の部屋を出てホテルのレストランに集合したのだが、まだ夕食は注文していない。頼めば何か出してはくれるだろうが、敬虔なムスリムの経営する宿でもあり、酒類は置いていない。

ビールの置いてある食堂を探そう、ということになってホテルのドアを開いたとたん、薄暗いフロアに突風が吹き込んできた。

「サイクロンが来てるのさ」

狭いカウンターで、パソコンの画面を眺めながらホテルのオーナーが肩をすくめた。

「ま、心配はいらない。この島では大風も高波もいつものことさ。みんな慣れてるから格別の被害もないね」

藤井が唇を引き締め、一正に尋ねた。

「プラガダンのテントに置いてある機材は大丈夫でしょうかね」

一正は、ケワンの携帯に電話をかけた。なかなかうまく繫がらなかったが、数回かけ直すとようやく出た。

「ああ。あのテントならもう畳んだよ。荷物も安全なところに運んでおいた。こっちは大丈夫さ。何しろ珊瑚礁の浅瀬に囲まれてるんだからな」

礼を述べて電話を切った後に、その旨を藤井に伝えると、ケワンたちが運んだことに不安そうな表情を見せたが、何も言わなかった。

三人は泊まっているホテルから少し離れた別のホテルに向かう。そちらにはレストランの他に宴会場などもあるらしい。とはいえ、海辺ではなく、ビアクの町中なので、欧米人の姿はない。黒いつばなし帽をかぶったビジネスマンとおぼしきマレー人たちの他は、裕福そうな中華系の家族が一組いるだけだ。

そして求めていたビンタンビールがここにはあった。

メニューはインドネシア語と現地の言葉の二種類で、人見がこのときとばかりメニューを指差し、隣のテーブルの男たちに矢継ぎ早に質問する。

「何がおいしいの？　この島の名物は？」

前回はほとんど話せなかったインドネシア語が人見の口から飛び出し、一正は目を見張る。インドネシア語、英語、そして地域言語が飛び交う。単語や言い回しを人見は細かくメモしている。

「その料理、この島の言葉で、何というの？　普段はどんなお料理を奥さんが作ってくれるの？」

人見は質問を続ける。

そのうちに彼らの中の一人、リーダー格と見える白髪交じりの男が手招きした。

「こちらのテーブルにいらっしゃいませんか？」

彼らはこの島に住む、農園や工場の経営者たちだという。

「私は、昨年メッカまで行ってきた」と男の一人が自分の黒い帽子を指差す。

「私は四年前だ。息子に工場を任せて、ようやく時間ができたので真っ先にしたことさ」

そんな自慢話を聞いているうちに、魚料理が運ばれてきた。

まずい。本来癖のないうまい白身魚のはずが、身がまったくしまっておらず賞味期限の切れたカニカマのようだ。しかも奇妙な生臭さもある。

「別に、食べられますよ」と藤井は魚の味になど興味を示さない。

「南の魚なんてこんなものよ。関鯖、関鯵みたいなのを食べたければ、日本に帰らないと」と人見が、こだわりのない口調で笑い飛ばす。部族の中に入って、昆虫からサボテンまで口にしなければならない民族学者の味覚などこんなものかと呆れながら、「違います」と一正はいつになく強い口調で否定する。

「これが昼間見た、ダイナマイト漁で獲った魚の味なんですよ。爆発の衝撃で魚の身も内臓もぐずぐずになる。血が身全体に回る。食えたものじゃない」

藤井も人見も言葉を失い、食べかけの皿を見下ろす。

「島の裏側にある村では、ちゃんとうまい魚が食べられたんだ」

同じテーブルの男たちに、一正はプラガダンの話をした。

「だが爆弾漁をやって村人の漁場を荒らすやつらがいた」

「ほう」と男たちは無関心な様子で、ルンダンと思しき肉料理を食べている。

「爆弾漁は、魚や環境にインパクトを与えるだけじゃない。危険なんだ。素人がいい加減に爆弾を扱うから、事故も起きる。今日も目の前で見たんだ。まるで爆撃されたみたいだった。水柱が天まで上がった」とついつい大げさな話をする。

「ああ、それは漁になんか関係ない」

黒帽子の男が片手を天井に向けた。

「いや、爆弾漁の船が……」

「不発弾だよ」

「不発弾？」

「ああ、この辺りの海は、第二次世界大戦当時の機雷やら爆弾やらがいくつも沈んでいるんだ」

藤井と人見が、フォークを手にしたまま顔を見合わせた。どうりで爆発音が大きかったはずだ。船が沈むと同時に積んであった爆薬が爆発し、それが海底の不発弾か機雷のより大きな爆発を引き起こしたのだ。ちょうど潮が引いていた時間で、水深はさほどないからそんなことが起きても不思議はない。

「ジャワや本島の周りは軍の船がだいぶ掃除してくれた。だが、ここは捨て置かれているんだ。何しろ我々はアラビア人だから、政府の対応もおざなりなのだ。だから私はいつも言っているのだ。ネピはインドネシアから独立しなければならない」

「くだらんことを口にするんじゃない。愚か者めが」

リーダー格の年嵩《としかさ》の男が、厳しい口調で一喝した。自らをアラビア人と称すのまではご愛敬だが、独立を口にするなどというのは、いくら民主化が進んでいるインドネシアとはいえ、危険きわまりない。

「爆発事故と言っても、所詮、首狩り族の村のことだから」と別の黒帽子が切り捨てた。

「とんでもない」

別の男が言った。

「あそこではまもなく工事が始まるんだぞ。ちょっと前、ジャワの港湾工事でクレーン船が機雷に接触して爆発する騒ぎがあったばかりだ」

「ちょっと、待って」

ほとんど反射的に一正は身を乗り出した。

「工事って、何ですか」

インドネシア語のわからない藤井が人見に、男たちの話の内容を尋ねる。

「ゴミの処分場だよ」

「なんだって」

思わず声が裏返った。

「あそこに？　プラガダンに？」

「そう。村人が分別してリサイクルできるものはリサイクルし、できないものは埋め立てに使う。珊瑚だらけのしょうもない浅瀬を埋め立てて港もできる。処分場さえできれば、ビアクの町ももう少しきれいになる。このままではあなた方、外国人に対しても、我々は恥ずかしい」

年嵩の男が、体をこちらに向け、礼儀正しい口調で言った。

昼間見た測量技師たちは、その工事のために来たのだ。

人見が大きく目を見開き、人見から通訳してもらった藤井の眉間に深い皺が寄る。

「そんなことをどこが決めたのですか」

一正は抗議する口調で尋ねる。

「県の開発計画の一つとして決定したことだよ。それまでこの島のゴミは焼却処分されるか海に捨てられていたのだが、昨今、いろいろそれがうるさく言われるようになってきた。だが処分場を作ろうにもこの島の中央には火山があって背骨のように山脈が島を横断しているんだから、平地が少ない。貴重な平地はやはり町や集落や農地に使いたい。一方で、裏側の海は空いている。あの浅い珊瑚礁の上に堤防を作って島内で出るゴミで埋め立てればそれが陸地になり、港もできる。島内の衛生環境が改善し、なおかつ周辺の海の環境が守られ、さらには島の平地が増えることで、島の人口も増える。それだけではない。津波や高波が来ればひとたまりもない沿岸集落の人々の生命と財産を守ることにもなる」

「ところが」と別の男が言葉を挟んだ。

「着工がいつになるのか、さっぱりわからない。困ったものだ。火山が煙を吐き始めたり、最初に請け負った建設会社が倒産したり、そうこうするうちにサイクロンだ。しかも不発弾騒ぎまで。本当なら、もう出来上がっていいはずだ。この前も、ハジ・モハンマド・ジャミル氏が知事に問いただしていた」

「ハジ・モハンマド・ジャミル？」

「スルタンさ」

「スマトラから逃げてきたとかいう？」

前回来たときに、ガイドのアハメドが案内してくれた宮殿跡のことを思い出した。

「ああ、スマトラから逃げてきたスルタンの息子で、普段は本島にいるがこの島にも屋敷を構えている。いくつか会社を経営している実業家さ」

それで読めた。工事はその男が直接経営するか、親族が経営する会社が請け負うのだろう。

「しかしプラガダンの村人はそんなことは何も知らなかった」

「いちいち彼らに知らせるまでもない」

「しかしあそこの自然は貴重なものですよ、インド洋側にはあんなに見事な珊瑚礁は他にない」

「ここに来る欧米人は、よくあなたのようなことを言う」

男の一人が冷ややかに言い、リーダー格の男が穏やかな口調で続けた。

「我々、島民にとって大切なのは、生態系や自然ではなく産業と町の発展なのですよ。町や海岸からゴミが消え、島の反対側、今は貧しい漁民が住むだけの土地に大型船の入れる港ができる。そうなれば、アブラヤシの積み出しは今よりはるかに楽になる。しかも堤防部分に牡蠣《かき》が貼り付くので、あそこの漁民たちが食料にできる」

彼らの海と村を奪って、ゴミの埋め立て地に住まわせ、堤防に貼り付いた牡蠣を取って食え、というのか、と一正は憤慨しながら、「あの場所にあるのは、珊瑚礁だけじゃない。すばらしい歴史遺産があるのですよ」と続けた。

「歴史遺産？」

男は不審そうに目をすがめた。

「そうです。七年前に政府の歴史考古局がやってきて調査したのですが、見逃したものだ。それを我々が発見した。まさにゴミ処分場になる予定の海底で、です。処分場が必要なのはわかりますが、歴史的、文化財的価値の高いものをゴミで埋めてしまうというのは、インドネシア国民としていかがなものですか」

テーブルについている者たち全員がこちらを注視した。

「いやぁ、私はこういうもので」と一正は名刺を取り出した。

「ほう、アシスタントプロフェッサー」

「こちらお二人はプロフェッサーで」と人見と藤井を紹介した後に、「実は私は、インドネシアのボロブドゥール遺跡公園の……」といつもの自己紹介をした。

ここで多少教育と地位のあるインドネシア人なら、歓迎と尊敬の態度を示すものだが、一正の期待を裏切り、男たちはうなずいただけだ。

「で、あなた方が発見した遺跡というのは」

「古代、八、九世紀頃のインド由来の王国遺跡です。まさに私が十年間、ジャワで眺め暮らしたあのボロブドゥールの頂点にある仏塔そっくりの海中の塔。もしかするとご存じかもしれないが、七年前、政府がそれをコンクリート製だから、文化財に値しないと判断したらしいが、とんでもない。ローマ遺跡に使われていたのと同様の、古代コンクリート、このあたりでは発見されたことのない建材だったのです。しかもその中には、なんと古いヒンドゥーの彫刻までがありました。あなたがたインドネシア人のルーツが、あのプラガダンの海底に眠っていたのです」

一正は胸を反らし、演説するようなインドネシア語でゆっくり話す。

年嵩の男は、微笑したまま目を閉じ首を振った。

「残念ながらあれは漁民たちの礼拝する異教の神の祠ですよ。彼らがときおり観光客を連れていっては、あれを見せて商売していることは知っています」

「ええ、ですからそれが」と言いかけた言葉を男は遮る。

「この島に古い文明は存在しません。我々、アラビア人が嵐でこの島に流れ着いたとき、ここは無人島で……」

啞然とした。教養も教育も地位もありそうな、いかにも人々の尊敬を集めていそうな、年配の男の口から出た言葉もまた、アハメド・リバイのものと同じだった。髭も体毛も薄く、つるりとした丸い骨格の典型的なマレー人の顔で、自分を生粋のアラビア人だと言い、そんな容貌は食べ物と環境のせいだ、と語り、そう信じている。

「漁師たちは後になって海からやってきたのです。元はと言えば、特定の家も持たずに海を彷徨《さまよ》っていた特殊な民族です。州政府は貧しく教養のない彼らを手厚く保護している」

またもや「漂海民」だ。多数派の島民は、ケワンたちをときに首狩り族、ときに漂海民と認識し、ケワンたちは不法な爆弾漁をする近隣の島の貧しい漁師たちを漂海民だとする。

食事は終わった。

男たちに別れの挨拶をしてレストランを出る。あの場所がゴミの処分場になるとしたら、のんびりしてはいられない。

夜の町は風が強まっていた。雨粒が顔を叩く。

「この前は噴火で、今回はサイクロン。だれの心がけが悪いんですかね」

ずぶぬれになって歩きながら一正はぼやく。

「心がけのせいじゃありませんよ。この島がそういうところなんでしょう」

風に逆らって前のめりに歩きながら藤井が答えた。

ホテルに入ると、いつもは明かりのついていない物置のようなロビーが、やけに賑々《にぎにぎ》しい。蛍光灯の下、プラスティックのテーブルで、夜も遅い時間だというのに、子供も含め十人以上が集まって、映りの悪いテレビを見ながら食事をしている。客のようにも見えず首を傾げていると、オーナーの顔が見えた。一正が軽く手を上げるとオーナーもうなずき返す。

人見が薄暗い隅に置かれた小さなテーブルの前に腰を下ろす。

「で、さっきの続き。ゴミ処分場の話」と言いかけたとき、

「どうぞ」というように、オーナーがテレビの脇に置かれたテーブルを指差した。

礼を言ってそちらに座る。

「どうやって阻止するかが火急緊急の課題ですね」と一正は居住まいを正す。

「この国の環境問題について僕ら外国人にできることなどほとんどありませんけどね」と藤井は前置きしたうえで続けた。

「環境ではなく、文化財ということになると、インドネシア政府を動かせる可能性もある」

「もちろん」と一正は身を乗り出す。

遺跡公園整備に関わった二十代の頃、この国の政府が国民統合の象徴という政治的な目的も含め、どれだけそうしたものを大切にしているかを知らされた。また日本に戻ってきた後は、建設会社の社員として逆の立場にも置かれた。

文京区でマンションを建てようとしたときに、弥生時代の遺跡と遺構が出土して、工事計画の変更を迫られ、たいへんな苦労をした。その一方では遺跡らしきものが発見されるや否や、竣工の遅れや

費用負担を避けるために即座に破壊するということも行われた。

そうしたことがプラガダンでも起こらないとは限らない。

「すべては歴史考古局を納得させられるか否かにかかっていますよ」

藤井が慎重な口調で言った。

「七年前に、ねつ造だと結論づけたものを、どうやって覆させるかです」

「そりゃ、私が毎日でも窓口に出張《でば》って」と言いかけた一正を藤井が制した。

「それについては僕が何とかやってみます」と妙に心強い物言いをした。

あらためてテレビの画面に目をやるが、サイクロンの情報はない。

人見が布の鞄から何かをごそごそと取り出した。缶入りのビンタンビールだ。さきほどのホテルのレストランで買ったらしい。缶から水滴が滴っている。

藤井が呆れたように首を振った。

「ここはプラガダンみたいに何でもありじゃないですからね」

「少しだけよ」

「私は遠慮しておきます」と藤井は缶を押し戻した。

人見から無言で視線を向けられた。酒は嫌いではないから断れない。相手が男であろうと女であろうと、高齢者であろうと若い女であろうと、誘われて断れないのは性格だ。

「酒を飲んでも酔わなければいいのさ」と、かつて同僚だった敬虔なムスリムも言っていたくらいだからかまわないのだ、と思うことにした。

オーナーたちの目をはばかりながら、一正は遠慮がちに缶ビールのプルトップを引き上げる。だが人見の方は、堂々と缶ビールを手にしたままテーブルの方を振り返り、例によって「ひどい嵐ね」とインドネシア語で話しかける。

当人にはわからないがけっこう酒臭いはずだ。一正はひやりとしたが、人々は他人の飲酒を格別咎《とが》める様子もない。

オーナーは、ここにいるのは彼の親類で、小イスカンダルの麓にあるプランテーションの作業を委託されている農民だと紹介した。泥流発生の危険があるため防災局から避難命令が出たので、避難キャンプに行くかわりに、一族でここに集まっているらしい。

人見が、たどたどしい口調で何か言った。インドネシア語ではない。ケワンたち、プラガダンの人々が使っていた言葉だ。部分的に一正が理解したところでは、「とても心配です。悪いことにならないように、神様に祈っています」というような意味だ。

赤ん坊を抱えた女がひどく情のこもった口調で何か答え、人々が好意のまなざしを返してきた。

現地の作業員を気持ち良く働かせるコツは、英語でもインドネシア語でもなく、彼らの故郷の言葉を覚えて、片言でもそれを使うこと。そんな鉄則を一正は思い出す。

そして今、人見の言葉が通じた、ということは、ケワンたちの言葉もネピの島民の言葉も同じ、ということだ。

「なに、嵐など毎度のことさ。たいていは大丈夫だ。何事も神様の思し召しで、人知の及ぶことではない」

ホテルのオーナーが、一正に向かい、インドネシア語で言う。

「ただ彼らの家は、以前にも泥流で埋まったことのある場所なのだ。何しろ少し上手には大量の火山灰が積もっている」と避難してきた親類たちに目をやる。

「サイクロンと火山と両方じゃ、たまったものじゃないですね」

一正は嘆息した。

「いや、噴火の被害といったら、こんな嵐どころじゃない」

黒帽子の老人が、割り込んできた。聞けばホテルのオーナーの父親だという。

「五十年前の噴火では、ビアクの町が滅びたんだ。何も無くなった。焼けて滅びた」

「ビアクって、この町が？」と人見が問い返す。

「いや、ここじゃない、昔のビアクだ」

オーナーが、噴火で焼けた町の名前も「ビアク」だと説明する。現在の港に町が建設された当初は、「新ビアク」として区別していたらしいが、半世紀近くも経過した今、「新ビアク」の新が取れ、ビアクと言えば、この町のことになった。

「火口から熱い風と焼けた石が降ってきたんだ。まるで悪魔が一息で焼き尽くすようだったさ。逃げ遅れた人々が死んだ。少し前から煙を吐き始めたが、町は無事に見えた。ところが突然、熱い風がきたんだ。石や岩が紙きれのように転がり落ちてくる。いや、そんなものはいい。怖いのは風だ。悪魔が咳をしたように、目に見えない風が下りてきて、突然、森が燃え上がり、家も家畜も人も、何もかもに火が付いた。あっという間の出来事だった。下に逃げた者は追いつかれて焼け死んだ。助かったものは山の中を島の裏側に向かって走った。若い時分の話だが、今でも鮮明に覚えている。焼ける石や岩の交じった熱い風は海岸まで落ちていって、海に突っ込んだ。海が沸騰して爆発して燃えた。嘘じゃない。海が燃えたんだ」

前回来たときにハムザに案内された高台で眺めた、あの山裾部分にあったという町だ。

「溶岩じゃなくて、熱い風？」

藤井が確認した。

ハムザは溶岩流だと言っていたが、やはり火砕流だったのだ。

「もうあの噴火を見た者は、ほとんど生き残っていない。ああいうときには、いろいろと妙なことが起きる。山がうなり始めたときのことだが、首狩り族たちが生け贄の儀式をやった」

「儀式？」

老人のインドネシア語を何とか聞き取ろうとするように、人見が真剣な表情で身を乗り出してきた。

「ビアクの町が焼ける前のことだ。防災局は、島民に噴火するからすぐに避難キャンプに移れ、と避難命令を出した。ところが首狩り族の老婆が、噴火を止めてみせるといって、山に登った」

レストランで会った男たちはプラガダンの人々を漂海民と言っていたが、こちらは首狩り族と言う。いずれにしても四十八年前のことだから、儀式を執り行った老婆はマヒシャの先代か先々代の巫女だろう。

「愚かな話だ」と老人は、黒帽子を載せた白髪頭を振った。

「噴火を止められるものなどどこにいるというのだ。止められるのはアッラーだけだ。みんな荷物をまとめて避難キャンプや港を目指したが、島の裏の首狩り族たちはプラガダンの村を動かなかった。そしておかしなことを言い出した。山をなだめろと。呪文を唱えながら火山礫が降ってくる斜面を登って酒と供物を供えろ、と。野蛮人の戯言《ざれごと》だ。そのはずが、我々と同じ島民の中にも同調するものが出て来た。町を離れずに、密かに呪術師の老婆に果物や山羊を届ける。それで老婆と首狩り族が、小イスカンダルに登った。呪文を唱え、酒や米や花を供え、最後は火口に生け贄の山羊まで放り込んだ」

身震いするようなしぐさをしたあと、老人は続けた。

「止んだよ、一時、静まった。それが悪かった。浮薄の徒は、野蛮人たちの言葉を一時、信じた。それからまもなく火山上部が膨れあがってきた。呪術師の老婆は何を言ったと思うかね。モスクを焼け、と。そうしてすぐに町から離れて北側の海岸に逃げろ。先祖の霊の集まる場所にモスクなど建てて、聖なる場所におまえらが住み着いたから山が怒った、とか何とか……。一部の愚かな者は、モスクを焼いた方がいい、と本気で言い出す始末だ。そうこうするうちに山が爆発した。膨れあがった山頂が、突然崩れ、透明な炎のような風が、たくさんの焼けた石とともに吹いてきた。ビアクの町は焼けてしまった。もちろん古いモスクも。だが、それと老婆の言葉は関係ない。モスクは噴火で焼けたのだ。だから最初から、逃げればよかったのだ。迷信や怪しい託宣に耳を傾けた、悪魔の誘惑に捉えられたものは、逃げ遅れて焼け死んだ。山羊を火口に投げ込んで、噴火が止まるようならだれも苦労はしない。理性的に考えればわかるだろう。しかし信心の足りぬ浮薄の徒を一時でもそんな気にさせたのが、あの呪術師の老婆と野蛮人たちさ。ところが連中の村は無事だった。なぜかって？　純粋に地底のマグマが、山のどのあたりに噴き出すかの問題だけだ。防災局の役人が言うとおり、そこまでは予測できない。科学には限界がある。だが、それでも科学は科学だ。あの野蛮人たちは妄言をもって我々アラビア人の理性と知恵を無知迷妄の闇に葬ろうとした」

前回、火山活動が活発化したとき、当局がプラガダンの住民に避難命令を出し、マヒシャの託宣によって彼らはそれを拒否した。噴火をめぐる科学的見解と土着宗教の対立は、ずっと続いてきたものらしい。

「その後は火山灰で、夜のようになった」

老人は続けた。

「その年と翌年は、作物がみんな枯れた。畑がだめになって、島民はサゴヤシで命を繋いだ。ひどかった。人間の食う物じゃない」

「そうかね」と一正は、ケワンたちプラガダンの村の人々の食卓を思い出す。彼らは日常的にサゴヤシの澱粉を食べていた。

「その後、観測所ができて、さらに科学的なデータが送られるようになったが、首狩り族たちは呪術師の老婆を盲信しているので、相変わらず、政府の避難指示には従わないんだ。警察も手を焼いている。どうせ今回も、避難命令が出ているんだろうが、無視して留まっているんだろうな」とオーナーが言う。

「まあ、火山の方は避難しなくても大丈夫だったけどね」

「たまたまだ。たまたま運が良かっただけだ。確率の問題。確率という意味がわかるかね？　数学上の概念なのだが」

さきほどの老人に嚙んで含める口調で言われ、一正は少しばかりむっとする。

テレビの番組が切り替わった。時計を見ると十一時を過ぎた。人々は一斉に席を立った。「平安な夜を」と声をかけ、ぞろぞろと引き揚げていく。

今夜は、ホテル内にあるオーナーの自宅に一族は泊まると言う。

「全然、平安な夜じゃないけどなあ」と暴風雨に叩かれている窓を見やり、腰を上げた一正を人見が引き留めた。インドネシア語で交わされた会話の内容が一部わからないから教えて欲しいと言う。

人見は一正の説明にうなずきながら、例によって、単語や言い回しを細かくメモしていく。

「文化人類学というより、まるで言語学者ですね、人見先生」

「それが世間の誤解よ」と人見はノートを閉じた。

「困るのよ。インディ・ジョーンズにあこがれた学生がやってくるんだけれど、フィールドワークの基礎が語学だとわかってないから。考古学もそうでしょうけど、夢があって、映画のような派手な冒険が待っていると期待する。一つ一つの言葉を書き留めて、覚えて、話しかけて、教えてもらって、また暗記して、そんな地道な作業の上に成立する夢とロマンなんだけど。才能やひらめきじゃないのよね、研究者っていうのは」

「とはいえ優秀な頭脳で勝負でしょう」

「違うわね。端から見ればばかばかしいような努力を積み重ねられるかどうかなの。私だって他にやってみたいことはあったのよ、言葉を学習したり、首狩り族の村に入って豚の頭数をひたすら数えて記録したりするんじゃなくて、どうせ南の島に来るなら絵を描いたり、写真を撮ったり、エッセイを書いたりする仕事をしたかった。ファッションも好きだからデザイナーになる夢もあった。でも私が天から授かったものはそんな創造的才能じゃなかった。他の人が投げ出すような地味なことを根気良く続けられる才能だったの」

「それを才能と呼びますか」

「喧嘩売ってる？」

「いや、とんでも……」

慌てて片手を顔の前で振る。

「で、結論。彼らは同じ民族よ。間違いなく」

人見は唐突に言った。

「彼らって？」

「だからこの島、ネピ島の住人たち。中華系の人々は別として、ビアクの金持ちも農民もプラガダンの漁師も、ネピの人々の言葉はまったく同じ。文法も単語も。オーストロネシア語族インドネシア語の仲間。でも、あくまでネピ語と呼べるような地方語。プラガダンの人々と他の島民との違いは、これまで調べた限りは、名詞のバラエティーだけ。ムスリムの人々は、相対的にアラビア語由来の語彙《ごい》が多く、ケワンたちはお祭りとか信仰に関してやはり独特の語彙をもっている。でも大した違いじゃない。島でまとまっているのよ、言葉としては」

「確かに顔立ちも、そんなに変わらないしね」と一正はうなずいた。「小さな島の中でも、普通なら町で魚を売ってる連中と、山の中で頭蓋骨を飾ってる連中は、容貌が違うもんだけどね。偏見じゃなくて、やっぱり何々族とかついていると、髪はちりちりで鼻の穴が、こう、横に開いていたり……。だけどこの島の住人は顔じゃ見分けがつかない。ただ宗教が違うだけで異民族だと決めつけている」

「ええ。マレー系の住民の中ではケワンたちだけがムスリムじゃない。ヒンドゥーと混淆したアニミズム。精霊信仰や祖霊崇拝。イスラムに改宗した他の島民からは野蛮人に見えて、差別されてきた」

「どうして彼らは、改宗しなかったんだろう」

「簡単な理由よ。イスラム文化は交易船とともにやってきた。だから海岸付近に住む人々と接点があるけれど、内陸部分は取り残される。それがジャングルの奥まで宣教師が入っていって布教するキリスト教との違いなの」

「ケワンたちの村は海辺ですよ」

「今はね」と人見はうなずく。

「でも先祖は、もともと内陸部に住んでいたはず。森の中でサゴヤシやイモを食べて、もしかすると豚も飼っていたかもしれない。島のムスリムたちが言うように首狩りの伝統もあったかもしれない。ところが何か事情があって、火山の噴火か、他の島民に追い出されるかして海岸付近に移り住んだ。そこでかつてのヒンドゥー王国の遺跡を発見する。でも彼らには、それが何を意味するかわからない。そこで自分たちの信仰する精霊や神様の住まいにした、というわけ」

「なるほど……」

「一点、訂正しておきましょう」と藤井が人見の方に向き直った。

「このスマトラ西側の小島のイスラムは十七世紀にスマトラ本島から入ってきたものです。交易船によってアラビアから伝播したものではないと思いますよ」

「島民は交易船で入ってきたアラビア人の子孫などではない、と？」と一正が口を挟むと藤井は失笑した。

「そんなものは神話伝説の類いですからね」と言い残し、ビールを飲んでいる二人を置いて一人自室に引き揚げていった。

風の音はますます大きくなる。ときおりコンクリートの建物までが揺れるような感じがした。

「知ってますか？」

一正は人見に尋ねた。

「こっちは、こういう小さなホテルや金持ちの邸宅も含めて、建物に鉄筋が入ってないんですよ。古代コンクリートと同じ。入っていても針金みたいなやつ」

「それじゃ地震が起きたら……」

「倒壊するんですよ」

人見は、顎を引き両腕を抱いて身震いした。

「私がゼネコンでやりたかった仕事は、この国に地震に強い建築物を広めることだった。ボロブドゥールの公園の後は、この国の政府がきちんとした耐震基準を作るに当たっての手伝いをするつもりだった。ところが大学の先生とは違うサラリーマンの悲しさ。将棋の駒と一緒で、辞令一つでぽーん」

と一正は、テーブルの上の紙くずを部屋の隅の屑籠に放り込んでみせた。

「で、ある日帰国を命じられ別の部署に回された。悔しかったねえ、今でも心残りだ」

人見はうなずき、鉄格子入りのガラス窓の方に目をやった。風の音に地鳴りのような波の音が被さり、無数の小枝や石つぶてのようなものが飛んできて窓にぶつかった。

「しかし不思議なのは、こんなところに女の人がやってきて仕事するっていうのは、どういう心境なのかなぁ、暑いのはしかたないとして、汚かったり危険なこともある」

素朴な疑問を口にしたのは、少しばかり酔っていたからかもしれない。

「女の人？　ジャカルタから？」

ぽかんとした表情で人見は一正をみつめた。

「いや、人見先生のことですよ。何もジャングルの部族の村に入って豚の数を数えなくたって、我々と違って女の人には、たとえば結婚して子供を産んで育ててとか、そういう夢があると思うんだけど」

男社会のゼネコンに勤務し、もっぱらアジアや中東を巡って「男の仕事」をして生きてきた一正は、その後の日本社会の変化にうとい。女性に面と向かって言ったら即座に張り倒されるようなこと、あるいは総務部から厳重注意を受けるような内容を無邪気に口にする癖がもともとあった。

「結婚？　子供？　それとロマンは関係ないわね」

人見は冷ややかに答えた。

「結婚してるんですか」

「以前してたけど。バツイチってやつ」

「なるほど。私はバツ三」

反射的に言葉が口をついて出た。勝った、という気がしたのだが、よくよく考えてみれば自慢になることではない。

「何それ？　バツ三って」

人見は大きく目を見開いて、一正を見詰める。

「いや、それはいろいろ……男のロマンってあるじゃないですか」

笑ってごまかした。


目覚めると嵐は去っていた。空はよく晴れて、熱帯の陽射しが早朝だというのにあたりを焼いている。

オーナーの親類たちは、自宅に戻った後だった。防災局は、まだしばらくの間、地盤が緩くなっており危険なので、斜面の家には戻らないようにと指示を出したらしいが、家や畑が心配なので帰ったらしい。

用意されていた朝食は、塩魚をフライパンで焼いたものと白飯、それに古漬けを刻んだものだった。

「何か、懐かしいですよ。和食と変わらない」と藤井がオーナーの妻に英語で話しかける。「嵐で船が入ってこないので、お客さんに出せるようなものがなくて」と、頭と首、肩までスカーフで覆った小柄な妻は、慎ましやかにうつむく。

「いえ、かえってありがたいわ」と人見がスプーンとフォークで器用に魚の骨を外して口に運ぶ。

「塩辛いけれど、それ以上に、何と言うか、深い味わいがあるわね」

お世辞ではなく、ほんとうにおいしい。昨夜の爆弾漁の魚とは大違いだ。

「安い魚だ。客に出すものではない。野蛮人が作って市場に持って来る。火山灰をまぶしつけた塩魚なんだ。申し訳ない」とオーナーが言い訳するように言う。

「火山灰？　あの真っ黒な土をまぶした」

一正は確認する。

「それだ」

「うまい」

ミネラル分が豊富だからなのだろうか。

「連中は、小イスカンダルが煙を噴くと、風下の降灰のあるところまで行って、降り積もった火山灰を集めておくんだ」

「火山の島だからこその知恵ね、すばらしい」と人見が目を輝かせるが、オーナーは「我々はそんなことはしないがね」とかぶりを振る。

食事を終えて外に出ようとすると、ドアが開かない。

「なんだ？」

施錠されていないことを確かめて、体全体で押して無理矢理開ける。強風が吹き込んできた。

「天気晴朗なれども波高し」

そう唱え、一正はすぐにドアを閉める。

嵐の後の吹き返しの風が吹き荒れていた。おそらく海も荒れている。プラガダンの村にはまだ戻れない。

藤井の希望で、その日は島内を見学することにして、再びアハメド・リバイの車を頼んだ。

前回、贋物のゴールドを摑ませたアハメドは、悪びれた風もなく一正に駆け寄ってくると「旦那、良く来てくれたね、ありがとう」と握手を求めてきた。一正も不承不承応じる。

三人を乗せた車はビアクの町を出ると、山道を登っていく。

アハメドは以前と同じところを案内するつもりらしい。まずは高台の要塞跡に連れていかれた。

頭上には抜けるような青空が広がっているが、眼下の海の波音は雷鳴のようにとどろいている。珊瑚礁と外海の境で白波が砕け、沖合に三角波が立っていた。

「こりゃしばらくフェリーも来ない。ここに足止めだ」

思わずぼやくと、藤井がうなずいた。

「アラビア人、インド人、中国人、みんなこっち側を避けてマラッカ海峡を通った理由がよくわかりますよ」

「おお、そうだよ」

不意に思いついて一正は右の拳で、左掌を叩く。

「そうなんだよ。航路はそっちだ。だが、この海を見てくださいよ。通りたくなくたって、これじゃ流されてしまう。流された挙げ句に、珊瑚礁にどーん！　いいですか、藤井さん、そう、紀元一世紀か二世紀か、とにもかくにも今から二千年も前、インド商人たちが、はるかローマあたりから入ってきた香料やら壺やら抱えて中国を目指した。ところが、スマトラの北端にさしかかったときに、嵐に見舞われた。今まで、どんなインド商人たちも出会ったことのない未曾有の嵐です。船は航路を外れて、マラッカ海峡へは向かわず、スマトラの西側に流される。三日三晩、嵐にもみくちゃにされた後、ついに船はこの島に打ち上げられる。魚やウミガメがいるから食べ物にだけは苦労しないが、文化果つる地、熱帯雨林の無人島。航路から外れているから、待てど暮らせど船など通りかからない。そして難破船の人々は、望郷の念に涙しながらこの島に自分たちの町を作り始めた」

一気にしゃべった後に、自分の言葉が、アハメド・リバイ始めこの島民たちが話していた、彼らのアラビア人ルーツ伝説のインド版であったと気づく。

「無人島とは考えにくいわね」と人見が即座に反論した。「島の大きさからして、藤井さんの言う首狩り族、マレー系の先住民がいたことは間違いないでしょう。たとえここがマラリアの巣で、人々が仮に石器時代そのままの島だったとしても、島民たちは穏やかで平和的な暮らしをしていた。言っておくけど、首狩り族イコール獰猛な殺戮の民というのは、西欧人たちの偏見だからね。部族同士の大きな殺し合いが始まったのは、宣教師がやってきて首狩りを禁じてからよ。その前はいくつか首を取ったら抗争は終わり。しかるべき儀式を執り行って手打ちにしていた」

「わかっていますよ」と藤井が苦笑した。そういえばと一正も、最近、かつての首狩り族の村に滞在するエコツアーに参加したという同僚の話を思い出す。彼によると、そうした部族の末裔たちは、ジャングルの中の高床式住居にパソコンを入れて観光客の予約を受け付け、極めて洗練された接客をしたらしい。

「もしそうであれば」と一正は自説を披露した。

「首狩り族の族長に、難破船のインド商人は客人として迎えられたんだ。命は助かったけれど、島に流れ着いたインド人たちは、しかし二度と波荒いインド洋を渡って故郷に戻ることはかなわなかった。そして代わりに彼らの進んだ文化と文明をこの島にもたらした」

藤井は微笑みながら首を振った。

「人見さんが、首狩り族、たとえばサラワクあたりのイバン族にシンパシーをもっているとしても、僕としては首狩り族が難破船のバラモンの文化を受け入れるとは思えない」

「いえ、スマトラ本島の複数の先住民が、西洋の宣教師を受け入れてキリスト教に改宗しているわ。それを考えれば、それより千二、三百年先行して、先住民がバラモン教を受け入れることもあるでしょう」

「いや」と藤井も譲らない。

「シュリヴィジャヤやシャイレーンドラ、あるいはクメールのようなインド由来の王国は、東南アジア一帯が、部族社会から国家を形成する段階に移り変わりつつあった遥か後世の話です。つまりインド文化を受け入れる素地のある、ある程度文明化された王国が準備されていたから成立した。王たちがバラモンに統治の方法を相談し、バラモンは経営コンサルタントとしてさまざまなアドヴァイスをすることで生活を保障される。西洋の宣教師と違い、バラモンには教会というバックがないから、この取り引きは双方にとって得る物が多い。そうしたウィンウィンな関係の中で、インドネシア島嶼地域のヒンドゥー化が進んだ。しかし石器時代の暮らしをしている首狩り族の元に、バラモンがやってきて統治の方法を教えるなどあり得ない。インド商人にとっても危険なだけで、現地民と交わることは極力避けるでしょう。となると、そうした経緯で、その時代にインド由来の王国がネピや周辺の島々に形成されることなどあり得ない」

人見は納得しかねた顔をする。

「しかし古いヒンドゥー遺跡は、実際にあったんだよ。あの海の中に」と一正は反論する。

「だから謎です。ミッシングピースを探すのが我々の課題です……」

藤井が片手を眉間に当てていた。

砦のある高台を後にして、車に戻ると、藤井はアハメドに小イスカンダルに行ってくれるように頼んだ。

「何を見るんだ？　旦那たち。そんなところに行っても何もないんだぞ。この島にはもっといいところがたくさんあるんだ」

アハメドは憤慨するように唾を飛ばす。

どうせまた土産物屋に連れていって、偽物のゴールドでも摑ませようという魂胆だろう、と一正は
「いいから、言われたところに行け」といささか横柄に命じる。

簡易舗装された道は、アブラヤシのプランテーションに到達すると未舗装の林道のようなものに変わっていた。その先は四輪駆動車ででもなければ通れないので、そこで降りる。

戻るまで待機していてくれるようアハメドに頼み、藤井がチップを渡して領収書をもらう。

「だから何もないと言ってるのに」

アハメドがなおも未練たらしく三人を引き留めるのに背を向け、アブラヤシ林の中を小イスカンダルの山麓に向けて進んでいく。

アブラヤシの葉で強い陽射しは遮られているが、ひどく蒸し暑い。シロアリの巣が、廃墟の城のような不気味な土の塚を築いているきりで、鳥や虫の声もまったくしない。自然の生態系が成立しないプランテーションの不気味な静寂の中を突っ切ると、あたりは熱帯性の木々の生い茂る明るい林に変わった。木々の間にかろうじて見て取れる踏み分け道を三人は上っていく。

目を凝らすと、木の根や下生えの間に古い石段が見えた。あたりと明らかに植生が異なる地面が、帯のように延びている場所は、おそらくかつての道路なのだろう。

うち捨てられた旧ビアクへの道は今は火山灰に埋もれ、噴火後に根を下ろし生長した木々に覆われている。その比較的新しい密林の中に、曲がりくねった踏み分け道が出来ているところを見ると、旧ビアクの町に上がっていく者が、一正たちの他にもいるようだ。

見晴らしも風通しも悪い林間の道は、数分歩いただけで汗が噴き出す。十分もしないうちに、一休みしようかと振り返る。

「もうすぐ明るいところに出られそうですよ」と藤井が息を弾ませた。

その言葉の通り、斜面を回り込んだとたんに密林が切れた。

開けた緩斜面が広がっている。

芳香が漂ってくる。

畑地があった。小イスカンダルの山頂を仰ぐ台地の、いかにも肥沃に見えるしっとりした黒土の上に、豆や芋、様々な野菜が植えられている。畑の周囲には石垣が巡らされ、土が緩斜面を下へとすべり落ちるのを防いでいる。

石垣の脇には、熱帯の陽差しを遮るように艶やかな緑の葉を繁らせた木々が高々と枝を伸ばし、畑地のところどころに優しい影を広げていた。

「熱帯の桃源郷ですね」と藤井が、流れてくる香《かぐわ》しい風を吸い込むように深呼吸した。

「ああ、丁子《ちょうじ》だ」

一正は五メートルを超える木々の梢を指差す。鮮やかな緑の先端にかすかな色合いが交じるのは、細かな花弁だった。

ばさりと、足下に枝が落ちてきた。

叫び声が聞こえる。

樹上にだれかいる。緑濃い枝の間から、太い枝が再び落ちてくる。

「剪定？」

人見が尋ねた。

「こんなところで？」

作業ズボンによれよれのポロシャツ姿の男が走り寄ってきて、落ちた枝に見入っていた一正の腕を摑んで木から引き離し、何か怒鳴った。

「危ないからあっち行け、みたいなこと言ってる」

人見が自信なさそうに言うので、一正がインドネシア語で確認する。

確かに、「枝落としをするので危険だ、そこから離れろ」という意味だった。

「丁子だろう？」と一正は男が担いで荷車に載せた枝を指差す。

「クローブを取るのさ」と男はうなずく。

丁子の花は、樹上の高い部分に咲く。幹に梯子をかけて収穫した蕾《つぼみ》が、高価な香辛料、クローブだ。

蕾を取るのに枝ごと落とすのか、とその効率的だが乱暴なやり方に呆れていると、男は花の落ちた後の真っ赤な子房《しぼう》と蕾の一つを枝からむしりとり、人見に手渡す。

「ありがとう」

目を閉じて人見は掌の中の物の香りを嗅ぐ。

「で、枝葉は、薪にでも？」と一正が尋ねると、男は片手を顔の前で振った。

「とんでもない。香油を取るのさ、髪油、石鹼、化粧品……」

男は三人を木の下から遠ざけながら、両手で髪をとかし化粧する真似をする。

「ハーブ石鹼とかアロマオイルね。ナチュラルショップでよく見る。昔なら蕾しか使えなかったのが、搾油機ができたから最近では枝葉を粉砕して油を取れるってことね」と人見が納得したようにうなずく。

「この島は丁子の島だ。昔、俺たちの先祖がアラビアから流れ着いたときに、この島には、丁子の木が生えていた。何もない島だったが、丁子だけはあった。その蕾を取って干し、我々は体を浄化した。その時代の丁子の木があれだ」

眼下に広がる密林を指差す。密生した木々の間に、虫食いだらけの常緑樹が一際高く伸びている。広がった枝の葉のつきもまばらで、陽差しを跳ね返す艶にも乏しい。一目で樹勢の衰えが見て取れた。

「樹齢何年くらい？」と藤井が尋ねた。

「だから俺たちの先祖がやってきたとき、すでにあった木だ。千年くらい前だ」

いくら何でも千年はないから、せいぜい三百年くらいだろう、と一正は日本語で藤井に答えた。以前、丁子の原産地として有名なマルク諸島の小島で歴史的な老木を見たのだが、ガイドの話によれば樹齢四百年という話だった。

「もともとはそのマルク諸島の島々が世界で唯一、丁子の木のある島だったんだけど、島の存在は長く秘匿されていたんだ。ところがそのうちアラブやインドや中国から貿易商がやってくるようになって苗木が持ち出された。それで世界各国に広がっていった」

このときとばかり一正はマルク諸島の観光ガイドから聞いた話の受け売りをする。

「実際には似たような気候、土壌であれば、周辺海域の島のあちらこちらに自生していたのでしょうね。中国やインドでは紀元前から使われていたし、日本の正倉院の宝物の中にもあるくらいですから」と藤井が落ちている葉を拾った。

その樹形を眺めているうちに気づいた。博物館の庭にあった聖木は丁子だ。花をつけていなかったので気づかなかったが、葉や樹形からしてあれは丁子の木だった。

「それより旧ビアクの町」と藤井にうながされ、一正は山の斜面の方向に目を凝らす。踏み分け道のようなものはみつからない。

昨日、オーナーの父親から噴火の話を聞いて、藤井は火砕流で滅びた旧ビアクの町にこの島の歴史を刻んだ何かが遺されていると期待してここを目指してきたのだ。

そこでヒンドゥーの影響を受けた文明の跡を発見できれば、歴史考古局に対し、あの海中の塔の重要性を補強する証拠になるはずだった。

「ちょっと、ご主人」と一正は丁子の枝を集めている男に呼びかけ、噴火で焼け落ちたという旧ビアクの町の場所を尋ねた。

「昔のビアク？」と男は怪訝《けげん》な顔をした。人差し指で自分の足先を差す。

「ここさ」

「ここ？」

三人いっぺんに声を上げた。

「だって、畑じゃないの。畑だけじゃなくて、丁子の木まで……」と人見が、長閑《のどか》な台地に広がる田園風景を見回す。

「昔のビアクだと言っただろう。レストランやホテルを探しているならあっちだ」と港の方向を指差す。

「いや、建物の跡や廃墟などが残っているのではないかと」と藤井が男に尋ねる。

男は黙って足下を指す。

「焼けちまったよ、何もかも。モスクも、学校も、店も、もちろん人々の家も。何もかも。焼けた風と石と砂が襲ってきたんだ。すべてのものに火がつき、すべてのものが崩れた。そして何もなくなった」

瓦礫の町の上には、火砕流に含まれた岩や石が積み重なり、さらにその上に火山灰が降り積もる。それが数世紀も前のことではなく、わずか四十八年前のことと思えば、長閑な田園風景にも何ともいえない無常感が漂う。

「それでここを畑にしてしまったってわけなのか」

「ああ。農民なら放っておくものか」

丁子を収穫している男がうなずいた。

緑野に目をやり、一正たちは三人揃って気落ちして首を振った。かつての都市の跡など何もない。たとえあったにしても、人が作物を育てている土の下を勝手に掘り返したりはできない。

「噴火があって、町が焼けて、火山灰が降り積もり、雨が降る。親父たちの話によれば、そりゃいろいろなことがあったそうだ。しかししばらくしたら火山灰の降った後は、真っ黒な土になる。政府の役人は、危ないから入るなだの何だの、いろいろ言う。だが海岸近くのプランテーションの痩せた土地なんかより、よほど良く作物が育つ。あっちは高価な化学肥料をトラックで運び入れなきゃ何も育たないが、ここならそんなものはいらない。噴火したらそのときはそのときさ。いつ噴火するかなんぞアッラーにしかわからない。そんなことを考えてもしかたない」

「火山灰地が、畑になんかなりますかね」

藤井が首を傾げた。

「ジャワやバリなんか、そうだね。私が見た限り」と一正は答えた。

日本で降るケイ素が多く含まれた火山灰と違い、こちらのものはミネラル分に富んでいるから噴火の後は豊かな実りをもたらす。

「土は肥えてるが、その分、余計なものも多い。石ころや岩、それに瓦礫だらけなんだ。親父やお袋たちはそれを取り除いた。来る日も来る日も。子供の頃の話さ。土に交じった邪魔なものをせっせと拾って、積み上げた」

得意げに段々畑の石垣を指差す。

「そのおかげでどうだ、今度のサイクロンが来たって、土は流れ出さなかった。立派なものだろう」

「なるほど」

振り返ったとき藤井はすでにそこにいなかった。石垣の端に跪いてそこに積まれたものに目を凝らしている。

あっ、と声を上げ、人見もそちらに走っていく。

ようやく一正も気づいた。都市の発掘を、この男の父や母がやってくれたのだ。

ミネラルを含んだ火山灰土を耕し、植物の根にとって邪魔になるものをその手で取り除いた。火山石、火山岩、そして都市の瓦礫を取り除いた。その瓦礫こそ、古い町の古い建物のものだ。その中には海底にあったヒンドゥーの塔に似たものや、それに類するものが交じっているかもしれない。

一正もそちらに行き、石垣に目を凝らす。丸いもの、端の尖ったもの、小さなかけら、大きな塊、植物根の生長を阻害するあらゆるものが、泥とともに詰まった堅牢な壁だ。

瓦礫は容易に見つかった。わずかにペンキの残るセメントのかけら、コンクリートブロックの破片、高温の火砕流によって溶けて丸まったガラス。そうしたものが石や岩と一緒に積み上げられている。

藤井が無意識なのか、うなり声を発しながら、石や瓦礫を一つ一つ確認していく。

「これは？」と、人見が積み上げられた石の一つに触れる。黒っぽい肌に無数の穴がある。「ただの火山弾」と藤井が一瞥して答えた。

瓦礫は確かにある。コンクリートのかけらもある。だが、あの水中の塔の素材であった古代のコンクリートではない。セメント部分が練り込まれ、粒ぞろいの砂利や砂の入ったまぎれもない現代コンクリートだ。旧ビアクも、決して古代まで遡れるような町ではなかったのか……。

人見が息を吐き出して立ち上がる。

「楽しいピクニックだったわね」

火砕流台地に作られた見事な畑と丁子の林を振り返りながら、三人は道を下り始める。

「半日の休暇をもらったと思いましょう」

藤井が肩をすくめて、ボルヴィックを飲んだ。

「だから何もないと言ったじゃないか」

戻ってきた三人の様子から、収穫がなかったことを察知したらしい。アハメドが、幾分か同情するように言った。

何の収穫も無いまま町に帰る前に、一行は博物館に寄った。以前、一正が来たときのまま展示替えもなく、ほこりっぽい文物が並んでいるだけだったが、今回、敷地には高貴な香りが漂っていた。聖木の丁子が花をつけている。こちらは木のてっぺんではなく、長く伸びた枝の先端に細長い蕾がついている。

「すてき」

何気なく頭上の枝に手を伸ばした人見の腕を、アハメドが乱暴に摑んだ。

「聖木だぞ。絶対に枝を折ったり花を摘んだりするな」

「ごめんなさい、ちょっと匂いを嗅いでみたかっただけ」

「それもだめだ。黙って敬え」

あまりの剣幕に何か言い返したり、質問したりすることはできない。

何とか土産物屋に連れて行こうとするアハメドを振り切って三人はそのままホテルに戻った。

翌日、午前中にプラガダンの漁師が入院している病院に行った。玄関フロアに足を踏み入れたとたんに、ケワンの怒鳴り声が聞こえていた。

松葉杖をついた漁師の脇で、ケワンが受付のスタッフと言い争っていた。

ケワンと漁師は、病院の会計係に「高すぎる、もう少しまけろ」と交渉していたのだという。

「市場じゃないんだぞ。いい加減にしろ」と一正は舌打ちし、自分の財布から金を出して支払いを済ます。

長老の一人が村人から集めた金に、一正たちが多少援助した程度で治療費は賄えた。

それにしても退院が早過ぎるのではないか、と、ギプスで固められた漁師の足を見ていると、病院のスタッフが、漁師が病室内で他の患者とばくちを始めた挙げ句、喧嘩騒ぎを起こして強制退院となったのだと、眉間に皺を刻んで説明した。

「こっちだって、いたくねえや、こんなとこ」と吐き捨てるように言うと、漁師は病院を後にする。

一正たちも機材などをプラガダンに置きっぱなしにしているため、彼と一緒にケワンの船に乗せてもらい、いったんそちらに戻ることにした。ところがこの日、ケワンは治療費を払いに来ただけなので、手こぎ船に乗っている。その船に強制退院させられた漁師も含め、四人も乗せられない。そこで漁師をプラガダンまで送り、午後、潮が満ちた頃、動力船で再び迎えにくることになった。

いったんホテルに戻ろうとすると、背後でクラクションが鳴った。

アハメドが運転席から顔を出して手を振っている。

「旦那たち、こんな暑いところを歩いていると倒れるぞ。ホテルまで乗せてやるよ、金はいらない」

断りかけたが、「無理は禁物です」と藤井が勝手に後部ドアを開けて、人見を乗せ、自分も乗り込んだ。

ホテルに送ると言ったにもかかわらずアハメドは勝手に車を大回りさせる。

客がパダンに戻る前に、どうしても島内で土産物を買わせてリベートを取ろうという算段だ。

ガイド料などいらないから、まだ行っていない島内の見所を案内するという強硬な申し出に折れ、一正は車の助手席で居眠りを始める。エンジンを吹かし車は曲がりくねった道を登っていく。

そのとき人見が「停めて、停めて」と甲高い声を上げた。驚いて目覚めると人見が道沿いにある民家の軒先を指差した。

台の上に、巨大なジャックフルーツがいくつも転がされ、売られている。ホテルに持ち帰って食べるつもりらしい。

比較的古い集落なのだろう。一帯はセメントやコンクリートの家ではなく、木造家屋が並んでいる。

「さすが女性は食べ物にはめざといな」

嬉々としてその巨大な果物を買っている人見の方を眺めながら、藤井がつぶやくともなく言う。

彼女が金を払っている間に、一正は車を下り、あたりの家々を見るともなく見る。

木造の家々は、ケワンたちが住んでいる家のような高床式ではなく、コンクリート土台の普通の平屋建て住宅だ。高温多湿の気候で、高床式住宅は理にかなっているようだが、家畜を飼うことを前提としたそうした伝統的家屋は、最近では急速に減っている。

ペンキを塗った差し渡し一メートルほどの立方体の箱のようなものが、住居脇にある櫓《やぐら》の上に乗っているのは、雨水を溜める給水タンクだ。アハメドによれば水道は引かれているが、衣服や体を洗ったり、トイレの水にはそちらを使うらしい。

何の変哲もない住宅の一軒に、そのとき一正の五感が反応した。視覚よりもまず五感でそれを認めたのは、長く建設業に携わってきた者の習い性だ。

水色のペイントがはがれかけ、長年風雨にさらされてきたことをうかがわせる古ぼけた木造住宅。それが乗っている土台は、高さにして四十センチくらいだ。格別目立つところもないが、古ぼけたその家だけ、土台の一部に石が使われている。

コンクリートブロック二つ分ほどの大きさの石灰岩の肌を見たとき、肌の上にひりひりと電流が流れるような気がした。

走り寄り、しゃがみ込む。直方体の切石の摩耗した縁に目を凝らす。

「ちょっと」

藤井に手招きする。彼の方も即座に気づいたようだ。目つきが変わっていた。

背後で声がした。人見が何か答えている。島の言葉だ。

女が数人集まって、他人の家の土台の前にしゃがみ込み、指で土台の石をひっかいている男二人を指差している。

藤井が我に返ったように立ち上がり、自分たちは怪しいものではない、と慌てふためいて英語で説明している。

女たちは笑うばかりだ。それだけでなく一正より一回り若い藤井の背中を叩いたり、肩を突いたりしてからかっている。

「いえ、別に覗きなどするつもりではないんです」

一正がインドネシア語で必死で訴えると、ますます笑う。

「あの人たち、なにをしているの、みたいなこと聞かれたから、彼らは日本人で、石が大好きなの、と説明したのよ。そうしたら隣の島の野蛮人と同じだって」

周辺の島々には、新石器時代の伝統を受け継ぐ人々が住んでいると人見が説明する。

藤井と顔を見合わせた。少ない現地語のボキャブラリーで、うまい言い訳をしたようだが、正確な説明とは言えない。

藤井が視線で合図して、再び石の脇にしゃがみこんだ。どれもサイズの揃った、直方体の石灰岩だ。いや、あの海中の塔の素材からして、表面だけが石灰石で、中は古代コンクリートかもしれない。

不意に背後から肩を摑まれた。

振り返ると男だ。つば無しの黒帽子をかぶり、髭を生やした中年男が、険しい視線で二人を見下ろしている。慌てて飛び退き、「何も悪いことはしていません。土台の石が珍しかったもので」と一正は平謝りに謝る。

「中国人か？」

男は尋ねた。

「いえ、日本人」

「日本からこの島に何しに来た？」

訛《なま》りの強い英語の問いに、「観光です」と藤井が答える。

「いえ……」そうじゃなくてれっきとした調査、と言いそうになったとき、背後から人見に思い切り足を蹴飛ばされた。それでようやく、無許可で遺跡調査などするのは犯罪だったのだ、と思い出した。

「中に入れ」

男はにこりともせずに、玄関の方向に二人を押しやる。それから人見に気づき、極めて優雅な手つきで、どうぞ、というように入り口を示した。

「靴はここで脱いで」

男は指示する。中国系とは異なるマレー人の習慣だ。自分が立っている玄関前の踏み石に視線を落とした瞬間、藤井の動作が止まった。

上部がアーチ型の平たい石だ。

「やだ、墓石みたい」

人見が片方の掌を口元に当てた。

「確かに日本の古い墓石にあるね、こういうの」

「いや」

藤井がかぶりをふり、アーチの上部を指差す。その部分は石面が切断されたのではなく欠けている。

「尖っていたのですよ、この部分。キューピーの頭のように。だから欠けた」

元の形は容易に想像できた。石仏を刻んだ石だ。いや、仏ではなくヒンドゥーの神かもしれない。平らな面からして彫刻面を下にして土の上に埋め込んであるらしい。

ということは石を掘り出せば、裏面には神像か仏像が彫刻されているはずだ。藤井が目配せしてくる。一正はうなずく。

窓を開け放した室内の布の敷物の上に一正たちは座る。待っていたかのようにコーヒーを出された。インスタントで大量の砂糖が入っていた。

お茶請けのピーナツをかじりながら藤井が手際良く自己紹介をし、接待への礼を述べる。

「観光って、いったい人の家の土台など見て、何が面白いんだ？」

疑わしそうに男は尋ねた。

「家の土台にこの島の歴史が見えたのです」

英語で藤井が答え、一正がインドネシア語に訳す。

「シュリヴィジャヤ王朝やシャイレーンドラ王朝よりさらに古い古代王朝が、ここにあったのかもしれない。その歴史が、この家の土台の石に刻まれていたのです」

「なんだそれは？」

主人は妙な顔をした。

「ここの歴史は我々の歴史だ。あるとき我々の祖先がアラビアから……」

その先は、この島の人々が話す彼らのルーツだった。

少し苛立った様子ながら、藤井は男の話の腰を折らずにうなずいている。男は最後に付け加えた。

「だから、ここに、ジャワやスマトラにあるような遺跡などあるはずがない。そもそもシュリヴィジャヤ王朝なんてものは、ヒンドゥーの王国だぞ。ここは我々の島だ。我々が来るまでは無人島だった。不毛の地だった」

いや、シュリヴィジャヤは仏教王国、という言葉を一正は呑み込んだ。そんなことはどうでも良い。

藤井は即座に空気を読んだ。

「わかりました。ご教示ありがとうございます。それでここの島の石には、ときおり優れた彫刻がされているものがあるように思いまして。たとえばさきほど玄関で我々が靴を脱いだ、あの踏み石ですが」

「石を刻むのは、隣の島の住人だ。首狩り族の子孫たちだよ。我々は文明人だ」

「失礼。彫刻というか、私は昔の人間が細工した石を探しているのです。お宅の玄関前の踏み石にそれらしきものがあったのですが」

「細工も何もない。ただの石ころだ」

「はい。石ころです。私はその石ころを研究している者です」

生真面目な顔で藤井が応じる。

「この家は若い頃、親父と二人で建てたんだ」

男は藤井の言葉を遮ると、壁にかかっている老人の写真に目をやる。それが彼の父親らしい。

「できることならうちも、周りの他の家と同様、コンクリートの土台にしたかった。コンクリート土台のコンクリートの家を建てたかったのだが、残念ながら金がない。それでコンクリートブロックの代わりに石を使った。みっともないので、あまり話したくない。あんたたちのような物好きな客が現れたのは驚きだ」

「いったいどうされたのですか、土台の石は」

藤井が床を指差し、せっつくように尋ねる。

「拾ってきたに決まっているじゃないか。石に金を払うバカはいない」

いや、普通ならコンクリートブロックの方が安い、という言葉を一旦は呑み込み、藤井は「どこで？」と尋ねる。

「裏の山さ」

男は窓の向こうを指差した。

「森の中に、こういう石がごろごろしているところがある」

人見と一正は顔を見合わせた。

「アンコールワットだ」

二人同時にその言葉を口にすると、藤井が冷めた視線を一瞬こちらに投げかけ、「案内してください」と男に頼む。

「案内もなにも……」と男は初めて笑った。

「すぐそこだから。こんな重い物を遠くから引きずってこられない」

「その前に、お願いが」

藤井が丁重な英語で話し、一正がインドネシア語に訳す。

「あの玄関前の踏み石を掘らせてくれませんか」

不審そうな顔で相手は一正の顔を見る。一正は、我々は日本の観光客でこの国の石に興味があるので、掘り出してよく見たい、と頼む。

「だめだ」

主人はいかめしい表情で答えた。

「あれを掘られたら、うちの者は何を台にして靴を脱ぐ？」

「いえ、掘った後は元に戻しますので」

男は不信感いっぱいの目で、一正を睨《ね》め付ける。

「いったいあんたたちは何のために他人の家の土台だの、踏み石に興味を持つ？　あんたたちは本当にただの観光客なのか」

「もしかすると、あの敷石の裏に彫刻があるのではないかと思いまして。美しい神の像や、風景など。

まさにあなたがたインドネシア国民のルーツの」

一正は藤井と同じ説明をした。

男は憤然とした表情で、鼻の穴から息を吐き出した。

「彫刻だと？　この国に石像があることは知っている。しかしそもそも神の姿を石に刻むなど許されることではない」

確かにインドネシアは世界最大のイスラム国家だ。だが、スハルト政権下でヒンドゥーや仏教などの古代遺跡は、国民統合の象徴として扱われ、インドネシア国民は中華系の仏教徒、バリ人などのヒンドゥー教徒はもちろんのこと、多数派のムスリムに至るまで、それこそが大切にすべき民族の歴史であり誇りであると、徹底して教育された。一正は、まさにそうした国家政策の下、日本のＯＤＡ事業のど真ん中で、ボロブドゥール遺跡公園整備事業に関わってきたのだ。もちろんその遺跡が爆破されたことはあったが、そんなことをするのはまともなインドネシア人ではないし、まともなイスラム教徒でもないと信じていた。

「でも私たちは、彫刻や石が大好きなの。掘って写真だけ撮ったら、完全に元通りにするから、お願いですから、掘らせてください」

人見が微笑みながら手を合わせた。この家の主人は女性の訴えも敢然と無視した。

「ただとは言いません」

すかさず一正は言葉を発した。藤井と人見が不安そうな視線を向けてきた。

「二十万ルピアでどうですか？」

行儀の良い大学の先生には理解できない、アジアンビジネスの作法だ。

「それでわしは石を売るのか」

「いや、とんでもない。掘り返して、写真を撮らせていただきたいのです」

「別に、かまわんが……」

不服そうだが、男は機嫌を直したようではある。

男は外に出ると、近所の家のドアを叩いてまわり、数人の中年の男たちを連れてきた。てっきり監視かと思っていると、彼らは手にした鍬やシャベルで掘り返すのを手伝ってくれた。そのときになって二十万ルピアという金額が、町のレストランでは微々たる額でも、一般島民にはそれなりの大金であることを知った。

「ああ、私がやるから」

藤井が悲鳴のような声を上げて駆け寄る。彼ら考古学者にとって、ここの人々のやり方はいささか手荒すぎる。

平たい墓石のようなものを土から掘り上げ、ひっくり返した。

とたんに一正は腰から下の力が抜けるのを感じた。

無意識に失望の声を上げていた。

土に半ば埋まっていた面にあったのは、像が削られた痕と思しき平らな面だけだった。

この腐れムスリムどもが、という言葉が喉もとまで上がってきたのをぐっとこらえる。てめえら、具象彫刻から絵画まで何でも壊しやがるのか、と思わず日本語でつぶやくと、藤井が「いや、そんなことをするのは過激な連中だけです。ここの人々は敬虔ではあっても過激派ではないと思います」と言い、掌で平らな面の泥をこすり取った。藤井は、顔を近づける。それから顔を上げた。目が輝いていた。

「文字です、文字が刻まれている。これは石碑です、石碑」

偶像崇拝を否定するムスリムが像を削ったわけではなかった。最初からそこに仏像やヒンドゥーの神像はなく、平らな面には文字が刻んであったのだ。

しかし目を凝らしても、一正にはそこにあるものがただのひっかき傷にしか見えない。

「古代マレー語かしら？」と人見が首を傾げ、傍らの男に何か尋ねるが、相手は「知らんね」と言わんばかりに、肩をすくめる。

「いよいよ出たか」と一正は、その面を擦《こす》った。藤井が自分の鞄からボルヴィックのボトルを取り出し、中身が無いとわかるや、一正の抱えていた一リットル入りの大ボトルを無言でひったくり、表面を洗い流す。確かに文字が刻まれている。いささか不鮮明だが。

「持っていって解読しますか？　だがクレーンはいらないにしても台車でも無ければ運べないな」

藤井は痙攣《けいれん》するように首を横に振った。

「そういう問題じゃないですよ。我々が動かしたら文化財泥棒で逮捕されます。これこそ速やかに州の遺物保護局に報告する発見だ……」

文字の彫られた面をデジタルカメラで数枚撮影した後、藤井はバックパックから、紙と鉛筆を取り出す。石の面にその薄い紙を置くと、鉛筆の芯を斜めにして全体を薄く塗っていく。文字の部分が白く、くっきりと浮き出た。

「へえ、拓本取るんじゃないんだ」

「いえ、乾拓と言いましてね、これも採拓の一種です。もっとも本当はチョークを使うんですが、まさか海底遺跡調査で陸上の石碑をみつけるとは思ってなかったもので。墨や霧吹きがないから」

作業を終え、石を戻そうとすると男は止めた。

「ああ、そのままでいい、そのままで。後はわしらでやっておくから。それより二十万ルピア」

一正が払うと、男は金額を確かめ仲間に見せてうなずいた。

「それともう一つ頼み事があるのですが」と一正は、これらの石を持ってきた裏山に連れて行ってくれ、という藤井の頼みをインドネシア語で伝えた。

男を先頭に、一正たちは家々の間を抜け、雨水か下水かわからないものでぬかるんだ路地を横切り、ブヨのような虫や蚊が飛び回る林の中に入っていく。

道はすぐに途切れ、後はつる性植物が這い回る薄暗い林の中を、草をかき分けながら進む。

「ここらへんさ」

男は顎で示した。

見回したところ石のようなものは何もない。

「ここにあの石がごろごろしていた、と？」

男はうなずいた。

「ああ、あの家を建てた二、三十年前には」

「それじゃ、他の石は？」

詰問する口調で藤井が尋ねる。

「みんな持っていっちまったんだろう。四角いブロックだから、貧乏人にとっては土台にも使えるし、道路の敷石にも丁度いい」

「道路？」

「ああ」

「で、その道路の敷石はどうなってる？」

男は戸惑ったように答える。

「別にそのままだろう。剝がす必要はない」

「どこの道に使われた？」

「この一帯、全部さ。この二、三十年で、この島はずいぶん便利になった。少し前までは、内陸部はどこもかしこもジャングルと崖で、人が歩ける道さえなかったからな。海岸から海岸へと行くしかなかったさ」

そこまで言うと男は急にそわそわし始めた。

「もういいかな。まもなくお祈りの時間なんだ」

「わかりました。ありがとうございます」

一正は最敬礼して男を見送った。

藤井が大きなため息をついた。

「いくら法律で、埋蔵文化財が見つかったら二週間以内に政府に届けるべし、などとうたったところで、そんなものはただの便利な石だと思っている連中には通用しない。反対に貴重なものだと知っている者は売り飛ばしてしまう」

嘆きながら、急ぎ足で車の方に戻る。

車に乗り込むと一正は、このあたりで石畳の道はないか、とアハメドに尋ねた。

「石畳？」とアハメドは怪訝な顔で眉をひそめる。

「石畳というか、つまり石を敷いて道を作った場所だ」と藤井が言い直す。

「そんなものなら、この辺の道はみんなそうさ」

アハメドは片腕をぐるりと回して見せた。

「アスファルトじゃないか」

一正が言うと「そりゃそうさ」とうなずく。

「石を敷いた道なんて、車の乗り心地は悪いし、バイクで走れば危なくてしょうがない。十年くらい前からみんな舗装したんだ」

「で、その下の石は？」

「そのままさ。上からアスファルト舗装したんだから」

藤井が青い顔で視線を泳がせた。額に汗の粒が浮かんでいる。必ずしも暑さでやられただけではなさそうだ。


午後も遅くなってからケワンが船外機付きの船で一正たちを迎えに来た。

さっそく乗り込み、港を出たとたんに大きなうねりに持ち上げられた。嵐が抜けてから二日が経過しているのに、まだ波が高い。

「プラガダンは大丈夫だったのかい？」

「ああ、村は、な。壁がないから風が吹いたところで、後ろから前に抜ける。大事な物は洞窟に運ぶ。沖まで珊瑚があるから、みんな波を食っちまうので無事だ」

「食っちまう、か」

なかなか洒脱な表現だ、と一正は感心した。だがその場所をゴミで埋め立て、沖に堤防など作ったらどういうことになるのか。

土木の仕事をしてきたからこそわかる。中途半端な堤防では、高波がきたらひとたまりもない。むしろ水が引くまで時間がかかり、あたり一帯が何日も水浸しになる。計画したやつは何を考えているのだ、とあらためて頭に血が上る。

そのとき藤井がケワンの顔を凝視した。

「無事でなかったところがあるのですか」

ケワンは黙りこくって視線をそらせた。数秒してから、「旦那たちのテントや荷物は無事だ」と答えた。

「それでは何が？　あの水中の塔が？」

「多分大丈夫だ」

「では、何が？」

ケワンは答えない。何かまずい質問だったらしく、それきりケワンは口を閉ざした。村へは日が没する前に、ケワンいわく海神バイラヴァに魂を引き抜かれる前に、到着した。

村の様子がどこかおかしい。敏感な藤井が真っ先に何か感じたらしく、船から降りるのを躊躇するようなそぶりをした。

機材は無事だった。ケワンたちの家の裏手にある洞穴《ほらあな》に、船の燃料や工具類とともに、思いの外几帳面にしまい込まれていた。藤井のテントもきちんと畳まれてそこにあった。

だがケワンの家は静まりかえっており、マヒシャたちの姿がない。ケワンの親族らしい若い男と子供たちが一部屋に固まって寝息を立てており、起きている者はひそひそと話をしている。

静かなのはケワンの家だけではない。周りの家々の灯も消えている。

「悪いけど、今夜はこれを食べてくれ」とケワンは、吊したざるに入っているバナナの葉につつまれた物を差し出した。

「それはともかく、大人たちはどこに行ったんだ」

「親父は寄り合い、お袋たちは女神の家だ」

「女神の家ってどこ？」

人見が尋ねると、ケワンは厳粛な表情でかぶりを振って答えず、「今夜は何ももてなしてやれないし、イベントもない」と言う。

「何が起きた？」

一正が尋ねると、ケワンは「何もない。今朝、長老の一人が亡くなったんだ」と答える。

「まさかこの間の『戦争』で？」

「長老だと言っただろう。もう歳だ」

「それで男衆、女衆に別れて葬式か？」

ケワンは唇を引き結んだ。一正は続けた。

「いや、珍しいことじゃない。昔は俺の家の近所も、男衆が湯灌している間に、女衆が煮物を作って……」

遮るように低い声でケワンが答えた。

「余計なことを言うと、病気になるぞ」

「わかった」と人見が割って入り、一正を向こうに押しやる。

マヒシャやケワンの父親、ボラだけでなく、この夜は姉のエダも家にいない。ケワンもどこかに行った。

「静かですね」

藤井が警戒するように、あたりの薄暗がりに視線を巡らせる。

「嵐も去って、火山も今のところおとなしいですね」と一正は、窓に寄って首を外に突き出す。

無数の星が鋭い光を放ってまたたいていたが、当然のことながら山の様子はわからない。

そのとき突然ひらめいて、室内の藤井たちの方に向き直った。

「ビアクのホテルのじいさんの話では、五十年前の噴火のときに、この村の老婆が火山に登って儀式を行ったとか言ってましたよね」

「同調したムスリムまでが噴火を止めるために火口に山羊を投げ込んだって、あの話ですか」と藤井がくすりと笑う。

「イスラムなんてこの島の表層よ。いえ、インドネシアという国の表層に過ぎない」と人見が鋭い口調で遮って続けた。

「イスラムの一枚下には、ヒンドゥーや仏教が埋まっていて、一番奥底にはそれぞれの地域の土着の信仰があるのよ。この島の人たちの心の根っこ部分にあるのは火山への信仰。だから噴火が起きそうになって恐怖がつのると、山羊でも何でも投げ込んで鎮めようとするのよ」

「文化というのは、常にそうした重層的なものなのでしょうね」と藤井がうなずいた。

「で、問題は、昔ながらの火山信仰を頑固に貫くこの村の人々が、なぜ火山の麓に住まずに、こんな海辺に暮らしているかってことです」と一正は二人に問いかける。

「そりゃ危険だからというのが最大の理由でしょう」

「イスラムに改宗した人々に、排斥されたというのもあるかもしれないわね」

ちっちっち、と言いながら一正は人差し指を左右に振った。

「人見先生でもわかりませんかね？」

「何が？」

不審顔の人見に向かい、得意満面に自分の発見を語る。

「鍵はあの場所ですよ」

「あの場所？」

「祭りの夜にマヒシャたちが入っていった海。まさにお伺いを立てていたあそこ」

「ああ。あの危ない場所」

自分たちの軽率な行動が招いたダツによる怪我やひどい二日酔い、国の調査の中断、失敗。そして一正は浜の砂にはまって危うく死にかけた。

「だけど、その直前に私は見たんですよ。目の前の緑の密林、それが切れて、あの浅瀬に立つとちょうど見えるんだな、まさにネピ富士が。小イスカンダルなんていう散文的な名前じゃない、まさにネピ富士だ。あの火山が」

「ご神体の山を拝める聖地だった、というわけね、あの入り江の水の中が。水中ではないけれど、沖縄の御嶽《うたき》を思い出すわね」

「うたき？」

「沖縄の聖域で、ノロやユタといった女性のシャーマンによって祭られているの。王国時代は男子禁制の場所で、今でも一定の場所までしか男が入れないところもある。自然石や泉みたいなものが、ご神体であったり、神のよりしろとして祭られているんだけれど」

「泉だって？」

マヒシャたちが海中に入っていった浜には、たしかに真水が噴き出していた。その噴き出し口の砂にはまって、一正は溺れかけたのだ。

「ええ。あの祭りの夜のマヒシャたちの姿が、もちろん服装も儀礼の内容もぜんぜん違うんだけど、若い頃、フィールドワークで入った沖縄の光景に重なったの。久高島《くだかじま》のイザイホーや、女の子のお節句の浜下《はまお》りとか……」

人見が顔を上げ、一正をみつめた。

「女性のシャーマン、荒ぶる女神、女神を祭る聖地。沖縄だけじゃなくて、イザナギ、イザナミ神話から、妹《いも》の力へと繋がる。インドネシアから琉球、極東の日本まで、女の文化が海の道で結ばれているのよ。考えただけでぞくぞくしない？」

女性の、女の、と言われたところで、一正にはぴんと来ない。正直退屈な話だった。しかし人見は五十間近の「教授」とは思えない、ひどく初々しい笑顔で話し続ける。

「よくわからないけれど、それが学者のロマンですか」

「そう、ロマンよ。でもロマンのままでは学問として成立しない。だから地道な調査作業があるの」

「そんなものですか」と一正はうなずき、藤井がうつむいて、そっとあくびをかみ殺す。

「ちょっとごめんなさいよ」

一正は二人に断ると立ち上がり、子供や独身男の寝ている部屋に入った。倒れるように床に横になる。

熱帯の陽差しには慣れているが、この日は格別に疲れていた。足や腰が怠《だる》く食欲もない。ケワンに渡されたバナナの葉に包まれた食べ物に手をつけることもなかった。そのまままたちまち眠りに落ちた。

どれだけ寝たのか。妙に暑くて目覚めた。

頭痛がする。マラリアかデング熱か、と不安になったが、すぐにまた眠りに落ちる。

再び眠ったとき、揺り起こされた。

女だというのがわかった。油断した、と慌てて起き上がる。

エダが戻ってきた……。藤井のテントで寝かせてもらえば良かった、と後悔した。

「ちょっといい？」という言葉は日本語だ。人見だった。

「ちょっと来て」

外に連れ出される。くらりと眩暈《めまい》がして、高床式住居の階段から転げ落ちそうになった。

まだだれも戻ってきていない。

二人で藤井のテントに行った。藤井はＬＥＤライトの下で、キーボードを叩いていた。

「女の人たちが集まっているところに行ったの」

人見がささやく。藤井が手を止め、こちらに向き直った。

「ああ、葬式の準備を手伝っていたのですか」

「集落の中に女性の集会所みたいなのがあるの？」

藤井と一正が、それぞれ同時に尋ねた。

「女神の家とケワンが言っていたけれど、家はなかった。浜よ。まさにあの入り江に面した浜」

「そこで彼女たちは何を？」

藤井が尋ねた。

「寄り合い。『神殿が壊されてしまった、これはとんでもないことが起きる、私たちはどうやってお祀りしたらいいのか』、と、私の語学力からするとそのくらいしかわからなかったけど、とにかくそんなことを深刻に話し合っていた」

「神殿とか家は、必ずしも建築物とは限らないでしょう。もっと象徴的なものじゃないですか？　壊された、というのは、穢《けが》されたと同義かもしれない。穢されるというのは、僕たちが入ってきたことと関係がある可能性もある」

藤井が慎重な口調で語る。

「いや、物理的に壊されたんだよ」と一正は一蹴した。

「集会所が浜ってことは、あれですよ、昨日の爆発で、海中にある何かが壊れたんだ。小さな祠みたいなものがあの場所に確かにあった。私は見たんですよ、あのダツに飛び込まれた夜に。マヒシャたちが礼拝だか、禊《みそ》ぎだかを水底でやっていて、その先に石造りの祠が確かにあって火が燃えていた」

藤井が冷めた視線でこちらを一瞥した。

「いや、確かに。そりゃ、こっちの頭がイカれてましたよ、あのときは。でも、変な物は見たけれど、幻を見せるような何かが存在したってことは、考えられる」

「それはともかく」と藤井が人見の方に顔を向けた。「あの場所を覗きに行って、よく村人にみつかりませんでしたね」

「覗いてなんかいないわよ。同席していたけれど、だれも私に注目しなかった」

「同じ村のケワンでさえ、滅多なことを口にできない女神がらみの集会ですよね。なぜ余所者の人見さんが入っていって何も言われないんだ」

一正が首を傾げると、「女だから」と、こともなげに人見は答えた。

「はあ、女ですか」

もうどうでもいいような気持ちになり、一正は藤井のシートの上に横になる。体中、だるくてやっていられない。

「大丈夫ですか」と首筋に当てられた手は藤井のもので、わかってはいるが、男の手で触れられることに、一正は何とはなしに失望を覚える。

「特に発熱しているという感じではないから、やはり疲労ですかね、それとも何か感染症かな」と藤井が人見に尋ねている。

「一晩寝れば治ります」

一正は根拠のない自信とともに答え、藤井に薬と水をもらって飲むと眠りについた。


翌朝、目覚めると気分はだいぶよくなっていた。

ケワンが朝一番でやってきて、申し訳ないが今日一日は船を出せないし、相手もできない、と告げた。昨日亡くなった長老の葬儀があるのだと言う。

「俺の家には、勝手に出入りしてかまわない。置いてある飯を食べていいし、昼寝していてもいい。海に入れば、魚もたくさんいる」と、小船が何艘か引き上げてある目の前の浜を指差した。

「船は出してやれないので『ボロブドゥール』は見せられないけど」とすまなそうに付け加えた。

「その、俺たちも葬儀に参加はできないかな。村に世話になってるわけだし、線香の一つでも手向《たむ》けてやりたいんだ」

躊躇しながら一正は申し出た。ここでは線香など手向けないということくらいは知っているが、気持ちだ。

「いや」

ケワンは思いの外、強い口調で言った。

「葬儀の場にだけは絶対入らないでくれ。仕切りがあるので、その外にいて欲しいんだ」

「仕切りって？」

人見の視線が動いた。

「だから仕切りは仕切りさ」

「フェンスか目隠しでも？」

一正が尋ねると、「そんなものはない。目に見えない仕切りだ」と言う。

「結界ですよ。物理的な障壁ではなく」と藤井が解説してから、人見の方に顔を向けた。

「ご専門なのに、残念ですね」

「焦ることはないのよ」と人見はうなずく。

ケワンを見送った後、藤井は持ってきたパソコンの前に座り、人見はケワンの家に戻る。一正は、フィンやマスクをケースから取り出し、藤井に「午前中に、一本、やりませんか？」と誘った。「せっかくのチャンスですから」

いずれにせよ、ケワンの予定が空かないかぎり、船は出せないので、調査することもビアクの町に帰ることもできない。

「一本ったって、ケワン君がいないんだからボートを出せないでしょう」

藤井はパソコンの画面をみつめたまま素っ気なく答えた。

「いえ、あっちに潜ろうかと」と月夜の晩に女たちが潜っていた入り江の方を指差す。

藤井がこちらを一瞥し肩をすくめた。

「性懲りもなく……」

「今の時間帯なら、ダツに飛び込まれることはないし、真水の湧き出す危険な砂地の場所はわかっているから大丈夫です。ケワンだって葬儀の場には来るなと言ってたけれど、あそこに行くなとは言ってない。何より今なら女どもも葬儀に出ていて、あそこにはいない。私はあの晩の光景がとにかく不思議で、何としても突き止めたいんですよ」

藤井はパソコンの電源を落とした。

この男を一人で行かせたらまた何をやらかすかわからない、とでも言いたげに、無言でダイビング機材に手をかける。

「そんな大げさなものはいりませんよ。水深はせいぜい一メートル四、五十センチですから」

疑わしげに眉を寄せた藤井と二人、スイムパンツにラッシュガードといった軽装にフィンをぶら下げて入り江に向かう。それでも万一、砂に飲み込まれたときの用心にロープも持った。

途中、ケワンの家に寄って、人見に声をかけたがだれも答えない。

「まさか、こっそり葬式を覗きに行ったのかな?」

「いや、連中と一緒ですよ。さっき供物の籠を提げて女性たちの中に入っていくのを見ました」

「ヤバくないですか?」

「あの人に何言っても無駄ですよ。人の言うことなど何も聞いてない。いつもあの調子なんで」

「しかしなぜ排除されないんだ。いくら女だって」

藤井は眉をひそめた。

「文化人類学をやってる人って、ちょっと変わってる人が多いんですが、逆にこういうところでは、受け入れられやすいのでしょう。調査の技法なのかもしれませんね。あるいは」と森の方をながめやって続けた。

「自分を透明にする術を持っているのかもしれませんよ」

一正は笑ったが、藤井は生真面目な表情のまま「いや、冗談じゃなくてね、象徴的な意味合いで」

と言う。

「大丈夫ですかね、連れ戻さなくて」

「我々が行ったら、それこそ危ないですよ。まあ、人見さんのことだから、首を狩られることはないでしょう」

そのまま二人で入り江に続く砂浜を歩いていく。

妙に息が弾む。弱みを見せるのもしゃくなので、大股で歩いていく。

海岸近くに建てられた高床式の家々は、どこも人が出払っている。葬儀は海岸から離れた森の中で行われているらしい。人々の歌とも祈りともつかぬ声、さらには供犠《くぎ》に使われるのだろうが、鶏の声も聞こえてくる。

集落が切れるとすぐに入り江の端に出る。

カミソリのように鋭い死んだ珊瑚を避けて、真っ白な浜に向かって藤井は歩いていく。

「だから、そっちからエントリーするのは危険だって」と一正は引き止める。

流砂のある浅瀬を避け、手前の岩場から入ろうとしてすぐに気づいた。

これまでになく波が荒い。勝手が違う。

「どうしました？」

「いや……」

反射的に空を見た。一点の雲もない。

「天気予報はどうだったっけ？」

「今朝、スマホで確認したところでは、特に崩れるとは言ってませんでしたね」

「荒れているような気がするんだ。潮の流れがやけに強い」

「こんなもんじゃないですか？　何しろインド洋に面してますから。慎重に行きましょう」

藤井は意に介した様子もなく、フィンを付けシュノーケルとマスクを装着した。

いや、あの夜も、浅瀬の砂に足を取られたときも、入り江の中は鏡のように、さざ波一つなかった……。

水に入った。視界が悪い。砂が白く巻いているのだ。

体が持っていかれる。かなり流れが強いと感じたが、そうではない。打ち寄せては引いていく波に翻弄されている。

こんなのは初めてだ。

以前、ダツに飛び込まれたときも、前回白砂に捕まったときも、ここは入り江を囲う岩の、長い鼻に守られた天然のプールのように、さざ波一つ立たない場所だった。

水面に顔を出す。

「まいったね、これだけ砂が巻いていると視界ゼロですよ」

藤井が笑った。波に翻弄されながら入り江の中央を目指す。ちょうど引き潮なので、寄せては返す波に体を任せていると自然に沖に運ばれていきそうになる。

さきほどより水が澄んできた。

そのとき海底の景色が何か変わっているように感じた。

やけに水深がある。このあたりの海底は深くてもせいぜいが一正の背丈くらいだったはずだ。

今は満潮ではない。潮は引いている時間帯だ。しかも陽光の下で青味を帯びて見えるはずの白砂の海底が黒っぽい。亀甲に似た模様が目に飛び込んできた。

目を凝らす。

人工物だ。まぎれもない。石畳の断片が見えた。

体を直角に折り曲げてジャックナイフの形で潜る。水深は三メートルくらいか。片手で海底の砂に触れる。石畳は続いていた。白砂の下に石畳が埋まっている。

藤井も気づいたようだ。近づき、二人で石畳の周りの砂を退かす。

しかし摑まる物のない体は波に揺られ、さらわれ、その場に留まることができない。手に触れた海底の岩のようなものを、反射的に摑んだ。それで何とか体を安定させる。砂が渦巻いているから視界は良くない。すぐに水面に出られる深さなので恐怖はないが、深かったらかなり危険だ。

藤井も隣に来て岩にしがみついた。

そのとき藤井が何か、必死で合図しているのに気づいた。片手で岩にしがみつき、空いている方の手で、一正が摑まっている岩を指差す。

「えっ　何だ？」

マスクの下の藤井の目が、じれたように訴えている。

「だから、何だよ」

藤井は片手でこちらに合図しようとして、波にさらわれそうになり、また慌ててしがみつく。

そのときになってようやく気づいた。

自分がしがみついているものは、ただの岩ではない。白い石灰岩の断面は、何の変哲もない岩だが、反対側は平らだ。つまり加工されている。

陸上で見た民家の土台や道路の敷石。それらのものに使われていたあの古代遺跡の断片と同じだ。しかも一辺が二メートルを越えた面をもっている。かなり大きな構造物の破片だ。

そのとき突風のように強い波が来た。何かを説明しかけた藤井の体が、破片から引きちぎられるようにしてさらわれていった。

慌てて手を放したとたんに一正の体も飛ばされた。さらわれるというよりは、本当に飛ばされ、次の瞬間、脇腹から太腿あたりに衝撃を受けた。

何かにぶつかった。海底のものではない。海底から突き出た石の構造物だ。

次は返す波によって再び岸へと戻された。

藤井とはぐれたことに危険を感じた。海面上に顔を出し、シュノーケルを口から外し、大きく息を吸う。

水面はさらに波が激しい。体が上下左右に揺られ、ただ浮いているだけで酔いそうだ。

一瞬、入り江から外海に出てしまったのかと思ったが、揺れる視界の中で白砂の浜はごく近いところにある。数メートル先に、やはり頭が一つ上下している。藤井だ。

両手で×を作ってみせた。これ以上は危険なのでとにかくいったん上がろう、という意味だ。

さきほどエントリーした岩場に戻ろうとした瞬間、不意を突かれたように引き波につかまった。体を持っていかれる前に海底近くまで潜る。

舞っていた砂のカーテンが割れていきなり視界が開けた。強い波が舞っていた砂をさらっていった。まず藤井の姿を、二、三メートルほど離れた場所にみとめて安心し、つぎに視線を下に転じて、目を疑った。

異様な景色が広がっている。

透明な青緑色の世界。寺院跡とおぼしき巨大な礎石。そこから延びる参道の石畳の道、さらに陸方向に延びた道。海底に複雑な幾何学模様を描いた建築物の土台らしきもの。

町だ。西洋や中東の町ではないから、このあたりに石造りの民家はない。だが寺院や家々の土台や道は石で作られている。

藤井に合図を送り、再びジャックナイフの形を取って潜る。半ば砂に埋もれた町の跡が目の前に迫ってきた。

礎石とおぼしきものの密度から、そこにあった町の繁栄ぶりが鮮やかに想像できた。

海のボロブドゥールの塔に刻みつけられていた町だと直感した。

旧ビアクの町は四十八年前に火山の噴火で壊滅したが、ここにあった町はその遥か昔に海底に沈んだ……。

ほぼ完全な形で残っている建築物もある。トウモロコシを立てたような白っぽい塔が数本建っている。ジャワ島のプランバナン遺跡に似たヒンドゥー寺院風の塔だが、全体的に小さい。

宮殿か寺院か、あるいはそれらの融合した建造物なのかわからないが、装飾的な物のまったくない、高さのある直方体の祠堂《しどう》のようなものもある。その外壁に簡素で急な階段が作られている。最上段にあるものを見て一正は小さく声を上げる。七十センチ四方くらいのごく小さな直方体。

あの夜、女たちが儀礼を行っていた小さな祠だ。

夢でも幻でもない。あの夜見た祠は、確かに存在したのだ。

せいぜいが、民家に備えつけられる大型の仏壇程度のサイズのこれの中には灯《あか》りがともり、女たちがその中に入っていった……。

周辺には石か古代コンクリートかわからない土台のみの民家跡とおぼしきものが、おびただしい密度で広がっている。土台からは、かつてそこにあった家々が古いインドの邸宅のように、狭い中庭を持っていたことがわかる。町を埋め尽くした家々の土台の隙間をごく狭い路地が走っている。

ダツに刺されたあの夜、一正はこんなものを見てはいない。このあたりにはさほどの水深もない白砂の海底がひろがっていた。その浅い海底に女たちは潜り、あるいは立っていた。波も流れもなかった。水中には祠のようなものがあって、その内部に松明《たいまつ》のようなオレンジ色の光が灯っているのが見えた。どこまでが幻覚かわからない。

白砂の浅い海底に見えたものが幻覚で、実はこんな青い遺構めいたものが存在していたのか、あるいは突然ここに出現したのか。

いったん浮上し、息を吸い込み再び潜ると藤井が水底から生えた塔にしがみつき、必死で体を支えて波に耐えている。

視界が再び曇り、次の瞬間、濃霧に呑み込まれたように一正の体は大量の砂とともに沖に向かってさらわれた。

水面上に出てシュノーケルの水を吐き出し呼吸しながら、水中に目を凝らす。再び視界は鮮明になった。

正面に圧倒的な深さの、きらめくこともない群青の空間が果てしなく広がっていた。

入り江と外海の境まで運ばれてきてしまったことを、その底知れぬ青色が物語っている。

すぐ脇はこの入り江を形作っている、長く伸びた岩場の先端だ。

入り江の外は危険だ。鮫がいるか、バラクーダの群れが回遊しているか、それ以前に速い潮流にさらわれる危険がある。

渾身の力でフィンを上下させ、一正は入り江の内側に戻ろうとする。その寸前に、青く透明な視野の底に、崩れた塀のようなものがあるのに気づいた。その周りに珊瑚やフジツボの類いがついているが、岩や珊瑚にしては奇妙に直線的な輪郭を見せながら、入り江を囲む岩場から伸びている。その塀のようなものは途中で切れていた。何か強力な一撃で蹴破られたように中央部分が崩壊している。

神殿が壊された、と女たちが嘆いていた、というのは、このことだったのか、と直感的に理解した。女たちが海底で儀式を繰り広げることのできる白砂の浅瀬がここの場所から消えた。しかしその白砂の下からは、驚くべきものが姿を現した。

再び潜り、崩れた遮蔽物に近づこうとしたが、その瞬間、波によって再び外海に放り出された。慌てて水面に戻り藤井の姿を探す。

確かに入り江の内側に戻ったはずだが、海底が遠い。さきほど見えた町の水深が三メートルほどだったがここはおそらく十メートルを越えている。澄んだ水を通して薄暗い海底に珊瑚と岩が見えるが町の跡はない。

そのとき脇腹をすり抜けるように白く潰れた泡が一つ上ってきた。

下方に目を凝らすと、青い視野の底に水の色を透かして暗緑色に見える藤井の黄色のラッシュガードが見えた。

おい、何をしている？

呼びかけても伝わるはずもなく、一正は上体を九十度に曲げると同時に足を水面に持ち上げて垂直姿勢を取り、一気に下りていく。途中、幾度も耳抜きする。タンクを背負わずに十メートルを潜るのは、慣れていないとかなりきつい。

青い磨りガラスに封じ込められたような景色の底に、灰褐色の欠片《かけら》がばらまかれている。それを調べていた藤井が「浮上する」というサインを送ってきた。だが一正はそれがただの欠片でないことを確信していた。

比較的小さな、漬物石ほどの欠片を摑み持ち上げる。

力強くフィンを動かし浮上しようとするが、虚しくフィンがしなるだけだ。巨大なウェイトを付けたようなものでまったく体が上がらない。ただでさえ十メートル近く潜ると、水圧で肺の中の空気が潰れるので自然な浮上はできない。

息が続かなくなり手にした物を捨て、海底を蹴って立ち泳ぎの姿勢でフィンを前後に動かす。

水面に出てシュノーケルとマスクをむしり取り、大きく息を吸い込んだ。

「無理ですね、重すぎる」

隣で浮いている藤井がかぶりを振る。

そのまま波にもまれながら浜まで泳いで上がると、一正はロープを手にして遮蔽物のあった岬の鼻部分まで歩いて引き返した。

棘《とげ》だらけの草の生えた歩きにくい岩の上を伝って入り江を囲む岩礁の先端まで来ると、一正は再びフィンを付け、ロープの端を胴体に結んで足から水中に飛び込む。いったん浮上し呼吸を整えてから潜っていく。耳抜きしながら海底にある欠片にロープを巻き付けて縛った後、それを引き上げるようにと、ロープを引いて藤井に合図する。

欠片に巻き付いたロープがピンと張った。ゆっくり浮いた後、急斜面の海底を這うようにコンクリートブロックほどの大きさの破片が移動していく。藤井がいるのは珊瑚や海藻の類いが張り付いた崖のような岩壁の上だ。斜面に引っかからないように、一正は息継ぎのための浮上を繰り返しながら欠片を支える。

欠片が無事に岩の上に引き上げられた。

それを見届けて一正は水中でフィンを脱ぎ、藤井に渡して岩の上に上がる。

頭の上に載せたマスクを外し、塩水に濡れた髪をなで上げると、いつになく高揚した笑みを浮かべている藤井とハイタッチした。

「やりましたね、加茂川さん。ものすごい発見ですよ」

「あっちは海のボロブドゥール、こっちは古代の町とどうやら人工の港だ。あのヒンドゥーの塔みたいなものは、ジャワのプランバナン遺跡にくらべればまったくちゃちだが、それだってこんなところにあるというのはすごいことだ」

「いや」と藤井が小さく首を横に振った。

「規模が小さいとか装飾性に乏しいということは、遺跡としての重要度には無関係です。一般的には時代が下るほどに大きく壮麗になってきますから」

「つまり、古い、と」

「そういうことです。インドネシアでは最古の部類にはいるかもしれない」

「しかも今回は証拠の品までここにある」

海底から引き上げた欠片の断面は、ざらついた不揃いな灰色の基質から、こぶし大の自然石の骨材が覗いている。期待以上のものだ。

「ゴミ処分場は、これで白紙撤回だ。さすがにこれをねつ造だ、という者はいないだろう」

一正は焼けた岩の上で、みるみる乾いていく欠片を肩に担ぐ。

「あ、僕が」と手を出した藤井に、「そっちの方を頼む」と岩の上に置かれたシュノーケリングの三点セットを顎で示す。

水中と違い、その欠片はずしりと肩に食い込むほど重いが、若い頃は現場でセメント袋を担いだ体だ。筋力には自信がある。

自分が担いでいるものが、本来なら許可無く運び去ることはもちろん、触れることさえ禁じられている「文化財」であることを思うと、むやみに気分が高揚してくる。

「スペイン金貨も瓦礫も、文化財には変わりないんですが、これはスペイン金貨より高価なものかもしれません」

いつになく興奮気味にしゃべりながら藤井は、輪にしたロープを肩にかけ、自分と一正のフィンやマスクなどを抱えて付いてくる。

それにしても暑い。肩に担いだコンクリート片が重い。息が弾む。生唾がわいてきて、脇の下あたりに気持ちの悪い汗が流れる。

「無理しない方がいいですよ」

背後から言葉をかけられ、意地になって姿勢を立て直したが、集落が見えてきたあたりで、たまらずに下ろした。

「大丈夫ですか、顔色真っ青ですよ」

駆け寄ってきた藤井は傍らの砂の上に荷物を下ろし、足下のコンクリート片を担いだ。ひょい、とまるで発泡スチロールでも扱うかのような軽々とした動作だ。一正は目をむいた。

「すぐに戻ってきますから、そこから動かないで」

命令するように言い残し、そのまま小走りに集落方面に歩いていく。逆光になった後ろ姿が陽射しの中に揺らいで溶ける。

いつか「細マッチョ」と自嘲めかして自慢したとおり、藤井は細く見えるがかなり体を鍛えている。それ以前に、一正は自分との年齢差を思い知った。

太陽が眩《まぶ》しい。ひどく気分が悪い。

結局、コンクリート片もスキンダイビングの三点セットも藤井に運ばせ、一正自身は這うようにして集落内に戻った。

ケワンの家の前まで来たが、まだだれも葬儀から帰っていない。鶏の鳴き声と羽音がするだけで、真昼の集落はしんとしずまり返っていた。

人見の姿もない。そのまま高床式住居の階下の、ひんやりした日陰に転がった。隣では巨大な豚が砂浴びをしている。

「だめです、こんなところで。病気になります、加茂川さん」

藤井に支えられるようにして身を起こし、彼のテントにたどりついた。

シートの上に倒れ込み、藤井にボトルを渡され、中の液体を飲む。生温くうすら甘いものだった。

「椰子？」

「スポーツドリンクをミネラルウォーターで割ったものですよ。こんなときにココヤシの果汁や村人の使っている瓶の水なんか飲んだら、とんでもないことになりますからね」

「いやぁ、情けない」

シートの上で大の字になる。

「いえ、慣れない環境で、しかもこの暑さですから。だれでもやられますよ」

俺はそんなヤワじゃない。この国にトータル十年以上住んで、ボロブドゥールの遺跡整備にかかわり……という言葉を、彼なりの分別で呑み込んだ。

「祟られたかな」

「まあ、禁断の聖所なのでしょうからね」

軽い口調で応じたところを見ると、そんな言い伝えなど藤井自身は気にもかけていないことがわかる。

「砂に埋もれた古代都市、その上で、マヒシャたちは祈りを捧げていた。祠だ、中でオレンジ色の火が燃えていた。水中でも燃える聖なる松明……」

頭上にあるアダンの実を見上げて、一正はつぶやく。

「大丈夫かな……」

藤井が首を傾げ、一正の肩を摑み揺すった。

「加茂川さん、加茂川さん、わかりますか。今、どこにいますか」

「大丈夫だ。うわごと言ってるわけじゃない、考えてるだけだよ。私はあの夜、海中で小さな祠を見た。しかし、それは祠なんかではなく、古代都市にある寺院の屋根の先端だった。マヒシャたちはつまりあの古代都市の住人の末裔で、たとえ町が海に沈み、砂に埋もれても、あの場所を守り続けた」

「さあ、その辺りは、人見さんの専門ですから、僕は」

相変わらずの冷めた口調で藤井は答え、自分のためにフリーズドライの米に、コッヘルで沸かした熱湯を注ぐ。

「五目ごはんですが、加茂川さんも食べますか」

「いや、けっこう」

匂いだけで気分が悪い。

「で、あのコンクリートだ」

呻くように言った。

「防潮堤ですね。昔あの石畳の町が陸地にあったころ、高潮から守るための」

藤井が断定した。

「いや、港の防波堤だ。沈んだ町は港に面していた。水深と地形の変化からしてそうだろう」

「港……ですか」

慎重な口調で藤井が同意する。

「入り江を囲んでいる岬先端から堤防を築いて人工の港を作ったんだよ。そう、海のボロブドゥールと同じだが、火山灰を突っ込んだ島特産水硬性コンクリートの威力が、遺憾なく発揮された海中の堤防だ。現代の感覚からすれば、せいぜいが船だまりの規模だが、あの入り江は立派な港だ。それで港町が作られた。家もある、店もある、寺院もある……」

「その港が、町もろとも海底に沈んだ、と？」

「まさにあれだよ。あの海中の塔に刻まれたレリーフ。人々が逃げ惑っている、あれだ。周囲から襲ってくるもの、あれは火砕流ではなくやはり水だったんだ」

藤井がうなずいた。

「あるとき想定外の大きさの高潮か津波が来て防波堤を乗り越えて、港も町も飲み込んでしまった。それであの古代の町は海底に沈んだと？」

「たとえ津波や高潮でやられたところで、水が引けば陸地に戻るはずだが、何かの理由で海に沈んでしまった。何だっけ？　ほらアトランティス大陸と超古代文明ですか」

「消えたアトランティスだっけ」

本人は意識していないのだろうが、鼻先で笑った後、藤井は真顔に戻って続けた。

「インドのタミル・ナードゥ州にマハーバリプラムという寺院があるのですが、元は海岸線にあった建物のかなりの部分が、紀元一〇〇〇年頃の地震と大津波で海底に沈みました。ジャマイカのポートロイヤルは、海賊ヘンリー・モーガンの本拠地でしたが、十七世紀の終わりに地震と津波で一瞬にして町の三分の二が海に飲み込まれた」

「一瞬で？」

一正が尋ねると藤井は「そう、ポートロイヤルの方は一瞬で。地盤の液状化現象が起きて」と答えた。

「ああ、確かにこの国でも、二〇一八年のスラウェシの地震が原因で大規模な地盤の崩壊や地滑りが起きているね。というわけで一時、いつの頃か知らないが、繁栄していた町は沈んでしまった。堤防も海の下だ。となると潮の満ち干で珊瑚の砂が入ってくる。しかし今度は防波堤のおかげで砂は出て行かない。とうとう底に積もった砂に町が埋められてしまった、ってわけだ」

「ところが今度の爆発で沈んでいた防波堤が崩れてしまった」と藤井が傍らに置かれたコンクリートの欠片を指差した。

爆弾漁の船が沈んで爆発し、それが海底にあった不発弾か機雷の類いの爆発を誘発したとすれば、築かれて数百年は経っているコンクリート構造物は容易に破壊される。

波荒い海と入り江を隔てていた古代の遮蔽壁が破れ、そこにサイクロンの直撃で波と潮流が入り江内部に奔流のように流れ込んできた。堆積した白砂が巻き上がり、外海へとさらわれていき、古代の町の跡が出現したのだ。

「おかげで水中考古学チームがやってきて掘る手間がはぶけたね」

一正の言葉に藤井は憂鬱げに眉を寄せた。

「また嵐でもくれば、いや、通常の潮の満ち引きでも、むき出しになった海底の遺跡、遺構の崩壊が一気に進んでしまう……」

「とっととジャカルタに戻って、ゴミ捨て場の件も含めて政府の歴史考古局に連絡をいれますか」と身を起こしかけたとたんに回転するような激しい眩暈に襲われた。

「だいじょうぶですか」と気遣わしげに藤井が顔をのぞき込んでくる。


眠りに落ち、目覚めると人見の顔があった。あたりはすでに暗い。

「大丈夫？　顔、むくんでるよ」

「祟りですよ、藤井さんから聞いたと思うけど」

口をきくのもだるくてろれつが回らない。

喉が渇いていた。人見が差し出したマグカップの中の液体を飲んだ。藤井が作ってくれたミネラルウォーターで割ったスポーツ飲料ではない。蓬《よもぎ》に似た香りとさわやかな苦みのお茶のようなものだ。

「うまいね」

「マヒシャが作ってくれたのよ。感染症に効くみたい」

「ちょっと。それはやめましょう」

慌てた藤井がマグカップを奪い取るが、空になっていると知り、吐息とともに首を振る。

「大丈夫よ、お酒じゃないから。彼女は村のお医者さんなのよ」

「呪術師でしょう」

「伝統医よ。いろいろな植物の調合で、傷や感染症の治療をするの。産婆も兼ねてる。村の女の人たちの何人かがそういう役割を負っている。母方の家系から引き継いでいくの。マヒシャはそういう女性たちのリーダーなの。一昨年あたりに別のお婆さんが亡くなって、その後を継いだんですって。具合が悪いなら、彼女に直接見てもらった方がいいわ」

「それだけは勘弁してください」

傍らで藤井が苦笑する。

「それはともかく、ものすごい発見をしたそうね」

「ええ、あんなの見たこともありません。処分場計画はこれで阻止できると信じたい」

「現場に立ち会えなくて残念」

「いずれ機会がありますよ」と藤井が微笑む。

いったん断ったにもかかわらず、その夜ケワンの家の裏手の小道を通って密林に分け入り、そこにある小さな祠の前で一正がマヒシャの「治療」を受けたのは、人見に強く勧められたこともあるが、さきほど飲んだ蓬に似た匂いの煎じ薬で、ずいぶん気分が良くなったからでもある。

「僕は勧めませんよ」と藤井が人見の手前、遠慮を見せながら止めた。

しかし気分が良くなってみると、一正の中で生来の野次馬根性が顔を出した。当初の目的を達成したという安心感もあった。

マヒシャたちと行動を共にしていた人見が祠まで案内してくれた。その後ろを、警戒心を滲ませて、藤井がついてくる。

木々の枝が覆い被さるような密林の中の道を二、三分も行かないうちに、目指す祠はあった。祠といっても、岩にうがたれた三畳ほどの洞窟で、入り口にバナナやミョウガに似た花、草を結んだようなものが供えてあるだけだ。

「それじゃ僕はここで待っています」

藤井が言って、手にした虫除けスプレーを手足に吹き付ける。

しかし、「大丈夫よ、藤井さんも入って」と人見に促され、気乗りしない風に洞窟内に入ってくる。

マヒシャは洞窟の入り口に竹製の衣桁《いこう》のようなものを置くと、それに布をかけ、外界との境とした。地面の上に油を入れた灯明が置かれ、正座した人見の興味津々な表情と不安げな藤井の顔を淡い灯りが照らし出している。

バナナの葉の繊維を編んだゴザの上にあぐらをかくようにマヒシャが指示した。

マヒシャの皺っぽい褐色の手が一正の全身を撫でまわす。顔や頭はもちろん、ズボンの上から局部まで平然と撫でる。居心地は悪いが、拒否したり照れたりするのもおかしいので、一正は神妙な顔で目を閉じている。

「肝臓が弱ってるね」

脇腹でぴたりと手を止めると、マヒシャは言った。呪術師のようなものだと思っていたのだが、意外にまともだ。

「悪いお酒を飲むからよ。それから働き過ぎ、しゃべりすぎ、遊び過ぎ、あんたは何もかも過ぎているね。すべては、今していることの半分でいいんだよ」

「はあ……」

日本はそういう社会なのだからしかたない。だれしも南の海の民のように生きられれば苦労はない。

「これ飲みなさい」と椀を差し出された。

煎じ薬のようなものだ。苦みを帯び、かすかに瓜のような匂いと甘みもある。まずくはない。

民間医のようなふるまいは、そこまでだった。一正の肩の辺りに目を凝らすと、マヒシャは不意に厳しい表情になり、顎を引いた。

「へんなものが取り憑いてるわね」

ぎょっとした。あの場所に潜ったのがばれたのかもしれない。反射的に右手で肩のあたりを払い、その後に一瞬でもオカルティックな物に心を捉えられたことを恥じ、いけないいけない、とかぶりを振った。

「ああ、違う……私としたことが」

独り言のようにマヒシャが言う。

「取り憑いてるんじゃない。あんたが摑んじゃってるんだ」

「何を？」

マヒシャはそこにある細長い紐のような織物を手に取った。それを自分の頭や体に巻き付ける。鉢巻きを締め、たすきをかけたような姿になると、一正と向かいあって座り、いきなり体を前後に揺すり始めた。何かぶつぶつとつぶやいているのは祈りの言葉のようだ。

好奇心とともに薄気味悪さも覚え、人見の方を振り返る。人見は神妙な表情で控えているが、その目は好奇心に輝やいている。

マヒシャの声がだんだん大きくなり、体の揺れに跳ね上がるような動きが加わる。

いきなり両手で頭を摑まれ仰天した。マヒシャの体の動きに合わせて、がくがくと揺すられる。マヒシャは顔を近づけると、一正の頭を両手で挟むように摑んだまま、額をくっつけた。そのままさらに声高に呪文のようなものを唱え、体を揺すり続ける。

自分の額にくっつけられた皮膚の感触と体温に、母親を思い出した。弟夫婦と郷里の鳥取に住んでいるが、独身で子供のいない一正のことをいつも気にかけている。

目の前のマヒシャは母に変わっていた。柔らかく頰の垂れた、はれぼったい目をした老母が、心配気に眉を寄せて一正の顔を覗き込んでいる。長男としてだれより大切に育てられたというのに、東京の大学に入学して以来、盆暮れもまともに帰っていない。行く末を案じられるのをうるさがって逃げ回っていた。

俺は、何一つ、親孝行をしていない。

後悔の思いがこみ上げてくる。

母の顔の輪郭が不意に崩れ、別の顔に変わっていく。

女が現れた。一人ではない。何人もの女。見たことのある女、見覚えのある女、そこそこ馴染んだ女。いまだ未練の断ちがたい、思い出すたびに胸に痛みを覚える女……。

そしてあの彼女が現れた。この三月、人見や藤井とインドネシアに発つ前夜、海洋未来博物館から帰ると室内はもぬけの殻になっていた。

消えた退職金のうちの三百万なんかどうでもいい、君が消えたのが辛い。納得がいかない。なぜだ、何が起きた……その弾力ある胴体に手を伸ばしかけ、それがマヒシャだと気づき、一正は手を引っ込める。

これが最後の結婚、と信じた……。今度は、今度こそは、必ず添い遂げると誓った。

ふっくらした頬と無邪気な笑顔。無理などしていない。年の差など考えたこともない。子供を産んでくれ、俺の。それにしては、こちらを覗き込んだ彼女の目の何と冷たいことか。愛想尽かし？　まさか。俺が何をした？　なぜ逃げていった？

見知らぬ若い男が現れる。いや、女だ、男の若者と見間違えるような女。どんな顔の女だったかなど忘れた。緑一つない、殺伐とした大陸の町、ほこりっぽい凍るような風が吹いていたあの町、同僚の中国人に連れていかれたあの町に女はいた。

惚れたのか？　否。黒髪を束ねた、長身の、がっしりと肩幅の広い、長い顔をした垢抜けない女と、惚れてもいないのに結婚した。なぜ？

面白そうだったからだ。面白そうとは、自分にとっては、おもしろおかしい快楽のことではない。

人生において意義がある、という意味だ。この結婚には意義がある、普通の女ではつまらない、自分にそんじょそこらの女はふさわしくない。そう信じていた。

そう、彼女はチャンピオンだ。そしてもっと高みを目指せるチャンピオンだった。

なぜ今更、思い出すのかわからない。そうだ頭を摑まれているからだ。両手で、そのチャンピオンに、男のような女に、頭を摑まれ、がくがくと揺すられている。

そして再び母親が現れ、さらに若い美女に変わる。モデルのように彫りの深い顔に隙のない化粧をした、まぎれもない美女だ。何か怒鳴っている。

なぜそんなに俺は非難されなければならないのか。惚れた気持ちが萎えていく。彼女は若い。二十年も前に去っていった女は、永遠に若いままだ。一緒に暮らしていたなら、人見と同じくらいの歳になっているはずだ。

マヒシャの声に合わせ、何か自分の口からも、叫びとも呻きともつかない声が漏れているのに気づいた。汗かそれとも涙なのか、顔がぐしゃぐしゃに濡れている。

涙だ。感情によって刺激されたのではない。傍らの炎から立ち上る煙が、喉や鼻を刺激して大量の涙を流させている。

マヒシャの甲高い呪文の声が次第に落ち着いたものに変わっていく。ぶつぶつという声に合わせ、一正も何かつぶやいている。

数秒後、マヒシャはまるでボールでも放り出すように一正の頭を放した。

不意に夜風の冷たさを、びしょ濡れになった顔に感じた。

「話をつけてやったよ、女たちと」

「女……」

彼女たちが自分に取り憑いていた。つまり三回も結婚した、とはそういうことか、と納得し、俺はそんなにもてていたのか、と両手で顔を拭ったとき、マヒシャは言葉を続けた。

「女たちは、何とも思っちゃいないさ、あんたのことなんか。ただあんたの腹の底にいるものが、女たちにしがみついているんだ、それも一人二人の女じゃなくて」

「俺の腹？」と思わず自分のみぞおちのあたりを撫でる。

「そう。あんたの腹の中にいる愚者さ。間違えてはいけないよ、それもまたあんたなんだから。それが女たちの足跡にしがみついている。何もかもやり過ぎるからいけないのさ。分不相応なものばかり欲しがるからいけない」

「はあ……」

「泥の上に足跡がつくように、あんたには、いろいろな足跡がついている。どれもこれもあんたには合わない女ばかりだ。ふさわしい女と結婚しなさいよ。そうしないと子供ができない。あんたのお母さんも悲しむ」

大きなお世話だ、と胸の痛みを感じながらつぶやく。

マヒシャは体や頭に巻いた布を手際よく外して畳み、灯明や布や供物の類いを片付け始める。

一正の頭はまだぼうっとしている。とんでもない民間治療だ。なぜあんな生々しい夢か幻のようなものを見たのだろうか。

「ちょっと待って」

人見がマヒシャの手にしているものを指差した。

「それ、見せてもらっていいですか？」

「やれやれ」

マヒシャは肩をすくめた。

「何を言い出すのかと思ったら……」

人見がマヒシャから渡されたものに触れている。だが灯明を消してしまったのでよく見えないらしい。後で見せてくれるように、と頼んで人見が返そうとすると、マヒシャはいらない、というように無言で片手を振った。

洞窟を出て密林の中の小道を抜けると、浜辺を洗う波の音が聞こえてきた。

月明かりが集落の家々の壁や狭いバルコニーに青白い光を投げかけている。

人見はさきほどマヒシャからもらったものに見入っている。

小さなポリエチレンの袋、町中の露店で甘いコーヒーやジュースを買うと、ストローをさして詰めてくれる、紐で口を絞れるようになっている透明な袋。その袋の内部にゴミのようなものが張り付いている。

「何するの？　そんなもの」と一正が尋ねると、人見は「ちょっと気になって」と答えただけで、袋の口を絞って閉じるとパンツのポケットに入れる。

「で、いったい何を言ったんですか、マヒシャは？」

外に出るとインドネシア語がわからない藤井が一正に尋ねた。

「簡単に言うと、私には女難の相があるらしい」

無意識なのだろうが、藤井はふん、と鼻先で笑った。

「彼のお腹の中の虫が、そういう女をひきつけるんだそうよ」

格別茶化した風もなく、人見が横から説明する。藤井の手前、多少気遣った言い方をしている。

「ようするにマヒシャに心を覗かれたというわけよね」と付け加えた。

「気がつきませんか？」

不意に真顔に戻って藤井が尋ねた。

「虫ですよ。虫と鳥。それにトカゲかヤモリか、爬虫類の類い。急に鳴き出したでしょう、マヒシャが立ち去ったとたんに」

そのときになって、あたりの藪や集落から、騒々しいばかりに聞こえてくる生き物の鳴き声を意識した。

「あの呪術が始まってすぐに、あたりがしんと静まりかえった」

「そう？」と一正が人見の顔を見ると、人見は首をひねった。

「気づかなかった。加茂川さんの方にばかり気を取られていて」

「マヒシャの声にびっくりして、静まったんじゃないか」

「いや、それだけであんなに一斉に静まるとは思えない」

「彼女が周りの小動物を操る、とでも？」

「いやいや」と藤井は苦笑する。

「ところでマヒシャの言っていた女の人たちって、加茂川さんは心当たりあるの？」

人見は遠慮する風もなく尋ねた。

「心当たりも何も、前に話したバツ三の妻たちですよ。新しい方から順番に出て来た」

苦い物を吐き出すように告白した。

ぎょっとしたように人見が藤井を振り返るが、藤井の方は冷めた視線で応じる。

「出て来たって、幽霊みたいに実際に見えるの？　それとも心に浮かぶの？」

「マヒシャの顔に重なって見えましたね。いや、そんな気がしたのか……。最初はお袋が出て来たけれど」

「ほう」と藤井がうなずき、「そういえば、今、ご家族はいらっしゃらないのでしたね」と思い出したように言う。ご家族が妻子を意味することがわかるので、何となく腹が立って、「いや、母と弟は実家にいますよ。父は亡くなったけどね」と答えてやる。

「それで三回結婚された、と」

「ええ。最初の妻と別れて、十年以上も花の独身をやっていたんだけど、魔がさしたんだろうね」

二度目の妻の顔を一正は正確に思い出せない。三回しか会ったことがないからだ。中国の地方都市に、工業団地を建設するため、頻繁に現地と日本を行き来していたときに、現地採用の社員に紹介された。卓球の選手で、さる県のチャンピオンだった。

結婚しても卓球は続ける、というのが条件だった。

四十代に入った一正に、二十そこそこの妻。決して美人ではないが、結婚するなら会社にいる事務職の娘たちよりおもしろそうだ、と思った。中国語も話せないままに悪質な業者やホステスにひっかかって全財産をむしり取られる、愚かな日本男と自分は違う、という自負があった。しかも相手は飲み屋の中国娘ではない。れっきとしたスポーツウーマン、それに地方とはいえチャンピオンだ。有能なジャパニーズビジネスマンと将来のオリンピック選手との国際結婚。そんな楽しい夢を見た。

そして愚かな日本男と違い、一正はその中国娘に金をむしり取られることはなかった。だが上海の高級ホテルで結婚式を挙げたその日、試合を控えているという理由で、妻は一正と共に一夜を過ごすこともなく、飛行機で合宿所に帰っていった。

数日後、中国での仕事が残っていた一正を残し、妻は一人で日本に発ち、さる実業団の宿舎で日本チームの他の選手やコーチたちと生活し始めた。

一正が日本に戻ってきても合宿と遠征で、新居となるはずの彼のマンションに足を踏み入れることさえない。海外駐在に同行することもない。当然のことながら性交渉は一度もない。

一正の方も仕事の忙しさにかまけて、真意を問いただすことができないまま月日が過ぎ、やがてこの結婚に疑問を持ち始めたが、今度は妻にまったく連絡がつかない。ようやく電話で話すことができても、のらりくらりと面会を断られる。

何度も電話をかけた挙げ句、一度だけ会うことができたが、一緒に住むのはもう少しだけ待って欲しい、私は離婚するつもりはない、選手としてもう少し強くなりたいから待って欲しい、と懇願されてみれば、それ以上無理強いもできない。半ば最後通牒のように相手に送りつけた離婚届に判が押されて戻ってきたのは、結婚三年目のことだった。

地域のチャンピオンとはいえ、中国本土にいては、この先も国の代表まで上り詰めることは難しい。だから日本人として国際大会に出場するために、結婚という手段を取ったのだ、と知ったのは、離婚届を提出した後のことだった。三年を経て、帰化がかなえば、もう彼女には結婚を続ける理由がなかった。

「カモヤン」という愛称が、同僚や後輩、そして派遣社員の女性たちの間にまで定着したのは、そのときからだ。

顛末を話し終えると藤井は同情するような視線を送ってよこし、人見は「で、今、どうしてるの？その人」と尋ねた。

「さあ。国内大会レベルでは何度かランキングに入っていたけれど、オリンピックの代表になったって話は聞かない。本人が思っていたほど実力はなかったのかもしれないし、体の故障があったのかもしれない。今頃はどこかの実業団チームでコーチでもやってるんじゃないかな」

「偽装結婚の相手にされたわけですね」

藤井があっさり断じた。

「こっちはそんな気はなかったけどね」

むっとして一正は答える。

「で、三度目は」と、またもや遠慮会釈なく人見が尋ねる。

「その中国人女性と別れて三年後に、同僚の紹介で。今度も二十歳以上年下でしたがね」

「世代間ギャップとかは感じないの？」

「いえ。私は女性が年下の分には、いくら若くても平気です。若い女性の方が、同年配の女性より一緒にいて楽ですし」

少し得意になって答えていた。

「で、その奥さんとは？」

藤井が尋ねた。

「残念ながら一年少々しか持たなかった。ちょうど、前回ここに来る直前のことですよ。出発前夜、帰宅したら消えていた。本人だけじゃなくて、家財道具と退職金の中から三百万ほど」

「わかりやすい話ね」

呆れたように人見が笑う。

「なんでわかりやすいんですか？　まったく何が何だか。喧嘩も何もなかったんですよ。当日の朝まで、普通にコーヒーを淹れてくれて、普通にパンを焼いて、焼いたパンにバターを塗って、私の好きなベーコンまで挟んでくれた。それなのに出先から帰ってみたら、もぬけの殻。まいったね、本当に、まいった」

「ＤＶも浮気も無かった……」と藤井が尋ねる。

「当たり前じゃないですか。二十歳も若い妻にそんなことするバカはいない」

「すぐわかることでしょ。加茂川さんが仕事辞めたからよ。相談もなく」

冗談じゃない、と一正は即座に反論する。

「それで生活に困るわけじゃない。退職金はあるし、多少収入が減るだけで大学講師の仕事だってある。しかもマンションのローンもない。確かに相談はしなかったけれど、普通、そんなことをいちいち相談しますかね、二十歳も若い妻に」

人見はため息をつき、かぶりを振った。

「そもそも二十代の女が、五十に手が届こうとする男と結婚するって、どういう理由があるかわかってるわよね」

「まあまあ」

藤井がそれ以上言うな、というように、人見を片手で制す。

「どういうって、それは男と女の出会いがあって、互いに惹かれ合うものがあるからでしょう」

処置なしだ、と言うように人見は、眉をひょい、と上げ、かぶりを振った。

「一流会社で、そこそこのポストにあって、介護リスクさえ回避できれば、安定した生活が将来的に保証されているからよ」

「あーあ」と藤井が片手で自分の目を覆った。

反論の言葉があまりにもたくさん喉元にこみ上げてきて、どれも口に出せない。

自分は確かにまもなく五十だ。しかし同い年の同僚に比べても、髪の量は多い。腹はさすがに六つに割れてはいないが、胸板は分厚い。知力はともかく、体力、気力は、二、三十代に負けていない。話題が広く包容力もある。男の魅力も男の色気も十分ある……つもりだった。女にとっても、ただの給料運搬人のくたびれ亭主より、ロマンを求める男の方が魅力的に違いない。一正はそう信じている。今でも。

「自分の夢のために、一言の相談もなく勝手に会社を辞めるような男性とはね、お互いに二十代で同じ夢を追っているならともかく、相手が五十ともなれば一緒には暮らせないの」

「それはあなたの……」

言い終える前に人見は「それじゃゃ」とケワンの家を指差した。自分はそちらに行くという意味だ。

憤慨しながらも「はい、お休みなさい」と挨拶しかけて気づいた。

眩暈がしない。昨夜から続いていただるさと苦しさが消えていた。吐き気もきれいに収まった。マヒシャに飲まされた煎じ薬が効いたのか、腹の中の愚者が摑んでいた女たちの毒をマヒシャが外に出してくれたのか、よくわからない。

「具合良くなったんですか」

後ろを歩いている藤井が不思議そうに尋ねる。

「そうなんだよ……」

「気分的な物もあるかもしれないから、しばらくあまり無茶しない方がいいですよ」

「ああ。でも、医者も薬もない村では、気分で直すマヒシャみたいな呪術師も必要なんだろうね」

「ちゃんと薬草も使っているんだから、気分だけとは言えないわよ」と向こうに行きかけた人見が振り返る。それからふと首を傾げた。

「そういえば、マヒシャっていう名前はインドでは男につけるものだ、と加茂川さん、以前、言ってたわね」

「ああ。ハイデラバード出身の設計技師がその名前だった」

「神々に対立した阿修羅の長の名前なのよ」

「確かに女神ではないですね」と藤井が応じた。

「ええ、男よ。神ではなくて、水牛の姿をした魔王みたいなもの。お祈りをしたのでブラフマンから、女以外からは殺されない力を授かったの。けれど調子に乗って世界を破壊してしまった。そうして神様を追い出して自分が天空の盟主になった。そこで怒った神様が女神ドゥルガーを放って、マヒシャを退治させたの」

「闘いの女神ドゥルガー。うちの妻のようなものですね。いや、うちのはカーリー女神か」と藤井が、意味不明な冗談を飛ばす。

「ああ」

ひらめいたものがあって一正は手を打ち鳴らす。

「プランバナン遺跡にあるね、インドの怖い女神に踏んづけられている水牛の像が。あの女神をこちらの人はマヒシャと呼んでいた」

「そういうことなのね」

人見が即座に反応した。

「加茂川さん、それはマヒシャじゃないわ」

「いや、マヒシャですよ。私はこっちに十年いて、ボロブドゥール遺跡公園の整備に……」

「それはわかったから。つまりこっちの国のマヒシャとはすなわち、マヒシャースラ・マルディニーの略なのよ」

「何ですか、それは」

「『マヒシャ阿修羅を殺す者』という意味で、インドの闘いの女神ドゥルガーのこと。そのマヒシャースラ・マルディニーを縮めてマヒシャと呼んでいるの。だからケワンのお母さんの名前は、本来はマヒシャースラ・マルディニー。マヒシャを殺した偉大な闘いの女神、ドゥルガーのこと」

「げっ」

おどけた表情に怯えを隠し、藤井が一正の顔を見た。

翌朝、体調が元通りになったので、一正は藤井と二人、再び入り江に向かうことにした。

あの場所についてインドネシア政府に「遺跡の可能性あり」と報告すれば、その時点から、たとえ発見者であっても地権者であっても立ち入りが禁じられる。その前に調べられることは、勝手に調べておこうという話になったのだ。

ダイビング機材の他に水中カメラや計測器なども揃え、テントを出たところにケワンがやってきた。村の中を案内してやるので付いてこいと言う。今日は海に潜りたいから、と藤井が丁寧に断ったが、ぜひに、と言う。ガイド料は安くしてやる、と付け加えた。

「いや、それはいいんだが、旅行の日程が限られているので」と言う藤井の言葉をケワンは遮った。

「あそこ行く気だろ、旦那」

凄みの籠もった口調だ。

充血した目が、ぎらぎらと光って藤井と一正の双方を睨みつけている。

「いや……その」

「知らないと思っているのか、俺が。何か取ってきたろ、あの場所から」

「何も取ってきやしない。つまり破損していた、その瓦礫を拾っただけで」

「寄越すんだ」

手を突き出された。藤井と顔を見合わせる。

「大丈夫」と藤井が目配せすると、シートをまくり上げ、昨日海底から拾ってきたものを両手で持ち上げケワンに差し出した。

「おい、ほんとにやっちゃうの？」

一正は慌てて藤井にささやく。

苦労して海底から引き上げたものだ。

「しかたないでしょう」と藤井は涼しい顔で答える。

「塔の方の破片があるから十分です。そもそもあんな重いものを持ち歩けない」

「どうするんだ、それ？」

諦めきれず一正は、破片を片手で抱えてどこかに行こうとするケワンに尋ねる。

「お袋に返す」

「で、お母さんはそれをあの入り江に戻してくるのか」

「その話はするな」

ケワンの声が裏返った。両目を見開き、つかみかからんばかりの剣幕で、ぐっと顔を寄せてきた。

「死ぬぞ、カモヤン。今度こそな。そこの先生にも何かが起こる。お袋にだってできることとできないことがあるんだ。これ以上勝手なことをすると、お袋だってもうカモヤンたちを守ってやれない」

「すまん」

素直に頭を下げた。藤井がため息を漏らした。

この調子だとこの先も、調査に入るこの国の役人や学者たちは苦労するだろう。

「わかった。あの場所には近づかない。だが今日は、海に潜りたい。こっちの浜ならかまわないだろう」と一正が尋ねると、ケワンは硬い表情を崩さないままかぶりを振った。

「俺に付いてくるんだ。午後になれば潮が満ちてくるから、そうしたらビアクの町まで送ってやる」

「信用ないんだな」

「カモヤンのせいなんだからな、勝手なことばかりして」

少し悲しそうにケワンは眉を寄せた。

「付いて来いよ。ダイビングの道具はそこに置いて」

そう命令した。

「前金で一人四十万ルピア」と手を出す。日本円にして約三千円だ。

「三人で、の間違いじゃないのかい?」

一正が言ったが、ケワンは無言で首を振る。くだらない冗談を口にして怒らせない方がよさそうだ。

一正は高額紙幣を引っ張り出して渡した。

「三人分だ、おつりはいいよ」

うなずいてケワンは先に立って歩き出す。藤井がすばやくミネラルウォーターのボトルとカメラを手にして、人見を呼びに行く。

ケワンはまず自宅に寄ると、ラタンで編んだ籠に入れた米や果物、干し魚や花などを持って出て来た。「持ってくれ」とプラスティックボトルに入れた椰子酒を手渡された。

昼食付きのオプショナルツアーのようだ。

そのときこざっぱりした白い襟付きシャツに白い帽子をかぶり、よそ行きの服装をしたケワンの父、ボラがやってきた。

見とがめられるのかと一正は身構えたが、ボラはこちらに向かいうなずくような仕草で挨拶した。一正たちも礼儀正しく挨拶する。

するとボラは、付いて来いというように合図した。どうやら村長の彼が集落内やこの周りを案内してくれるらしい。

ボラは帽子をそこに置くと、厳《おごそ》かな手つきで白い布を折り畳み、バンダナのように頭に巻き付けた。気さくではあっても何とはなしに畏れの感情を持たれているマヒシャに比べ、村長でありながらボラの影は薄い。外国人観光客にこのあたりで存在感を示しておこうとしているのかもしれない。

ボラは先に立って、海辺の集落を案内する。

「我々の祖先は海から来た」

高台にある集会所のような建物の前を通りかかったとき、不意に海を指差し、ボラはインドネシア語で語り出した。

「昔々、ここは恐ろしい火の島で、その火を手なずける、これまた恐ろしい魔女の島だった。我々の祖先はインドのバラモンで、長い戦乱を逃れて小船に乗ってこの島の沖合を通ったところ、火の島の魔女たちが海底の火山を爆発させた。ひどい津波が起こり、我々の祖先は波に持ち上げられ、この島の珊瑚礁の上を運ばれ、陸地に覆い被さる波の上をさらに密林の奥深くへと引き込まれていった。森の奥深くにまで浸入した波は、轟音とともに今度は引き始めた。我々の祖先は恐ろしくて声も出せなかった。船倉に潜り、ただただシヴァ神に祈った。私たちの命をお助けください、どうか安心して生きていかれる土地に私たちをお連れください、と。頭上で波の引く音がごうごう鳴り渡り、上下左右から海水が船底に流れ込み、船はぎしぎしときしみ、いまにも竜骨が砕けそうだった。

不意にあたりが静まり返り、船内から水が引き始めた。祖先たちが恐る恐る外に出ると、船は小イスカンダルの斜面に生えた木にひっかかっていた。小さな花がすばらしい香りを放つ丁子《ちょうじ》の木だ。しかしその周りには恐ろしい魔女たちがいた。真っ赤な髪で、真っ赤な布を腰に巻き付けた魔女たちは、実は我々の祖先たちの乗った船を津波を使って島に引き寄せたのだ。男が欲しかったからだ。そして木に引っかかっていた船を引き下ろすと、その場で燃やしてしまった。

祖先たちはもう、この島から出られなくなった。そして魔女たちは我々の祖先に丁子の木の手入れをしろ、と命じ、奴隷として働かせた。魔女たちは祖先たちを働かせ、自分たちは酒を飲んで眠っている。そして怒り出すと理由もなく人を焼き殺す。祖先たちは、この島の海岸付近に小屋を作り、さらに石で寺院を作り神を祭り、自分たちの食べるものを削って供物として捧げて祈った。

ある日、天からシヴァの化身の王が下りてきた。みんな王が魔女たちを滅ぼしてくれると思ったのだがそうはせず、王は魔女と契約を結んでしまった。むやみに人を殺すな、丁子の世話をさせる代わりに、男たちに平和で豊かな生活を保証せよ、と。偉大なるシヴァ神の化身である王の言葉には、さすがの魔女も逆らえなかった」

ボラの言葉を、一正は逐語訳のようにして人見と藤井に聞かせた後に、締めくくった。

「つまり赤い女神、赤い服の魔女って、祭りの日にも飾られていたあの神様ですなわち火山のことなんだ。一帯の火山帯のうちのどこかの火山が噴火して津波が起こり、バラモンたちはここに避難してきた。船が壊れ、故郷に帰れなくなり、島の火山と共存するような形で、ここに住み着いた、と」

「島の表側の人たちは、自分たちは船が難波して流れ着いたアラビア商人の子孫、この村の人々は、津波で打ち上げられたインドのバラモンの子孫、そう信じている。片やアッラー、片やシヴァ。それぞれの信仰に従って二通りあるけれど、根っこは同じ一つの神話ってわけね」と納得したように人見がうなずいた。

日本語の会話に、ケワンが怪訝な顔をした。気を利かした藤井が英訳して途中まで話してやると、冒頭の「赤い女神」の部分でケワンが地団駄を踏んで叫んだ。

「その話をするなと言ったろ。何度言っても聞かないと、本当に死ぬからな、旦那たち」と目をぎらつかせて、三人の顔を睨《ね》め付ける。

ボラも自分の話が何か悪いことを引き起こすと危惧したらしく、厳しい顔で黙りこくった。

「すまん。二度と余計なことは言わない」

一正は謝った。

三人は集落裏の密林にボラとケワンに案内されて入った。

陽は陰って気温はさほど高くないが、湿気がひどい。

頭上で鳥が鋭い声で鳴く。

急坂を上ると曲がりくねった道は途中で途絶えた。下生えの上をサンダル履きの素足でケワンは上っていく。だが丈高く繁った草や棘だらけの蔓などが、踏みしだかれているところを見ると、ごく最近、たくさんの人が通った後のようだ。

「どこに行くんだ」と尋ねるとケワンは唇の前に人差し指を立てた。

「しゃべるな。精霊を怒らせると生きて出られない」

脅しのようには聞こえない。本気で信じている。

やがて緑の木々の間に、細い竹が数本、交差するように立っているのが見えた。中央に人一人が通れそうな隙間がある。門だ。

人見が目配せしてきた。

ケワンが籠の中の花と米の一部をそこにおいた。

森の神の祠《ほこら》だ。昼食の材料だと思ったものは、神や精霊に捧げる供物だった。

ケワンは門の内側に入り、来い、というように手招きした。内部にも細竹に囲まれた部屋のようなものがいくつかある。覗き込み、一正は呻き声を漏らす。

「しっ」というようにケワンが、また唇に指を当てる。

立ち木の間にラタンで編んだハンモックが張られ、その上にミイラが置かれていた。

葬儀の後、集落裏の藪に置かれていた遺体は、しばらくするとこの場所に移されるのだと言う。埋葬はしないがこれが墓地なのだろう。

格別の屍臭がしないのは、周囲に置かれた籠の供物が腐る匂いにまぎれているからなのか、火山灰が効果を発揮しているからなのか、わからない。顔には黒い火山灰が塗られ、首から下はしっかりと布が巻かれている。布自体はそれほど傷んでいないところからして、定期的に巻き直しされているのかもしれない。

一正はあらためて死者に向かい両手を合わせ、頭《こうべ》を垂れる。藤井や人見も神妙な顔でそれに倣う。合掌をとくと藤井がカメラを取り出し、「いいか?」とケワンに仕草で尋ねる。「止せ」というように一正もまた仕草で止めるが、意外にもケワンはうなずき親指を立てて見せる。

それだけではない。

「旦那たちも一緒に写すか?」

「いや」というように一正は顔の前で手を振るが、藤井の方はにっこり笑い一正と人見を引き寄せ、三人でカメラに収まる。

虫や鳥の騒々しい鳴き声、飛び回る虻《あぶ》や蝿、藪蚊の羽音に、シャッター音が交じる。

囲いはいくつもあり、ハンモックの上には遺体が安置されている。それぞれの囲いの前に供物を置きながら、一行は竹で編まれた裏門から出た。藤井が平然とストロボを焚いてシャッターを押し、ケワンはそれを止めない。

やがて一行は、静々とその場を後にした。

ようやく道まで下ってくると、ケワンは「どうだ。珍しいだろう」と得意気に言う。

「いやぁ、墓に連れていってもらえるとは」と一正が言うと、「墓なんかじゃないよ」とケワンは言う。「あそこにいる人々はまだ生きているんだ」

「つまりあの場で永遠に村と人々を守っているのね」

人見が尋ねるとそれも違うと言う。

人が亡くなると、しばらく家の裏手のハンモックに寝かせておき、しかるべき時が来ると先ほどの細竹の囲いの中に移す。そちらで死者たちは生前と同じように、食べて寝て集って生活するので供物は欠かせないが、集落への道は作らない。死者が戻ってきてしまうと困るからだ。やがてその時が来ると、彼らは葬られるという。その時がいつのことなのか、説明はなかった。

午後になり潮が満ちて船が出せるようになる前に、ケワンの家に上がって水浴びをし、昼食を出してもらった。

プラスティックの皿の上に飯と炒めたおかずを持ってきたケワンの姉、エダが、敷物の上にそれを置くと、あぐらをかいていた一正の股間に手を伸ばし、すばやく一握りしたかと思うと、にやりと笑って離れていった。

呆然としている一正の隣で、藤井と人見が笑い転げる。

「ああいうの、セクハラって、言うんですかね……」

まだショックからさめやらず一正が言うと、藤井が「うちの大学でやったら、停職、減給じゃ済まないでしょうね。懲戒解雇もありうる」と肩をすくめる。

「彼女からしてみれば、ストレートな好意の示し方だと思うんだけど」と人見が言う。

食事をしながら藤井が先ほどデジタルカメラで写した画像を、モニターで見ている。

マヒシャが覗き込む。一正はひやりとしたが、格別咎める様子もない。

「写真を撮ってもよかったの？」

あらためてマヒシャに尋ねると、「なんでそんなことを気にするの？」と不思議そうな顔をする。

「いや、聖域だと思ったので」と一正が言うと、「あそこは聖域なんかじゃないさ。住まいだよ。そこでみんなご飯を食べたり眠ったりするんだ。ただ少し世界が違うだけで」とマヒシャはこともなげに言う。


その日の午後、荷物をまとめて、一正たちはケワンの船でビアクに引き揚げた。砂の下から現れた都市の遺構に未練があったが、ケワンたちに近づくことを禁じられ、そのうえインドネシアの法を犯す行為ともなれば、もはやそれ以上調べることはできない。

ホテルに戻ると、人見は機材の荷造りや整理を藤井と一正にまかせて、部屋に引きこもってしまった。

「具合でも悪いんですかね」と一正が首を傾げると、藤井が「疲れが出たのでしょう」と応じ、格別不満そうでもなく、黙々と一人で作業を行う。

夕刻、食事に行くために部屋をノックすると、人見はいきなり「入って、入って」と男二人の手首を掴むと室内に引き入れた。

スマートフォンに繋いだパソコンを操作する。

とたんに一正は逃げ出したくなった。自分の声が聞こえたからだ。それも何とも情けない呻き声だった。それの背後に平坦な調子のマヒシャの声が入っている。あの洞窟での呪術治療の一部始終らしい。

「まさか録音されていたとは。それにしても悪趣味ですね、人見さんも」

かなり本気で腹を立てながら、一正はそれでも礼儀正しく抗議する。

それに答えることもなく、「これじゃない」と独り言を言いながら、人見は録音データを前に戻す。気合いのような鋭いマヒシャの声や藤井のささやき声なども聞こえ、さらに戻すと最初にマヒシャが口にした祭文のようなものが聞こえてきた。

「これの意味を調べていたのよ」と、音声データを書き起こしたメモを示した。

ごく短いソネットのようなものが書かれている。

「最初の文章は意味がわからない。たぶん、アーメンとか、アッラー・アクバルとか、南無大師遍照金剛、の類いの言葉だと思う。その後が、私が書き取ったネピの言葉。マヒシャやエダに意味を聞いたの。下手な日本語訳で悪いけれど」

「海からやってきた男神が女神と戦わず、話し合い、結婚した。

男神と女神の子供を、男神が取ろうとした。

女神たちが団結して、子供を取り返すために、戦争になった。

女神たちが火と水を操り、男神が降参した。

男神は島から追い出され、海を守るようになった」

ああ、と藤井と一正は同時にうなずく。

海神バイラヴァとケワンたち、部族の縁起だ。

ボラの話してくれた、彼らの祖先の話とも一致する。男神と女神の子供、というのだから、女神は外からやってきた男神と結婚したわけだ。露骨に迫ってくるエダの顔を思い浮かべ、一正は苦笑した。村にいるときは怖かったが、離れてここまで来れば、まいったね、と笑える心境になっている。

「男神は、インド由来のシヴァ信仰、女神は島の火山をご神体にするアニミズムというわけですか」

と藤井がまとめた。

「いえ、もっと実体のある生々しい話よ。マヒシャがああいうところで唱える祭文なのだから。結婚した、と私は日本語に訳したけれど、現地語はもっと露骨。つまり、男女の性器を結合させたと」

「つまりあの、塔の中のリンガとヨーニか」と藤井が肩をすくめ、一正はいささかうんざりした気分で、やりとりを聞く。

人見が続けた。

「男神はシヴァ神を信仰するインドから来た人々、それで女神は、女神たち、と複数形になっているので、つまり火山をご神体として崇《あが》める島の女たち。船が壊れたか何かして、島から出られなくなったインドの商人やバラモンが、島の女たちと結婚して子供が出来た。その子供たちを男たちが連れてインドに帰ろうと試みたのかもしれない。それで島の女たちが怒って取り返した。それが、来訪者の子供を次々に作って母方で育てるという、この地域の伝統に繋がっているのかもしれない」

「母系制社会ってことですね」と一正はうなずき、「スマトラ本島にミナンカバウ族というのがいまして、彼らが母系制……」と自分の知識を披露した。

「ところがプラガダンは違うのよね」と人見が遮った。

「一つの家で母系と父系の二つが重なりあっているのよ。今のところマヒシャがすべての母系を統括していて、ボラが長老の一人として、村の決め事や海の祭りを取り仕切っている」

「それでマヒシャを中心とする巫女《みこ》集団は、村の男たちにとってタブーになっているというわけですね」と藤井がうなずく。

「もう一つ彼女たちについて面白い話があるのよ、見て見て」と人見はダウンロードしたファイルを開いた。

「ネピに関する論文や報告書を洗い出してみたら」と、英文のレポートを画面に呼び出した。

十五年前に、インドネシア保健省が行った「西スマトラ地域保健プロジェクト」の一環として実施された大規模調査の対象地域に、ネピが入っている。

長大なレポートの中でネピについて触れられた箇所は数行に過ぎなかったが、そこに興味深いことが書かれていた。

調査内容は島民の呼吸器疾患についてなのだが、ネピ島の中のプラガダンの人々、特に女性について非常に特徴的な傾向が見られた。

二酸化硫黄のような火山ガス成分に対しての耐性があったのだ。他の島民なら長時間いるのは危険なレベルの火山ガスの中で、活動することができる。そんな内容だった。

「役人に火山が噴火するから逃げろと言われても、大丈夫だとマヒシャが避難を拒んでいたのは、そのあたりの自信もあるんでしょうかね」と一正が言うと、藤井は「耐性が備わっているといっても、火砕流に巻き込まれても平気ということではないですからね」と冷めた口調で応じた。


翌日、一正たちはアハメドの車で博物館を訪れた。

プラガダンの沖にある塔と、入り江の砂の下から現れた驚くべき古代の町の跡、さらにビアク郊外の民家の踏み石にされていた石碑。いずれも政府に報告すべきものだ。

その際、政府に直接報告するよりは、地元の人間に話を通して彼らから報告させるのが仁義だろう、と一正が提案した。相手の顔を立てる、というのはアジアで仕事をする上では最も重要なことだ。藤井の方も、いきなり歴史考古局に報告するつもりはなかったらしい。今後のことを考えれば、地元の有力者や知識階層に花を持たせ親しくなっておいた方が良い、と同意した。

博物館の内部は相変わらず閑散としており、職員とおぼしき者は切符売りの女性一人だった。そこで例によってアハメドがこの島の歴史について語り始め、展示パネルを読んでいた藤井が「悪いが少し黙っていてくれないか」と制して、少しばかり険悪な空気が立ちこめる。

あらためて館内展示を見直す。やはり十三世紀以降の町や民家の様子、オランダ統治時代の産業や風俗、そして独立戦争時にこの島から輩出した英雄などについての資料の他は、海、島、火山といった自然に関するものしかない。

植生についても説明されている。ゴムやアブラヤシなどの商品作物は後に持ち込まれたものだが、ニッパヤシや丁子《ちょうじ》は以前から島に生えていた。

「それを利用する文明がなければ、高価な丁子が自生していたとしても、まったく意味がないわけですからね。首狩り族にとっては、むしろサゴヤシや芋の方がありがたいだろう」と藤井が言う。

「まあ、丁子じゃ腹の足しにはならないからなぁ」と一正もうなずいていた。

いずれにせよ、「アラビア人たちが入ってきて住み着いた」と島民が語る十二世紀以前の歴史的考古学的な記述は無い。

藤井は入り口に戻ると、切符売りの女性に向かい、「ここの博物館の運営母体は？」と尋ねた。

「運営母体？」

女性は眠たげに首を傾げる。

「そう、たとえば州立とか国立とか私立とか」

「ああ」

女性はうなずいた。

「スルタンの持ち物ですよ」

「スルタンって、もしやジャミルとかいう……」

「ええ、ハジ・モハンマド・ジャミルと言って、スマトラのスルタンだったお父さんが七十年くらい前に、この島に来たんです。農園もたくさん持っていますし、パダンでオイルの会社もやっているんですよ」

ゴミ処分場建設計画の中心人物だ。

「オイルの会社、というとパームヤシの？」と人見が尋ねる。

「ええ」

そうした人物の私物である施設に公立博物館のような展示を期待するのは、最初から無理な話だった。

「それはともかく、館長にお目にかかりたいのですが」と藤井が願い出る。

一正はかぶりを振った。

「ジャミルの個人博物館じゃ、館長ったって、どんな人物か想像がつく」

「ところがそうでもないんですよ」と藤井が落ち着き払って説明する。

「この国の文化行政については、隅々まで中央政府が目を光らせていましてね。州にある歴史考古局のブランチが統括しているから、私設博物館といってもおかしな展示はできないことになっています。ここの博物館にしても、古代遺跡について触れてないだけで、その他の記述に宗教的思想的バイアスがかかってるわけじゃない。館長にしてもしかるべき大学を出ていて、政府が認めた人材だと思いますよ」
二、三分待たされた後、黒いつばなし帽子に立ち襟シャツを身につけた中年の男が現れた。

「初めまして。館長のフスニ・ビン・ヤーヤです」

髭を生やした口元に穏やかな笑みを浮かべ、少し癖のある英語で挨拶した。確かに、いかにもプロフェッサー然とした、どことなく深い教養を感じさせる人物だ。

三人はそれぞれ名刺を取り出し自己紹介する。一正は例によって「私は、ボロブドゥール遺跡の修復後に十年間、遺跡公園の整備に関わり」と胸を反らせたが、ビン・ヤーヤ館長は、格別興味もないという風にうなずいただけで、三人を別棟の執務室に招き入れた。

鉄筋コンクリート造りの建物の窓からは、池を配した中庭が見渡せ、緑の草木の間を吹き抜ける風が、唐草模様の鉄格子越しに入ってきて心地良い。

革張りのソファに座り短い挨拶を交わした後、フェリーの時間が迫っていることもあり、藤井がすぐに本題に入った。

まず以前に発見されたプラガダン沖の仏塔が文化財候補になったが、調査の結果、それに値せずとされた。が、自分たちが見たところ、それがどうやら古代コンクリートであるらしい。その仏塔の中にはインドネシアの他地域のものに比べても古いと思われるヒンドゥーの遺物がある。さらにはやはりプラガダンにある砂浜の入り江に古代コンクリートの堤防の遺構が存在し、その内側の海底には、古代から中世の頃のものと見られる町の遺跡がある。

一方、ビアク郊外の民家でかなり古い時代の石碑と思しきものを発見した、などなどを秩序立てて話す。

「プラガダン沖では、今、まさにゴミ処分場のための堤防工事が始まろうとしています。またビアク付近にある遺跡については、住人の手によって崩壊の危機にあります。私たちは一応、発見者として政府に二週間以内に届け出る義務を負っていますが、こうしたことはまず、この島の歴史や文化について高い見識を有し、遺跡や文化財についての責任をお持ちのビン・ヤーヤさんにご報告して、ヤーヤさんからこの国の政府に届け出ていただくのが筋かと考えています」

ビン・ヤーヤは、藤井の言葉に少しも驚いた様子もなく、質問を挟むこともなく、穏やかな微笑を浮かべてうなずきながら聞いていた。そして最後まで聞き終えると、静かに断じた。

「ありえません」

「はぁ？」

啞然としたまま、三人は顔を見合わせる。

「残念ながら、ここにかつてインド由来の文化が存在したという歴史はありえません」

「しかし現に」

一正が言いかけると、ビン・ヤーヤは物静かに、しかし極めて説得力ある口調で続けた。

「ご存じかもしれませんが、ここは珊瑚礁に囲まれている。しかも潮の流れが速い。アラビアを出た我々の祖先が乗った船が、嵐で偶然この珊瑚礁に乗り上げ、ここに住み着いた十二世紀までは、およそ文明に縁の無い島だった」

「無人島だった、と？」

「無人島ではありません」

「ではどんな……」

「無人島ではないが、文化果つる地だった。周りは珊瑚礁、しかも嵐は来る、潮流は速い。インドや中国の貿易船はもちろん、アラビアの船もマラッカ海峡を通る。インド洋側を航海することはありません。たまたま我々の祖先が、船が難破したことで偶然ここに流れ着き、住み着くことになった十二世紀まで、ここはマラリアが猖獗《しょうけつ》を極め、入れ墨をした首狩り族が火山を崇めて半裸でダンスをし、豚とともに暮らし、夫も妻もなく交わる、秩序も文化もない原始の島でした」

アハメド・リバイや一般の島民の言うことと、まったく変わりない。

「そんなこと言ったって、現に遺跡は存在するんだからしょうがないでしょう」という言葉を一正は飲み込み、藤井の方はと見れば、ご意見拝聴と言わんばかりに、慇懃な態度でうなずいている。人見だけが目を輝かせビン・ヤーヤを見詰めている。

「そうした先住民の末裔が、この島の裏側、プラガダンにいる漁民たちですよ」とビン・ヤーヤは続けた。

「なるほど、漂海民ではなく、先住民だった、と」

「ええ、漂海民は文化程度は低いが、我々と同じムスリムです。海岸や家船《いえぶね》で暮らしていたそうした人々には、我々アラビア人が、文化の恩恵を与えた。間違えないでください。武力で征服したのではない。連中が、我々の持っていた高い文化に驚き、自ら改宗したのです。だが、プラガダンの漁民は、もともとこの島にいた部族です。それが、おそらくは火山の噴火か何かで、山麓の村を失い海岸に押し出されていったのでしょう。かつては密林で豚とともに暮らしていた野蛮な人々です。もしも昔から海岸部分に住み着いていたのなら、我々の文化によって人間らしい生活を営むことになっていたでしょう」

ビン・ヤーヤはじっと藤井の顔をみつめた。先ほどから一正と人見はまったく無視されている。

「私の言うことには根拠があります。我々の祖先がアラビアからやってくるほんの少し前、やはり嵐で流され、ここにやってきたアラビア人がいます。彼は神の恩寵によって、この島の周りの悪魔のような潮から逃れ、無事に故郷に帰ることができたのですが、この島について、私が申し上げたような内容の記録を残しています。いいですか、十一世紀のことですよ。ちなみにスマトラを訪れた中国人使節が大仏教王国シュリヴィジャヤ国について書いているのは、七世紀前半の話です。その頃、ここはまだ首狩り族の島だった」と言葉を切って、ビン・ヤーヤは三人の顔を見回す。

「たいへん残念なことですが、あなた方は、あの野蛮だがずるがしこい先住民に一杯食わされたのです。歴史考古局に届け出るのは勝手ですが、恥をかきますよ」

表情にも口調にも、同情こそ感じられたが嘘をついている様子はない。

「どうもご親切に」と藤井が丁寧に礼を述べて、三人は博物館を後にした。

薄暗く涼しい室内から外に出ると、白く強烈な陽差しが目と肌を焼く。玄関先に待っていたアハメドが駆け寄ってきて、フェリーの出航時刻が迫っていることを告げた。

「あれが政府の管理が行き届いている博物館の館長ですか？」

サウナのような車に乗り込み、熱いシートに身を投げ出し、一正は汗を拭いながら藤井に尋ねる。

藤井も渋い顔でうなずくだけで何も言わない。

「ここの島の連中は、なんだってここまで自分たちの出自や伝統を貶《おとし》め、否定するんですかね」

「そんなに狂信的ムスリムには見えないけどね」と人見も首を傾げる。

「狂信的ムスリムやテロリストと、敬虔なムスリムはまったく別物ですよ。この島の人々は少なくとも、テロリズムには無縁だし、狂信的でもない」と藤井が応じる。

「しかし言ってることは、おかしい」

「私が以前調査した中国の少数民族のケースでは」

人見が、唐突に話題を変えた。

十六世紀に明に滅ぼされたという山岳民族の末裔がいる、という噂があり、人見は学生たちを連れて、さる辺境の地に入ったと言う。だが、行ってみればそこに噂に聞くような山岳民族の住居はなく、普通の中国農民がモルタルの家に住んでいるだけだった。出て来た人々の服装も、ごく普通の中国農民のものだったが、彼らの顔立ちは一見して一般の漢民族よりも彫りが深く体毛も濃い。

農業の他に製材の仕事を営んでいる彼らに、人見たちは先祖供養や伝説などについて尋ねた。だが彼らは「そんなものは知らない。普通の墓に普通にお参りするだけだ。伝説など特にない」と突然、不機嫌になった。

「彼らの姓や、集落の位置や容貌からして、どう見ても伝説の少数民族なのよ。でもその話題になると、穏やかな人たちの態度が一変する。あきらめかけた数日後、連れていった学生が、一人の青年の心を開いてしまったの。そう、ボーイミーツガール。私のようなおばさんの小手先のフィールドワークテクニックなんかより、若い人の情熱ね。青年は言ったそうよ。『差別されるのはごめんだ。四百年経っても、噂はつきまとう。出自がばれれば、野蛮人だの猿との混血だの、実は入れ墨があるだのと、学校でも職場でも虐められる。作物も木材も買いたたかれる。金を貯めた者は大都市に出て行けるが、僕みたいに旅費がなければ、ここで自分は生粋の漢民族だ、と言い張って生きていくしかないんだよ。君の先生に言ってくれ、迷惑なんだと。僕らが四百年もかけて消し去ろうとしているものを掘り返して、さらし者にするのはやめてくれ、と』」

「で、どうしたんですか」

人見はかぶりを振った。

「諦めるしかないでしょうよ。中国の中央集権体制と地方の村の差別構造と、厳然としてある農村戸籍。私たちが相手にするには障害が大きすぎた」

「ボーイミーツガールの方は？」と藤井が尋ねる。

「けっこう長い間、メールのやりとりが続いていたみたいね。彼がお金を貯めて昆明《こんめい》に出るまで。結局、それで終わり。とにかく人目を引くようなハンサムだから、大都市ではモテたでしょうよ」

一正はうなった。

「どうです？　おじさんミーツレディで、エダから村人の本音を聞き出せるかもしれませんよ」と藤井が脇を突いた。

「勘弁してください」

真に受けた一正は、即座に顔の前で片手を振る。

「で、結局、その少数民族の末裔は、差別や迫害から逃れるために、みずからの出自を否定したわけですね」と藤井が話題を元に戻す。

「この島の連中は、そうは見えない。本気で自分らはアラビア人だと主張する。第一、そんな主張をしなければならないような差別や迫害が、ここに存在するようには見えませんが」

「大学時代のバイト先の出版社にとびきりハンサムな中年デザイナーが出入りしていたの」と人見がさらに話を続ける。

「父はアメリカ人牧師で母は日本人。両親はハワイに住んでいる、と吹聴していたけれど、ある日、秋田県の出身で二親とも日本人だとバレた」

「敗戦国の悲しさだねぇ」と一正はかぶりを振る。

「つまり最初のうちは、単なる憧れから発した見栄と嘘だが、代を経てそれが自分たちのルーツと信じるに至った、と」と藤井はうなずく。

確かに、紛れもないインドネシア国民にしてこの国の島民、館長のフスニ・ビン・ヤーヤも含めて、彼らの祖先が、首を狩り、おが屑のようなサゴヤシ澱粉や雑穀、カワニナの類いを食い、裸で暮らしていた野蛮人であったなら、どこかの国から流れ着いたアラビア人は、神にも見えただろう。魔法のように道具を操り、白く清潔な衣服を身につけ、何か美しいもの、おいしいものを与えてくれたかもしれない。アラビア人たちの宗教と生活様式を目にし、それを取り入れた後に、恥多き野蛮人であった祖先も自らのルーツも葬りたくなるのは人情だろう。遠い昔、敗戦国日本の若者がアメリカ人にあこがれ、白人化することを願った時代があったが、ネピ島を訪れたアラビア人たちは、アメリカ人と違い、戦いや占領などという手荒な手段は一切使わず、きな臭いことも起こさなかった。アラビアから来たムスリムたちはその高い文化と洗練されたライフスタイルで、島民の心を魅了し、野蛮で不潔で無教養な祖先たちを彼ら自身の手で葬らせてしまった。

しかしあの遺跡は、そうしたストーリーを否定する。アラビア人が来る以前に、島にはいくつかの遺跡が証明する高い文明が築かれていた。そうした文明を築いた彼らが、ニッパヤシの小屋に住み、豚と同衾し、サゴヤシの澱粉を食い、部族同士の戦いで首を狩る野蛮人であったとは思えない。


その日、島を出た一正たちは、船と国内線旅客機を乗り継ぎ、三日後にジャカルタにたどり着いて解散した。後はそれぞれの予定に従い、日本に戻ることになっている。

藤井は、プラガダンの入り江で発見した海底遺跡も含め、さっそく歴史考古局に届け出るということだったが、直接、そちらに出向くことはなく、日本の学会のつてを辿り、インドネシアの国立大学にいる考古学教授を紹介してもらったと言う。

そのインドネシア人考古学者を通して、歴史考古局に報告を上げるらしい。

一刻も早くゴミ処分場計画を差し止めてもらわなければと焦る一正にしてみれば、藤井のやっていることは悠長でまだるこしいが、これが学者たちの流儀であり仁義なのであれば、アカデミズムの世界では新参者の一正は口出しできない。

翌日の夕刻、一正はゼネコンの駐在員時代に知り合ったジャカルタ在住の日本人たちと日本料理店ですき焼きを食べながら酒を酌み交わしていたのだが、どうにも気になってしかたない。

途中で手洗いに立ったついでに、藤井に電話をした。

はたして、ネピ島から持ち出した海中の塔の破片を携えて権威ある国立大学を訪れた藤井は、門前払いされていた。

そこの教授こそ、十数年前に、ネピ島沖の塔の調査に関わった人物だったからだ。海中の塔は島民の手により作られたコンクリート製の構造物で文化財的価値無し、との結論を下したメンバーの中心人物が、今更、古代コンクリートだ、などと言われても非を認めるわけがない。

「どうするの？」と尋ねると、藤井は学会を通じて手に入れた研究者リストがあるので、ジャワ島内の別の大学を訪ねると、冷静な口調で答えた。

「私が同行しよう」と一正は申し出た。アカデミズムの世界では新参者でも、こちらでトータル十年も仕事をしていたのだから、この国の流儀については自分の方が精通しているという自負がある。

「大丈夫ですよ」

あっさり断られ、気を悪くして通話を終えた。

したたかに酔っ払ってジャカルタ市内のホテルに戻ると、ＰＣに人見からメールが届いていた。

この日、人見はジャカルタから約百キロほど行った所にあるチボダスの植物園に行き、一正が呪術治療を受けた後にマヒシャからもらった、ビニール袋入りのゴミのようなものを園内の研究センターに持ち込んでいた。あれは何かの植物の一部だったらしい。そこで分析を頼んだのだが、調べるまでもなく、研究員はその形態や色から、それがこの国で伝統医学に使われるマメ科植物の雄しべで、アルカロイドを含んでいるため使い方によっては強烈な幻覚剤として作用するものだと言ったらしい。

洞窟内でともしていた灯明にマヒシャはそれを振りかけていたのだ。

自分があの煙にむせて涙を流していたことを思い出し、一正は小さく舌打ちした。

「とんだ危険ドラッグだ」

憤慨しながら、マヒシャの呪文とともに目の前に出現した別れた妻たちの姿を思い出す。

人見のスマートフォンに電話をかけると、彼女はすぐに出た。今はジャカルタから六十キロほど南に行った町、ボゴールにいるということだ。

「いやいや、してやられましたね」

開口一番にそう言うと、人見は「マヒシャにそんなつもりはないわ。何とか治してあげたかっただけよ、で、現に治ったでしょう」と朗らかな声で答えた。

「ええ、すこぶる快調です」

悔しいが事実だ。

「で、帰国は？」と唐突に尋ねられた。

「はぁ、明日の深夜、ジャカルタを発ちます」

「それなら午後までは何もないわね」

「何かおもしろい話でも？」

「繋がったのよ、例の保健プロジェクトに関わった医者に」

ビアクのホテルで人見が見つけた調査報告書の件だ。末尾にあった名前から検索し、ネピの調査に直接関わった人物に行き着いたと言う。

当時は医科大学の助手だったというその人物は、十五年が経過した現在、ジャカルタ郊外の病院に臨床医として勤務していた。

明日、その病院を訪ね、彼から調査時のネピの様子などを聞くつもりだと言う。

「来られますよね」

「もちろん」

即答だ。

座敷がかかればどこにでも行く。行った先で人脈を広げる、そうして生きてきた。

翌日の午前中、迷彩服姿の守衛が立っている病院の門を通り、芝生の庭を抜け、エントランスで人見と待ち合わせた。

「ずいぶん立派なところでびっくりしたわ」

大理石張りのロビーに立って、人見はきょろきょろと一帯を見回す。

「当然です。日本のODAで建ったところですから」と一正は胸を張る。

名称が変わっていたのでここに来るまで気づかなかったが、一正も駐在中に一度、腸チフスにかかった折に入院した病院だった。インドネシア国内で安心して治療を受けられる医療機関として、駐在員の共有するリストにも載っている私立病院だ。

「外国人とお金持ちしかかかれないんでしょうね」と人見がため息をついて、広々とした受付や掃除が行き届いて艶々と光っている床や、英語の案内表示などを見渡す。

「庶民が頼りにするのはまだまだ民間薬と呪術医ですね。考えてみりゃ田舎に行けばどこもプラガダンと大差ない」と、一正は自分が赴任していた当時とあまり変わっていない国内事情を思う。

受付で名刺を見せてしばらく待っていると、背後から声をかけられた。髪を後ろになでつけた、すらりとした色白の、一目で中国系とわかる男が立っている。

「こんにちは、リンです、初めまして」

彼が十五年前にネピに調査に入ったときのメンバーだと言う。

待合室を抜け、カンファレンスと表示された小部屋に案内された。

「で、あの当時のネピ島の人々の健康状態と衛生状態について話を聞きたい、とか？」

研究分野や目的など、人見はアポを取る時点で相手に告げていたのだろう、挨拶もそこそこにリンは忙《せわ》しない口調で本題に入った。

「ええ、プラガダンの女性たちに特徴的な火山ガスへの耐性が見られた、ということでしたが」

「調査項目にはなかったのですが、気づいたもので」と前置きしてリンは続けた。

「ちょうど我々が調査に入ったときは、島の火山が活動期に入ったところでした。風向きの加減で煙が山麓の村に流れてきまして、我々も含めて村の住人は急いでビアクまで避難したのですが、たまたま祭祀用の供物を買いに来ていたプラガダンの女性たちは平然とガスの溜まる窪地に留まっていて、農民が逃げてしまい必要な果物が手に入らないと不満を漏らしていました。いずれにしても体内に入った毒物を分解する酵素が遺伝的に備わっているか、あるいは体内の微生物が解毒作用に寄与しているかでしょう」

「遺伝的に？」と人見が尋ねる。

「たとえばスラウェシあたりの漂海民などは、長時間水に潜っていられるように、赤血球をため込む脾臓が大きくなっているわけですが、彼女らについては何もまだ検査はしていない。漂海民は海に住むが、彼女らは火口に住み着いているわけではない。それに遺伝的要素ということからするとプラガダンの村の人々も表側のムスリムも同じです。近代以降に入った中華系の人々を別にすれば、遺伝子的にはあの島は単一民族です。まったくもってよくわからない」

「島で会った多くの人々は、知識人も含めて自分をアラブ人の末裔だと言っていましたが」と苦笑交じりに人見が言う。

「世界各国、どこにでもある神話伝説の類いですね」とリン医師は笑って受け流した。

「日常的に摂取している食物や生薬の中に、そうした耐性を獲得するような成分が含まれている可能性は？」

人見が尋ねると、リン医師は神経質な様子で眉を動かした。

「山野に自生する植物を解毒や健康維持のためと称して用いていますね。薬効も副作用も不明な怪しげな代物です。この国全体が都市部は別として、医師不足もあって怪しげな伝統医療が認知されている面があるので、田舎はどこも同じようなものですが、それも程度問題で……」

「あそこの伝統医療には私も世話になりましたよ」と一正は告白する。

「大丈夫でしたか？」

リン医師が鋭い視線を上げて一正を見た。

「たぶん熱中症か疲労だったのでしょうが、ハーブティーみたいなものを飲まされてそれなり薬効はあったようですよ」

さすがに幻覚剤の煙を吸った話をする気にはなれない。

「気をつけてください。危険なハーブティーやリキュールを作っていますから」

「ああ、リキュールですか」

「まさか口にされたとか？」

「世話になった家の奥さんの手作りの椰子酒と、あとは何やら甘ったるい酒で女性たちが飲んでいたのをお相伴《しょうばん》させてもらいまして、なんだかんだ言って酒ですから、日本でも私はいろいろ失敗しましたからね」と豪快に笑ってみせた。

「私はひどい目に遭いましたよ」と人見が肩をすくめる。

「あなたたちは飲んだのですか、彼らの造った酒を……」

リン医師は目を剝いた。

「ええ。加茂川さんは味見する程度でしたが、私は飲み干したもので。もともと嫌いな方ではないので。ただ、あのときは、今まで経験したことのないような二日酔いで」

リン医師の表情が険しくなった。

「たいへんに危険な行為ですよ。彼らの出す飲食物、特に酒は中毒を起こすので、あなたの学問上の必要性は承知していますが、フィールドワークといえども絶対に口にしてはいけません。それは二日酔いなどではありません。高揚感や幻覚は？」

「高揚感はわかりませんが、幻覚らしきものは」と一正はあの海中に現れた塔とその中で燃えていた火、小さくなった人影などを思い出す。

「蜂蜜酒です、おそらく」

「そうです。まさしく」と一正は同意し、人見が「確かに花の香りがしましたね」と記憶を辿るように視線を宙に向けた。

調査の折に助手の一人がそれを分けてもらったとリンは言う。

「もちろん賢明な彼女は飲みませんでしたが。で、そのサンプルを持ち帰り調査したわけです。結果は、幻覚剤でした。天然の」

「もしかしてあのあたりに自生するマメ科植物の」

「まさにそれです」

原料は村人が密林に分け入り、ミツバチの巣から取ってくる貴重な蜜だが、その蜂蜜には近隣に自生する花の花粉が含まれている。そのためアルカロイド系の成分が含まれている花の花粉も蜜に混入する。蜂蜜の糖分をアルコール発酵させて作ったその酒にも当然入っており、それがアルコールによって強く作用すると言う。

つまり自分がダツに刺される前に見た海底の灯りや光景も、あの甘い酒によって引き起こされた歪められた感覚だったのだ、と一正は納得した。

「いずれにしても遺体処理一つをとってもあそこは衛生環境等に問題が多すぎる。我々の知らない特殊なバクテリアやウィルスも存在している可能性があります。しかも男はすぐに銛《もり》やヤスを取り出すし、女性たちは妖術使いというか、ペテン師というか、魔女が揃っています。スマトラ西部の人々の扱いは男も女も難しいです。何しろ首狩り族ですから」

「さすがに今時、首は狩ってませんよ」

さきほどから不愉快そうに真一文字に口元を引き締めていた人見がすかさず反論した。

「いえ、カリマンタンの首狩り族は、マドゥーラ族との紛争の折に、敵の首を狩って心臓を喰った。つい数十年前の話です。われわれ中国系の人々もしばしば首狩りの標的にされる。あなたがたも気をつけた方がいい。連中には中国人も日本人も韓国人も区別がつかない」

真剣な表情でそれだけ言い残すと、リン医師は席を立って仕事に戻っていった。

「いまだにああいう偏見が残っているのね」

憮然とした表情で人見がため息をつく。

「いや、女性に対して言うことじゃないんだけれど、ごめんなさい」と一昔前の紳士らしい配慮をしながら、一正は続けた。

「ここは政権交代期にあちこちで大虐殺が起きる国でしてね。スハルト政権の末期にも地域紛争が頻発して……カリマンタンの紛争の折の首狩りや人肉食の噂はジャカルタのオフィスビルにいた私らの耳にも入ってきました」

「噂ね」

「カリマンタンの紛争は事実ですよ。たぶん今の時代ならどぎつい動画がネットを埋め尽くしていたはずです」


一正が日本に戻って一週間後、近所のイタリア料理系のファミリーレストランで一人、夕食を摂っていたときだった。藤井からのメールがタブレット端末に飛び込んできた。

ジャワ島内の大学では結局、どこに行っても相手にされなかったのだが、その後、再びスマトラに飛び、メダンにあるＩＩＭＵという私立の総合大学の教授と面談がかなった。教授は、すぐにネピ島の遺跡の重要性を理解してくれたと言う。州の歴史考古局に、藤井の代わりに、遺物であるコンクリート片を携えて出向き、藤井の書いた報告書を届けてくれた。

そしてこの日、藤井があらためて教授に問い合わせをしたところ、報告を受けた州は三週間後に再調査に入ると決定したことがわかった。さらには書類を受理した時点で、工事の一時停止の命令が、州から出されていた。

「やった」

一正は快哉を叫び両手を挙げた。その場にいるだれかれともなく握手し、抱き合いたい気分だった。ミックスグリルを運んできた店員がびくりと足を止め、隣のテーブルの高校生カップルが気味悪そうに、こちらを見る。

「ビール、追加ね」

大声で店員を呼び止めた後、気が変わった。

「いや、スパークリングワイン。グラスで。一番高いの」

と言っても、二百五十円だ。

それが運ばれてくる間に、ゴミ処分場建設計画について一正から聞いて悲憤慷慨していた、パダンのダイビングショップの社長にメールを打つ。

「ネピ島珊瑚礁のゴミ埋め立て計画、阻止成功！　我々の発見がインドネシア政府を動かしました」

無意識に、仰向いて哄笑し、スパークリングワインを運んできた若い女性店員の凍り付いたような視線に気づく。

「いやぁ、大成功なんだよ。プロジェクトがさ、今、メール入ったの」

相手は強ばった笑みを浮かべてうなずく。

次に人見のスマートフォンに電話をかける。彼女も二日ほど前に帰国していた。

「人見先生、メール見た？　藤井さんの」

息を弾ませ尋ねる。

「え、まだ……」

「やりましたよ、ゴミ埋め立て計画、白紙撤回ですよ、守ったんですよ、我々があの場所を」

藤井のメールにあったのは、計画の一時停止であって白紙撤回ではないが、調査の結果、再び文化財的価値なしと結論づけられるという悲観的なことは考えられなかった。

「ブラボー」

人見も素っ頓狂な声で応じた。

「藤井さんが帰ってき次第、集まりましょう」

「いいですね、シャンパン開けましょう、シャンパン」

男一人の味気ない食事は、一瞬のうちに喜びの晩餐に変わった。

政府による調査はこれからだ。そのうえで文化財登録がなされ、その後の調査の結果、保存は当然のこととして、修復と周辺整備事業も始まる……。そうして発見者である自分は再び、インドネシアに渡り、そうした事業に関わる。

夢にまで見た海の遺跡公園だ。表側にあるビアクの町には高級ホテルが建ち、そこからプラガダンまで海岸道路が延びる。

プラガダンの村は、フレイムツリーやプルメリアの並木道の延びる美しい公園となり、駐車場や海を望むレストハウスもできる。

しかし何と言っても、メインは海中公園だ。

海中の塔は保全され、入り江の中の古代都市は復元される。

揺らめく青い視界の中に、ヒンドゥー文化の影響を受けた町の風景が出現するのだ。

観光客たちはインストラクターに導かれて、古代のインドネシア遺跡を小舟の上やグラスボートの窓から俯瞰し、またはシュノーケルをつけて水中から眺め、あるいはエアタンクを背負って石畳の上に下り立ち、幻想的な青い町に見入るだろう。

遺跡、エコツアーの拠点となったプラガダンに住むケワンたちは、その持続可能な漁業を平和な形で存続させつつ観光業にも携わることができる。

道路、電気、水道等のインフラも整備され、貧しく不便な生活は改善される。

それだけではない。遺跡の存在は島の差別構造をも解消し、島の住人に彼らの本当のルーツに対する真の誇りをもたらすに違いない。

一正の夢は広がる。

翌週の金曜日、一正が予約した虎ノ門界隈のビストロに、一正、藤井、人見の三人は顔を揃えた。
その馴染みの店に、一正は秘蔵のブーブクリコを持ち込んだ。

「いやぁ、お疲れさん」

フリュートグラスを高く掲げ、乾杯する。

「で、政府の調査の日程、教えてください。私の方も同行するために予定を空けなければならないから」と一正は手帳を広げる。

「はぁ」

藤井は怪訝な表情を見せた。

「調査には喜んで協力します」

「いや、協力は不要でしょう」

表情も変えずに藤井が言い放つ。

「インドネシア政府が編成した自国のチームが入るので」

「はぁ？」

意味がよくわからない。

「インドネシア人だけのチームということ？」

「そんな重要なものの調査にやたらな外国人を混ぜるわけがないじゃないですか」

「それでは我々は……」

「発見しました、と届け出て終わりです。まず、文化財の候補リストに載せるか否かの判断をするために考古学センターが入って調査、判断する。もちろんゴミ処分場工事計画はそこでストップしますから安心してください」

「ストップして、その後は……」

「文化財候補リストに載れば、半永久的に保全されるでしょう」

「それでは、また、ねつ造だ、文化財的価値なしだ、と言い出すかもしれないじゃないですか」

「いや、それはないでしょう。ＩＩＭＵはイスラム系の私立大学ですが、考古学については高い水準を誇っているし権威もあります」

「それにしたって発見者は我々ですよ」

「ええ、発見者は我々のような外国人の場合もあれば、自宅裏の畑を耕していた農夫の場合もある。発見したら二週間以内に、政府に報告する義務がある。それだけです」

「それじゃ、我々は調査には……」

「終わるまでは閉め出されます。ただしインドネシア政府の許可を得れば、見学できます」と藤井は無表情で答えた後に、「見学だけね」と念を押した。

「つまりそばに行って指をくわえて見てろ、ということですか」

「いや、そばには行けません。遺跡周辺は柵で囲まれていまして、部外者は柵の外で見るんですよ」

「部外者って、我々のこと？」

血の気が引いていく。

「そういうことです」と藤井は冷たくうなずいた。

「だがそれは、あくまで文化財として登録するか否かの、調査の話ですよね」と一正は食い下がる。

「そこで文化財登録されれば、本格的な発掘調査と、修復事業が始まる。そうなったら国の予算がついて、たとえば日本から機材とノウハウを提供し、調査研究しつつ修復、整備事業に入るわけで、つまり国家的なプロジェクトに我々が関わることになりますよね」

「文化財に関して、インドネシアは外国に頼ろうなどという気はありませんよ」

「そんな話は」と言いかけた一正の言葉を藤井が無情に封じた。

「国家統合の象徴として、インドネシア側が必要と認めれば、国の威信をかけて自分たちで管理し、研究し、修復整備事業を推進することになるでしょう」

「そんなことはない。私が遺跡公園を作ったボロブドゥールにおいては……」と思わず演説口調になったのを藤井は遮る。

「ボロブドゥールの調査修復事業は、もともとオランダ支配の時代に開始されたものです。そしてスハルト政権時代に日本がＯＤＡで乗っかった。インドネシアと日本という国家と国家との関係がまずあって、そこに日本の研究者が文化庁を通して関わることができた。時代が違います、加茂川さん。今のインドネシアはもはやスハルトの時代ではない。しかも資金面でも研究レベルでも自信をつけました」

いちいち言うことを否定されて一正の頭に血が上る。

「じゃあ、あの海のボロブドゥールについての前回の調査のずさんさはどうなんだ？　それだけじゃない、インドネシア各地に放置されて雨ざらしになっている遺跡は？　あれが資金面と研究面で自信のある国のやることか？　ってか、発見、報告した我々の立場はどうなるんだ」

人見が無言のまま、運ばれてきたパテの類いを口に運んでいる。

「お願いすればチームに参加させてもらえるかもしれない」

慎重な口調で藤井は答えた。

「資金や資材提供を条件に、あくまで側面支援という形で。ただし研究成果はあくまでインドネシア側のもので、我々外国勢は、アシスタント扱いですね」

「アシスタントだって何だっていいが、つまり我々は……」

危険を冒し、実際に怪我や病気で身を削って、現地に三回も足を運んだ目的は、もちろん海のボロブドゥールを遺跡として認知させるためだった。無惨にゴミに埋められようとしているその場所を救い、遂には古代都市の遺跡までも発見した。

しかしその結果、手柄はインドネシア政府に横取りされ、調査から閉め出される。自分の名前が、あの遺跡の発見者として刻まれることはなく、海の遺跡公園は見果てぬ夢となる……。

大枚をはたいて買ったブーブクリコが、舌の上でシャンメリーに変わっていく。

「無名戦士の墓なのか」

愕然として虚空をみつめ、一正はつぶやく。

開発独裁と反政府主義者の虐殺で何かと評判の悪かったスハルト政権だが、一方で国民統合のかけ声の下に行われたボロブドゥール遺跡の修復事業では、後世に残るすばらしい成果を残した。

しかし時代は変わった。インテリ層を中心に国内では中東を手本とするイスラムの純化が進み、日本の方ももはやそうした事業に札束を突っ込めるような豊かな国ではなくなった。

自分ができることはこれで終わり、ということか。

それでもあの遺跡を救えたのならそれでいい、と思うべきなのか。

自分の金と暇と労力を使い、あの国の宝、いや、世界の宝を救った。その事実が消えることはない。歴史の底に自分は生き続ける。かつてインドネシアで遺跡公園整備に尽力した、無名の企業戦士として。

ヒロイックな気分に陥ってきた。

「というわけなので、見学でもアシスタントでもいいから我々も調査に関われるように、手配しましょう」

藤井がすこぶる事務的な口調で続けた。

「はあ？」と一正は瞬きして、藤井の顔を見る。

「関われるの？　手配、ってどうやって？」

「だからそのためにインドネシアの博物館や大学を回ったのですよ、直接に歴史考古局に届ける前に。発掘調査の名乗りを上げるのは、我々が手柄を譲ったＩＩＭＵの研究チームですから、アシスタントという形でうちの大学が調査に関われるかもしれない」

数秒の沈黙があった。

「アシスタント」という言葉が一正の中で虚しく反響する。

「文化財登録されることを祈りつつ、今はそのＩＩＭＵとの合同調査の可能性にかけましょう」

前向きな口調で人見がしめくくった。

3

二週間後、日本の主要な高速道路が大渋滞に陥っている盆休み明けに、一正と人見に、藤井からメールが入った。

博物館の館長、フスニ・ビン・ヤーヤの言葉を裏付けるような、ネピ島に関する資料が見つかったと言う。

太平洋戦争終結直後に、アメリカの学会誌に載ったさる考古学者の「インドネシア島嶼部、先史時代の研究」という論文の中に、参考資料として引用されていたもので、十一世紀半ばのアラビア商人の手による記録だ。藤井が日本語訳した文書も添付されている。

「すさまじい嵐と悪魔のような潮の流れに翻弄され、我々の船は次々に積み荷を捨ててせめて沈没を防ごうとした。だが大波は甲板を洗い、しばしば船を夜空高く持ち上げたかと思えば、奈落の底のような波間に落とした。航路を外れ、大海原をどこに流されていくのか。もはやこれまでと覚悟したとき、船員の一人がマストに体を縛り付け、声の限りアッラーの名を叫んだ。

そのとき不意に強風と荒波が止んだのだ。やがて夜空を覆った分厚い雲の隙間から星が見えた。わずかの間に雲は消え、瞬《また》き始めた星の一つから我々は、スマトラの北で大きく航路を外れ、マラッカ海峡に向かうはずが、インド洋側に流されたことを知った。

絶望的な気分に見舞われた我々の前に、島影が現れたのはそのときだ。

我々は手を取り合い、神に感謝した。

しかしたどりついた島、ネピは、この世の地獄だった。

豊かな緑と豊富な水は、一見、この島を天国に見せかけている。が、それは狡猾な悪魔の罠に過ぎない。緑園の木々は刺だらけで、しかも果実はことごとく毒を含んでいる。食った者は腹を押さえて転げ回り、林の中では小さな悪魔のような虫が不快な羽音とともに皮膚を刺し、食い破るのだ。

下痢に加え、高熱、震え、寒さ、あらゆる病気が蔓延している。

そんな中で平然と生きている者たちがいる。体に墨を入れ、草の葉で局所を隠したほかは全裸に近い男、足も乳房ももちろん髪もむき出しの女。彼らは、そこで豚と寝食を共にし、あの恐るべきジャングルの果実や、それだけでは足りずに、鋸で挽いた木くずまで食う。彼らの住居を木々の間から覗いた我々は、恐怖に言葉を失った。

棚のように床を持ち上げて建てられた木造住居の開いた窓辺には、無数の頭蓋骨が並べられ、その脇には大きな鉈《なた》がぶら下げられていたのだ。

我々が、彼らに襲われ首を狩られ体を食われる前に、速やかに船を直すことができ、大潮によって沖に運ばれていくことができたのは、まさに神の恩寵である」

本当かよ、と一正はつぶやいた。

しかしこの時代のアラビア商人が嘘を書く理由などない。しかも内容については、「黄金の国ジパング」とは違い、現代のイリアンジャヤの風土などを思い起こせば、すこぶる現実的で正確なのだ。

藤井はさらに別のアラビア商人によって書かれた記録を添付してきた。それは先に読んだ記録から二百年後の十三世紀中頃のものだ。こちらにはアブドル・ラッザークという著者名が残っている。

「ネピは黄金の島である」

冒頭にそうあった。

「海流は速く、島の周りはこのあたりの島にはめずらしく危険極まる珊瑚礁に取り巻かれている。我々の高い航海技術があればこそ近づき、そして島の黄金を手にすることができたのだ。そう、珊瑚礁の間に開かれたごく細い通路を辿り、我々はビアクの港を目指す。島に近づくにつれ、すばらしい香りが漂ってくる。黄金の香りだ。

丁子《ちょうじ》の花の季節、島中がこの香りに包まれている。港に入ると、干した丁子の蕾《つぼみ》を携え、島民たちが我々の船をめがけてやってくる。この島の丁子はとりわけ品質が良い。高品質の丁子を仕入れた我々は、中国を目指す。我々のもたらす丁子は、古代から、皇帝の黄金の食卓を整え、皇帝に謁見する高官たちの息を香《かぐわ》しいものに変えてきた。丁子が我々とこの島の双方に富をもたらし、ここを黄金の島に変えた。町は清潔で、町の中央にあるモスクには、黄金の尖塔がそびえている。その白い石の床で、人々は敬虔な祈りを捧げる。富を得た者たちの奢りや堕落は、ビアクの町にはない。我々のもたらした神の教えを人々はよく守り、誇り高く正しい生活を守り続けているからだ。黄金は掘りつくせば無くなる。だがこの島の黄金は、島民が植え、剪定し、手入れさえ怠らなければ、毎年、その花を咲かせ、富をもたらす。この島の暑さ、風の強さ、そして島民が祖先から受けついだ丁子栽培のすばらしい技術が、ここを黄金の島にした」

おお、と一正は呻《うめ》いた。黄金、は一正が想像したようなものではなかった。

島を回り込んだ小イスカンダルを仰ぎ見るあの台地で目にした丁子の林と作業する人々。すなわちあれが黄金の正体だ。

懇親会で出会った技師の話していた「海から近づくだけですばらしい香りが漂ってくる黄金の島、島中、黄金だらけで、たくさんの商人がやってくる。泉が湧き出て、目が眩むような神殿やきらびやかな家が建ち並ぶ町があった」の伝説の実像は、このアラビア商人の記録そのものだ。島の土産物屋にある金細工とニセ金細工、そして見学コースに入っているという金工房も、本物の金伝説とは無関係だった。

メールには、藤井のコメントが添えられていた。

「アラビア半島を出発し、インドを経由して中国に向かった貿易船は、海流や季節風の影響でしばしばスマトラの北でマラッカ海峡に向かう代わりに、西側のインド洋の方向に流されていたのでしょうか。十一世紀半ばに嵐によってネピ島に流れ着いたアラブ商人たちは、悪魔のような島、と言って、這々《ほうほう》の体《てい》で逃げ出したが、次に流れ着いた数世代後の人々は、彼らより少し腹が据わっていたのかもしれません。黄金の木、丁子を発見し、島民である首狩り族と取引し、ついでに彼らをイスラムに教化し、島に文明をもたらした。元は首狩り族であった島民のアラブ人たちへの尊敬と感謝は、いつしか自分たちのルーツはアラブ人だ、という認識を作り上げていったのでしょう」

「そりゃちょっと違うぞ」

自宅にいた一正はそうつぶやいてスマートフォンを取り出すと、藤井の電話番号をタップする。藤井はすぐに出た。授業が終わり研究室に戻ってきたところだと言う。

まずはネピ島民に語り継がれるルーツとなった文書を送ってくれたことへの礼を述べた後、「マラッカ海峡を目指したアラブ商人が、いくら嵐でも、そう何度もスマトラの西側、インド洋側に流されて、その手前の大きな島、ニアスでもシベルトでもなく、偶然ネピ島に流れ着きますかね」と少しもったいをつけて尋ねた。

「ええ。まあ……」

「アラビア商人があのへんに流れ着く遥か前から、クローブは香辛料として黄金の価値を持っていたんですよ」

「ええ、丁子の花を干したもの、クローブは、古代貿易における黄金です。現にクローブは黄金に匹敵する価格で取引されていました」

「つまり古代世界において、すでにネピ島は金のなる木の生えている黄金の島だったということです。とすれば十一世紀半ばに島に流されてきたアラビア人はともかくとして、その後の抜け目ないアラビア商人たちが黄金の木を求め、インド洋の荒波を乗り越えてネピにやってきたと考える方が自然じゃないですか。そう何度も難破するたびにネピに流れ着くというのは、できすぎた話でしょう」

「なるほど、丁子を求めて意図的にネピを目指した、と考えるのが自然だ。とすると十一世紀半ばにやってきたアラブ商人の、この島は豚を飼う首狩り族の島だ、という記述は何を意味するのでしょうか」

海中から出た古代コンクリート製の塔や堤防、堤防の内側にあった古代の町の跡、そしてビアク郊外で発見した、寺院建築に使われたと思しき切石の数々はいったいいつの時代のものなのか？

アラビア商人たちの記述を読む限り、彼らが現地の首狩り族をイスラムに教化し、原始の島に文明をもたらしたのは、あの古代の建築物が建造されたはるか後の話となる。少なくとも十一世紀以降、アブドル・ラッザークによる文書が書かれた十三世紀中頃までの二百年間に起きたことだ。

「確か、フスニ・ビン・ヤーヤ館長の言葉によれば、十二世紀ということでしたね」と藤井が確認するように尋ねる。

「シュリヴィジャヤ王国が栄えたのは八世紀、ジャワ島のボロブドゥールが建立されたのは九世紀。スマトラ島の西側にそうした古代王朝の勢力が及ばなかったにしても、現にネピ島にはヒンドゥー遺跡が残っている。にもかかわらず、十一世紀に島に辿り着いたアラビア人が、ネピは半裸の首狩り族の島で文明なんかない、と書いているのはおかしい。どこか別の場所のことを書いたとしか思えないな」

「アブドル・ラッザークの記述にも、ヒンドゥー王国に関するものがまったくないのも不自然ですね」

そう言った後に藤井は躊躇するように付け加えた。

「あの塔の中にあったリンガとヨーニはヒンドゥー信仰のうちでもかなり古い起源を持つものなのです。仏教とヒンドゥー、双方が栄えたシュリヴィジャヤやシャイレーンドラ王朝より、年代はかなり遡るもので、少なくともネピ島が、マラリアが猖獗《しょうけつ》を極める熱帯雨林の、首狩り族が住む原始の島であった十一世紀よりずっと以前の話になります」

「つまりあの難破して流れ着いたというアラビア商人の書いた文書自体が嘘八百ということじゃないの？　嘘でなければ神話伝説の世界か」

藤井はそれには答えず、気を取り直したように言った。

「そのあたりの年代的矛盾については、今回、インドネシアの歴史考古局の方で、我々の持ち込んだ古代コンクリート片を炭素年代測定することで解決するでしょう」

「そうはいかないんだよな……」

一正は苦笑した。

「自然石や化石は炭素年代測定ができるんだけど、コンクリートの炭素年代測定はできないの。できるのは骨材に使われた自然石だけで、セメント部分については一千年前も二十年前もわからない。自然石の年代測定などしても意味がないでしょ」

「はあ」

脱力したような藤井の声を遺して、通話は終わった。

古代コンクリートによる文明は、西ローマ帝国の崩壊とともに終焉を迎えた。その後、近代コンクリートがイギリスで発明されるまで、約一千年の間がある。その間、ローマ文明とまったく異質の文明がヨーロッパを席巻した。暗黒の中世、ルネッサンス、産業革命までの間、教会も宮殿も主に石で作られていた。

一方、古代コンクリート文化はヨーロッパとは遠く離れたスマトラ沖の島で、ヒンドゥー文化の下、ささやかながらも花開いていた。その時期はいったいいつなのか。

その年の暮れ、一正は単身、ネピに渡った。

藤井に調査の結果を尋ねたところ、インドネシアの調査隊が文化財登録するか否かを見定めるために調査に入ったのが三ヶ月近く前で、ネピの内陸部の遺跡についてはすでに文化財登録されたが、プラガダンについては調査中のままだと言う。スマトラにある大学、IIMUにメールを入れても、理由は告げられないと言う。

島を仕切っているハジ・モハンマド・ジャミルが、何か圧力をかけているのか、それともイスラム系大学の調査チームの人々の、ケワンたちに対する抜きがたい偏見が、そこにかつて存在した「文明」を積極的に否定しようとしているのか。

それでもIIMUの調査チームは、年内には再び現地に入るという。

いても立ってもいられず、大学でこの年最後の講義を終えたその足で、一正はネットで入手した格安航空券を手に日本を発ったのだった。

「現地に行ったところで、調査に関われるわけじゃありませんよ。遺跡に近寄ることもできません」

電話で話した藤井はそう釘を刺した。

「わかってますよ」

ぽっかり自由な時間が手に入れば、頭を駆け巡るのは女のことでも出世のことでも、ましてや金のことでもなく、かつて夢とやりがいを背負って仕事をしたことのある暑い国の情景だった。五十を目前にした自分に、その遺跡は再び夢を与えてくれると信じて、一正はスマトラに飛んだ。

パダンのダイビングセンターでエアタンクを借り、ネピ島の港に到着したときは、ちょうど潮が引いている時間帯だった。数時間はプラガダンとの行き来はできないので、アハメドの車を呼び、博物館に向かう。

建物に入り、館長のフスニ・ビン・ヤーヤを呼んでもらう。

「これはこれは」

十五分ほど待たされた後に出て来たビン・ヤーヤは、慇懃な動作で挨拶し右手を差し出した。

応接コーナーに通され、一正は「私の気持ちです」と大箱入りの求肥《ぎゅうひ》入り最中を差し出す。こんなこともあろうかと、日本のデパートで買い込んだものだ。総じて飲酒を抑制されると、男は女に比べても極端な甘党に走る。中身を確認したビン・ヤーヤに「どうぞお一つ」と勧め、それでは、と口にした相手はたちまち相好《そうごう》を崩した。

少しばかりの世間話の後、一正は、政府による文化財登録のための調査の進捗状況について尋ねた。

「ああ……」とビン・ヤーヤは肩をすくめた。

「林の中のものについては、一ヶ月前に登録されましたよ。ただし実際には何もありません。礎石さえ。そこで近隣の村の家の土台を調べたり、道路の一部をはがしたりしていましたが、何も出るわけはありません。存在しないのですから」

物静かに、確信をこめてビン・ヤーヤは言う。

「ところが、村の家の土台や舗装の下から、古代の建造物に使われた石が出て来た、と調査に来られた学者の先生たちは言われる。しかしどんなものでしょうね。その気になれば、だれでもそのあたりの石を切ったり、彫ったりすることができます。それがお金になるかもしれない、となれば」

「つまりねつ造だと？」

ビン・ヤーヤは肯定のため息をついた。

「スハルト以来の悪い伝統ですが、政府は信仰より国家としてのまとまりを優先する。ナショナルアイデンティティーの象徴としてヒンドゥー遺跡を格別に重要視する。文化財的重要性からしたら、この島の木造のモスクだってヒンドゥー寺院跡同様に大切なのですが。木造の建物は湿った空気で腐る、火山の噴火で焼ける。結果、この国で残るのは、ヒンドゥーの石片だけ、というわけです。そんなところに、住民の心に卑しいものが宿れば、どうなるか。ビアク郊外の住宅地でも発掘調査がなされましたよ。道を掘り返したり民家を壊して土台の石を調べたときには……」

「ああ、それね」

最後まで聞かずとも、話の先が見えた。最近、遺跡関係者たちの共通のボヤきをよく耳にするからだ。昔と違い、村民は民族のルーツ、自国の誇りなどという理由で、おとなしく立ち退いたりしない。法外な立ち退き料を請求し、交渉を手間取らせ、なかなか調査にかかれない。遺跡公園化などという大規模な話になると、ますます難儀する。

「堕落ですよ。それで政府からお金がもらえるとなれば、誘惑に負けることもあるでしょう」

嘆かわしいというように、ビン・ヤーヤは首を横に振り天井をみつめる。

「で、プラガダンの方は？」と一番、気になっていることを尋ねた。

「あっちはまだ登録なんかされていませんよ。学者は入って見ていますがね」

藤井から聞いた通りだ。

「何か理由が？」

さあ、というようにビン・ヤーヤは視線を天井に向ける。

「何と言っても、首狩り族の村ですから」

嫌な物言いだ。

まさかまた「価値無し」とされてゴミ処分場計画が再開するのではないか。

不安な気分でアハメドの車に戻り、ビアク郊外の住宅地に行ってもらった。

そこで前回、藤井が乾拓を取らせてもらった踏み石のある家を探したがない。

いや、村全体のたたずまいが変わっている。数軒の家が取り壊され、土台が残っているところもあれば、ブロック積みの上に漆喰を塗った新築の家に建て替えられているところもある。

住民に立ち退いてもらうまでは至らなくても、土台の石を回収するために、家を取り壊したのだろう。

「結構な補償金をもらったのだろうね」とそれとなくアハメドに尋ねると、相手は肩をすくめた。

「本人は涙金だ、と言ってるけれど、かなりもらったんだろう。ここの親父さんは急に羽振りが良くなったと思ったら、島を出て行った。パダンあたりで楽しく暮らしているって噂だ」

振り返ると、密林の一部が鉄製のフェンスで囲まれている。

「大学の先生や役人が入って何かやってたが、俺たちには何も知らされない。興味もないが」

文化財登録された後に、一帯が荒らされないように立入禁止にしたのだろうが、いまのところ発掘調査が進められている様子はない。

遺跡が観光開発に結びつくような便利な場所は別だが、田舎や辺鄙《へんぴ》な島では、登録はされてもその後、発掘調査が進められず、本来、置かなければならない村の見張り番もおらず、荒れ放題になっているところも多い。ここはとりあえずフェンスで厳重に囲まれているところを見ると、観光はともかく学問的に重要な場所と認識されているのかもしれない。

それよりはプラガダンの方が気になって港に戻ったが、ケワンはまだ現れない。

蒸し暑いフェリーの待合所の薄汚れたベンチに腰掛けて待っていると、スマホの着信音が鳴った。人見からメールが入っている。

「私は行かないけれど、女神の系譜には、くれぐれも注意してください。タブーがたくさんありますので。文字や物になれた現代人には、島の母系文化は、同性の私でさえわからない部分があります。勝手なことはしないで、マヒシャにお伺いを立ててから行動してください。困ったときには、エダが味方についてくれるはずです」

「そりゃ勘弁してくれ」

苦笑しながら礼の言葉を返信する。

午後も遅くなった頃、手こぎボートでようやくケワンがやってきた。

「ダイビングの道具はここに捨てていってくれ」

久々に会ったのに歓迎の言葉もなく、命令するように言う。

「冗談じゃないぞ」

高額なダイビングセットやレンタルのタンクを捨てるわけにはいかない。しかしそれらのものを村には持ち込めない事情があることを察した。

まずは前回宿泊したホテルに行き、すべて預けることにした。そこのオーナーが正直な人物であることは、何回かの宿泊でわかっている。

ホテルまでは徒歩で行ける距離だが、総重量三十キロ近い機材と着替えその他を詰めたリュックサックを背負って歩くわけにはいかない。港付近に止まっている三輪タクシーを拾おうかと考えていると、ケワンが細い体でひょい、とタンクを担いだ。

「おい」

空いている方の手で貴重品の入ったバッグを掴み、「早くしろ」とでも言いたげに苛立《いらだ》った目を向けてくる。

ケワンの手からひったくるようにしてバッグを取り、リュックサックを担いで二人でホテルに向かう。

ホテルに着くと、ケワンは一正の着ていたフレッドペリーのポロシャツと半ズボン、アディダスのスポーツサンダルといったものの一切合切をはぎ取り、自分の用意してきたパンダのイラストのついたTシャツに洗いざらしのボクサーパンツ、薄汚れたビーチサンダルを身に付けさせた。

何か質問しても答えず「俺が言う通りにしろ」とにこりともせずに急かすばかりだ。

腹を立てながら言われた通りの格好をし、貴重品のみ布袋に収めて一正はケワンの手こぎボートに乗った。

日が沈むのを気にしながら、ケワンは身を潜めるようにして手こぎボートを慎重に操る。

プラガダン近くの珊瑚礁の浅瀬が近づいてきたとき、モーターの音が近づいてきたと思うと彼らのボートは止められた。

警察の巡視艇だった。

黙っていろ、というようにケワンが目配せした。

「プラガダンに帰るのか？」

警察官に尋ねられ、ふてくされたようにケワンがうなずく。

「その中国人は？」と警察官が一正を顎で差す。

「姉の亭主だ、姉の四番目の息子の父親」

村は今、観光客が立入禁止になっているらしい。

警察官が露骨に侮蔑的な眼差しを向けてきて、片手で追い払うような動作をした。

水中の塔のあたりに近づくにつれて警察のボートが増えてきた。少し離れたところに、漁船が何艘も警察のボートとにらみ合うように浮かんでいた。

船上の漁師の姿を見て一正は息を呑む。例によって銛《もり》やヤスを手にしている。

「やつら、祠《ほこら》に近づいてこじ開けようとしているんだ。もしそんな真似をしたら、俺たち漁師はもう二度と海に出られない」

無意識に呻き声を発していた。これまでのことからしても、大学から来た調査メンバーに対してのケワンたちの抵抗は十分に想像できた。未だにプラガダンの海の遺跡が文化財登録されない理由はこれだ。おそらく調査のたびに妨害しているのだろう。

塔のあるあたりに浮いているボートは警察のものではなく調査船で、警察官たちは彼らを漁民たちから守っているのだ。

ケワンは血走った目を調査船の方に向ける。

「違うんだよ。あれはそうではなくて……」

漁師の振り上げた銛に目をやり、一正は頭を抱えた。

ひょっとすると村人全員を敵に回すことになる。だが、ここは何とか理解してもらわなければならない。

「ケワン、今日、親父さんはいる？」

「もちろん」

「折り入って話をしたい」

「何で親父に？　俺じゃまずいのか？」

不信感もあらわにケワンは一正を睨みつける。

「ああ、できれば」

浜にたどり着き、もはや慣れ親しんだケワンの家の二階に上がる。マヒシャが浮かない顔で迎えてくれた。

「どうもご無沙汰です。お元気でしたか？」

声をかけたが、「そこそこね」と言いながら「せっかく来たんだ。ゆっくりしていきな」と飲み物を注いでくれる。

浜の方を見ると、銛やヤスで武装した漁師たちがぞくぞくと引き揚げてくる。

まもなくケワンの父のボラがやってきた。

「よく来てくれた。わしに何か用事があるとか」

重々しい口調で言いながら、正面にあぐらをかく。

「重要な話なんだ、長老たちにも来てもらえないかな」

「余所者《よそもの》のあんたが？」

「ああ、地元の人間が蚊帳《かや》の外に置かれることもあるんだ」

ケワンの眉間に皺が寄った。

ボラがうなずく。

「旅人の世間話が思わぬ知らせをもたらすことはよくある」

首筋がむずがゆいような感じを覚え、振り返った。

エダだ。黒い瞳に愛嬌を湛え、例によって、にっ、と白い歯を見せた。

あれの四番目の子の父親、と先ほどの警官に言ったのだっけ、と思うと、むずがゆさは全身に広がってきた。

「ちょっと女性は外してくれるとありがたいのだが」

できるだけ紳士的に願い出る。ふん、と鼻先で笑ってエダは出て行った。

年配の男たち、皺が深く歯が抜けていたりするが、おそらくは一正よりは若い長老たちが集まってきた。

「実は、」

一同を見渡し、一正は慎重に告げた。

「この場所、プラガダンの浜を埋め立てて、ゴミ処分場を作る計画が持ち上がっている」

聞いている男たちが一気に怒りを爆発させ、八つ当たりで自分が袋だたきに遭うのではないか、と身構えたが、ボラ始め長老たちは、互いに目配せするだけで一言も発しない。

インドネシア語のわからない者もいるので、ボラや他の長老たちが内容を他の者に伝えている。

「それは本当の話なのか」

ボラが尋ねた。

「本当だ。嘘だと思うなら、ケワンの携帯でビアクの役場に連絡を取ってくれ」

長老たちが顔を見合わせる。何かしゃべっている。

「つまり以前、測量技師たちがここにやってきたのは、ここをゴミで埋め立てるためだったのだな」

怒りを押し殺した口調で、ボラが言う。

「火山活動が盛んになったとき、役人が避難キャンプに行け、と言ったのも、我々をここから追い出すつもりだったのだな」

「いや、それは違うと思います」

正直に一正は答える。

「それで我々の漁場と神の祠をビアクの町のゴミで埋め、われわれの息の根を止めようというのだな」

異様に静かな口調だ。

「連中は破滅するぞ」

「ちっちっち」

ついついいつものお調子者の癖が出て、一正は右手の人差し指を左右に振っていた。

「だから、そうはならないんです。ゴミ処分場計画は、今、頓挫しようとしているんですよ」

不信感を露わにした視線が、自分に注がれるのを一正は感じた。

「いいですか、県レベルで埋め立て計画が持ち上がった。裏では島を牛耳る元スルタンの意図が働いている。だが、今、中止命令が出ている。どこから？　国からです。なぜか？　あの神の祠です。もしあれが国の文化にとって重要なものであればゴミで埋めるなどまかりならん、と。その調査のためにスマトラ本島の大学から学者たちがやってきた。もし調査ができないまま彼らが帰れば、ゴミ処分場計画が強行される。その瀬戸際なんですよ」

老人たちは顔を見合わせる。

「なぜ国がこんな島の、我々の村のことに関心を持つ？」

「あれはあなた方の神様の祠であると同時にインドネシアの宝なんです。国民統合の象徴なのです」

長老たちはふん、と鼻を鳴らしただけだった。

「その説明は、すでに何度も役人から聞かされた。何度もな。だが我々に関係はない」

この国どころか、この島さえ出ずに一生を終える者にとっては、確かに国家など抽象概念にすぎない。

「やつらは触れてはならぬ物に触れ、海神を怒らせる」と長老の一人が言う。

「しかし放っておけば、神の祠はゴミに埋められる。それとも神罰が下って工事が失敗する、とでも？」

そう言いかけると、ボラは怒りに燃えた目で一正を睨みつけた。

「我々がそんなに無知な野蛮人に見えるのか」

「いえ、とんでもない。そうではなくて、つまり、あの祠が国にとって価値のあるものだ、と認められれば、祠もこの前の浜も、国の教育文化省が守ってくれるんです。漁も、今まで通りできる。遺跡を破壊する恐れがあるという理由から、爆弾漁も厳格に取り締まられるようになる」

「本当にそうなのか？」

「ええ」

「だが、連中は祠におかしな機械を当てたり、中を覗いて神の姿を見ようとする」

たかがその程度のことと、ゴミに埋まるのとでは、どちらがまずいんだよ、と一正は、怒鳴りたくなるのをこらえる。

長老の一人が何かをボラにささやいた。ボラがうなずく。言葉がわからない。

だれも一正に説明してくれない。

「ありがとう。重要なことを教えてくれた。わしらはあんたを信用している」

存外に穏やかな口調でボラが言う。

「それでは？」

何も答えずに、長老たちは一斉に席を立った。取り残され一正は戸惑う。こちらに危害を加える気はないのだろうが、その態度は心外だ。

翌朝、軽やかなモーターの音とともにゴムボートで三人の男がやってきて、浜に降り立った。立ち襟のシャツを着た身なりの良い男たちだ。

「連中は？」

「余計なことは言わないようにしてくれ。旦那は、姉貴の四番目の息子の父親、なんだ。それで姉貴に会いに来た中国系の商人だ」

ケワンが叱責するようにささやく。

タイミング良く、エダの小さな息子が膝に乗ってきた。気乗りしないままその頭を撫でる。

「君たちにはぜひとも理解してもらいたい。この遺跡は国の宝でありインドネシア国民の誇りだ。今回の調査は政府に対しその重要性を証明するためのものなんだ」

そんなことをしゃべっているのは、役人か調査に当たっている学者らしい。聞いているのかいないのか、ボラが無表情なままうなずき、何か相手に伝える。

昨日、周辺を警察で固めていた様子からして、今日も多くの警官隊がやってきて、いざとなればゴム弾くらい発砲して地元住民を排除しながら調査を強行するのではないか、と一正は身構えていたのだが、警官の姿は見えず、三人の男はすこぶる紳士的に、説得に努めている。

「君たちの言いたいことはわかった」

やりとりの後、それだけ告げると彼らは帰っていく。

二時間後に、漁師の船が次々に沖合に出て行った。だれも銛やヤスは手にしていない。マリーゴールドや椰子の葉の細工で飾り立てられた船には山羊や鶏や米、椰子酒などが載せられている。

「カモヤンはだめだ」

一緒に船に乗り込もうとするとケワンに断られ浜に残ったが、自分の言葉が長老たちに受け入れられたことがわかった。

ボラたちは、調査することを許可したのだ。そのことについて彼らは祠の主である海神バイラヴァに山羊や鶏や米など供物を捧げ、許しを乞うつもりなのだ。

昨夜、長老たちが何かやりとりしていたのはこのことだったらしい。

男たちが海に出かけた後、一正はそちらよりも大規模な遺跡、古代の町の跡が海中に眠る入り江に向かう。幸いマヒシャもエダも虫除けの葉を採取するとかで、山の中に入っていてその場にいない。

集落のはずれまできたところで、海岸の砂に杭が立てられているのに気づいた。数メートル置きに打ち込まれた杭の間には黄色のテープが張り巡らされて、「地権者といえども立入禁止。違反した者は云々……」とインドネシア語と英語で警告を書いた札が下がっている。

浜からごく小さな木製の桟橋が延びていた。調査船を着けるために設置されたのだろう。

さらには浜に張り出した岩の根元に、プレハブの小屋のようなものまであり、庇《ひさし》の下で、男が一人、椅子に座って手もちぶさたな様子でタバコを吸っている。

黄色のテープをまたいで近づいていくと、男が立ち上がり駆け寄ってきた。

「何の用だ」

柄物ワイシャツに長ズボン姿。村の者ではない。

「何やってるの、ここで？」

とぼけて尋ねる。

「ここは立入禁止だ、警告を見なかったのか」と黄色のテープの方を指差す。

「調査しているの？」

答えないだろうと予想していたが、相手は「そうだ」と言う。

「調査スタッフ以外は立ち入り禁止だ。地権者だろうが村長だろうが」

マヒシャが浮かない顔をしていたのはこうした理由だ。

「ああ、わかった。で、もう調査は始まったの？」と一正は遠い海面に目をやる。ボートの類いは見えない。

「いや、まだだ。別のところが終わった後に取りかかる。とにかくここから出て行け」

野良犬のように追い払われた。

藤井によれば、政府の許可が得られれば、見学だけはできる。ただし柵の外で。だが、その許可を得ていない一正は、柵の外からの見学さえできない。

いったんあきらめてその場を離れる。

ケワンの家に戻り、日本にいる藤井に連絡を取ろうとして舌打ちした。バッテリー切れだ。丸一日、充電を忘れていた。

気配を感じて振り返ると、エダが一正の手にしたスマホの画面を覗き込んでいる。

「バッテリーがないんだ」

エダは白い歯を見せて笑うと、有無を言わさず奪い取った。

「充電すればいいんでしょ」

「いや、充電器はビアクのホテルに置いてきてしまった」

「あるからいいの」

「だから充電器があったって、ここには電気自体が……」

エダは高床式の階段を、大型の鳥のように軽々と下りていく。慌ててサンダルを履いて追いかけたときには姿が見えなくなっていた。

「おおい、エダ」

家々の間の細い路地や、中庭を覗きながら探す。どこにもいない。

エダ、エダ、と呼んでいると、魚を干していた女たちが笑いながら何か叫んだ。冷やかされたのだ。

腰のあたりをへこへこと動かす真似をしながら、仰向いて笑われ、いささかむっとした。

「あっちだよ」という風に、密林を女たちは指差す。

「どうも」と礼を言って走り出すと、背後で再び下卑た笑い声が上がった。

「ノープロブレム」

声が聞こえた。エダがいた。

エダの寄りかかっている木を見て、悲鳴を上げかけた。

鱗状の肌をした太い木の幹がいくつもの枝に分かれた股の部分に、腐食した葉に埋もれて携帯電話が差し込まれている。

「だめだって」と慌てて取ろうとした手首を摑まれた。エアタンクをひょいっと担いだケワンにも劣らない怪力だ。

「ノープロブレム」

そのとき目に入ってきた。スマートフォンの右肩部分のランプが灯っている。充電中を表す赤い光だ。

瞬きする一正を面白そうに眺めながら、エダはそれまで手を置いていた幹の鱗状の肌から手を離す。

ランプが消えた。

「おい、何だ？」

七万円以上するスマホが破壊される心配よりも好奇心の方が勝った。

「何なんだ、この木」と一正は自分の手を幹に当てる。赤い光はともらない。

静電気か細胞内外のイオンの動きにより発生する電気か。

エダの湿った手が、一正の手首を摑んだ。とたんに赤い光が灯った。

そのときスマホが半ば埋まっている腐食した葉と見えたものが動いたような気がして目を凝らした。

息を呑んだ。何かがうごめいている。シロアリのような細かな虫だ。

瘤《こぶ》状に固まってスマホを取り巻いているそれが、鱗状の幹の溝部分をびっしり埋め尽くしている。

「生物発電……」

息を呑み、小さな虫たちの集まった瘤からスマホを引き抜く度胸もなく、一正はエダに手を握られたまま唖然として、充電中を表す赤い光をみつめる。

女性たちは妖術使いというか、ペテン師というか、魔女が揃っています、というリン医師の言葉が脳裏をよぎる。

ようやくエダが手を離した。その瞬間に、木の股にうごめいていた虫たちの瘤が崩れた。シロアリのような虫の群れは即座に薄茶色の平面となり、次には鱗状の幹の溝に吸い込まれて、いくつもの隊列を組んで地面に下りていく。

足下を行進し始めた虫を見て、一正は思わず飛び退く。

「ノープロブレム」

エダが前歯を見せて笑う。

その通り、足の指に噛みつかれることも、体に這い上がられることもない。

しかし、と一正はエダの艶やかな黒い目を見る。

この女はひょっとして、虫の類いと心を通わせ、彼らを操ることができるのか。

あの夜、藤井が言っていた。マヒシャが呪文を唱えている間、虫の音がぴたりと止んだ、ということからしても、そのくらいはできそうだ。

この女に逆らったら、たちまち虫にたかられ、目、鼻、耳、そして言いにくいところまで、穴という穴に入り込まれ、内臓を食い荒らされて死ぬかもしれない、という恐怖にとらわれる。

そんなばかなと、一瞬、自分の心を支配したオカルティックな恐怖を慌てて振り払う。

俺は一人前の男だ。常識も良識も見識もそなえた、日本の男だ。占いや心霊は、女子供のものだ。心を通わせるだの操るだの、という以前に、そもそもシロアリのような虫に心がある、などというのがナンセンスだ。

そんなことを自分に言い聞かせていると、エダは虫の去った木の股からスマホを取り、一正に返すかわりに、いきなり体を寄せてきたかと思うと、一正のはいていたボクサーパンツのゴムに挟んだ。

「こらこらこら」

やることがキャバクラで嫌われる下品な客そのものだ。

慌てて引き抜き、表示を見るとフル充電されている。

何が何だかわからない。

「君、シロアリを使って何をやったんだ」

「何も」とエダは答える。

幽《かす》かな電波を発するものに、この島のシロアリの類いは反応して集まってくるのか。

足下を歩き回るごま粒ほどのものを薄気味悪そうに見下ろす一正にエダが言った。

「森の精霊も、祖先の霊も、死霊も生霊も、いたずらをする邪霊もあるけど、島の魂は一つなの」

「島の魂……」

「そう、火山のこと」

「ああ、小イスカンダル」

「いえ」とエダはかぶりを振る。

「それは町のイスラム教徒たちが勝手につけた名前よ。火山は火山で名前なんかない。私たちはただ『山』と呼んでいる。昔から島では『山』と呼んできたのだから。あらゆる霊は山の魂の一部。シロアリも鳥もトカゲも、私たちも『山』の体の細胞みたいなものなのよ」

「細胞、とは」

一正は感心して言った。

「難しい言葉を知ってるんだね。だれから聞いたの？」

エダは鼻先で笑った。

「誤解してるみたいだけど、私たち、ちゃんと学校を出てるのよ。父や母の時代とは違うの。インドネシアは途上国じゃないんだから」

ディベロッピングカントリー、という言葉が出て来て、一正はますますのけぞる。

「小学校も中学校も船で通った。潮の満ち引きがあるから、時間を見て行かなくちゃならないけどね。もちろん学校での差別は露骨だけど私たちは負けない。友達もできた。私たちは貧乏じゃないの。お父さんもお母さんも、魚を売ったお金で学費も教科書代も払ってくれた。私たちは自分たちで船を作って、自分たちで魚を捕って、サゴヤシ澱粉もタピオカも酒も自分たちで作っているんだから。ビアクの町やネピ島の農民たちと違ってだれにも借金なんかしてないの」

あまりにも筋が通っていて反論の余地もない。

海辺に出て、受信状態を確認しながら試しにパダンにいるダイビング仲間にかけてみる。

呼んでいる。

「ハロー」

相手は確かに出た。

当たり障りのない会話をした。電話機は確かに充電され、普通に機能している。

翌日、前の浜は静かだった。調査チームの姿もなく、明け方の漁で男たちが捕ってきた魚に女たちが火山灰をまぶしつけて浜で干している。

そのとき木陰や高床式の土台の下でタバコを吸っていた男たちが、何か慌てた様子で走り出した。

「なんだ、なんだ」と一正も下に降りる。

「何だかしらないが、連中の仲間がすぐ来てくれと」

生来の野次馬根性から一正は男たちの後を追う。

入り江に面した浜が騒然としていた。

昨日はなかったテントが、狭い浜の岩陰に張られている。この日の早朝、調査隊はビアクから船でこの入り江に入ったようだ。

「うわっ、だめだ、だめだ」

村の男たちが後ずさる。

「助けてくれ」

昨日、ここを監視していた柄物ワイシャツの男が、黄色のテープのこちら側で村人たちに懇願し、傍らのゴムボートを指差す。

「調査隊のスタッフが溺れている、救助を手伝ってくれ」

一正の顔を見た男が英語で叫んでいる。

「わかった」

一正は、救命胴衣を積んだまま、浜に乗り上げているゴムボートを両手で押し出す。

「だめだ、旦那。ここはだめだ」

ケワンが飛びついてきて、止める。

「うるせえ、人が溺れてるんだ」

「旦那も死ぬぞ。二度もここで死にかけてるじゃないか、絶対、だめだ」

しがみつかれたのを力任せに蹴飛ばした。すばやくボートを水上に押し出し、飛び乗った。

「ばか、カモヤンのばか、ああ、どこまでばかなんだ」

波打ち際から離れたケワンが、半泣きで叫んでいる。

「おい」

うろたえている監視役の男に声をかける。そちらも後ずさった。

「おまえも乗るんだ」

震えながら首を横に振る。

「乗らないと役所に報告するぞ」

男は顔を引きつらせてボートに乗ってきた。

「案内しろ」

二人でオールを漕ぐ。

晴天の朝のことで、ボートから見下ろす海中は鮮やかなトルコブルーだ。見ている間に青味を増していく。息を呑むような美しさだ。青い水を透かして、あの四角い祠や幾何学模様を描く建物の礎石などが、幻のように浮かび上がり、ゆらめいた。

「あっちだ」

男が指差した先に、小型のダイビングボートが一艘浮かんでいる。風も流れも格別ないのだが、小刻みに上下し、船腹に当たる波がぴしゃぴしゃと音を立てている。

ボートには男が二人乗っているが、途方に暮れたように水面を覗き込んでいる。

「何やってんだ、あいつら」

舌打ちしてゴムボートを寄せようとして、はっとした。

水面に何かが広がっている。海藻の群落が浮かんでいるように見えるが、近づくにつれ様子がおかしいことに気づく。

海藻の茶色がかった緑ではない。

青い。海の青、空の青よりも透明で、虹色の光沢を帯びたサファイアブルーのものが、巨大なシートのようにふわふわと浮いている。美しすぎる色に悪寒を覚え、その形態を確認して、思わず叫び声を上げた。

クラゲだ。花よりも美麗なかさを広げた、ガラスのように透明な青いクラゲが群れを作って水面に浮いていた。

その端を抜けてもう一艘のボートに近づこうとしたとき、海中から上がってくる泡に気づいた。

タンクを背負ったダイバーが海中にいる。

海面の反射を遮るように水中に目を凝らす。

確かに海中に漂っているウェットスーツの人影があった。

溺れてなどいないじゃないか、と首を傾げたそのとき、泡の上がってくる場所が移動した。

同時に海面上に広がった青いガラスのような生き物の群れがゆらりと動いた。ダイバーが浮上しようと移動するたびに、シート状に寄り集まったクラゲがダイバーの頭上に移動する。

その色と形からして、カツオノエボシの仲間かもしれない。電気クラゲの異名を持つ猛毒のクラゲだが、知能などない。一匹の生き物でさえない。普通のクラゲよりも原始的なクダクラゲ。ポリプの集合体だ。それが、水面に浮上しようとするダイバーの行き場を塞いでいる。

知能無きものの、ありえない悪意。

半泣きで、ばか、ばかと叫んでいたケワンの顔が脳裏をよぎる。地元の漁師さえ逃げ出す場所に、英雄気取りで救助に来た挙げ句にこれか、と後悔しながら、漂っているダイビングボートに近寄っていき、乗っている男二人に声をかける。

「二艘で、蹴散らそう」

「動けない」と相手から言葉が返ってきた。

「スクリューにクラゲが絡みついている」

「そんなもの回せば引きちぎれるだろう」

「だめだ。動かない」

「わかった」

エアの上がってくる真上、透明な輝きを放って漂っている青いものの真上に、ゴムボートで乗り上げる。触手がゴム製の側面を打つ。ぬらりと触手が上がってきそうな恐怖に捕らえられたが、それはない。塊は緩やかにほどけて場所を空けた。

「手伝え」と同乗する男に声をかけ、オールを手にして、その先端を目の前に漂う青いものの真ん中に突っ込み、勢いよくかき分ける。虹色光沢を帯びた人工的な青が割れ、海水の青緑色が現れた。

「よしよし、早くしろ」

気づいたダイバーがゆっくり浮上してくる。空気の泡が銀色に上がる。

そのとたん左右からふわふわと青い斑点のようにクラゲが集まり、たちまち海面を塞いだ。

「くそっ」

オールでそのぶよぶよしたものを思い切り叩いたが、手応えもなくシート状に広がるばかりだ。

「おい、彼らのエアはどのくらい保《も》つ?」

向こう側のボートに向かって尋ねる。

「十五分、いや、十分程度かもしれない」

腕時計を見た。間に合うかどうか。

男に手伝わせ、ボートを入り江に突き出た岬の鼻の部分に寄せる。

水面に落ちそうになりながら岩に這い上がり、ボート上で待っているようにと男に言い渡し、浜まで走って戻ると、見守っていたのかケワンが走り寄ってくる。

「何やってるんだよ、カモヤン」

かまわず集落まで走った。

網を繕っている老人の姿をみつけた。

「貸してくれ。金は後で払う」と有無を言わさず、それを奪い取る。

老人はぽかんとしている。

「おい、何なんだ、旦那、何してる」

ケワンが背後から肩を摑んできた。

「助けてくれ、説明は後だ」

「だめだ、旦那。あの場所だろ。死ぬぞ」

「ああ、死人が出そうなんだ」

「止せ、網でどうする気だ」

必死の形相で、ケワンが止める。

「ダイバーがクラゲに閉じ込められている」

「無駄だ」

「エアが間もなく切れる」

「やめろ。旦那まで殺される」

「助けるっきゃねえだろ」

「だからあの場所は、だめなんだ」

「うるせえ、ばかやろ。この玉無し野郎」

「な……」

ケワンの顔色が変わった。

「玉無し野郎、だと?」

右手が飛んできた。殴られると思い慌てて後ずさったが違った。

ひったくるように一正から漁網を奪い取ると、先に立って走り始める。

「何考えてるんだよ。カモヤンは網なんか扱ったことないんだろ。自分がひっかかって海に落ちるぞ」

「ありがとう、ありがとう」と繰り返しながら後を追い、途中で息が上がって立ち止まる。

民家の脇に錆びたヤスが二本干してある。ぜいぜいと息をしながらそれを失敬して、両手に持って再びケワンの後を追う。

岬の鼻まで走り、ゴムボートで待っていた男を下ろし、ヤスを手にケワンと二人で乗った。

穏やかな海面に漂う、虹色光沢の青い広がりを目にしたとたんに、ケワンの顔色は蒼白になった。

「俺、嫌だ。こんなの、見たことがない」

「頼む」

ケワンは決意したように網を摑んだ。投網のように海面に放るのかと思っていると、向かい側に漂っている船に近づくように一正に命じた。一メートルほどの距離に接近すると、先方の船の男に、網の先端を投げた。

「持っててくれ」

ゆっくりとダイビングボートから遠ざかる。クラゲの群が移動した。しかし群は急に厚みを増す。網に妨げられたのだ。海面がすっ、と開き、本来の海水の色に戻った。

「よし上がってこい」

海中の者に声が聞こえたとは思えないが、頭上に脱出口が出来たことには気づいたようだ。三つの人影が、泡とともにゆらゆらと浮上してきた。

男たちが海面に顔を出す。一人はマウスピースを外している。自分のエアが切れて仲間のを交代で吸っていたのだ。

予想はしていたことだが、調査チームのダイバーたちが身につけているのは、深度もさほどない熱帯の海ということもあるのか、スプリングと呼ばれる半袖半ズボンのウェットスーツで、グローブはなく、頭部もマスクから出た部分が丸出しだ。そこをめがけて網で捕らえきれなかった青いものがゆらゆらと近づいてくる。

「このやろう」

一正はヤスを突っ込んで押し戻す。柔らかな体にヤスが突き刺さることはない。だが、かき回してやると、触手が絡みつく。

「おっ、スパゲッティだ」
二、三匹、その要領でひっかけているうちに、ケワンや向かい側のボートの人々が手を貸して、ダイバーを引き上げる。一人はゴムボートに、残る二人は向かい側のダイビングボートに水中梯子を使って上がった。
「ありがとう、本当にありがとう。こんな怖い思いをしたのは初めてなんだ」

ゴムボートに上がってきたダイバーはケワンと一正に抱きつかんばかりに礼を言う。

網に捕らえられたまま、クラゲは揺らめいている。魚と違ってはねることも暴れることもない。ケワンが網を引き、一正は岬の先端にボートを着けた。

まだ小刻みに震えているダイバーを陸に下ろし、次にケワンが下りて網を岩の上に引き上げる。

青い塊が漁網に絡まったまま、強烈な陽光の下できらめいている。奇跡のような美しさだ。

「触るなよ。死んでも毒があるからな」

一正が言う。

「知ってるよ、俺たち漁師だぜ。でもこんなにたくさん集まってるのを見たのは初めてさ」

網をそのままにして、再びケワンを乗せてダイビングボートの方に引き返す。

動けなくなっているダイビングボートの後方に回り、プロペラ部分めがけてヤスを突っ込む。絡みついた柔らかなものが先端に引っかかった。ぐるぐると回して引っ張る。青いかさから伸びた長い触手が手応えもなく引きちぎられ、水面に漂い始める。

ほどなくヤスを引き上げると、低いモーター音とともにスクリューが回転し始めた。

桟橋にダイビングボートが横付けされたとき、虹色の光沢を放つクラゲの姿は入り江から消えていた。

救助された研究者や役人が、岩の上にしゃがみ込んだまま、もう一度丁重に礼を述べた。「いや、それより」と一正は、そこにある青い物が絡まった漁網を指差した。

「弁償してやってくれないか。あれが絡みついたら、もうだれも触れないから」

「もちろん、本島に戻り次第すぐに手続きします」

ずっと船上にいた責任者とおぼしき一番年かさの男が言う。

「いや、今、ここで。現金で頼む。あんた、ポケットマネーがあるだろ」と一正は畳みかける。

「彼らは、明日からでも網が必要なんだ。それで生活しているんだからな」

少し心外という顔をしたが、男は、さきほど救助されたダイバーの一人に何か命じた。ダイバーはまだふらつきながらテントの方に歩いていく。

「せいぜい吹っかけてやれ」とケワンに耳打ちする。ケワンは白い歯をむき出しにし、にっと笑った。

集落に戻り、ビアクに帰ろうとケワンの船に乗り込んだとき、エダの姿に気づいた。

「おっ、どうも」と型どおり挨拶する。

「しばらくお別れね」

エダは感傷も見せずに一正の手を握った。

「いろいろありがとう」と後ずさりしながら一正は続けた。

「実はあの入り江で、調査隊のダイバーが危ない目にあった。毒クラゲが襲ってきたんだ。襲うというか、ダイバーが浮上する海面を塞いだ」

「知ってるわ。クラゲの獄ね」

けろっとした表情だ。

「クラゲの獄？」

何とも恐ろしくおぞましい響きだ。

「もしかして君たちが操ったの……かな？」

藤井ならもう少し慎重な言い回しをするところだろうが、一正はそうした思慮をもともと欠いている。

エダはひょいと眉を上げた。

「操れるわけないでしょ。彼らは山の細胞の一つだと言ったはずよ。同じ細胞だから私たちは少しだけ理解できるけどね。彼らが警告を与えただけ」

「警告って、つまり立ち入り禁止、と」

歴史考古局は、調査中の外国人の立ち入りはもとより、地元住民の立ち入りも厳重に禁止している。その一方で、プラガダンの女たちも、同じ村の男たちを含めた、自分たち以外のすべての者の立ち入りを禁じている。

「たとえば私たちの体だって、外から異物が入れば、血の中の細胞が攻撃するでしょ」

自明のことと言いたげにエダは答える。

「免疫反応のこと？　教養あるんだね、君は」

感心すると、エダは冷ややかに一正を見た。

「私たちのこと、首狩り族の野蛮人だと思ってるでしょ」

「ないない、そんなことない」

慌てて片手を顔の前で振り、「それじゃ元気で」と逃げるようにケワンの船に乗った。

年明けに一正が日本に戻ってきてほどなく、晴れてネピ島のすべての遺跡が文化財として登録された、と藤井が短いメールで知らせてきた。発掘調査はまだ先のことになるが、それでも文化財登録されたことで、ゴミ処分場計画は正式に中止となった。

近所のスーパーマーケットで買ったおせち料理をつまみに安ワインのグラスを傾けながら、来期の講義のシラバスを作っていた深夜のことで、一正はすぐさま藤井のスマートフォンに電話した。

「いや、とりあえずここまで来たね、おめでとう」

自分の口調がしらふのそれでないことに一正は何となく気づいたが、藤井の方は「新年あけましておめでとうございます。今年もよろしくお願いします」と型どおりなのかとぼけているのかわからない、しらっとした挨拶を返してよこす。

「いや、あのままだと国の調査なんかままならないと思って、日本を飛び出した甲斐があったよ。村に着くなりやったんですよ、プラガダンの長老連を集めてね。ここにあるのは君たちのルーツであり神の祠であると同時に全インドネシア国民の宝なのだ、ここで調査を妨害して文化財として登録できなければ、ゴミ処分場計画が実行されてここがビアクのゴミで埋まってしまう、君たちはその瀬戸際に立っているのだ、ここは何とか賢明で冷静な対応をして国の調査を妨害しないでくれ、と」という酔っ払いの手柄話を聞き流し、藤井は、文化財登録の決め手は、石碑と一正の指摘した古代コンクリートの存在だったと語った。

彼らがケワンやマヒシャたちの妨害に遭いながら持ち帰ったコンクリートは、分析による年代測定こそできなかったものの、その様式や周辺の埋蔵物の特徴から、五世紀頃に作られたアジアでは他に類を見ない骨材入りの、しかも堅牢で耐水性にもすぐれた水硬性コンクリートであることが判明した。

「やっぱりそうだっただろう。餅は餅屋でね、建材については我々ゼネコンの人間に聞きなさいよ」とますます調子に乗ってしゃべり始める一正に、藤井は「まあ、詳しいことはお目にかかった折に」と忙しない口調で言い残して電話を切った。

通話終了の画面を見ると日付が変わっている。酔った頭の中で時は羽が生えたように飛び去っていたようだ。書きかけのシラバスも使い物にならないことは翌朝気づいた。


翌週、藤井とは、彼の東京出張に合わせて市ヶ谷で会った。

私立大学関係者が主に使うホテルのラウンジで待っていると、少し遅れて藤井がやってきた。

席に着くなり、リュックサックの中からノートパソコンを取り出し起動する。

人見はこの日は会議が入っており、東京までは出てこられないが、Ｚｏｏｍを立ち上げておいてくれれば、終わり次第参加することになっていると藤井は説明した。それなら、と習慣的に一正の方も自分のタブレットを取り出しテーブル上にセットして電源を入れた。だがすぐに画面上にバッテリーが切れかけているという警告が出た。

うっかり充電を忘れてきた。諦めて電源をＯＦＦにして、そういえば、と一正はあの不思議な現象を思い出す。ずっと心に引っかかっていた。

「シロアリなんだよ、シロアリなんかで携帯が充電できると思う？」

藤井は怪訝《けげん》な顔をした。一正はエダが木の股のシロアリの巣にスマホを差し込んで充電した話をした。

うなずいて聞いていた藤井は失笑した。

「いや、本当なんだ。バッテリーがゼロになった電話が、フル充電された。もちろん電話機は壊れたりしなかった。何が何だか……村の女性と木とシロアリが充電器の役割を果たした、と、まあ、不思議な話があったもので」

「生物発電ですか？」

「まあね」

「確かに我々の心や魂といったものも、結局のところ、神経細胞の電圧の変化に還元されるわけですし、魚類には発電する種もいますが、シロアリを使って携帯の充電は無理でしょう。あの女性に何かやられましたね」

「女は魔物だね。年食ったのもそうでないのも」

そのとき藤井のパソコンの画面に人見の顔が映った。逆光のシルエットだけだがそれとわかる。

「あ、こんにちは」と挨拶する。相手は動いているが声が聞こえない。

「人見さん、ミュートになっていませんか？」

藤井が言ったがやはり先方の声は聞こえない。すぐに人見の顔も画面から消えた。

何か不具合が生じたらしい。

しばらく待ったがそのままなので、藤井は本題に入った。

「それで登録の決め手となった、あの民家の踏み石に使われていた石碑の件ですが」と、藤井は画面を一正に向けた。

「あのとき取った乾拓を元に解読しました」

石の表面にあったひっかき傷のようなものの欠損部分を、専門の研究者とともに推測と想像力で埋めてみたのだと言う。

「何の言語だったと思いますか？」

「マレー語？」と半信半疑で尋ねる。

「文字も言語も、古代マレー語でも古代ジャワ語でもありませんでした。サンスクリット語です」

「そりゃまたずいぶん古い……」

となればだれが何と言おうと、あの島が、かつてインド起源の文明の下にあったことは間違いない。

文字の特徴や文法を縷々《るる》説明している藤井を遮り、「で、何が書かれていたの？」と一正はせっつく。

「こうした解読は、判じ物のようなもので、ある意味、研究者の想像も入ってくるんですが」

前置きはいいから、という言葉が喉元にこみ上げる。

「ラストオーダーになるんですが」とウェイターが声をかけてきた。一般のホテルと異なり、この手の会館ホテルの飲食店は閉まるのが早い。その言葉にようやく急かされた様子で、藤井は言った。

「『バイラヴァ王が島にやってきた』、石碑にはそうありました」

「なんと」

ケワンが怖れる海神バイラヴァだ。だがバイラヴァ王でありケワンの言うバラプトラ王子ではない。

藤井は解読した碑文の続きを読む。

「島には火山を統治する女王がいたが、バイラヴァ王は戦わず、女王と話し合った。火山の女王は、バイラヴァ王に、自分に敬意を示すことを条件に、丁子を持ち出すことを許した」

「丁子か、例の丁子だ」

一正は思わず声を上げる。「ほら、俺の言った通りだろ」という言葉はさすがに控えたが内心有頂天になっている。

「確かに、碑文の解読が正しければ、アラビア商人がやってくる前に、インド由来のどこかの王国の者が、交易のためにやってきて平和的に交渉して、島の丁子の買い付けに成功したということになりますね。それがあのプラガダンの入り江の港ということになる」

「ただの買い付けなんかじゃない」

無意識に一正の声が大きくなった。

「ただの交易じゃないですよ。こっちの島の丁子をあっちの国に持っていって売るとかいう単純な話じゃないんだ。いいかい、藤井さん、僕がマルク諸島の島で丁子の古木を見た話はしたね。丁子の生えている島だったので、その島の存在は長く秘密にされていたんだ」

「産物の希少性が失われるのを防ぐためですね」

「そう。だからネピ島でバイラヴァ王と島の女王の間で行われた交渉は、今で言えば、丁子の木の育成権、つまり知財権がらみの交渉だよ」

「島の秘密の受け渡しですか、ただの交易というより、もっと親密な関係と考えていいわけですね」

と藤井は意味ありげにうなずく。

「親密、と言うと」

「だから人見さんの言う、結婚ですよ」

「おお」

確かに碑文の内容は、以前、人見が訳してみせたマヒシャの呪文やボラが話してくれたプラガダンの村の縁起と対応している。

「昔々、ここは恐ろしい火の島で、その火を手なずけるこれまた恐ろしい魔女の島だった。我々の祖先はインドのバラモンで、長い戦乱を逃れて小船に乗ってこの島の沖合を通ったところ、火の島の魔女たちが海底の火山を爆発させた。ひどい津波が起こり、我々の祖先は波に持ち上げられ、この島の珊瑚礁の上を運ばれ、陸地に覆い被さる波の上をさらに密林の奥深くへと引き込まれていった。……船は小イスカンダルの斜面に生えた木にひっかかっていた。小さな花がすばらしい香りを放つ丁子の木だ。しかしその周りには恐ろしい魔女たちがいた。真っ赤な髪で、真っ赤な布を腰に巻き付けた魔女たちは、実は我々の祖先たちの乗った船を津波を使って島に引き寄せたのだ。男が欲しかったからだ。そして木に引っかかっていた船を引き下ろすと、その場で燃やしてしまった。

祖先たちは、もはやこの島から出られなくなった。そして魔女たちは我々の祖先に丁子の木の手入れをしろ、と命じ、奴隷として働かせた。魔女たちは祖先たちを働かせ、自分たちは酒を飲んで眠っている。そして怒り出すと理由もなく人を焼き殺す。祖先たちは、この島の海岸付近に小屋を作り、さらに石で寺院を作り神を祭り、自分たちの食べるものを削って供物として捧げて祈った。

ある日、天からシヴァの化身の王が下りてきた。みんな王が魔女たちを滅ぼしてくれると思ったのだが、そうはせず王は魔女と契約を結んだ。むやみに人を殺したりせず、自分のしもべたちには丁子の世話をさせる代わりに食べ物を与え、平和で豊かな生活を保証せよ、と。偉大なるシヴァ神の化身である王の言葉には、さすがの魔女も逆らえなかった」

それがプラガダンというよりネピ島の縁起だった。

流れ着いたインドのバラモンたちは、船を焼かれ故郷に帰ることは叶わなかった。

また人見は女たちから聞いた話として、「男神はシヴァ神を信仰するインドから来たバラモン、女神は同時に女神たち、と複数形になっている。つまり火山をご神体として崇める島の女たちで、島から出られなくなったインドの男たちが島の女たちと結婚して子供が出来て、以来、来訪者の子供を身ごもり母方で育てるのが島の伝統となった」と語っていた。

碑文の内容はそうした伝承を裏付ける。

しかし碑文によれば、男神、女神ではなく王と女王だ。

「男神バイラヴァは、シヴァ神の化身です。すなわち、塔の中身であるあのリンガとヨーニに象徴される、ヒンドゥーの中でも古いシヴァ信仰に一致する」と藤井は言う。

「やりましたね、これで神話が歴史に繋がったぞ」

思わず右手を差し出し、一正は藤井と握手する。

藤井は存外に冷静な表情で話を続けた。

「古いヒンドゥーでは、仏教と違い、王は神の化身と見なされます。男神、女神や船乗りと島の女たちとの結婚の話は、僕は人見さんの言うような生々しいものではなく、象徴的なものだと考えます」

一正は深くうなずいた。論理的に納得するというよりは、人見の推論の根にある思想性に、男の生理として共感しがたいものがあった。

「つまり二つの民族が殺し合わずに、一つの島の中で暮らしていくというくらいの意味ですかね」

「いえ、もっと実利的なものだと思います」

藤井が答えた。

「丁子貿易は、さきほどの話の通り、アラブ商人がやってくる以前、古代からあった。古代のインドからバラモンを乗せた商船が一帯の島々にやってきて、そこで丁子を発見すると、彼らは島民からそれを買い中国に運んで売る。やがて島民を使って栽培させたり、育成権を島民から譲り受け、本国からの労働力を投入したりしたかもしれない。いずれにしても戦ったり侵略したりせずに、島民相手に平和共存する形で契約を結んだ。そのために島民の信仰、アニミズムでしょうが、それを尊重する。異なる民族が互いの文化を尊重しながら交易した。それを結婚という言葉に置き換えたものだと僕は思いますね。丁子の管理を主に行っていたのは島の女たちかもしれないが、交易の主体となり島に文明を築いたのはインドからやってきた男たちだろうから、あくまで象徴的な意味での結婚です。子供とは、両者の関係から生まれる経済的な利益を指す」

「なるほど」

「ちょっと、待ってよ」

いきなりパソコンのスピーカーから人見の声がした。

画面にスチール書架を背にした人見の顔が映った。

「こっちのカメラとマイクがどうやっても作動しなくて、さっきから藤井さんの話は聞こえていたけれど入れなかったのよ」

「それはどうも失礼しました」

「それで」と人見はカメラに向かい居住まいを正した。見慣れた半袖ポロシャツ姿ではなく、紺のテーラードジャケットを身につけ、気のせいか肩を怒らせて座っている。シミや皺といった年を食った女の実像をあからさまに映し出すパソコンのカメラのせいで、なんとも厳《いか》つい容貌に見える。

「男神と女神の結婚は、藤井さんが言われるような象徴的なものとは私は考えていません。島民とインドから来た商人やバラモンとの間の、性交と妊娠、出産を伴う実質的なものだったはず。ケワンたちだけでなくビアクの人々も含め、島民の祖先は、彼らだったのよ。それで男神、女神の系譜は、ケワンたちプラガダンの島民に引き継がれて、プラガダンは世界でも珍しい、母系父系双方の制度を持つ地域になった。父系母系、それぞれの起源が言い伝えや神話という形で残っているのよ」

「つまりケワンだけでなく、ネピ島の人々全体が、元々島に住んでいた人々とインド系の人々との混血ってこと？」

一正が尋ねる。

「もともとは。ただし現代のネピ島の人々はそれに中世、近世に入ってきたアラビア人の血が混じった可能性もあるでしょうね。最近では中華系インドネシア人もいるし。ただしそれと民族のアイデンティティーは一致しないから、自分のことを純粋なアラビア人と主張するようなねじれ現象も起きるのでしょう」

「まあ、確かに日本人のように単純な民族的アイデンティティーをもつ方が珍しいんですけどね」と藤井が応じ、一正は「そうそう、帰国してみると会社は、マルドメだらけ。マルドメってわかる？　まるでドメスティック、って意味。人材はガラパゴス。風通しが悪くてやっちゃいられない」と、つい、前の会社の愚痴が出た。

「で、肝心の年代のことなんですが」と藤井は話題を変えた。

「残念ながら、碑文に刻まれているのは独自の年号なので、西暦にするといつにあたるのかわからない」

「どっちにしてもボロブドゥールが作られた頃ですね」と一正が言うと、「いえ」と藤井はゆっくりと首を横に振った。

「石碑の形や加工技術が、クタイ王国のものとよく似ているんですよ」

「クタイ王国？」

遺跡公園の整備に携わっていた折、友人の考古学者たちから聞いた話を記憶の底から引き上げる。

「あれですか？　インドネシア最古のヒンドゥー王国ですよね。カリマンタンの」

「ええ、驚くべきことですが、もしそうなら石碑は五世紀前後にネピ島に建てられたと推測される」

「五世紀？」

画面の中の人見がすっとんきょうな声を上げる。

「五世紀ですか？　五世紀ですよね」

一正は繰り返す。

「五世紀っていったら、本家本元のボロブドゥールが八世紀の終わりから九世紀にかけての建設だから、つまりそれよりずいぶん古いぞ。つまりジャワのシャイレーンドラ王国、スマトラ一帯を支配したシュリヴィジャヤ王国よりも三、四百年も古い。そうか」と膝を打った。「だから碑文にあるのはバイラヴァ王で、ケワンたちの言うシャイレーンドラ王国のバラプトラじゃないのか」

「けれど碑文が建てられた時代から六百年も経って、十一世紀中頃に島に着いたアラビア人は、ネピ島はマラリアと首狩り族と密林の原始の島、だったと書いたのよね」

人見が言葉を挟む。

「つまり取引先のバラモンたちの指導の下、築かれた黄金の島のヒンドゥー文明は、何らかの理由で滅びた。そして密林の奥にひっそり住んでいた首狩り族だけが生き残り、十一世紀半ばのアラビア商人は彼らと出会った、ということになりますね」

「いえ」

人見が憤然とした口調で異を唱えた。

「そこに優れた精神文化が存在していたとしても、文字や耐久性のある石造りの建築物といった形を取らない限り、思想と口伝では物としては残らない。だから後世の来訪者にとってそこに存在する豊かな精神文化は見えずに、マラリアと密林の原始の島、と映ったのよ。彼らの父系文化は石碑、建造物、町として残され、歴史考古学の研究対象となり得るけれど、母系の文化は研究者が物や文字に執着する限りは、何も見えてはこない。ただ、その歴史が今に至るまで彼らの生活に大きな影響力を及ぼしていることは、儀礼や、ボラやケワンたちの畏れや、タブーの感覚に表されているでしょう」

「で、みんなが文明と認める町や建築物は、噴火と地震と津波で崩壊してしまった……と」

一正が言うと藤井は首を傾げた。

「確かにプラガダンにあった町は沈みましたが、島にあったすべての構築物が一度に崩壊するというのも現実的には考えにくい」

「いや、巨大噴火が起きれば、一巻の終わりだよ」

一正は断定する。

イタリアの古代都市を襲ったのとは比較にならないほど大きな噴火が、インドネシアでは有史以前から何度も起きている。いや、東西五千キロ余り、南北二千キロ近い広大な地域に散らばる島々の多くが、そうした噴火によって形成されたものなのだ。現に旧ビアクの町も約五十年前にすべてのものが焼けた。その後、港近くの現在のビアクができて島は復興を遂げたが。

小イスカンダルに限らない。周辺の島々で起きた噴火やそれに伴う地震で引き起こされた津波だけでも、小さな島にとっての被害ははかりしれない。

「カタストロフィ、世界の終末の話にはロマンがありますが」と藤井は軽く応じる。

俺の言ってることは夢物語だと言いたいのか、と一正は気を悪くする。

「現実的に考えるとして、たとえば何かの理由でインド、ネピ島、中国を結ぶ三角貿易が途絶えたとしたらどうでしょうか。たとえば他に丁子の大産地が発見された、あるいは地震や津波でネピの丁子栽培が打撃をうけた、あるいは積み出し港が破壊されたかもしれない。とにかく何かの理由でインド商人たちはネピを見捨てた。彼らは数世紀後にやってきたアラブ商人たちと違い、島民の信仰や生活様式を尊重したが、自らの進んだ文化を分け与えることもしなかった。自分たちの航海の安全を祈るための神を祭る祠や寺院を海岸付近に建立し、貿易拠点である町を建設したが、島民の生活様式に口出しも援助もしなかった。だから丁子の輸入先を変えたインド商人が去った後、島民は、彼らの残した建物もシステムも維持管理できないまま、それまでの丁子貿易で得ていた収入を失い、かつての生活に回帰する。結果、ネピ島は、文化果つる地、首狩り族の住む原始の火山島に戻っていった」

何とはなしに賛同しかねたまま、一正は腕組みし、人見は「だから実際に文化果つる地であったかどうかなどわからないと言ってるでしょう」と反論する。

その後、しばらくは藤井からも人見からも連絡はなく、一正の日常は、大学の非常勤講師という独身非正規労働者のそれに戻っていた。

炊事掃除洗濯については合理的かつ効率的に片付け、地元のスポーツジムに登録して風呂はそこで済ませ、たまに高校大学時代の同期やインドネシア時代に苦労を共にした駐在員仲間を誘い出し、男同士、酒を呑んで議論する。

独身生活が長く、海外勤務も長く、しかも退職金まであるから、資金的には当面困らない。しかも大学の非常勤講師の仕事は、学生の評判が意外に良かったこともあり、常勤にという話も出ている。とりあえず順調でありながら、どこか物足りない日々が過ぎていく。

そんな折、一正の元に藤井から宅配便が届いた。

一辺が十五センチほどのボール箱を開けると発泡スチロールの梱包材に埋まって、ビニール袋に厳重に包まれたものが出て来た。

一目見て、一正は歓声を上げた。差し渡し五センチほどの小さなコンクリート片だった。一正はその灰褐色の物体を拝むように握り締めた。彼にとっては同じ大きさの宝石にも匹敵するものだ。

一正が猛毒クラゲの青い獄から救出した中に、海洋考古学の権威と目される学者が混じっていたことが、その後判明した。

そしてそのとき彼らを助けた男が、村の女の亭主などではなく遺跡発見者である日本人だったことを、藤井が歴史考古局に報告したのだ。

ボロブドゥール遺跡公園整備事業に十年間も尽力した日本人、今回、海底に眠るのがアジアでは唯一ともいえる、本格的な古代コンクリートであることを見抜いた人物、といささか大げさな、しかし一正本人にとってはまったく大げさではない紹介をしたらしい。

そして研究者たちの命を救ってくれたその人物に対して、何か感謝の意を表したい、と先方から相談されたとき、藤井は一正がもっとも欲しがっていたもの、ごく小さなものでかまわないので古代コンクリートの破片の一部を渡してやってほしい、と提案したのだった。

これこそが業績、と一正は感無量で、コンクリート片を握り締めた。

無名戦士の墓石だ、と男のロマンに酔った。

翌週、彼はかつての勤め先であった大手ゼネコンの研究開発本部に出かけた。

都心の臨海部にあるその建物には、本社にあらかじめ連絡を入れておいたので、産業スパイ扱いされずに入ることができた。

吹き抜け部分が大きく、広い空間を斜めに切るように階段を渡した、いかにも斬新な造りのビルの上部が、日本屈指の建築博物館となっており、彼が目指したのは、そこの展示室を抜けた先のバックヤードだ。

ＬＥＤの無機質な光に隅々まで照らされた研究室に、歴史的建材に関するエキスパートの男がいた。

男と名刺交換した後、スチールの作業台の上に、一正は持ってきたネピ島の古代コンクリートの破片をごろりと置いた。

「ご寄贈いただけるというのは、こちらですか？」

研究職とはいえ、いかにも大手企業のサラリーマンにふさわしいそつのなさと慇懃さで男は確認した。

「ええ」

意図についてはあらかじめメールしてある。

貴重な古代コンクリートにして、無名戦士の墓石。ならばそれを死蔵する手はないと思った。「宝は研究され、展示公開されてこそ宝であり、家宝として孫子の代に受け継がせて悦に入るなど、ケツの穴の小さい男のすること」というのが一正の持論だった。

手袋をはめると、男はそれを手に取り、その瞬間にため息とともに言った。

「この軽さと密度の不均衡さは、まさにローマンコンクリートですね」

「いや、だからローマじゃないから、大変な発見なわけで……」

「ああ、インドネシア、でしたね」と男はそれをひっくり返した。

「確かに骨材が、古代ローマのものと違う。あちらは大理石やレンガも混じっていますが、これは火山岩だけですね。で、年代からして五世紀頃のものとか？」

「たぶん」

「西ローマ帝国滅亡後、ヨーロッパではコンクリートは忘れ去られた。その後、現代コンクリートが発明されるまで、一千年は、世界のどこからもコンクリートは発見されていない」

「でも現にあるんですから」

「粉にしていいですかね？」

ためらうように男は一正を凝視した。

「ちょっと待って、そんな」

俺の宝石、と叫び出しそうになった。

「端っこを少しだけ削らせてもらいたいのですが」

「ああ、それでしたら」

セメント部分の組成を調べるのが目的だ。一正もまさにそのためにここに来たのだ。

男は慎重に欠片の端の部分をやすりのようなもので削り取った。その粉を顕微鏡で覗く。

「やはり」とうなずき、男は一正を呼ぶ。

円形の視野の中に、きらきらと光る物がある。

「まさにローマンコンクリートですよ」

「だからローマじゃないって」

「いえ、ローマの建築物の建材として使われたコンクリートという意味で」

「いや、インドネシア様式、いやヒンドゥー様式の建築物の建材ですってば」とさらに反論する。

きらきら光るものは、セメントに混入された火山灰だった。

ローマ以前の単に石灰をベースとした古代コンクリートは、固まるのに時間がかかった。それに対し、火山性の堆積物を混ぜることによって、現代のコンクリートのように水を混ぜると即座に固まり、堅牢で耐水性にすぐれたコンクリートを発明したのは、古代ローマ人だ。

「これが発見されたインドネシアの島も火山島なのですよ」

一正は言った。相手はうなずく。

「ローマとインドネシア、距離にして一万一千キロ、時間にして二、三百年。この隔たりは西から東へという文化伝播によって繫がれたわけではないとお考えなのですか」

「ええ。たまたま双方の文明が、活火山を抱えていただけです。迷惑な存在の火山だが、それならいっそのこと、役に立てちまおう、と、だれでも考えませんかね。それが、そっくりな建材が時空を隔てて存在する理由です」

「そんな文明がマレー世界にかつて存在した、と」

相手の顔には格別否定する表情はない。

マレー世界にかつて、と相手の言葉を反芻し、一正はふと考えた。

火山が連なるインドネシアのどこを探しても、古代コンクリートなどない。いや、アジア中のインド由来の王国の遺跡を探しても、コンクリートはない。安山岩、砂岩、玄武岩、それぞれの産地に由来する石や、本家本元のインドにおいては巨大な岩を直接、削り出して巨大な建造物を造り上げたりしているが、コンクリートはない。

紀元前三千年の中国で使われていた、という発見はあったが、それはただのセメントで、一正の考えるようなコンクリートではない。

火山に由来するもの、噴火したときに大量に降り注ぐ迷惑なやっかいものを使うことを考えた者がいるとすれば、船でやってきて蛮人に文明をもたらしたインド人ではない。もちろんアラビア人でもない。元からいた火山島ネピの住人だ。

「彼ら」自身は建築物や文字や石碑といった形として残る文明は持っていなかった。彼らにあるのは、精神文明だ。それをもってインドから入ってきた文化と共存した、と人見は主張する。だがそれはいかにも文化人類学寄りな話じゃないか、と思った。

彼らは、巨石でも木造でもない、コンクリートの建造物をつくる文明を持っていた。

ケワンたちの母方の祖先は、ただの神秘的で少しばかり不道徳な母系部族ではなかった。ネピの古代文化は、精神的なものだけではなかった。積極的に火山灰を活用してコンクリートを作る物質文明もある。そんな進んだ文明がなぜ、その後滅びた？

「たいへんに貴重なものをありがとうございます」

男は丁寧な手つきでコンクリート片をそこにあったプラスティックケースに収めた。

「そりゃ、二十六年も世話になった会社だからね」と答えた後、「で、これをなぜ私が持っているか、お知らせしておいた方がいいですよね、ほら、解説用のパネルとかも必要でしょうから」

メールには詳しいいきさつまでは書かなかった。

一正は男を相手に、それから小一時間かけて、ネピ島の冒険譚とこれを手に入れるに至った苦労話を聞かせた。

疑わしげな様子を見せることもなく、男はときおり専門的な質問を挟みながら興味深げに聞き入った。研究開発畑を歩いてきた社員に特徴的な、無欲さとまっすぐな視線が、心地よかった。

最後に事務方の社員が出て来て、館長が出張中なもので、のちほどお礼を、と卑屈なまでの丁重さで寄贈のための書類一式を一正に提示し印鑑を押させる。

「これから現地では本格調査に入るから、何かわかり次第、報告します。説明パネルやパンフレットには、随時、その情報を入れてください」

一正は念を押す。そして心のうちで「俺の名前を入れるのを忘れないでくれ」とつぶやいている。


その年の七月、藤井が若い研究者と学生を引きつれてインドネシアに渡った。

遺跡登録のための調査を行い、報告書を政府に上げたＩＩＭＵが、今回の発掘調査で藤井たちがサポートする形で関わることについてインドネシア政府に許可を求め、それが認められたのだ。

出発直前にもらったメールによると、件《くだん》の石碑について、ＩＩＭＵの調査グループが行った解読の結果、そこに書かれた内容は藤井が解読したものとほぼ一致したらしい。石碑の建てられた年代、林の中に石造りの建築物の建てられた年代は不明だが、スマトラどころかインドネシア全体で見ても最古のヒンドゥー遺跡の可能性が出てきた。

いよいよ居ても立ってもいられない気分になって、藤井の出発から一週間ほど遅れ、一正も後を追った。大学が休みに入り、低賃金と引き替えに、試験監督や進路指導、評価といったあらゆる面倒な仕事から解放されている非常勤講師という身分が、こんなときは、しみじみありがたかった。


小イスカンダルの活動が活発化している、というメールが藤井から入ってきたのは、すでにパダンからのフェリーでネピを目指していたときのことだった。

防災局の発表によると、ビアクにある観測所のデータから、先月以来火山性微動が続いており、地磁気や地電流の観測データも異常を示していることがわかった。そして藤井がこちらに入った日に、小イスカンダルの頂上噴火口から噴煙が上がったらしい。

溶岩流や火砕流といった災害にすぐに結びつくというわけではないが、いつそうしたことが起きても不思議はない、と藤井は不吉なことを書き連ねてきたのだが、一正の方は、前回の例もあり、そう大したことにはならない、と高をくくっていた。またオカルトには縁がないつもりではいたが、どこかでマヒシャの力を信じているようなところもある。連中が何とかしてくれる。ほとんど無意識の領域でそんなことを期待している。

ジャカルタから四日がかりでネピの港につくと、前回同様、軍なども出て雰囲気が物々しい。この日はプラガダンに渡る前に、以前、訪れた集落近くにある遺跡を見て回ることにした。

手元には歴史考古局の発行してくれた見学許可書がある。猛毒クラゲの群れから調査チームを救い出したことによって、今回、例外的にスムーズに手に入れられたものだ。

見学許可書で、発掘に関われるわけではないが、近くまで行って見られるのはありがたい。

真っ先に小イスカンダルの中腹にある発掘現場に向かったのは、火山活動がこれ以上激しくなると、近づけなくなると考えたからだ。

しかし一正がアハメドの車でかけつけたときには、調査していたジャワ島の大学のチームは、すでにこの地を引き揚げることに決めていた。

「とにかくひどいものでしてね。密林の中の寺院跡には何も残っていません。盗掘じゃなくて破壊そのものですよ、ここの島民による。みんな持っていって家の土台にするわ、砕いて道路の敷石にするわ。彫刻があろうが、文字が彫ってあろうがお構いなしです」

調査責任者の教授は、いかにもジャワのインテリらしく、物静かに怒る。

「ところが丁子林を作っている農民が、大きな岩があって邪魔だ、と言っているのを偶然耳にしましてね。行ってみたら、あなた、岩どころか古代の遺構でしたよ」

「はぁ、丁子林に遺構が？　寺院か宮殿の跡ですか」

「いや、まだ調査が済んでいませんので何とも言えませんが。ただそうした建築物ではないようで」と言葉を濁す。

一正がぜひ見たいと言うと、彼は助手と思しき若い男を案内兼監視役につけてくれた。

約五十年前の噴火で滅びた旧ビアクの町、現在は降り積もった火山灰の上が農地や丁子林となっている斜面を一正は助手について上っていく。

陽差しは強いが、海から吹き上げる風はさわやかだ。頭上を飛んでいく大きな鳥の影がある。その姿からするとおそらくサイチョウだろう。

「やぁ、のどかだね」

助手に話しかけると相手は無言で鳥が飛んでいったのと反対側の空を指差した。

さきほどまで澄み切った青一色だった空に、うっすらと白煙がたなびいている。小イスカンダルの頂上から吐き出された噴煙だ。

しばらく登り、助手は足を止めた。

「これです」

眼下に緑のジャングル、さらにその先にトルコブルーの海を望む台地、ちょうど小イスカンダルの五合目あたりに、火山灰土に半ば埋まった奇妙なものがあった。

トンネルというよりは、恐ろしく頑丈なかまぼこ型兵舎のようなものだ。それがこちらにアーチ型の口を開けて緩斜面に載っていた。分厚い壁を持つかまぼこ型構築物の入り口の高さは約二メートルくらいか。

ケーブルカーのトンネルのように斜面に沿って縦に置かれ、助手の話によれば、一部崩落していたが、他の部分はほぼ原形を保っていたと言う。

一見したところ、レンガほどの大きさの石をアーチ状に積み上げたように見える。だが手前の小さく崩壊した部分に目を近づけてみると、石は表面だけで分厚い内部は小さな拳ほどの火山岩を骨材として固めたコンクリートであることがわかる。切石を型枠として積み上げ、内部にコンクリートが流し込まれているのだ。

アーチを描いた口から一正は中に入る。内部の幅は五、六メートルはあるだろうか。奥行きはあるが闇に封じ込められ長さはわからない。けっこうな傾斜があり、入り口から数メートルのところで人が屈んで歩ける程度の天井の高さになる。

ざっと見たところやたらに壁が厚いだけで、壁面にも内部の空間にもおよそ飾り気がない。火山を神と崇める人々が作った神の社にしては、無愛想すぎる。

「他には何も出てないの？　このあたりからは」

一正が尋ねると助手は首を左右に振った。

「地中レーダー探査装置を使ってみましたが、何もありません。これが単独で埋まっていただけです。いったい何のために作られたものなのか……」

「格好からしてトンネルだね、それもケーブルカーのように斜面をまっすぐ登っていくための」

「いえ、トンネルじゃありません」と若者は断定し、「ここまでです」と一正の腕を摑んで止める。

「この先は危険です。暗いですし」

壁面の内側が一部、崩れて、切石が散らばっている。

「お、そうだな」と慌てて外に出る。現代のコンクリートと違い鉄筋が入っておらず、しかも古い物であるから容易に崩落する恐れがある。

薄暗い内部から出て、一正は焼け付くような日盛りの中、一人で斜面を登る。

二、三歩行って、何の気なしに背後を振り返る。

斜面に沿ってかまぼこ型の構築物は高さを減じていく。入り口の高さは二メートルはあったが山頂側ではせいぜい八十センチほどになり、トンネルの山頂側出口と思われる箇所は分厚いコンクリートと切石の壁でふさがれていた。

助手の若者が言うとおり、そもそもトンネルではなかった。

そのとき地鳴りのような音が響き、一正は反射的に自分の頭を両手で抱えた。確かにいつ噴石が降ってくるかわからない。斜面を駆け下りると若者の姿がない。

あたりを探し回ると、かまぼこ型の遺構の中に身を隠していた。

「中が危ないって言ったのは君だろ」

「いえ、怖くなるとついつい……」と若者は恥ずかしそうに首をすくめる。

「とにかく逃げよう、噴火でもしたらたいへんだ」

若者に声をかけ、坂道を駆け下りる。

翌日の午前中、ケワンの船でプラガダンに入った。

手にした大型バッグにはダイビング機材が入っている。ただしスキューバダイビング用の重さ十五キロを越えるエアタンクはない。代わりに今回初めて使うコンパクトタンクが入っている。水筒くらいの大きさで、レギュレーターを入れても二キロ程度の重さしかなく便利なものだが、一回あたりの潜水時間は十分足らずで、そう深くは潜れない。それでも無いよりはましだ。

ケワンの船で浜に着くと、藤井と研究室の若者たちが海岸で出迎えてくれた。いかにも屈強な男の助教と、若い男の学生が一人、それに現地の人間と見分けがつかないほどに日焼けした女子学生が二人だ。

一正は呆気にとられた。

「女の子？」

「珍しくもないでしょう、今時」と藤井が素っ気なく答える。他にＩＩＭＵの教授や研究者が三人、テントにいると言う。

その他にも見慣れない人々が歩き回っている。そちらは前回の噴火騒ぎの時と同様、防災局の役人で、ケワンたち住民に避難を呼びかけに来たらしい。

彼らは村人への説得をとうに諦めている様子で、代わりに調査チームに対して退避を勧めている。

「いいですか、昨日から再び不穏な状態になっている。もし噴火が始まれば、道路のないこの場所では、避難ができないのですよ。即座にビアクに戻り島を出てください」

礼儀正しい口調で、役人は、ごま塩の口ひげを蓄えた黒帽子の老人に告げる。

「ご忠告、ありがとうございます。それでは我々が危険と判断したときはこの地を離れます」

黒帽子の老人は穏やかな口調で答えた。

役人は困惑顔で老人を見詰めた。

「我々は確かに警告しましたよ。この先は、自己責任で残るということでお願いします。場合によっては救助要請に応じられないこともあります」

遮るように黒帽子が言う。

「神のご意志のままに」

ため息をひとつ吐《つ》いて役人が去っていく。

「いやぁ、根性あるね、この人」

老人を無遠慮に指差して一正は日本語で藤井に言う。

「ＩＩＭＵの副学長ですよ。インドネシアの考古学会をリードする人物です」

一正は慌てて頭を低くして、握手した。

「ああ、遅かったわね」

背後で聞き慣れた声がした。

「あれ……」

あっけに取られた。人見がいる。

「なんで？」

「ＳＯＳが入ったのよ」と人見は藤井を見る。

藤井の研究室とＩＩＭＵの合同調査チームは二週間前にこちらに入ったが、塔の方はともかく、入り江の調査はまったく進まなかったという。海中に入るたびにトラブルに見舞われるのだ。

「相変わらずですか」と思わず舌打ちすると、人見は渋い顔でうなずいた。

早朝に調査に出たときには、どこからともなくダツの群れが現れたために海中にいたメンバーは慌ててゴムボートに戻った。しかし雲間から強烈な陽差しの覗くその日の天候のせいで、波間がきらきらと輝いたせいだろう、興奮したダツは水中から飛び上がり、乗っていた人間に向かって突っ込んできた。傍らにあった救命胴衣や木箱の蓋で身を守りながら、メンバーはなすすべもなく陸に戻った。また、急な潮の流れが発生し、潜っていたＩＩＭＵの研究者が沖に流されそうになった。さらには藤井の研究室の男子学生がクラゲよけのネットに絡まり溺れそうになる。

人が入るのは危険と判断したチームは、藤井が協力事業の一環として持ち込んだ水中ドローンを用い、海中の様子をマッピングしようとしたのだが、たちまち制御不能に陥り、沖に向かって一直線に航行しはじめたかと思うと、そのまま外洋に消えた。車一台分もの金額の最先端機器だから大変な損害だった。船上から下ろした高価な水中カメラは突然の波に煽られて岩に叩き付けられ、バッテリーが壊れて機能しなくなった。

困り果てた藤井は、自分に対して少しばかり恥じながら、マヒシャにお伺いを立ててみた。だがマヒシャは入り江については何も語らず、忠告や脅しの言葉を発することもなかった。インドネシア人であるＩＩＭＵの教授が同じことを尋ねてもマヒシャの態度はまったく変わらない。

ＩＩＭＵの教授は、藤井に向かい、ため息とともに説明したと言う。

「我々の国はマレー世界の中で旧オランダ植民地だったという以外、実際のところ共通するところなど何一つないのです。スハルトが過去にどんな政策を取ろうと、国家や国民の概念のない人々は存在する。この村、いや、この島の人々にとって我々は外国人なのです」

そのとき藤井はふと思いつき、ＩＩＭＵの女性研究員を寄越してくれるようにと頼んだ。入り江が男にとってのタブーであることは、最初からわかっていたからだ。しかし教授はかぶりを振った。大学に女性考古学者は少数ながらいるが、この国の女性で泳げる者はめったにおらず、彼らに代わって海に入るのは難しいと言う。

そこで今回、マヒシャや村の女性と調査チームの仲介役を人見に頼んだ、ということだった。

出発したのは一正より後だったが、国内線を乗り継いでニアス島に下り、そこから船でやってきた人見の到着の方が、ジャカルタからパダンを経由した一正より一日早かったのだ。

マヒシャたちとどんな約束を取り交わしたのか知らないが、人見は女子学生二人を乗せてゴムボートで入り江の中央にこぎ出した。女子学生たちは、藤井やＩＩＭＵのメンバーが浜や岬の突端で不安な思いで見守る中、何事もなく海に潜り、人見が一人で船上に残り、無事調査を終えることができた。

「すっごい、感動しましたよ」

女子学生の一人が目を輝かせ、その脇で藤井の研究室の男性の助教や男子学生が、面白くなさそうに口を尖らす。

「神秘的な光景なんです。青いんですよ、真っ青な水底《みなそこ》から、白っぽい塔や屋根が何本も立ち上がっているんです。寺院の階段もありました。彫刻とかそういうものはなくてとてもシンプルなんですが、形はプランバナンやバリにあるヒンドゥー寺院と少し似ています」興奮気味に話しながら、学生二人は詳細なスケッチを見せてくれた。

樹脂製の板と特殊なペンを使って描かれた、一つ一つの寺院の図だ。水中カメラの映像では不鮮明になりがちな細部が、それではっきりわかる。それにしても二人で二十枚を越えるスケッチをしているのは驚きだ。

「午前に二本、午後に三本、潜りました」

いくら海が穏やかで、水深が四、五メートルとはいっても、ずいぶんハードだ。

「何もおきませんでしたよ。全然、平気です」

だよね、と二人は顔を見合わせる。ますます面白くなさそうに、そばにいる男子学生がそっぽを向く。

「もう、この際、調査チームは教授以下全員、女にしたらどうよ」と一正は傍らの藤井に軽口をたたく。

「実働チームはその方がスムーズですよね。ひょっとすると我々はビアクで待機した方が穏当なんじゃないですか」

にこりともせずに、藤井が答える。

そのとき地鳴りのような音が聞こえた。火山だ。不安になって密林の方向を振り返る。

以前来たときと違い、煙は見えない。地震もない。

「我々は火山帯の上に暮らしているのです。それはあなたがた日本人も同じでしょう」

IIMUの調査チームの一人が言う。

「観測所も各所に設けられていますから、そのデータに基づき正しく行動すればむやみに怖がることはありません。危険性が高まってきたら、その場所から逃げることです。避難したが噴火は起きなかった、というのは幸運だったということで、科学者を非難するには当たらない」

その通りだ。だれも異論を唱えることはできないだろう。

数時間後、黒帽子の副学長が、一正たちを集落の外れに案内した。

そこに大型のテントが張られ、内部には折りたたみの机と椅子がある。やたらに煙たいのは、藤井が日本から持ち込んだ蚊取り線香を焚《た》いているせいだ。

「映画に出てくる南方の司令部って、こういう感じだよね」

一正が言うと、藤井が「こちらの年配者の前でその話題はやめておきましょう」と鋭い口調で注意する。

中央のディレクターチェアに腰掛けた副学長の指示で、ＩＩＭＵの教授がそこに置かれたノートパソコンの画面に地図を呼び出した。

女子学生たちがスケッチした堂塔を平面図の上に記したものだ。まばらな印象を受けるのは、そうした寺院建築のみが記載されているからだ。

「宗教建築から先に調査しています」

教授は説明した後に、入り江に作られた町では、まず寺院建築が建てられ、次に邸宅や店、商業施設のようなものが建てられたと付け加えた。

建物の形や浸食の具合などから判断して、百年近い開きがあると言う。

「それでこの堂塔に特徴的なのは」と教授は小さく咳払いをした。

「ヒンドゥー彫刻も、仏像も、およそその表面を飾るものが何もない」

「それではイスラム……」と反射的に一正は言った。

「時代が違うでしょう。まだマホメットは生まれていませんよ」と藤井が冷ややかに答えた。

「具象彫刻はもちろんですが、モスクにあるような文様の装飾もありません。屋根や堂塔のフォルムは確かにヒンドゥーのものですが、ヒンドゥー建築に刻まれる装飾はまったくない。シルエットだけだ。材質は花崗岩の切石です。傷つけるわけにはいかないので、中を見ることは出来ませんが、ひびやその他から確認したところ、コンクリートは使われていない。それが四十年から百年くらい後に建てられた邸宅や大型店舗となると、土台部分はコンクリートだ」

　ゆっくり時間をかけて建てられる宗教建築と、建設スピードを求められる邸宅やその他の構築物。材質の違いは時代の違いでもあるが、用途の違いでもある。

「ちなみに最初に発見した海のボロブドゥールですが、あちらは入り江の町の堂塔に比べて新しい。入り江の町が沈んだ後に建てられたものです」

　藤井が説明する。

「それで藤井先生のところの女子学生たちの詳細なスケッチを元に、作り上げたのがこれですが」とＩＩＭＵの研究者の一人が、寺院の平面図を見せた。女子学生たちが割り込むように近くにやってくる。敷地が不定形なのは、後に周りの邸宅に侵食されたからだ。

　寺院の敷地に×印がつけられている。

「これは？」

「掘り抜き井戸です」と藤井が答えた。

「それで不思議なのは」と前置きして研究者が言う。

「入り口の方向が、一般的なヒンドゥー寺院に見られる東側ではなく、西でも北でも南でもなく、あえて言えば西南ですが、正確な西南ではなく、微妙にずれた西南方向です」

　副学長が続けた。

「驚くべきは、これらの建物すべてが、およそ人間が入り込むことのできない空間だということです」

　えっ、と一正が最初に平面図に目を凝らす。

　教授が画面を切り替える。寺院の３Ｄ画像が現れる。

　トウモロコシ型の塔、飾り気の無いほぼ立方体の堂とその屋根に載った小さな立方体の祠。画面の視点が下がっていき、寺院の入り口が見え、中をのぞき込むような画像が現れる。確かに入り口は小さく、内部も人の体が収まるようなスペースはない。壁が厚く、床は狭く、天井は低く、しかも細かく仕切られ、複雑な形の階段が巡らされている。祭壇と思しきものを備えた祈禱所や、人が寝たり住んだりするスペースはない。沐浴場と思しきごく浅いプールが掘られているきりだ。

「神の住処《すみか》ですね、純然たる。聖職者をも含めて人の侵入を拒む」と藤井が言う。

「鳥やネズミの住処にはなるよね」

「それと虫」

女子学生たちの言葉に、小さな笑いが広がる。

「だって、これ、そうでしょ」

女子学生の一人が、笑い声に憤慨したように画面を操作して建物の一部分を指差す。確かに堂にはネズミが入れそうなアーチ型の小さな入り口や、鳥が飛んできて入れる高所の窓のようなものがいくつもある。

ＩＩＭＵの教授は彼女たちに顔を向けてうなずいた。

「確かに小動物の出入りを許していた形跡がある」

なるほど、と一正はうなずく。

神の使者として、あるいは慈悲の行為として動物を大切にする寺院はアジアには多い。猿やネズミが傍若無人に振る舞うヒンドゥー寺院、野良犬が餌を求めて群れているタイの仏教寺院などだ。

そのとき再び足下から地鳴りのような音が響いた。

その場にいた全員が、反射的に背後の空を見た。斜面を覆うジャングルの緑に阻まれ、当然のことながら火山は見えない。

ＩＩＭＵの研究者が、さらに新たな画面を呼び出す。

入り江の町を描いた３Ｄ画像だ。

「まだ調査は済んでいないのですが、さきほどの平面図をもとに当時の町の様子を再現したものです。いずれ探査装置を使ってスキャンすれば確実な全体像がわかるはずですが」、とＩＩＭＵの研究者が説明する。

小さなプールのあるインド風の邸宅、中庭の掘り抜き井戸。店と道路の中央に掘られた下水溝。密集した邸宅を繋ぐ回廊。

丁子の栽培と貿易で潤った町の様子が伝わってくる。

「上に載っかってる壁や屋根は木材ですが、土台はコンクリートですね。島固有のものです」

一正は、このときとばかりに古代コンクリートの知識を披露する。

「つまり火山灰、まさにローマ文明を築き上げたコンクリートが、この島で使われたということで、これはインドネシア国内はもちろん、他のアジア地域でもまったく見られない技術です。やっかいものを優れた素材に転化させる、島人の知恵です。コンクリートだけじゃない。この島の人々は、火山を恐れながら、火山と共存してきた。たとえば丁子。高温多湿なだけじゃだめだ。水はけがよい多孔質、しかもミネラル分の多い火山性土壌でなければ育たない。火山灰の恩恵は、他の作物にも及びます。肥料としてその他の作物も実らせ、防腐にも役立ち、干魚やミイラも作り、驚くべきことに、水硬性コンクリートとしても役立ち、町を建設した。そして気泡の多い火山岩の山は、すばらしい地中の川と、水脈を造り、海辺の町に豊富な淡水を提供した」

ＩＩＭＵの副学長が感じ入ったようにうなずくのを見て大いに満足した。

「その名残が、入り江の砂浜にあるわね。浅い砂地から淡水が噴き出すの。そういう土地だから水道なんかなくたって、村の人々は不自由しなかったのね」と人見が言う。

「それだけじゃない。港を建設するために必要なことは何か？」

「波の静かな入り江じゃないんですか」と藤井が答える。

「だけじゃない。ここのような熱帯の島の入り江といえば、天然プール。珊瑚礁の浅瀬だ。だからまずは重機を入れて船が通れるように珊瑚を削らなければならない。が、淡水が混じる場所に珊瑚は育たない。珊瑚さえなければ古代の小さな貿易船なら入れるんです」

ますます得意になってひとしきりしゃべると「ちょっといいですか」と男の学生が礼儀正しく言葉を挟んだ。

「つまりもともとは火山の神様を祭る聖地だったわけですよね。そこに人工堤防を築いて、丁子積み出し港を作った。当然、港町が出来て、富裕層の邸宅や店が作られる。つまり聖地にずかずか人が入ってきたってことじゃないですか」

「だから神様が怒って海に沈めてしまったってことですよね」と女子学生が当然という顔で言う。

「神様が怒って沈めるとか、神話伝説の類いは置いておくとして……」

藤井が言いかけると、男子学生が「火山の女神が噴火で滅ぼすならわかるけど、水没させますか？」とすこぶる真面目に聞いてくる。

「プレートが動けば地震が起きて火山活動は活発化する。近くの火山帯で噴火が起きても局地的な大津波が発生する。何かの地殻変動に伴って地盤が沈下したところに、サイクロンの高波が直撃すれば水没する。火山性地震で地盤が液状化することもある」

藤井が解説した。

一正はふと違和感を覚えた。何か根拠があるわけではない。なんとなく、だった。町が沈む、という大事件について、建設の仕事をしてきたものとして、自分の目で青い水の向こうに確かに見た町並みは、大津波や液状化で破壊されながら沈んでいったにしては静か過ぎた。火山性地震やそれに伴う液状化現象、サイクロンなどによって沈んだとすれば建物も石畳ももっと壊れる。彼が目にしたあの青い海中都市は静かだった。静かに水平に沈んだように見えた。石畳の目が揃い、家々の礎石も崩れてはいなかった。派手な破壊など伴わずに、まさに地球温暖化現象による海面上昇で水平のまま、ずぶずぶと沈んでいったような印象がある。

インドネシアのチームはそれから数十分後には、村を引き揚げていった。こちらに宿泊施設はないから、彼らはビアクのホテルに泊まっている。航行が可能な日没前に帰らなければならないのだ。藤井も女子学生がいたので、当初はビアクに宿を取ったのだが、当の女子学生二人がこちらに泊まりたいと言い出して聞かなかったらしい。

満潮の陽のある時間帯にビアクとプラガダンを往復していると、こちらに留まる時間は限られるということもあるが、藤井が旅行サイトを通して予約したビアクのホテルが写真や紹介文と異なり、掃除もリネンの洗濯もなされておらず、汚れた共用トイレとシャワーが、特に女性たちにとっては耐えがたい宿だった。そんなところに人見が来たこともあり、藤井は村人たちの家に分宿することに決めたと言う。

「ま、仕事でも調査でも、なるべく地元住民とコミュニケーションを取っておくのは大事だね」と一正はうなずく。「しかもこの村は豚や酒もOK。一日五回のお祈りの間、待たされることもない。インドネシア国内じゃ天国だよ」

「確かに我々はこの村の人々にしてみればIIMUのチームより付き合いやすいでしょうね。村人と信頼関係も築くことでIIMUの調査がしやすくなるなら、資金や技術以上の支援と言えるかもしれません」と藤井は、いくぶんやつれの見える顔で苦笑する。

電気の引かれていない村でもあり、夕飯の準備はまだあたりが明るいうちに始められるのだが、この日マヒシャたちの姿はない。格別困った風もなく、男たちは彼らの日常食と思しき、茹でたキャッサバや小魚の塩漬けを口に運び、一正や藤井たちはフリーズドライの飯とレトルト総菜で夕飯にする。

女子学生はいるが人見の姿はない。

ＩＩＭＵの一行を見送った後、人見は今夜はマヒシャたちと行動をともにするらしい。女子学生二人が同行を希望したが、人見はそれを許さず、藤井たちと一緒にいるようにと言い残していったらしい。

人見はこの島の女たちに受け入れられるべき儀礼を経ているが、女子学生たちはそうしたことはしておらず、あくまで客人だ。もちろん学生たちに危険な天然幻覚剤を飲ませるわけにはいかない。たとえ天然幻覚剤など用いなくても、マヒシャたちと行動することにはどんな危険が伴うかわからない。

その夜、村の女たちは、以前同様、浜に出て行った。

一正も藤井もその様を部屋から眺めただけだった。あてがわれた男部屋で、ケワンもボラも、他の親族の男たちも一様に押し黙り、ある者は立て続けに丁子臭いたばこをふかし、ある者はランプの下で漁具の手入れをしていた。空気を読んだ藤井はうつむいたまま、持参したタブレットを黙々と操作していたが、一正が落ち着かぬ様子で腰を上げるたびに、「余計な真似をするな」と言わんばかりの鋭い視線を投げかけてくる。

となりの部屋を覗くと、男子学生と助教は持ってきたゲームで子供たちと盛り上がっていたが、藤井に注意されるとすぐに静かになり、じきに寝息が聞こえてきた。

早い時刻に男たちはランプを消して眠りについたが、藤井も一正も火山の発する不気味な鳴動に幾度か目覚め、すぐに噴火することはないだろうと高をくくりながらも、不安で寝付けず、身を起こしては窓から外を眺める。

女部屋には乳飲み子を抱えた女たちと女児、それに女子学生二人がいるはずだが、呆れるほど健やかな寝息が聞こえてくるだけで話し声はしない。

時計を見ると、真夜中のような気がしていたのが、まだ十時前で驚かされる。電気の引かれていない村では、祭りでもないのに夜更かしをすることはないのだろう。

日本語のおしゃべりと、珊瑚交じりの砂を踏む音が遠くから聞こえてきたのは、そんなときだった。

藤井が飛び起きて高床式の階段を駆け下りていった。

「どこに行っていたんだ」

藤井のささやき声に叱責の調子が含まれていた。

「すっごい、不思議な光景でしたよ」

女子学生の一人が興奮を抑えきれない様子で答えた。

「入り江に行ったのか？　忠告を忘れたわけじゃないだろうな」

「大丈夫です。ぜんぜん危険なことはなかったですから」

「危険でないとなぜ言える」

藤井がいつになく厳しい口調で言った。

御しがたい好奇心を常に抱えている若い女たち、二人組だとなおさら抑制が利かなくなるのは、頭の出来や育ちとは無関係だ。

藤井の叱責になどまったくおかまいなく、学生の一人が続けた。

「光っているんですよ。女の人たちが。大きな卵みたいなものを抱いて海に入っていったと思ったら、ずぼっと頭まで潜ってしまって、その後も水の中で何か光っているんですよ。水中ＬＥＤ？」

「それっぽかったよね」

もう一人がうなずく。

あの光だ。一正の見た、水中で燃えていた松明《たいまつ》。

藤井が尋ねた。

「で、人見さんは？」

「女の人たちの中にいて、やっぱり海に入っていました。でも、人間の体があんな風に足からいきなりずぼっ、と水に潜れるなんて、ちょっと信じられなかった」

「そうそう。まるで何かに両足摑まれて引き込まれたみたいに」

「人見さん、何事もなければいいが」といかにも迷惑げな藤井の声がする。

「あ、ぜんぜん、平気でした。すぐにみんなぷかっと浮いてきたので」

とにかく早く寝るように、と言い残し、藤井は部屋に戻ってきた。一正はもう少し彼女たちの話を聞きたかったが、藤井を差し置いて、それもできない。地中から響いてくる地鳴りのような音やときおりくる揺れに、不安な思いを抱きながら寝入った。


翌朝、一正たちはボラに叩き起こされた。

これから葬儀を行うので参加しろと言う。

「だれか死者が出たんですか？」

藤井が尋ねると「そうではない。葬るときが来たんだ」とボラが厳かな口調で答える。

村はずれの墓地で生前と同じ生活をしていた死者たちを、いよいよ葬るその時が来たのだ。

ボラは藤井や一正たちだけでなく、助教や男の学生も参加させるようにと言う。

「本当にいいんですか」と彼らは顔を見合わせる。

「滅多にない経験だが、厳粛な儀式なので興味本位の言動は厳に慎むように。村には英語のわかる人間がいるかもしれないので、必要な会話は基本、日本語で」

藤井が厳しい口調で彼らに指示した後スマホを取り出して、まだビアクにいるＩＩＭＵの教授にその旨をメールで伝える。

教授からは「彼らは義務教育は受けているが、基本的には非イスラムの首狩り族なので、いきなり怒り出したり、迷信から人に危害を加える恐れがある。極力慎重に行動するように。できればそうした儀礼には参加しない方が望ましい」という返信が来た。

「偉い大学の先生とはいえ、そういう偏見がありますかね」

一正はため息をつく。

「首狩り族云々は別として、我々と違う文化を持つ人々ですから、怒るツボが違いますよ。僕らにとってほんの冗談のつもりでも、死をもって贖《あがな》わなければならない侮辱である場合もある」

そう言いながら藤井はスマホをしまう。

ケワンに指示されるまま、裏手のわき水で体を洗って口をすすいだ後、頭に赤い紐の鉢巻きを巻き付け、若者から壮年くらいの村の男たち四、五十人とともに密林の中の道を行く。

藪をかき分けるようにして、斜面を登る。藤井の指示を忠実に守り、学生たちは静かだ。

まもなくいつか来た墓地に着いた。

男たちが蔓で編んだ担架のようなものを作ると、墓地のハンモックから布に包まれミイラ化した遺体を運び出し、それに縛り付けていく。縛り付けられた遺体を二人一組で担ぐのだと知って、学生と助教が後ずさりした。それでも藤井の下でそれなりに鍛えられた若者たちと見えて、ひそひそと日本語でやりとりするだけで、格別騒ぎ出すこともなく、言われた通りに担ぐ。

一正も藤井と一緒に担いだが、完全に水気の抜けた遺体は思いの外軽い。

だれかがあらかじめ蔓などを刈っておいたらしく、密林の中には踏み分け道のようなものがついている。

金属片を打ち鳴らし、騒々しいかけ声をかけながらボラが先頭を行く。

「つまり野辺送りってやつですかね」と一正は、前を行く藤井にささやく。

「そうですね。何年ぶりか知りませんが、そうとうに古い遺体もある」

不気味な鳴動のようなものが足下に感じられた。

「何もこんなときにやらなくても」と思わずぼやきが出る。

密林の中の踏み分け道を行くと、たちまち木々のまばらな明るい林になり、まもなく樹林帯を抜けてなだらかな草原に出た。そこを抜けると黒っぽい火山灰と火山岩に覆われた、緩斜面に変わった。正面に小イスカンダルの山頂がそびえ、頂上から白く湯気のような煙が上がっている。

一正の足がすくむ。

「大丈夫さ、カモヤン。お袋は、今日なら大丈夫だとわかっているから。昨日、ちゃんと女神と話をつけてきた」

ケワンがささやく。

「山はときどきあんな風にゴーゴー言ったり、煙を噴いたりしている。だから大丈夫。普段、しんと静かにしているのに突然噴火する他の島の方が怖いのさ。人間だってそうだろう」

「まあ、そうだな」

かつて会社にいた専務もそんなやつだった。温厚な人柄で知られていたが、他人にはわからない理由で、ある日突然怒り出すので怖れられていた。それに比べれば小言幸兵衛のように始終、ぶつぶつ言っている小イスカンダルは、まだ安全なのかもしれない。

「あれ」

藤井が顎で示した。

斜面に人影がある。村の女たちが四、五人いる。

崩れやすい地面の上を足首まで火山灰に埋まりながら上っていくと、中腹にバルコニーのように張りだした小さな丘が現れた。縁《へり》がやや高くなっており中央部が凹んでいる。山腹に開いたクレーターだった。

頂上がどうなっているのか知らないが、小イスカンダルのかつての噴火口は山腹に複数あるようだ。

クレーターの縁にマヒシャとエダたち村の女が陣取り、細い木を四本、柱のように立て、中の地面に供物を置いて待っている。

再び地鳴りのような音と震動が足下から響いてきた。

「やばっ」

背後で学生が声を上げる。

「まずいですね。すぐに戻りましょう」

藤井がささやいた。当然のことだ。指導教員として学生を預かっている責任がある。

「そうしてください」

一正は答えてボラにその旨を伝える。

「ありがとう、手を貸してくれたことに感謝する。家に戻って休んでくれ」

ボラは気楽な口調で言う。一正や藤井たちはどうやら儀礼の構成要員というより、死体を担ぐ男手として求められたらしい。

藤井たちは帰ったが、一正は残った。

火山の不気味な唸りは怖いが、好奇心が勝る。人見もマヒシャたちとここにおり、男が逃げるのはみっともないという妙な見栄も働いた。

そのとき火山の鳴動とは異なるリズミカルな音が聞こえてきた。電動芝刈り機に似たモーター音はやがて音量を増し、頭上にヘリコプターの大きな胴体が見えた。

「ここは危険です。すぐに下りて避難しなさい」

インドネシア語の警告が降ってきた。

動揺しているのは一正だけだった。マヒシャたちは頭上の騒音を敢然と無視し、男たちは笑って手を振り返す。

気が気ではないが、その後の作業は簡単なものだった。男たちは遺体を蔓の担架から外すと、いとも無造作に小さなクレーターの中央に向かって滑り落としていく。

呆気にとられて一正はその様をみつめる。遺体は古い噴火口のへこみの上に、埋葬もされずに次々に捨てられる。遺体がすべてクレーターの中央に落とされると、その上にマヒシャたちが供物を投げ落とし、葬儀は終了した。

身軽になった男たちは、駆けるようにして山を下りる。崩れやすい火山礫《れき》の道に足を取られて慎重に下りていると、人見が追いついて、さほど深刻そうでもなく言った。

「今度はかなり危ないみたい」

「なんで」

「マヒシャが言ってた」

「託宣か」

揶揄《やゆ》する口調ではなく、いささか不安になって一正は言う。

「昨日、マヒシャたちは入り江に入って火山の女神にきいたのよ。それで死者を葬る刻《とき》が来たと判断したらしい。亡くなった村人たちが村を出て火山の精霊になるときがきたそうよ。それで村を守ってくれるんでしょう」

「本当にそうならいいけどね」と振り返り、斜面のクレーターを見る。稜線の向こう側からは淡く煙が上がっている。限りなく危険だ。

「で、昨夜、女性軍は入り江で何をしていたの？　ＬＥＤを点《つ》けて素潜りやっていたようだと、覗きに行った女子学生が言ってたけど」

「ああ」とさほど驚いた様子もなく人見はうなずく。

「ＬＥＤなんかマヒシャたちは持ってなかった。あれは小さなイカやクラゲの群れよ。石を抱いて潜るの」

「ウェイトか」

「そう。ダイバーのウェイトと違って、浮上するときに捨ててしまうから」

「しかし素潜りするには、水深があるだろう。以前は砂が分厚く積もっていたけど、サイクロンでやられてからは、建物の屋根までも三、四メートルはある」

「でも堂塔の屋根まではせいぜい二メートルくらい。潜っている間は両足で石を挟んでいるの」

「なるほど。それで神様はどんな風に託宣を下すの？」

「火山の神様は姿を現さない、というか私にはわからない。神像を彫るということもないみたいだし。マヒシャが言うには、大きすぎるから人にはその全体像が見えないそうよ。でもいろいろな現象から神様の言いたいことを彼女たちは感じ取れるのよ。たぶん、水の濁り具合とか、魚や小さな水棲生物の動きからね。でも水に潜ってあんなことを始めたのは、きっと後の時代のことよ」

「そりゃそうだ。あの町はかつては地上にあったのだから」と言いかけ、それから人見が今、重要なことを話したのに気づいた。

昨日、藤井は、海底にある人が入るには小さすぎる寺院について「神の住まうところだ」と言った。そして一正は、人ではなく小動物の出入りを想定して建てられた寺院について、慈悲の心を象徴するもの、と考えた。

だが、実際はもっと実利的、科学的なものだった。町が水没する以前、古代の彼女たちは火山の方向に正面を向けた堂塔の前で、小イスカンダルを仰ぎ、人が入るには小さすぎる、鳥やネズミや虫たちのための入り口を備えた寺院に集まってくる小動物の動きから、火山活動の状態を推測していたのではないか。つまりそれが神の言葉を感じ取るということだ。

「つまり寺は古代の噴火予知センターであり、観測所だった、ということですよね」

「そういうことね。おそらくあの寺院の敷地内の井戸も汚れを清めるとかだけじゃなくて、地下水位の変化を目で見て、火山の状態を推測するものだったのでしょう」と人見は微笑した。「ところがそれがだんだん難しくなっていった。あれだけ周りに、家が建ってしまったのだから。寺院を埋め尽くして、視界を遮ってしまう。鳥やネズミや虫の動きも、以前とは違ってしまったのかもしれない。家々の密集した土台や下水溝なんか見ると拝礼のスペースでさえなくなったことがわかるもの」

「だから火山の神様が怒って津波を起こして、町ごと沈めたって？」

できすぎた話だ。

「それはともかくとして、マヒシャがあの場所に男や余所者が入るのを禁止したのは、そういう理由。きっと千年くらい前も、大きな葛藤があったんじゃないかしら。聖所を侵略する者、丁子貿易で儲けようとする世俗勢力と、火山信仰を守る巫女《みこ》たちの間で」

「今だって、多国籍企業と自然保護団体と先住民があちこちで似たような抗争をやってるね」

生真面目な口調で一正は同意したが、何かひっかかりも感じていた。

「それで町は沈んでしまったけれど、沈んでしまった入り江の水中世界は、その後も噴火予知センターの役割を果たし続けたのよ」

「地下水位の観察はできなくなったが、あの小さな寺院には鳥やネズミや虫の代わりに、魚やクラゲやイカが寄ってきて、その動きから、まあ、火山とか地震の予知はある程度できる、と？」

沈んだ町の木造建物は朽ちても、壁の厚い、小さな寺院はそのまま残る。何もない砂地の海底に魚影は少ないが、そこに岩でも建物でも沈船の一つでもあればたくさんの生き物がやってくることはダイバーならだれでも知っている。

「そう。火山の状態は沖に出ていって振り返れば見えるし、もちろん船に乗って観察することもできる。町は滅びても、噴火予知センターは、水中世界として機能し続けた。それが彼女たちの聖地であるり、儀式の正体ってわけ」

「まあ本人たちにとっては、火山の女神のお告げにしか見えてないんだろうけどね」

村に戻ったとき、藤井と学生たちはすでに出発準備を整えていた。潮が満ち次第、ビアクに戻り、フェリーで島を去る、と言う。

「加茂川さんたちは？」

「私は状態を見ながら……」

言葉を濁し、尋ねた。

「で、ＩＩＭＵの先生方は？」

「まだビアクに留まってるようですね。危険なので今日はこちらの村には来なかったけれど。たぶん我々と一緒のフェリーで島を出るでしょう」

「だろうね」と一正は人見の方をうかがった。

「私はもう少し、いるわ」

即座に人見が答える。

「マヒシャの判断に従えば、大丈夫だそうよ」

「たぶん大丈夫ですよね」と藤井たちと荷物を片付けていた女子学生が同意する。

「たぶん、今日、明日は大丈夫だろう。だからといってこの島に留まるわけにはいかない」

藤井が決然とした口調で言った。

彼は人見と違い、自分の研究室の学生を預かり、ここに連れてきた立場だ。

州政府の勧告に従わなかった結果、万が一にでも事故が起きたらたいへんなことになる。

一時間後、藤井たち一行はケワンと他の村民の操るもう一艘のボートで村を出た。

「それでは日本で」という藤井の言葉は、何とも恨めしそうで、もう少しここに留まり調べてから帰りたいという本音が透けて見え、その無念が伝わってきた。

満ち潮に乗って、藤井たちと入れ違いのように防災局の役人と警察官がやってきた。例によって避難を促すためだ。彼らの勧告に村民が従わないことはもうわかっている。それでも説得に努めるのが彼らの仕事だ。

ボラやマヒシャとの押し問答もまた儀式の一つであり、「時期が来たら避難するだろう」という答えしか得られない。

人見と一正に気づくと、警察官は苛ついたように尋ねた。

「なぜ、外国人の君たちがまだここにいる？　一刻も早く、この島を出るべきだ。最新の火山情報はチェックしているのか。こちら側の斜面がせり上がってきたんだぞ。崩落したら、火砕流がこの村を直撃するんだ。溶岩と違って火砕流は流れが速い。逃げている暇はない。早急にビアクに移るんだ」

「斜面がせり上がってきた？」

「ああ、こちらの村に面した中腹の火口だ。百四十年前に噴火したクレーターだが、そこが危ない」

ぎくりとしたように人見がこちらを見た。

さきほど遺体を滑り落としたあの古い火口のことだ。マヒシャもそれを感知して、葬儀を行ったのかもしれない。

「潮が引き始めて船の航行ができなくなってからでは遅い。すぐにここから避難しろ。迷信に囚われた無知な村民と一緒に命を落としたいのか」

ありがとう、と二人揃って頭を下げたが、荷物が多いので村人のボートで戻るから、と丁寧に断った。「荷物より、命だ」という言葉を残して役人と警察官は戻っていった。

確かに火山は必ずしも頂上部の火口から噴火するとは限らない。中腹の火口が大爆発し、熱風と焼けた岩が真横に向かって噴射されて一帯の森林を焼き払い、多くの犠牲者を出したセントヘレンズ火山の例もある。

「こっち側が噴火するわけがない」

マヒシャが眉をひそめて首を振った。

「でもこのままだと、いずれ頂上で大きな噴火が起きて島全体が沈んでしまう。最初にやられるのはこっちの村ではなく、ビアクの方なんだ。なのに連中はたった今、目に見えること、機械で計れることしか、信用しない。山のことを何も知らないのに、ここにやってきて私に指図する。前の噴火のときと同じさ。私の二代前のマヒシャの時代だったけれど、町が焼けて、大勢の人が死んだだろう」

旧ビアクの話だ。

「山を怒らせたのさ。あのときスマトラから王がやってきたんだ。それが良くない王だった。町が焼けた後、王は島を出て行って、島には王の宮殿だけが残った。ところが王の息子がやってきて、またこの島で勝手なことを始めたんだ。それで女神が怒った」

火山の女神と海の向こうからやってきた世俗世界の王。島の女呪術師の中では、神話は容易に現実につながる。古代と現代の間に自由に行き来できる狭路が作り上げられるのだ。

役人たちが去った直後から急に村が慌ただしくなった。ケワンは藤井たちを送っていってまだ戻ってこないが、村の漁船がマリーゴールドや椰子の葉などで飾り立てられた。何が始まるのかと見ていると、マヒシャやエダなど村の女たちが乗り込んでいる。

人見が、女たちに近づいて何か話していたが、戻ってくると息を弾ませて言った。

「山の頂上まで登って、お祈りしてくるそうよ」

「山登りするのになんで船なんだ？」

「こちらからは頂上付近に行く道は無いんで、ビアクから登るんですって。あっちは危ないから、あなたたちは村にいなさいって」

「あっちが危なくて、こっちは安全か」

役人や警察官とは正反対の見解だ。

「人見さんは、一緒に来いとは言われなかったんですか」

「『私の代わりに私の良い人を守ってやって』、とエダに頼まれた」

さらりと人見は言った。

「私の良い人？」

腰から下の力が抜けた。

「そう。男は赤子のように非力だから、事が起きたとき守れるのは身内の女しかいない、という意味。やはり推測した通り、アジア世界一帯に広がる女の力の信仰は、この村にプリミティブな形で生きていたのね」

皺深い目を輝かせて人見は語る。

「それはいいが、本当に僕らも避難しなくて大丈夫かな」

常識的に考えれば、先ほどの役人たちの言葉に従うべきだ。

村に残されてみると、大地の唸りがいっそう不気味に聞こえてくる。

「ちょっと見に行ってみませんか？」と人見を入り江の方向に誘った。

彼女が一緒なら、そう恐ろしい目にも遭わないという安心感が、何の根拠もなくあった。

狭い砂浜を歩き入り江が近づいてくると、生い茂った木々の梢の上に小イスカンダルの頂上がかすかに見え隠れするようになる。

夕暮れ間近の空が、白く煙っている。さらに進み、入り江を外海と隔てている回廊のような岬の突端を目指す。

海の様子に変わりはない。満ち潮なので岬の岩場は痩せ尾根のように狭まってはいるが、打ち寄せる波はさほど荒くはない。

入り江を囲む岩場の突端に近づくと視界が開け、生い茂った緑の向こうに小イスカンダルの全容が見えてくる。白い煙は、ビアクの町のある稜線の向こう側から上がっているから、マヒシャの言葉にも一理ある。だが、一正はその山容に何か肌がぞわりとするような違和感を覚えた。

「持ち上がってるわ、こっち側の斜面が」

さしたる動揺も見せずに人見が指差した。

目を凝らせば、確かにその山肌の一部がわずかながら隆起している。

「あのクレーターのあたりよ、午前中に遺体を葬ってきた」

「崇《たた》りか」

反射的に口にしていた。背筋が冷え、マヒシャたちと一緒にここを出ていかなかったことを後悔した。

「いいえ、亡くなった村人が精霊となって村を守ってくれているのよ、マヒシャたちに言わせると」

「そんなことで被害を食い止められるならだれも苦労はしない」

噴火まではまだしばらくありそうだから、その前に逃げることは可能だろう、と楽観的に考えることにした。

ケワンの家に戻ってきたとき、スマホの着信音が鳴った。藤井からの電話だった。

これからフェリーでネピ島を出るという。ただし行き先はスマトラ本島ではなく、ニアス島だ。

「パダン行きは満員です。このところ何度も噴火するという情報が流れて結局何もなかったもので、州の防災局もオオカミ少年みたいになってしまっているんですが、それでも今回は何か違う、とビアクの人々も言っています。加茂川さんも早く逃げた方がいいですよ」

「そうだね、命が無くなったら元も子もない」

藤井たちは、ニアス島から国内線でメダンに飛び、ジャカルタを経由して帰国する予定だと言う。

「ようやく本格調査に入れたと思ったらこれですよ。学生がいなければ僕も残りたいところですよ。何しろこの混乱ぶりですから監視も何もない。今なら日本人チームのやりたい放題だ」

やけっぱちな笑い声を聞かせて藤井は電話を切った。画面を見ると、ほとんどバッテリーがない。

ここに電源はなく、摩訶不思議な力で充電してくれたエダもいない。

「はい」

人見が床の上に、電池の入った充電器を滑らせてきた。

「おっ、ありがとう」

「藤井さんや学生たちが持ち込んだものなの。残していってくれたのよ。電池もたくさんあるよ」

両手で拝んで受けとる。やはりシロアリの巣に差し込むより安心感がある。

室内には子供たちしかいない。ケワンは藤井たち一行を送って行ったきり戻ってこない。おそらく向こうでマヒシャたちと合流したのだろう。

ボラたち長老は、集落中央にある議場代わりの広い東屋《あずまや》で何か話し合っているらしい。

あたりは闇に包まれ、日が落ちる前に食事を済ませた子供たちは寝息を立て始める。

一正と人見は、浜に張ったテントの方にいったん引き揚げる。藤井たちが持ち込んだ食料や水がまだそちらに残っているからだ。

湯を沸かし、フリーズドライの赤飯やカップ焼きそば、缶詰などで、星空の下、波音を聞きながら夕飯にする。

波音の合間に、ごうごうと地獄の釜が開いたような音が混じっている。

「大丈夫かな」

そのときスマホの着信音が人見の物と二台同時に鳴った。メールだ。藤井からだった。

「今朝ほど葬儀を行ったクレーターから噴煙が上がり始めました。早急に村を出てください」

あんぐりと口を開けて人見と顔を見合わせた。

添付ファイルを見るようにと指示がある。開くと、防災局の発表している資料だった。

他の火山と同様、小イスカンダルもある日突然爆発して火砕流を発生させる、というよりは、噴煙のみの小噴火を繰り返している山らしい。半世紀前の噴火も、二、三年前から小噴火を繰り返し、頂上に溶岩ドームを形成し始めて約一年後に、突然崩れて町を焼き払ったということだ。

「まあしばらくは大丈夫かな」

そうあってほしいという願望を込めて、一正は言う。

最後の文章を読んで、藤井たちがまだビアクの町にいることを知った。

ニアス島行きのフェリーがエンジントラブルで来なくなり、明日のパダン行きを予約した。ただし満席のためにキャンセル待ちで、今夜は港の待合所で過ごすらしい。

「大丈夫かよ、女の子もいるのに」

「大丈夫よ、彼女たちの方がたくましいから」と人見が屈託なく笑う。

波打ち際に出て、手早くアルミの食器を洗った後、ときおり夜気を震わせる噴気音を聞きながら、暗い海岸を入り江に向かって歩く。

手前のジャングルの密度の濃い闇、その上に意外に明るい夜空がある。雲が金色に輝いているのだ。たなびくのではなく夜空に立ち上った雲だ。

「加茂川さん、あれ」と、そのとき背後で人見の声がした。

人見が指差す海の方向に視線を転じた一正は、異様な光景に言葉を失った。

入り江の海面全体が淡い青色に輝き、穏やかなうねりに揺らめいている。

「海ホタル」

夢を見ているように人見がぽつりと言う。

波打ち際に寄り、人見は水中に手を入れる。

波紋の形に光りの粒がさざめき強い輝きを放つ。物理的刺激に反応して光る。神秘的だが珍しい現象ではない。

一正も生温《なまぬる》い海水に手を突っ込み、輝くものを掬い上げた。砂粒より小さく、まったく手応えはない。

「海ホタルじゃないな。もっと細かなプランクトンだと思う。火山活動の影響で、海水の成分に何か変化が起きたんじゃないですかね」

インドネシアの海中を知り尽くしたパダンのダイビングショップのオーナーなら、何と答えるだろう、と一正はこれまで見てきた夜の海中に思いを巡らせる。

夜のリゾート施設のバルコニー、ナイトダイビング、そして夜行フェリーの甲板、様々なところで小さな甲殻類やプランクトン、そして小生物による生物発光は目にしてきた。しかしこのように海面全体を覆って輝く光の絨毯は見たことがない。

好奇心が恐怖を凌駕した。

この海中で何かが起きている。それをマヒシャとは異なる科学的合理的視点から観察し、その正体を知りたい。

どうかしている、と思いながら、人見を置き去りにして集落の方向に走って戻る。

藤井たちが残していったテントに入り、そこに置かれたダイビング機材を収めたバッグを開ける。

中身が足りない、とすぐに気づいた。あの超軽量エアタンクとレギュレーターがない。

テントの中や周りを探す。やはり無い。

疑いたくはないが、やられたのか？

昨日、荷物を整理していると、エダがぺたりとくっついてきて「それ、なあに？」と尋ねてきたことを思い出す。

最新の機材でと、ついつい自慢げに披露してみせた。

「へえ、じゃあ、空気がなくても平気ね」

「そりゃダイビング用のエアタンクだからね。ただしこれだけ小さいから十分しか持たないんだ。まあ、シュノーケルよりはマシな程度かな」

そんなやりとりをした。

「あの女」とエダの人を食ったような笑顔を思い出し、歯ぎしりした。

自分たちがいない間に、一正たちをあの場所に近づけないために持ち去ってしまったのだ。どこまでも油断のならない女だった。

そんなものがなくたって、と再び入り江方向に走り出す。岩の付け根に、部外者の立ち入りを監視するための小屋があった。

ここを守っている者も含め、調査チームのスタッフは全員避難し、今は無人だ。オカルト的な力を行使して、この場所を守り、調査の妨害をしかけてきたと思われるマヒシャたちもいない。好きなだけ見て、調べられる千載一遇のチャンスだ。

「ちょっと、どうしたの、加茂川さん、やめてよ」

人見が背後から声をかけてくる。

答えることもなく、小屋のドアに手をかけた。鍵がかかっている。

力任せに引っ張る。

「何をしているの、やめなさいよ」

叫ぶ人見を無視して押し引きすると、安普請のプレハブ倉庫のような小屋のドアは、蝶番《ちょうつがい》が外れて倒れてきた。

必要なものは中にあった。

タンク、フィン、マスク、そして薄い壁には、ウェットスーツが数着、無造作に引っかけてある。壁際には発電機まであった。

インドネシアの調査グループが置いていったものだ。ビアクから村に通っていた彼らは、装備一式をここに置いたまま、ひょっとすると今頃は、とうにスマトラに逃げた後だろう。ぶら下がっているうちの、一番大きなウェットスーツを外すと、海岸にいって濡らし、「ちょっと失礼」とトランクス一つになって足を突っ込む。

自分の物ではないからサイズは合わないが、着られないこともない。

上半身を脱いだ状態で腰からぶら下がっているウェットスーツの袖を引っ張り、人見が止める。

「気でも狂ったの」

「またダツに刺されたいの？　溺れたらどうする気」

「大丈夫。失敗から学んだ」

「何言ってるの、三回も結婚した人が」

むかつく物言いだが、その三回目も失敗した。いずれにせよその一言で意地になった。

小屋に戻り、フィンやタンクを波打ち際に運ぶ。それから小屋の縁に立てかけてあったプラスティック製のカヌーを引きずってきた。オープンデッキタイプのものだ。

「もうっ」

人見が小屋に取ってかえす。救命胴衣とロープを抱えて戻ってくると、タンクを背負った一正と一緒にカヌーに乗り込んできた。

「一緒に行くわ。こんなとこから土左衛門を運ぶの、私、嫌だから」

最初の妻とそっくりの口調だった。

「すみません、お世話になります」

最初の妻に対したときと同じ口調で一正は答える。

夜光虫の類いがクリスマス・イルミネーションのようにきらめく波間から船を出す。

まったくロマンティックではない。背後の山が熱い煙を吹き上げる音か、あるいは地中のマグマが凄まじい圧力に震えるうなり声か、不気味な音と振動が絶えず聞こえる。

満天の星のきらめきを思わせる水面は、数メートル進むと恐るべき密度の光の粒に埋め尽くされ、青白く光るシートのようになった。

砂浜を離れてほどなく、真っ暗な密林の上に小イスカンダルの頂上がのぞき、さらに行くと山塊の黒いシルエットが立ち上がる。山腹が一点、オレンジ色を帯びた真珠様の輝きを放っている。白い煙を吐き出す山腹の火口は、この日の朝に遺体を投げ捨ててきたところだ。

地獄の釜開きだった。

入り江の中央で一正は舷に腰掛け、体を丸めるようにして頭から静かに水に入った。

明るい。水面上の生き物に照らされた海中は異様に明るい。いや、水面だけではない。

水中を浮遊している小さな甲殻類や、ウミウシ、イカのような軟体動物、小さなクラゲの類いまでもが発光している。群れたまま静かに眠っている小魚までもが光っているのは、鱗の反射ではあるようだが、驚くべき数のものが光を放っている。

発光バクテリアだろう。何かの拍子に大量のバクテリアが発生し、生き物の体に取り込まれているのだ。

その光を浴びて、海底にある堂塔や邸宅の土台部分も青く揺らめく。

傍らには、ウェイトをくくりつけたロープが伸びている。何があるかわからないので、そのロープを伝って下りて行く。

とりあえずダツはいない。カツオノエボシや鮫《さめ》や鱶《ふか》、エイの類いの大型魚もいない。あたりを警戒しながら底に向かっていく。

あの嵐の後に入ったときと違い、波も流れもない。

町を埋め尽くした家々の土台部分に乗ってあたりを見回すと、水流の関係でそこだけ砂が流されたのか、ごく狭い通路が闇に沈んでいるのが見えた。

水面付近から発光生物の謎めいた光が差していたが、通路の中を覗き込むには光量が足りない。あたりを見回し、ダツがいないことを確かめてから、手にしたLEDライトを点灯する。光の輪の中に、ほんの一部分、砂に埋まっていない路面が見えた。目を凝らす。ごく狭い路地だが、その中央に溝が掘られている。

路地の底に下りる。その直前に体が流された。強い水流がある。慌てて抜けだそうともがく。なぎ倒され、横腹が狭い路面を擦りながら流される。タンクが土台のコンクリートにぶつかり鈍い金属音を立てる。

だめだ、だめだ、と悲鳴にならない声を上げる。白い泡だけが空しく水中を上がっていく。ウミウシのように体を曲げたり伸ばしたりしながら、水に逆らい、必死で水流から逃れようとするが空しく、横倒しになって流される。次の瞬間、体が止まった。水流から逃れた。

あたりは真の闇だ。闇の中をふわふわと小さなクラゲやイカのような半透明の物が漂っている。家の本体は島内に豊富に生えている木で建てるにしても、土台は石やコンクリートだ。その土台部分を持ち上げて地下室のような空間を作った家もある。水流で、そんな構築物の中に一正は押し込められたのだ。

住人が消えて一千年も水に沈んでいた住居の土台の中など、想像するだに気味が悪い。どこに逃げようかと考える間もなく、体は再び水流に運ばれる。

中庭に押し出された。とたんに視界が曇った。砂が巻いている。屈み込み土台にしがみついて顔を上げたとき、半ば砂にうまった中庭の片隅に、円形の枠のようなものが見えた。それが何かはすぐに理解できた。その気になって探すと、円形の枠はほかにもあった。いずれ音波探知機などを入れて海底の様子を広範に調べてみれば、町全体に散らばっているのがわかるだろう。

気がつくと頭上を覆っていた光が消えている。漆黒の闇だ。

ライトをつけても視界が開けない砂混じりの水中を一正は浮上する。

無事海面に出た。さきほどまでびっしりあたりを覆っていた発光生物は姿を消し、今は東京の星空程度のまばらな光しかない。

流れからは逃れたが、自分がどこにいるのかわからない。四方を見回すと、一際暗い陸の方向に、本物の星空を背景に小イスカンダルのなだらかな山容が浮かび上がり、中腹に赤みを帯びた光が灯っている。

どこからともなく笛の音が聞こえてきた。救命胴衣についている非常用の笛だ。人見が吹いている。

「おーい」

ライトを振り回す。

パドルを操る音とともに、近づいてくるカヌーの舳先が見えた。

まずはタンクを外し、人見にカヌーに引き上げてもらう。身軽になって這い上がろうとした瞬間、カヌーは大きく傾いた。転覆しないように人見が体を移動させ、反対側から一正は這い上がった。

「よかった、無事で。急に見えなくなったから」

「流れがあったんだ。底の方に。いやぁ、死ぬかと思った」

「調査が進まないのは、マヒシャのせいばかりではないわね」と人見は無言で首を振った。

「いやいやいや」

一正は反射的に手を振り、さきほどの恐怖を忘れて胸を張った。

「わかったぞ」

「何が？」

「いいですか、これは重大な発見だ」

無意識のうちに芝居気たっぷりに、一正は人差し指を立てる。

「ほぉ」

どうでもいい、と言わんばかりの返事をすると、人見はパドルを手にしてゆっくりカヌーを浜に寄せていく。

「石畳の道の真ん中に一本、コンクリートで固められた溝が掘られていた。それが何だか推測できますか、人見さん」

「下水溝でしょ」

「その通り。よくご存じですね」

「昼間、彼女たちが潜ってスケッチしてきたじゃないの」

冷ややかな物言いを気にすることもなく、一正は調子に乗って説明を続ける。

「密集した住宅。切石を型枠がわりに使って、内部を骨材の石とコンクリートで満たした分厚い土台を持つ家々が、かつて建っていた。そこに住む人々が排出した汚水は、通路の中央を通って海へと流れていって捨てられる。じゃあ、上水道は？　そんなものは必要ないんですよ。邸宅の中庭に円形の枠があった。砂を掘ってみれば、さほど深くはない穴が水脈まで伸びているはずだ」

「掘り抜き井戸ね」

「それが、町の共同井戸なんかじゃない。一軒一軒にある。寺院の庭にあったのと同じようなやつが」

多孔質の火山性の岩に染みこんだ雨が地中を通り、海へと抜ける地下水脈。その上にかつての町があった。石畳の道に掘られた深い下水溝と、家々や寺院に掘られた井戸。一千年前の人々の生活が、火山の恵みの豊富な地下水で潤っていたことがわかる。

だが、そこに破滅が訪れた。

「水を汲み上げすぎたんですよ。真水が海底から噴き出す場所なので、珊瑚が生息できない。だから天然の港になった。丁子の積み出しにも、異国の珍しい物を買うにも絶好の場所だ。規模は小さいが、カネ、ヒト、モノが行き交う古代都市だ。活気にあふれた町で盛り場も発展しただろう。すると島民も外から来た商人も、調子こいて次々に豪邸をぶっ建てた。生活にも産業にも真水が必要だから井戸を掘り抜き、湯水のごとく、というか、その言葉通り水を使った」

「それでついに水が涸れてしまった。井戸の水位の変化から火山の状態を判断することはできなくなって、家々が邪魔になって寺院の前から山が見えなくなった。それで火山噴火を前にしても神の声を聞くことはできなくなった……ということね」

「ちっちっち」と毎度のことながら、一正は人差し指を振る。

「そんなことじゃ済まないんですよ。ガンガン水を汲み上げた上に、切石を型枠代わりに使用した重くて分厚いコンクリート土台を作って、こっちのジャングルに生えている鉄のように密度の高い木で作った家を、びっしり建てた。どうなると思いますか」

あっ、と人見が声を上げた。

「それである日突然、地盤が崩壊して、海の底に沈んでしまった」

「あー」

一正は首の後ろをかいた。

「ハリウッドの映画じゃないから、そういうスペクタクルはないと思うんですがね」

海中の塔にあった浮き彫りの劇的な場面を思い出す。だが実際の地盤沈下はそう見栄えのするものではない。

「じわっ、じわっ、と沈んでいくんですよ。いろいろな環境の変化を伴ってね。たとえば昨今のジャカルタを見ればわかるでしょ。首都移転を考えなければならないほどに、地盤沈下が進んだ。それじゃどうするか？　防波堤を上積みすればいい。素人さんはそう考えるようですがね、高くした防波堤はさらに自重で沈むんですよ。そこにこの地域の気候条件。サイクロンによる高波です。あるいは地震に伴う津波だったかもしれない。そうして水びたしになったら最後、今度は高い防波堤が水はけを邪魔する。結果、丁子の積み出し港に開けた古代の町は、巨大なプールの底に沈んだ、というわけです」

言葉もなく聞いていた人見がうなずく。

「あの海中の塔の浮き彫りは、後の世の人々が、後世への教訓と悲劇の歴史を塔に刻みつけた、ということなのね」

自らの偉大なる物質文明、古代コンクリートの建造物がその後作られなくなったのも、彼らがこの世の終わりのような光景を目にして、自ら封印してしまったからなのかもしれない。

港も丁子貿易で栄えた町も沈み、ネピ島は東西の交易地図から姿を消す。波荒いインド洋の孤島に戻ったネピには、火山の女神とインド由来のバイラヴァ王の子孫が残され、外海と繋がる手段がないままに、森と海に生活の糧を求める他はなくなった。そうしてその後の数百年、平和だが文化からは隔絶された暮らしを甘受することになった。

それこそが十一世紀のアラビア文献に現れた、文化果つる野蛮の地の正体なのだろう。

「でも貿易が途絶えても、町やヒンドゥー風建築が海に沈んでも、文化は生き残っていたはず」

人見が確信を込めて言う。

「建物や文字みたいな、形を確認できる文化は消えたかもしれないけれど、マヒシャやボラたちの、海や火山や、その他のたくさんの精霊と共存する文化は受け継がれてきたのよ。先進的な地域の人間や、一神教の神を信奉する人々には理解できないだけで」

「それを文化って呼ぶかなぁ」

あまりに率直な感想に、人見は不愉快そうな一瞥を投げてよこしただけだった。

地鳴りは続いている。にもかかわらず、あたりには不思議と安らいだ雰囲気が漂っている。

蛍光を発するシートのように水面を埋め尽くしていたプランクトンの青白い光は今、満天の星と見まごうような程よい密度の光に変わり、運動刺激によって発光するプランクトンが、パドルの動きによって輝きを増す様は、この世のものならぬ神秘的な美しさだ。

平穏な感じをもたらすものの正体に気づいたのは、人見だった。

「虫の音がすごいわね」

火口か地中か、そんなところからときおり聞こえてくる鳴動の合間を埋め尽くしているのは、密林に生息するおびただしい数の虫の音だ。マツムシ、コオロギ、スズムシの類いの、羽を擦り合わせる音にしては異様に大きな、けたたましい音だ。それに犬の吠え声に似た爬虫類の鳴き声が交じる。

「ああ、うるさいな」

うるさいがゆえに安心感を覚える、南の島の日常音が戻ってきた。

一正は浅瀬に降り立ち、人見と二人でカヌーを岸に引き上げる。

テントに戻ると充電の終わったスマホの着信ランプが点滅している。電話が四本入っていた。すべて藤井からのものだ。

出ないので諦めたらしく、メールが送られてきていた。本文はなく、ネット配信されたと思しき防災局の発表が添付されていた。

ネピ島小イスカンダルの西側火口の噴火が続いており、火口付近に溶岩ドームが形成される可能性がある。崩壊した場合、大規模な火砕流が起きるため、州政府は、今夜、警戒レベルを最大に引き上げた。

「西側火口って、つまり……」

「こっち側よ。死体を投げ入れた、あそこ」

「冗談じゃないぞ」

背後の密林から聞こえてくる虫の音は、相変わらず賑々《にぎにぎ》しく、けたたましい。高床式住居の下部の鶏小屋から、寝ぼけた雄鶏の時を告げる声がときおり聞こえてくる。

「警戒レベル最大、か……」

「科学的な観測結果によれば」と人見がつぶやくともなく言う。

焼けた岩と熱風が密林を焼きつつ、暴走車ほどの速さで下ってくる火砕流。襲われたらひとたまりも無い。

軽やかなモーターの音が聞こえてくる。

「ケワンたち？」

村人が浜に出て来た。

砂浜はずいぶん狭くなっている。満潮だ。

サーチライトが近づいてきて、一正は身を固くする。

平たいボートが浜に乗り上げるようにして止まった。上陸用舟艇だ。

数人の男が機敏な動作で駆け下りてくる。軍の制服を着ている。

物騒な目的ではない、とわかってはいるが、ただならぬ危機感を滲ませた様子に、一正は反射的に姿勢を正す。

「避難命令が出ている。子供から先にボートに乗れ。家財道具類は持たないように」

闇の中で男のインドネシア語が鋭く響き渡る。

ボラや数人の老人が抗議する中、有無を言わさず子供たちがボートに乗せられ、次にバッグを抱えた女たちが不安な様子で乗り込んでいく。止めようとするボラたちが、屈強な男たちに取り押さえられた。

「他に子供と女はいないか」

「優しいのね」

人見がささやき、一正の背後に回る。ライトが顔を照らした。

迷彩服を着た若者が人見の腕を摑み、「乗れ」と命じる。

「いえ」

強い調子で拒否すると、若者はそれ以上強要することはなかった。

夜の海にサーチライトの長い光の腕を伸ばしながら、子供と女を満載したボートは去っていく。

波間には、もう一艘のボートが浮かんでいる。中年の男がボラたちと激しい口調でやりとりしている。

「とりあえず命令には従いましょう」

一正は不満気な人見を促してテントに戻り、荷物を抱えてくる。

「身の回りのものだけだ。家財道具は置いてこい」

兵士に命じられた。

「これ家財道具じゃないんだけどな」と恨めしい気分でテントに戻る。

子供たちを乗せたものと違い、こちらのボートは小型の巡視艇だった。人を乗せるだけでいっぱいになってしまう。

ボラたち長老と、少し前から起き上がれなくなった死期間近と思われる老女だけを村に残し、船は出航した。

暗い海に出て行くにつれ、虫の音が遠ざかる。

スマートフォンを取り出し藤井に電話をかけようとすると、兵士の一人に厳しい口調で制止された。

数分後に、船底から鈍い金属音が聞こえたかと思うと軽い衝撃とともに船が止まった。

「あーあ、やっちまった」

航路を間違えたか流れに巻き込まれたのか、珊瑚の浅瀬に乗り上げてしまったらしい。

スクリューを回し、前進後退を繰り返し、二、三十分ほど手間取っていたが、何とか逃れた。それからビアクに着くまで、何度浅瀬に乗り上げたかわからない。

どうにでもしてくれとばかりに、他の島民と折り重なるように横になり、うとうとしているうちにビアクに着いた。

あたりはうっすらと白み始めている。

接岸した直後、人を満載したフェリーが大きな横波とともに港を出ていった。島民の脱出が続いているようだ。

上陸したとたんに足下から衝撃が来た。何かが爆発するような音が鈍く響き渡る。

「来た」

大噴火か、と陸側を見るが、手前に立ち並ぶコンクリートブロックや木造の他の家や藪が邪魔になり、山は頂上さえ見えない。

突然短い周期であたりが揺れた。

地震だ。強い揺れは、すぐにおさまり、一帯は不自然に静まり返った。

「これは本気でヤバいかもしれないな」

数秒後に、藤井から電話がかかってきた。

「もしもし、ビアクまで来ましたよ」と告げ、「そっちは今、どこ？」と尋ねると、「ビアクですよ」とため息交じりの声で答えが返ってきた。

「はあ？」

藤井によれば、ニアス島行きのフェリーは定員を遥かに上回る人間を乗せたらしい。通勤時の山手線のような混雑した船内で、船体が大きく沈み込むのを感じた藤井は、即座に学生たちに指示して浮き輪や救命胴衣を確認させた。それらは明らかに定員数よりも少なかった。そのうえ盗難を怖れてか、釘で船体に固定してあった。

即座に学生たち全員を下船させた。しかしインドネシアの調査チームの人々は、そのフェリーで帰っていったらしい。

「根性あるというのか、いい度胸しているというのか、こっちの人間は。で、藤井さん、今、ビアクのどこ？」

「ハジ・モハンマド・ジャミル氏の別荘です」

スルタンの末裔で、あのゴミ処分場計画の張本人の別荘にいるとはどういうことなのか。

ゴミ処分場計画にまだ未練があって、日本人たちを何とか懐柔しようというのかと思ったが、そうではないらしい。インドネシアの調査チームが、島に入るにあたり市長やジャミルを含めた島の有力者たちと面会しており、その関係もあって島から出られない日本人たちに安全な滞在場所を提供してくれたのだと言う。

「へぇ」

少し前まで敵と見なしていた相手から救いの手を差し伸べられるのは、複雑な気分だ。

「それはともかく、今、どこですか」と藤井が早口で尋ねる。

「港だけど」

「すぐに市庁舎がある高台に避難してください」

「はあ？」

「今、地震があったでしょう。津波が来るかもしれない」

「警報でも？」

「そんなものありません。自分で警戒してください」

迎えの車を寄越してくれるというので港を離れ、高台まで直登する細道を通り、市庁舎前まで歩く。海を見渡すが、津波が来る様子などない。

しばらく待っていると、グレーのリムジンが一台やってきた。

人見とともに後部座席に乗り込み、三十分ほど走ると、島の端にある高台に出た。火山からは遠いがサイクロンの強風をまともにくらいそうな、海を望む絶景の地にジャミルの別荘はあった。島の有力者や金持ちがこの地域に集まっているのか、それともスマトラ本島に暮らす富裕層の別荘地なのか、白やパステルカラーに塗られたコンクリート造りのしゃれた建物が、緑の植え込みの中にいくつも建っている。

「危ないなぁ」と一正は首を振った。

見た目は立派だが、おそらく鉄筋などどこにも入っていない。

ことあるごとにボロブドゥール遺跡公園の整備事業を持ち出しては自慢している一正だが、彼がトータル十年以上もこの国に関わっていたのは、主に防災のための建築基準作りを含めた、技術協力の仕事のためだった。その一正の目から見ると、この島のほとんどのビルや邸宅は、大地震が来たときのことを考えると何とも恐ろしい代物だった。

鉄製のゲートを通り、プルメリアやブーゲンビリアの咲き乱れる庭園を回り込み、一正たちを乗せたリムジンは、瀟洒なポーチを備えた植民地様式の建物の正面で止まった。

脇には未舗装の道の多い島内を走るためか、赤のグラディエーターが一台駐められている。

「ようこそ。ハジ・モハンマド・ジャミルです」

スーツにネクタイ姿の長身の男が出迎え、右手を差し出した。年の頃は四十前後か。スルタンというよりは、ジャカルタあたりに本社を構える大企業の幹部、といった雰囲気の男だ。

通された室内は心地良く冷房が効いていた。

壁沿いに本棚の並ぶ、行政官の執務室のような天井の高い部屋に藤井たちはいた。

椅子を勧められ、奇妙に尊大な感じの男が銀の盆で紅茶とケーキを運んできた。

「この島の古代コンクリートの遺跡を発見してくださったという方ですね。あなたがいなければ民族の誇りであるところの貴重な歴史をゴミで埋めてしまうところでした。お恥ずかしい。あなた方の功績に感謝しています」

「いやいや、発見自体は私がしたわけではないのですが、たまたま建築家としての……」

気を良くして一正は、自己紹介した。

「私は十年間、ボロブドゥールの遺跡公園の建設整備を始めインドネシアのインフラ整備事業に携わっておりまして」

「すばらしい」という賞賛は、あながち社交辞令だけではなさそうだった。「まさにそういうことです。遺跡は発見され、登録され、調査されるだけではいけない。その点ではあなたが公園整備に関わったボロブドゥールをはじめとするジャワ、バリあたりの遺跡は、非常に幸福なのです。だが」

その先の話は一正自身も、嫌になるくらい見聞きしている事実だった。

遺跡は星の数ほどあるが、いや、星の数ほどあるがために、整備のための予算もマンパワーも追いつかない。観光客の行かない田舎や離島にある遺跡はどんなに貴重なものでも、保存、整備はどれも計画倒れで、荒れ放題、荒らされ放題で、見るも無惨な状態だ。

「保存、整備、修復、すべてに金がいる。その金をまかなうために遺跡と観光は結びつかなくてはいけないのです」

力を込めてジャミルは言う。

世間知らずの学者ならいざ知らず、事情を知っていれば、だれも異論を唱えられない。

「遺跡は過去のものではないのです。この島の今をすばらしいものに変えてくれる。何もないこの島ネピの、その中でもまったく無価値と思われた野蛮の地、それが海底に眠っていた歴史文化遺産のおかげで世界の注目を浴びる。そのために必要なことは何だと思いますか」

「交通や電気といったインフラ設備です」と一正は胸を張って答える。「ただし環境負荷の点から考えれば、プラガダンへは車ではなく船で入るのが、望ましい。そしてだれもがそこから学べる遺跡公園の存在が必要です。遺跡公園はただの遊興施設ではいけない。歴史と文化、それにこの島の自然について学べる施設であることが重要です」

「まさにその通り、海の公園です」とジャミルはうなずいた。

「海岸と海中を一体化した施設。国内の学校の児童から、外国人観光客までがやってくるような。ただしここはマリンレジャーを嫌う島だ。バリ島では観光客は男も女も肌を出し、浜で大音量の音楽をかけ、酒を飲む。だが、ここの海の公園でおこなわれるのはレジャーではない。教育であり啓発でなければいけない」

一正はジャミルの言葉に大いに気をよくしていたが、その最中にも地鳴りが聞こえてきた。

とっさに出口に目をやる。鉄筋無しのコンクリート豪邸だ。崩壊して下敷きになったら命はない。揺れはこなかった。

「ご安心を」

ジャミルは微笑んだ。

「この国には、火山観測所があり有能な人々がその動向を見守っています。今まで火砕流や溶岩流で犠牲になった人々はいますが、多くは政府の退避命令に従わずにその場に居残った人々です」

「はあ」

ジャミルは一行を隣の部屋に招いた。窓の小さな書庫のような小部屋だ。その中央に置かれたテーブルにジオラマが乗っている。

「ああ」と藤井がうなずいた。

山の斜面から砂浜にかけて、フレイムツリーやプルメリアが植栽された美しい公園の模型があった。いくつか並んだ水上コテージと、木造の管理棟。その先に開ける珊瑚の海と、海底の塔、岬に伸びる海辺の白い小道の周りは手入れの行き届いた芝生だ。

入り江は透明な青色のアクリルで表現されており、海底には発掘し再現された古代の町が沈んでいる。

アクリルの海中には、ダイバーたちの小さな人形、そして海面には透明アクリル製のカヌーとグラスボートが何艘か浮かんでいる。

海の公園に入る人々は、ダイバーからグラスボートの観光客まで、まず中央の管理棟で、遺跡と海の自然についてのレクチャーを受け、公園内のルールを学ぶ。

ゴミを捨てない、食堂以外で飲食しない、海中の岩のひとかけらまで、絶対に持ち帰らない。もちろん文化財や生物を傷つけない。観光は専属のガイドの案内の下で行う。勝手に歩き回ったり泳いだりすることは許されない。

海岸のコテージは研究者優先だが、空いているときには一定のルールの下に観光客にも開放する。

一正は大きくうなずき、ジオラマの細道や石垣の設計や素材について、いくつかコメントする。

「で、プラガダンの村はどうなるの？」と不意に人見が口を挟んだ。

「移転してもらうでしょう」

ジャミルは抑揚のない口調で答える。

「強制排除、ですか」

鋭い口調で人見が尋ねる。

ジオラマ上では確かに彼らの集落のあった地域だけでなく、遺体をしばらく安置していた裏手の密林、一正がマヒシャの奇妙なお祓《はら》いを受けた洞窟なども、花木と芝生で整備された美しい公園に呑み込まれている。

「いえ。強制排除が行われたことは、この国ではかつて一度もありません」とジャミルは微笑した。

「役所から担当者が出向き、村の代表者に説明し、村人の一人一人を説得し、代替地を用意し、金銭的な補償を行い、退いてもらう。遺跡に関しては少なくともそうですね」と一正は日本語でそう藤井たちに説明した。彼が手がけたボロブドゥールの遺跡公園始め、主立ったところはすべてそうしてきた。

「これはどこまで政府の計画ですか？」

藤井が尋ねる。

ジャミルは首を横に振り、掌をジオラマに向け、ゆっくり円を描く。

「政府の計画はまったくありません。私の夢です。ただ、実現すればこの辺境の島が、一大歴史文化センターとなる。島民の生活は経済的に潤うだけでなく、知的文化水準も引き上げられる」

そして藤井と一正に向かって、すこぶる穏やかな笑顔を向けた。

「実現するか否かは、ＩＩＭＵとあなた方の調査にかかっています」

「精一杯努力します」とは藤井は言わなかった。ただ「歴史考古局からこうした案が出されているわけではないですよね」と確認しただけだ。

ジャミルはうなずく。

「我々、島民が提案していくのです。自分の島のことですから。そうでなければ何も動きませんよ」

「しかし今回もそうですが、プラガダンのあの地域は、噴火した場合には火砕流や溶岩流の通り道になる。せっかく作った公園も施設も燃えてしまう。海の中もダメージを受けるでしょう」

一正は尋ねた。ジャミルは微笑して首を振った。

「珊瑚は驚くほど早く再生しますし、火砕流は海の表面を通過するので、海底の遺跡に深刻なダメージを与えることはありません。水上コテージは定住漂海民の水上住宅と基本的に同じです。焼けたら、すぐにまた作り直せる。公園も同様です。何よりそこにいるのが観光客なら、危険なときには帰ってもらえる。だがそこに人が暮らしていたらそうはいきません。ひとたび災害が起きれば生活を根こそぎ奪われてしまうでしょう」

確かにその通りではある。

「そしてこれです」と傍らの引き出しを開けると、金属のおもちゃのようなものを取り出した。ポンプの模型だ。

「海水を汲み上げて噴射するのですよ。溶岩流については海に落ちて、古代の町を埋める前に止まります。約五十年前のアイスランドの噴火では、そうして港が埋められるのを防いだ。科学技術はこうした形で自然に立ち向かうことを可能にしているのです」

感心しながら学生たちも金属模型に見入る。

「それでは」とジャミルは丁寧に挨拶すると、部屋を出て足早に去っていく。明日スマトラ本島で開催される会合のための準備があると言う。

応接室の大きな窓から望める崖下の海に、一艘のクルーザーが停泊しているのが見えた。専用の港を持っているようだ。

「ODAがらみで次々に公園を整備したスハルト時代の発想ですね」

藤井がジオラマを見下ろすと冷ややかに言った。

「開発独裁と、遺跡保存は違うよ」

「いえ、遺跡は何百年も、ときには千年を超えて、人々と共存してきたのよ」と今度は人見が反論する。「遺跡は畑や集落といった生活圏に存在していたものよ。そういう場所にあるからこそ、価値があるはずでしょう。特にプラガダンの場合は、人々の信仰に密接に関わり合っているんだから」

「そりゃそうだが、保存には金がかかるんだよ」

海の遺跡公園の夢を見ながら、一正は反論する。

「ですから新しい遺跡保存と公園化の発想が必要なんです」と藤井がいつになく熱い口調になった。「人々を追いだして田畑を潰すのではなく、観光、教育エリアと村の生活エリアを有機的に組み合わせて、村の環境を保ちつつ、収益を上げ、観光客には村の景観に溶け込んだ遺跡を見せていく。そうした方法を考えていかなければならないでしょうね」

そう言われても、一正の頭に浮かぶヴィジョンは、芝生と花木の美しい広大な公園と清潔なコテージを備えたホテル、そして保存、修復、整備された水中遺跡の様だ。

そのときジャミルの家の使用人たちが室内に現れ、一行をホテルに送る車が用意できた旨を伝えた。追い立てられるようにエントランスに下り、ステーションワゴンに乗せられ、町の道を下り始める。

数分経ったとき、助教の男が叫び声を上げた。

「どうした？」

助教は無言でバックミラーを指差す。しかし一正の位置からは背後の道路しか見えない。ドライバー以外の全員が、背後を振り返る。南国特有の暗い色のスモークガラスからは、曇ったような灰色の空と森の上に顔を出した小イスカンダルの頂上が見える。

学生の一人が窓ガラスを開け、顔を出して背後を見る。

ドライバーが視線だけをそちらに動かす。

「噴火している」

「ああ、それは……」と一正が言いかけるのを遮って、叫び声が上がる。

「頂上からだ」

プラガダン側にあるクレーターからではない。

丘を下りるヘアピンカーブを越えた瞬間、正面に小イスカンダルが姿を現した。スモークの入っていないフロントガラスを通し、頂上から煙を吐く火山が見えた。ここに来たときから煙は上がっていた。しかしそれとは明らかに違う、黒々とした噴煙が、入道雲よりも高く立ち上っていた。

「大丈夫だ。すぐに大噴火に結びつくわけじゃない」

藤井が学生たちを落ち着かせようとする。

「そうじゃなくて」と男子学生が説明した。

昨夜、小イスカンダルの頂上に登り、竹竿のようなものを立てて噴火を占うマヒシャたちの姿が、地元のケーブルテレビのニュースで流れたと言う。噴火情報に関するニュースの間に、同じ島内に住む原始宗教を信仰する人々の、非科学的態度を揶揄するトピックを挟みこんだだけのものだった。その中でレポーターの問いに対し、マヒシャが「まもなく頂上から噴火が始まる。放っておいたら島ごと焼けるか沈むかしてしまう。だから山の精霊から、どうしたら鎮まってくれるのか、話を聞いているのだ」と答えたらしい。

「託宣が当たってしまった、ってか」

「地下のマグマは一緒なんで、プラガダン側の斜面が小規模噴火しているなら頂上から噴いても不思議はないですね」と藤井が冷静な口調で答える。

学生たちは、窓の外から視線を外すと、一斉にスマホを操作し始めた。それぞれに山の写真や動画を撮ったり検索したりしている。

「これですよ、これ」

一人が、画面を一正の方に向けた。

昨日のニュースはネット配信されており、検索すると動画はすぐに見つかった。データによるとかなりの数のアクセスがあったことがわかる。画面が小さくてよくわからないが、確かに布のようなものを頭に巻き付けたマヒシャが、火口付近の斜面に立ってこちらの島の言葉でカメラに向かい叫んでいる。

テレビレポーターは、これだから野蛮人は、と言わんばかりの笑いで締めくくった。

「それにしても明日のフェリー大丈夫かな」

藤井が不安げにつぶやく。

「増便するといいわね。いくらなんでもこんな事態ですもの」

人見が言う。

そのときスマホのチェックを欠かさない助教が、まさに増便した臨時の船がやってくるという情報をキャッチした。通常はニアスのグヌンシトリとスマトラのシボルガを結んでいるフェリーが、ビアクの港に寄るらしい。

助教は素早くネットで予約し、帰りの車をそのまま港に着けさせた。空には雲が出て来て、陽差しが遮られて比較的涼しい。一行がフェリーターミナルの閉まった窓口前に列を作った直後から、人々が集まってきた。

二時間後、窓口が開いたとたんに四方から人々が殺到する。振り返った瞬間、一正は人に押し退けられ、突き飛ばされ、海の際まで後退させられた。ネット予約などしたところで、必ずしも乗船券を受け取れるわけではない。ここは日本ではなかった。

あたりを見回すが見知った顔はない。数秒後、泣き出しそうな顔をした女子学生をみつけた。

「ばっかやろう」

「マナーってもんがねえのかよ」

人垣の外で女子学生と助教が日本語で叫んでいる。人見が憮然とした表情で腕組みしている傍らで、突き倒されたのか藤井がズボンの腰あたりの泥汚れを払っていた。

そのとき人垣の中から男子学生が出て来た。片手の拳を突き上げ雄叫びを上げながら走ってくる。腹側に回したデイパックから何かを取り出す。複数枚の乗船券だ。

「おおっ」

学生や助教が一斉に飛びつき、女子学生までが「やったぜ」とその学生の背中と言わず頭と言わず叩く。

「彼、ラグビー部のフォワードでしてね」と藤井が説明しながらチケットを受け取り、枚数を確認し、戸惑いの表情を浮かべた。

「二枚、足りないんだけど……」

「売り切れでした」

予約システム自体が機能していない。

「ああ、僕は次の船でいい」

当然のことながら一正が辞退した。「すみません」と当然のことのように藤井が頭を下げる。

「それじゃ、人見さん、学生たちをお願いします」

「なんで私が」

「私も残りますんで。年配の女性に譲ります」

一言、余計だった。

「自分の指導学生なんだから、責任持って連れて帰りなさいよ」

にこりともせずに人見が答える。

こうなったら説得のしようがないことをわかっているのだろう。

「承知しました。どうかくれぐれもご安全に。できる限り早く脱出してください」と藤井は一礼し、学生たちを呼び集める。

ほどなく夕陽を浴びて黄金色に染まった海から細い船体が現れたかと思うとたちまち近づいてきて接岸する。乗せてくれと叫んでいるチケットを持たない者を船員が排除しながら、慌ただしく乗客を乗せて高速艇は港を出て行った。

翌朝の便を確認し、一正と人見は港からビアク市内のホテルに向かう。

港にほど近い千年モスクの正面にある中級ホテルは、昨日までＩＩＭＵの調査グループが使っていたところで、藤井の名前で押さえてある。建物やサービスこそ簡素だが、一階のビジネスブースでＷｉ－Ｆｉも使えるという話だった。

だが近付くにつれ、道路が渋滞し始めた。何台もの緊急車両が道をふさいでいる。

景色が変わっていた。

一正は無意識に呻き声を上げた。

目指すホテルが無くなっていた。

老朽化した二階建てビルの黒く汚れた壁面が、山積みの瓦礫の向こうに見える。

「爆弾テロ」

人見が息を呑んでつぶやく。

「いや、違う」

聞こえてくる野次馬の会話を聞くまでもない。

迷彩服の人々が下敷きになった人々を救出するために瓦礫の山によじ登っている。崩れた壁のどこにも鉄筋が入っていない。このところ立て続けに起きている地震で傷んでいた建物が、ついに倒壊したのだ。瓦礫におびただしい量のガラスが混じっていることからしても、大開口、大空間を持つ比較的新しい建物であったことからしても、そのホテルの耐震性に問題があったことは明らかだ。万が一、自分が泊まっていたらと考えるだけで背筋が粟立つ。

危険な建物はそれだけではない。周辺のビルの外壁にも、目を凝らせばそれとわかるひび割れが、あちらこちらに入っている。

その場を後にして、前回も泊まったアハメドの伯父が経営しているホテルに向かう。

古びた二階建てホテルは無事に建っており、オーナーは、例によって格別の愛想もなく、生真面目な顔で二人を迎えた。

部屋で落ち着く間もなく食堂に行くと、テーブルにタブレットを置き、人見と二人でさっそく火山情報を確認する。

「この日、頂上から噴煙を高く上げた小イスカンダルの火山活動は、しばらく収まることはないと見られている。特に西側斜面のかつてのクレーターは、膨らんで溶岩ドームが形成されている。今後、さらに下から溶岩が供給され、ドームが崩壊すると火砕流となって斜面を滑り落ち、一帯の密林を焼き尽くして、海に達する恐れがある。幸い斜面にはプランテーションや大きな村はないが、海岸に先住民の集落があり、政府は二日前に避難命令を出している。説得にもかかわらず、先住民の一部はまだ自宅に残っており、警察はあらゆる手段を使って避難のために説得を続けている」

頂上の噴火についての情報は、相変わらずない。

次にケワンの携帯に電話した。今は避難キャンプにいるということだ。

「避難キャンプってどこよ？」

「港から三十分ばかり行ったアブラヤシ林の先だ」

アブラヤシ林の労働者の村から、林道を二キロばかり上ったところだと言う。

「俺はプラガダンに帰りたいんだ。五十年前の噴火だって俺たちの村は無事だった」

「だが昨夜見た限り、あっち向きの斜面から赤く噴火していたぞ」

「噴火したって、山は俺たちを焼いたりはしない」

「ああ……」

共存し、怖れ、信じている。しかしジャワ島東部でケルート山が噴火したときには、そうした信仰に基づき、避難命令に従わなかった村人、数百人が焼け死んだ。

「気持ちはわかるが、今、プラガダンに帰ったりするんじゃないぞ」

一正にはそれしか言えない。

「帰れないんだよ。お袋が山から戻ってこない。女神と話をしているんだ。もしかすると二、三日中にも、山を鎮める儀式が始まる。もし本当に女神を怒らせたら、島ごと爆発して海に沈むとお袋は言っている。千年前には大きな町が海に沈んだ。五十年前は、ムスリムの町が焼けた。だが、今度は悪くすれば島ごと沈んでしまうんだ」

クラカタウかよ、と百五十年程前の伝説の大噴火の話を一正は思い出す。

「それじゃ、世話になったが、俺たちは明日のフェリーで帰る。お袋さんによろしく。くれぐれも無理しないように、と伝えてくれ」

「お袋？　大丈夫に決まってるだろ」

ケワンは陽気な声で笑い飛ばした。


翌日、フェリーは出なかった。途中の島で船体に不備が生じて止まったままだということを、身の回りの荷物をまとめて港に行き、二時間以上も待ってから告げられた。

海外で、ＪＲのような几帳面なダイヤを要求する方が間違いだ。少なくともあと六時間は来ない。

人見と相談し、その場で待っていてもしかたないので、ケワンたちの様子を見に行くことにして、久しぶりにアハメドの携帯電話を呼び出した。

現れたアハメドの顔色が悪い。どうしたのだと尋ねると、何でもないと答え、「旦那たちは、まだここに居たのかよ」と呆れたように言う。

「しょうがないだろ、船に乗れなかったんだから」

「ああ、逃げられるやつはみんな逃げる……」

アハメドが陰気な口調で言う。

「金とコネのあるやつはとっとと島を出る。金を積んで高速艇のチケットを手に入れてな。俺たち貧乏人は残される。それで噴火で焼け死ぬ」

「しかし防災局からの情報では、小イスカンダルの噴火はこっちの町には被害を及ぼさないと……」

「嘘に決まってんだろ。島中が大騒ぎになって暴動が起きるのが怖いからそんなことを言ってるんだ。島が割れて沈むかもしれないんだぞ」

自称アラビア人で誇り高く文化的なムスリムのはずが、ニュースに出たマヒシャの言動に影響されている。

「ちょっと」

人見が顎で一正たちの背後を示す。

振り返ると建物の向こうの空に、煙がいっそう高く上がっている。数秒遅れて、ジェット機が飛び立つような噴出音が耳に届いた。

自分が観光客でなくこの島に住んでいて、逃げるチャンスも金もなくこの光景と音にさらされていたら、やはりアハメドと同じ不安や恐怖を覚えるだろう。

ケワンの携帯に電話を入れたが出ない。バッテリーがないのかもしれない。

キャンプの場所については電話でケワンから聞いていたので、とりあえずそちらの方向に向かう。

町を出てほどなくあたりは緑濃い熱帯雨林となるが、しばらく行くとそれが灰色がかった緑一色の、奇妙に整然としたアブラヤシのプランテーションに変わる。舗装道路はそこで終わって、その先は未舗装の道になり、やがてさしかけ小屋が密集している場所に出る。プランテーションで働く労働者たちの住まいだ。

林道のような悪路は登り坂にかかり、徐行しながら二十分も走った頃、林の中に同じ形の小さなバンガローの並んだ集落が見えてきた。

「まさか、あれか？」

アハメドは車を止めた。

一正は半信半疑で近づいていく。

バンガローではない。五十年配の一正には懐かしい、昭和四十年代から五十年代にかけて、日本の住宅地のあちらこちらにあった木造の借家、あれを小型にしたようなものだ。

プラガダンの住宅のような高床式ではないが、ステップを二段ほど上がるコンクリート土台の上に、木造、トタン屋根の小さな家屋が載っている。張りだした軒で陽差しが遮られた濡れ縁のようなテラスに、プラスティックの椅子が一つ置かれている。避難キャンプという言葉から想像したテントサイトではなく、その気になれば永住可能な簡易家屋だ。

まだ人の入っていない一軒を覗いて驚いた。蛍光灯があり、台所にはガスコンロが置かれ、軒下にはプロパンガスのボンベが立っていた。

つい先ほど見たプランテーションの労働者の住居に比べても立派だ。

「これって、避難キャンプじゃないだろう」

思わず首をひねり、はっと気づいた。

あの村がゴミ捨て場に変わろうとしていたとき、やはり防災局の人々がやってきて避難キャンプに移れ、と指示したという。

避難キャンプはキャンプというよりも簡易家屋であり、現地の生活水準からして十分な家だ。

「今後も災害が予測される危険地域から転居しろって意味か？」

「違う」と人見が鋭い口調で否定した。

「ジャミルの、あれよ。あの場所から住民を立ち退かせて、公園というか、観光施設を造るためよ」

「いくら何でも気が早い」と言いかけたとき、人見が家屋の並ぶ先を指差した。

車のすれ違いスペースらしき空き地に見覚えのある赤いグラディエーターが駐められ、子供や赤ん坊を抱いた女たちが取り囲んでいる。

スルタンの別邸にあった車だ。

ドライバーが食べ物や衣類、それに皿やコップの類いを人々に手渡している。

「気前が良いこと」

人見が肩をすくめる。

「ザカートか、サダカか、ムスリムの人たちが行う喜捨ですね」と一正は感心し、人見が「魂胆はわかってるわよ」と鼻から息を吐き出す。

ジープを囲む人々の中にケワンはいない。

集落に残っているのは子供と赤子のいる女ばかりだ。みんなどこに行ったのか、と尋ねると、山に登ったと言う。マヒシャが山を鎮めるための祈りを捧げると言う。

「ほんとにおっ始めたのかよ」

思わず舌打ちする。

「警察や軍は止めたりはしないのかしら」

「所詮は先住民、としか思っていないのかもな」

アハメドの車に戻って、示し合わせたわけでもないのに、山に登りたい、と二人同時に言っていた。気でも違ったのかよ、と言われるかと思ったが、アハメドは鋭い視線をちらりとこちらに投げてよこし、四十万ルピア、と代金を告げただけだ。特別料金だがリスクを冒すのなら当然だろう。

素直に払う。

車はビアクの町の方向に向かって走り始める。火砕流で焼けただれた旧ビアクの町、今は丁子と野菜の畑になっている肥沃な斜面が途中の高台から見えたが、それも通り越した。未舗装道路は、山の斜面を巻いて、現在のビアクの港の真上にあたるところで行き止まる。

一帯は密林だ。ここで待っていてくれるか、と尋ねるとアハメドは身震いしてかぶりを振った。

それでは携帯で呼んだら来てくれるように、と頼むとうなずき、逃げるように帰っていった。

「すっかりビビってる」

「これじゃあね」と人見が肩をすくめた。ジェットエンジンのような唸りが間欠的に聞こえてきた。

「火砕流が来たら、僕らも一巻の終わりだな」

こんな場所で、最初の妻とそっくりな女と死ぬのかと思うと少し切ない。人見の方も同様の気分なのだろう、げっそりした顔をした。

気を取り直して密林の中を上る。林はすぐに切れ、その先は火山岩と火山灰の降り積もった黒い緩斜面だった。一歩足を踏み出すたびに、足下の岩と砂が崩れ、靴底が沈み歩きにくい。

上り詰めたあたりに人影が見えた。気が急いて、人見と二人、息を弾ませて駆け上がる。

やたらに人が多い。

頂上火口の縁に、細い柱のようなものが四本立てられ、供物台が中央に置かれている。それより二、三歩下がったあたりにやはり柱が二本立っており、カーテンのようにつり下げられた大きな布が、風に煽られ、ひるがえっていた。

例によってマヒシャが布を頭に巻き付け、ゴミ焼却炉のようなブリキ製の香炉の中で香草を燃やしている。その周りに人垣が出来ている。

「帰れ、帰れ。噴火で町や諸君等の家が焼けることはない。山から下りろ。ここは危険だ」

ラウドスピーカーを手にした警察官が叫んでいる。

何しろ集まっている人々はケワンたちプラガダンの村人だけではない。大半が自称アラビア人の子孫である島民たちだ。

物見遊山、のわけはない。真剣な眼差し、というよりはすがりつくような顔で、マヒシャとエダたちが供物を献げ、香炉に草を突っ込むのを見ている。

「これだわ」

人見が夢見るような顔で言う。

「これが古代の祭りよ。火山活動が活発になれば山を鎮めるために、穏やかなときは山の恵みに感謝して山の女神や祖霊や精霊たちをもてなすために、彼女たちはこうして山に登って儀礼を行ってきたのよ」

「珍しい祭りを見られたのは良かったけどねぇ」と一正は身をすくませる。

光を受けて黒いシルエットを浮かび上がらせるマヒシャや供物台の背後で、噴煙が空高く上がり、続いて海鳴りとも爆音ともつかない音があたりの空気を震わせる。

「シェルター欲しいな」

無意識につぶやいて気づいた。インドネシアの調査グループが掘り出した、あのコンクリートの建造物。ここから斜面を三、四百メートル下った旧ビアクの町の上方にあった、あの奥が塞がったトンネルのようなものは、シェルターだ。

ベスビオス火山の噴火では、ポンペイとヘルクラネウムの二つの町が、降りそそぐ軽石と火砕流で全滅し、逃げ遅れた多くの人々が死んだ。その一方で山麓の狭い岩窟に閉じ込められていた囚人は生き残った。その岩窟と同じものを、「彼ら」は人工的に造った。このあたりは脆い火山岩と火山灰の堆積で、洞窟などない。柔らかすぎる地盤に避難用の横穴を掘るのは、硬い岩盤をくりぬくより遥かに難しい。だから斜面上にシェルターを造った。切石を積むのは時間がかかる。それに大きな石をこんな場所まで運んでくるのは、たいへんな労力だ。だが火山灰を混入したコンクリートを用いれば、大規模な物を短時間で建設できる。

壮麗な寺院や邸宅ではない。実用的な建造物を造るのにコンクリートほど適した建材はなかった。そして一千年以上も前の島民が作り上げた古代コンクリート製シェルターの、無駄に見えるほどの大きさの理由は、今見ているこれだ。

山に登るのはシャーマンだけではない。山が火を噴くとなれば葬儀のために、大勢の男たちがそれまで集落近くに安置していた遺体を担いで上ってくる。山を鎮めるための祈りに、人々が集まってくる。だから女神が突然、ヒステリーを爆発させても大丈夫なように、人々を収容する大型のシェルターが必要だったのだ。

おそらくそれまで多くの犠牲者を出したのだろう。それを山を慰めるための生け贄、と解釈せず、避難所を作るという発想自体が、原始宗教とはいえ意外な文化度の高さを表しているように、一正には思える。

祈禱が始まる。マヒシャが何かぶつぶつ言いながら山の女神や精霊と話をしている。人垣を回り込み、一正は斜面を登る。

「何をしている。危険だ。落ちたら命はないぞ」

背後から警察官に怒鳴られた。

その通りだった。小イスカンダルの山容は博物館の地図からはわからなかったが、頂上火口がずいぶん大きい。道などなくても直登できるほどなだらかなのは、そういう理由だ。そしてその縁から、火口は崖となって落ち込んでいる。底は深くだだっ広い火口原で、煙を噴いている火口は、その中央にある。

「なんだ」

思わず胸をなで下ろしていた。

箱根と同じだ。巨大な外輪山と、その内側の深く広い火口原。はるか向こうにある火口から溶岩が噴出したところで、そしてそれが溶岩ドームを形成して崩れたところで、よほどのことがない限りそれは広い火口原の中に留まる。溶岩が外輪山の高く険しい内壁をよじ登って、ビアクの町や港へとあふれ出ることは通常はない。

目を凝らせば内壁の切れ目のようなものがある。それは旧ビアクの方向だった。そして頂上とは別にもう一つ噴火口がある。島の裏側、外輪山の外側にあるプラガダンに面した斜面だ。つまり山の危険地帯は二つ。第一にプラガダン、そしてもし内輪山で大きな爆発が起きた場合に、旧ビアクのあたりが再び危険にさらされる。

防災局の発表は妥当なものだった。ビアクの町はとりあえずは安全だ。いや、五十年前の教訓から、安全な場所を選んで町を建設したのだろう。

「何をしている」

突然背後から腕を摑まれた。迷彩服を着た兵士だ。

「死にたいのか」

その鼻と口は小型の防毒マスクに覆われている。

確かに一帯には硫黄の臭いが漂っている。少し頭痛がするような気もする。ずいぶん長時間火口付近にいるであろうマヒシャたちが平気なのは、そうした毒物に対する耐性が遺伝的に備わっているからかもしれない、というリン医師の言葉をあらためて思い出す。

祈禱は終わったようだ。マヒシャは台の上から椰子の葉で編んだ籠のようなものに盛られた供物を取り上げると、斜面をさらに登り始める。

外輪山の縁に辿り着くと、何か呪文を唱えながら火口原に向かって供物を落とした。その様を見上げていた自称アラビア人の島民たちが、斜面を我先に登り始める。

ラウドスピーカーを手にした警察官たちが制止する。縁まで登れない人々は、手にした菓子や小銭の類いを、外輪山の内側に向かい投げ入れる。煙を背景にした空間に様々な供物が弧を描いて飛んでいく。

「それじゃフェリーの時間もあるから」

一正は、まだ未練を残している様子の人見の背中を押して山を下り始める。

背後から切れ切れにマヒシャの声が聞こえる。

振り返る。島の言葉の合間に「スルタン」という単語が聞こえたような気がしたが、すぐに人々のざわめきと「ここは危険です、すみやかに山を下り、ビアクの町に戻りなさい」と呼びかける警察官のラウドスピーカーの声にかき消される。

「スルタンがどうしたって？」

「聞き取れなかった」と足を止めている人見の背中を再び押して、「とりあえず港に行こう」と促す。

道路まで出てアハメドに電話をかけた。出ない。怖《お》じけづいたようだ。

急いで戻ってきたのは正解だった。密林の中の道を早足で歩き出すが、港まで徒歩でどれだけかかるのか見当もつかない。

フェリーが出航してしまうのでは、と心配になった頃、通りかかった近くの集落でバイクの若者を見つけた。チップを払って、二人とも乗せてもらった。ドライバーを含めて三人乗りという、こちらの国ではスタンダード、日本ならたちまち警察官に呼び止められる危険きわまりない交通手段で、なんとか港にたどり着いた。

フェリーはまだ来ていなかった。

そして結局来なかった。理由が告げられることはない。

天候はさほど崩れてはいないが、海は荒れていた。強い季節風が吹き、潮流とぶつかり、接岸できないという話を待合室にいた中国系島民から聞いた。

もはや諦めているのか、港に人々の姿はまばらだ。

「女神に引き止められたみたいね」

人見がため息をついた。

「いやぁ、この町は取りあえず大丈夫だというのがわかったからよかったけどね」

背後の山を振り返ったが、なだらかな小イスカンダルの山容は、手前の建物や密林に遮られて見えない。

気のせいか空は晴れている。海が荒れてフェリーが欠航になっても、夕闇に包まれた大気は、深い藍色に澄んでいる。

「天気晴朗なれども波高し」といつもながらの文言をつぶやき、はっとしてもう一度、空を見上げる。

暮れゆく澄み切った空に星が瞬《また》き始める。煙が無い。いや、あるにしても少なくなった。そういえばしばらく地鳴りが聞こえない。

「マヒシャのお祈りが効いたのか」

「ええ、女神は機嫌を直したみたいね」

疲れきって港を後にし、この日の午前中にチェックアウトしたばかりの宿に向かった。

「噴火は収まったよ」

二人を迎えたオーナーが笑いながらカウンター背後のテレビを示す。しかしニュースの時間はすでに終わっている。スーツ姿の女性キャスターの代わりに、黒い布で髪を覆った中年女が、何かしゃべっている。宗教教育番組の時間だ。

「首狩り族の呪術師が、山頂で儀式を行ったんだ。五十年前にも同じようなことが起きたと親父から聞いたことがあるが。それで呪術師の老婆は供物を山に投げ入れて拝んだらしい」

「ああ、我々もさっき見てきたところさ」と言うと、オーナーは無言のまま、眉間に皺を刻んだ。

「で、そんなことをテレビのニュースで言ってたわけ？」と一正は尋ねた。

「いや、人の噂さ。町では評判になっている。それで呪術師の老婆がスルタンを追い出せ、と言ったそうじゃないか」

「はあ？」

人見と二人、思わず顔を見合わせた。

穏やかでない。あのとき山頂にいた人々の間からざわめきが聞こえてきたのは、そのことだったのだ。

「実は七、八十年前に、スマトラのスルタンがアカどもの手を逃れてこの島にやってきたんだ。それでこの町から上がった高台に別宅を作った。その後一族はスマトラとこの島を行ったり来たりしている」

「ああ、知っている」

昨日、行ってきた、と言いかけると、人見に足を蹴飛ばされた。政治的に複雑な立場になることを警戒したらしい。

「呪術師はスルタンの生活態度が悪いから、火山が噴火した、と言ったそうだ」

マヒシャは、ジャミルが島を出る直前にそう託宣した。彼女の言うスルタンとは、中世に一帯を支配したムスリムの王のことではなく、現代のスルタンこと、ハジ・モハンマド・ジャミルだったのだ。

「スルタンが森を潰してアブラヤシ畑を作ったり、複数の妻を所有したので、山の女神が怒ったのだと。スルタンをすぐに島から追放しろ、と言っているらしい。とんでもない話だ。スルタンがアブラヤシ畑を開いたから島は潤った。島の女を複数自分の妻にしたのは、今のスルタンではなく、この島に逃れてきた先々代のスルタンだ。だが、その先々代のスルタンにしても、コーランにあるとおり四人の妻を平等に扱った。人望のある立派な方だったと聞いている。今のスルタンはさらに道徳的だ。妻は当然一人だ。今どき複数の妻を持つ者などいない。不道徳なのは、首狩り族の女たちの方だ。だれかれかまわず寝ては、子供を産む。親も兄弟もそれを罰しないどころか奨励する。島の恥だとスルタンは政府に働きかけ、彼らを教育しようと尽力した。それだけじゃない。ひとたび災害が起きれば、立派な住まいを提供する。優遇しすぎだ。いずれにせよ賢明な者は、野蛮人の託宣など無視する。だがこんなことになると……」とオーナーは天を仰いだ。

「そういえば、ジャミルがこの島から出ていったら本当に噴火が止んでしまったね」と昨日、彼がスマトラ本島に行くと言っていたことを思い出した。

オーナーは苦々しい顔でうなずく。

「ああ、町はその噂でもちきりだ。スルタンの白いクルーザーが島を出て行った。すると噴火が止んだ、と。火山活動には波がある。まともな教育を受けているなら、わかることだというのに……」

そのときスマホの甲高い着信音が響いた。

藤井からの電話だ。

無事、ニアス島に着いてホテルにチェックインしたという。明日は空路でメダンに行き、ＩＩＭＵのメンバーたちと資料を見ながらディスカッションすると言う。

「ちょっと待って」

一正は叫んだ。

「実は、あの古代都市跡については、重要な発見をしてるんですよ。藤井さんたちが村を出た後に」

昨日、彼らと一緒にいる間も、話したくてうずうずしていたが、スルタンがいたり噴火が激しくなったりと慌ただしく、その機会がなかったのだ。

「詳細はメールで送ってください」

学生たちの世話でもあるのか、落ち着かない様子の藤井に遮られ、いささか気分が悪い。

スマホやタブレットで長文を打ち込むのは面倒なので、人見のパソコンを借りてメールを送った。

古代の港町が滅びた原因である地盤沈下と、それをもたらした人口と建物の過密状態。プラガダンの女たちの信仰に関連付けられた、火山観測の拠点が機能しなくなっていった経緯。それらのインド由来の文明の跡が海底に沈んだ数百年後に、アラビア商人たちが目にした文化果つる地の正体。

海面を覆った生物発光の下で目にした不可思議な光景について書き連ねることも忘れなかった。無意識のうちに漢語を多用した大仰な表現が続き、思い出すうちに興奮していくつもの誤変換をしたが、もちろん気づかない。

深夜、「貴重なご報告と興味深いご考察をありがとうございました。明日の会議で参考にさせていただきます」という、素っ気ないことこのうえない返信が来た。


火山はそのまま静まった。穏やかな朝を迎え、地鳴りも荒れた海の音も聞こえてこない。

一階の食堂で朝食を終えた後、ライチに似た果物、ロンコンの茶色の皮をむきながらフェリーの運航状況をチェックしているとオーナーがやってきて、そうした情報は役に立たない、と断定した。

「就航ダイヤなんかこんなときは信用できん。荷物を持って港に行って、窓口が空き次第チケットを買って、船が来たら即座に乗り込むんだ」

わかった、と部屋に戻って荷物をまとめ、人見と二人、チェックアウトして港に向かう。

蒸し暑い待合所には昨夜から待機しているとおぼしき人々が、コンクリートの床にシートを敷いて横になっていた。

日が高くなり、暑さが耐えがたい時間帯になってもフェリーは来ない。一正はタブレットで日本国内のネットニュースを読み始め、人見は船を待つ男たちが始めたボードゲームのようなものの仲間に入って、小銭を賭けて勝ったの負けたのと歓声を上げている。

正午をとうに過ぎても船がやってくる気配はなく、いったんホテルに戻ろうかと腰を上げかけたとき、ケワンから電話がかかってきた。

「パダンに戻れたか、カモヤン」

「まだだ。ピアクの港」

「こんなに海が凪《な》いでいるのにか」

「ああ、来ないときは来ないんだな」

「せめて隣の島まで連れていってやりたいが、俺の船じゃ外洋は無理だしな」と気の毒そうな声を出す。

「気持ちだけいただいておくよ」と答えて「今、どこ？」と尋ねると、プラガダンに戻っているらしい。父親をはじめ、長老たちが残っているので油やたばこ、調味料や薬などを届けたら、ふたたび避難キャンプの簡易住宅に戻ると言う。

「マヒシャやエダは？」

「しばらく山と話をするそうだ」

「ああ、聞いたところによると火山の女神はスルタンが」と言いかけたとたんに、「止せ」とケワンは押し殺した声で遮った。「女神の噂はするなといったろ」

「ああ、すまん。で、他の人々はまた避難キャンプなのか」

「ああ、女どもときたらあの地べたの上の、チンケな小屋を気にいっちまった。電気が来てるのさ。夜になっても灯《あか》りがつくから、年がら年中祭りみたいだ、とはしゃいでいる。ガスコンロを二、三回使ったら便利で、もう椰子殻や薪を竈《かまど》で燃やす生活など考えられない。米もヌードルも油も、甘い菓子までジャミルが差し入れした。赤ん坊を抱えた女どもは、あそこにいると乳の出がいいとか言って喜んでいる。連中、しばらくの間、あそこを離れたくない、とぬかした」

「そんなもんだよ、女なんて」と思わず吐き出した自分の言葉の切実さに、一正は苦笑する。

「近くに村の学校があることも気にいったようだ。ジャミルの差し金さ。あいつ、俺たちを野蛮人だと決めつけている。野蛮人は教育しなければならない、と思い込んでいるんだ」

「イスラム神学校《プサントレン》か？」

「いや、普通の公立小学校さ。国民教育をするところ。だが学校なんか俺たちは行けるときしか行ってないが、何も不自由はない。かえってビアクのやつらより頭はいいし、物も知っているぞ」

「ああ、まあな」

どちらが幸福なのか、一正にもわからない。

通話を終え、車座になって何やらサイコロ賭博に似たゲームに興じている人見の肩を叩き、「いったんホテルに引き揚げましょう」と促す。

港を離れかけたとき、背後から重たいエンジン音が聞こえてきて振り返った。遥か彼方から小型船が白波を蹴立てて近づいてくる。あれか、と港に駆け戻ると、船は沖合百メートルくらいのところを通過し島を回り込んで視界から消えた。

どこかの金持ちのプライベート桟橋に入る船のようだ。大型船舶でもないのに、港に打ち寄せる波は意外に高かった。アハメドが言う「金とコネのあるやつはとっとと島を出る」という言葉はその通りのようだ。


遠い花火のような軽い爆発音を聞いたのは、ホテルに戻り、性能が落ちて爆音のような唸りを上げるエアコンの下で、生温いビールを飲んで昼寝を決め込んでいるときだった。

のろのろと起きて窓から通りを見ると、人々が外に出て来た。

噴火、山、という言葉が切れ切れに聞こえる。

「なんだ?」

サンダルをひっかけて一階に下りると髪をくしゃくしゃにした人見が、Tシャツに短パンといったかっこうで階段を降りてくる。

「噴火が再開したみたい」

外に出て空を見る。狭い通りから山頂の煙は見えない。

近くの食料品店の店頭にあった果物や野菜、菓子やソフトドリンクの類いが軒並み売り切れているのに気づいたのは人見だ。

「買いだめに走ってる」と道行く人々を指差す。

確かに赤と白の縞のビニール袋に食べ物を詰めて、早足で歩いていく人々の姿が目立つ。

「フェリーが動かないってこういうことか……」

逃げることもできないうえに、島外から必要な物資も入ってこなくなるのだ。

情報がない。運航状況などネットで逐次流してはいないし、フェリーターミナルにいってもフェリーが来る時間にならなければ、職員が来ない。

屋内に戻り、狭いロビーのテレビをつけるが、火山についての情報はない。

ケワンに電話をかけると、これから村の人々と山に登ると言う。噴火が再び活発になったので、儀式を続行するらしい。

人の気配がして振り返るとホテルのオーナーが真新しい白い立襟シャツに着替え、家族を連れてどこかに出かけようとしている。妻や娘たちも白い布でいつになくきっちりと髪を覆っている。

「モスクに行ってくる」

オーナーは短く言った。

「島の無事を祈るのだ」

そのとき背後から、長袖にロングスカート姿の老女が、花や菓子の入ったざるとビニール袋を手に現れた。

オーナーは困惑した様子ながら敬意を払って老女に向かって何か言う。老女は歯の無い口から唾を飛ばし、何か怒鳴っている。

「モスクに花やお菓子を持っていく、持っていかないで、母子げんかしてる」

人見が耳打ちした。

モスクの礼拝では、供物の類いはないはずだ。

再び外に出る。

空が曇っている。噴煙だ。わずかだが降灰もある。

「どうやら本格的なのが来たみたいだ」

貴重品だけ鞄《かばん》に詰め、靴に履き替えて人見と大通りまで歩いていく。

車と人でごったがえした通りは祭りのようだ。

市庁舎と千年モスクの間にある公園に、だれが作ったのか祭壇がしつらえてあり、小山のように菓子やパック入りジュース、果物などが載せられ、敬虔なムスリムと見える正装した人々が供物を捧げて祈っている。

「苦しいときの神頼みだ。ムスリムだろうと仏教徒だろうと、こんなときは供物でも何でも捧げて、噴火を止めてくれと祈るのは人情だよなぁ」

一正は同情を込めてつぶやく。

「仏でもキリストでもアッラーでもドゥルガーでも、すがれるものなら何にでもすがるわよ」と人見もうなずく。

ホテルに戻ると玄関前に、見覚えのある顔があった。アハメドだ。

「旦那、今夜は俺が港まで乗せていくんだよな」

「ああ、そのつもりだ」

荷物が大きいからいずれにしても車を頼まなくてはならない。

「先に金をもらえないか」

平然と偽物の金ネックレスを売りつけたわりには、ひどく遠慮がちに言う。

「いいよ、約束を破らなければな」

「ああ、破らない」

真剣な目で一正を見上げた。

「何に使う？」

答えない。

「教えてくれよ。先払いなんだからよ」

しばらく逡巡した後、アハメドはぽつりと言った。

「供物」

仰向いて笑いそうになったのを分別で止めた。

「ああ、わかったよ、わかった……モスクに行くんだろ」

ますます深刻な表情で、アハメドはかぶりを振る。

「山だ」

「山って？　小イスカンダルか。昨日、あんなに怖がっていたくせに」

「ああ、山に供物を持っていって祈る」

苦渋の表情だ。

「俺はビアクにいるけど、弟や妹はおふくろと山の方の村に住んでいる。もし噴火したら家が焼けてしまう。おふくろが働いている椰子林も焼けてしまう」

「そうか、せいぜい親孝行してくれ」

一正は財布から金を取り出す。人見も札を取り出す。

「これは私から。供物は買わずに、お母さんたちに必要な食べ物を買ってあげて」

アハメドは礼は言わない。ただ真剣な表情でうなずいた。

「で、供物、買いにいくか？」

そう言って、アハメドの車に乗り込んだ。このまま一緒にいれば、港に行く直前になって、昨日のように逃げられたりしないだろう。それだけではない。切羽詰まった表情のアハメドが妙に頼りなく見えたのだ。

町中の店からは、菓子や果物、花が無くなっていた。だれでも考えることは同じだった。

「ちょっと待ってて」

人見が車をホテルにつけさせ、部屋に戻るとビニール袋を提げて出て来た。

中を見ると、麦焦がしのような砂糖菓子とロンコンの束だ。

「さっき近所の店で買ったのよ」と一正に目配せした。

「これでいいでしょ。連れて行って、私たちも山に」

「なに？」

慌てた一正の声に、人見は耳を傾ける様子もない。

「私もマヒシャたちと一緒に、山が鎮まるように祈るわ」

アハメドはうなずき、ひどく沈んだ表情で車を走らせる。山への未舗装道路に入る直前から、道路には人々の姿が目立ち始めた。手に手に供物の入ったビニール袋を持ち、中には生きている鶏を籠に入れてぶら下げている者までいる。

道は人々で混み合い始め、そのうち車で走ることができなくなった。

車外に出ると、それまで聞こえていた地鳴りのような音が、振動とともに足下から体に上ってくる。

その先に警察車両があった。警察官が山に登ろうとする人々を止めている。だが、人々の数の方が圧倒的に多い。

「入山禁止だ、戻れ、戻れ。死ぬぞ」

警察官も必死だが、島民は制止した警察官に唾を吐きかけた。

「てめえも、スルタンの仲間か」

殺気立った人々に取り囲まれ、警察官たちがじりじりと後退し、道を空けた。

官邸や空港を暴徒から守っているわけではない。好んで危険地帯に入ろうとしている無知な民を引き止めようとしているだけだ。警官たちだって、そのために袋だたきにあったりはしたくない。行きすぎた制止で村人に怪我でも負わせたら、後々問題にもなる。

切迫した表情の人々は山を目指す。アハメドとはどこかではぐれてしまった。

港までの足は、と不安な思いを抱えながら、人々に押し流されるようにじりじりと斜面を登る。

「本当に噴火は止まると思う？」

傍らの男にインドネシア語で尋ねた。

「わからない。わからないが、このままだとたいへんなことになる」

身震いしながら男は続ける。

「スルタンが戻ってきたんだ、昼前に。白い船に乗って」

「へえ」

あれか、と思い出した。先ほど港にいるときに沖合を通過して島を回り込んでいったあのクルーザーだ。見えなくなったと思っていたら、ジャミル専用の港に入ったのだ。

「あの呪術師の婆さんが言った通りだ。神はスルタンの行いに怒った。スルタンを追い出せ、と。で、スルタンが出て行ったからいったん静かになったというのに、こっそり帰ってきた。神は見逃さない。それで噴火が始まったんだ。放っておいたら、ネピは噴き出した溶岩ですべて焼けて、海に沈む。呪術師はそう言ったんだ」

「スルタンは一昨日、パダンに出かけた。何しに行ったのか、俺は知ってるぞ」

模様入りの化繊のシャツを身につけた若い男が叫んだ。

「役人や会社の責任者と会議だなんて嘘だ。ゴルフだ、ゴルフ」

「行くときは自分のクルーザーだったが、帰りは油脂会社の幹部の船だった。俺は見た。女が一緒だ。甲板に酒瓶があった」

「スルタンの妻はジャワ人だが、我々アラビア人の女を何人もメイドや秘書に雇って、その女たち全部とやっている」

「あいつが椰子林を作ってから、下にある俺の畑は毎年不作だ。毒蛇が増えて、俺の従姉妹は昨年、嚙まれて死んだ」

「そんなけしからん男なのか」

人々にもみくちゃにされながら、一正は尋ねる。

「ああ、地獄に落ちるぞ。俺たちは騙されていたんだ」

「この島では、ジャミルのことをみんな尊敬しているとばかり……」

「市長も議員も、工場や店を持ってる連中も、金持ちはみんなグルだ」

「あいつは七十五年前に、悪行の限りをつくしてスマトラから追放されてきた王の子孫だぞ。災いをもたらさないわけがない」

いつの間にか樹林帯を抜けた。マヒシャたちがどこにいるのかわからない。人見ともはぐれてしまった。人が多いのだ。プラガダンの人々だけでなく、自称アラビア人の島民までがここに上ってきている。さらには、スルタン云々の政治的色合いを帯びた託宣が出て、暴動の恐れが出て来たのか、警察官の数も増えた。

黒い帽子を被った男たちの頭と、色とりどりの頭巾に包まれた女たちの頭の先に、白髪交じりの髪を栗色に染めた人見の頭が見えた。

人をかき分けて追う。

空に向かって濃い灰色の噴煙が上がるのが見えた。咳でもするように勢い良く吐き出された煙は、気体というよりは泥を含んだ粘りけのあるゲルのような、重たげで恐ろしく密度の高い、変幻自在な物体に見えた。

わずかに遅れて雷鳴に似た音とともに、硫黄の匂いが立ちこめる。

「人見さん」

叫んだ。危険だ。火山ガスにやられる恐れがある。しかし人見の頭は再び人々の姿の中に消えた。

再び見つけたのは、山の呼吸が止まったときだった。

頂上近くで、垂れ幕のようなものが翻るあたりに、マヒシャやプラガダンの女たちの姿と、その脇で説得しながら見守る勇敢な警官の姿があった。

村の女たちに交じり、人見は供物を火口に投げ入れていた。

傍らの祭壇には、花や野菜、果物が溢れんばかりに積まれている。

他の島民も供物を手に頂上に殺到し、取り巻いている警察官が制止する。しかし祭りのような騒ぎの中、人々を止めることはできず、外輪山の縁まで上った人々は、手にした供物を一斉に巨大な穴に投げ入れる。

地中のマグマの立てる低く重たい爆音に似た音と人々の祈りの声が交錯する中に、鶏の声がけたたましく響く。島民の一人が籠から、首の周りを赤や青に染めた鶏を取り出し、ナイフで首を切ったかと思うと火口に向かって投げる。首を失った茶色のものは、まだ息絶えてなくて、羽を広げて暴れながら煙の中に消えていく。

再び濃い煙が吐き出され、人々もマヒシャや警官たちも後退する。

硫黄の匂いとともに、火山灰が降ってくる。以前、宮崎あたりで見た重たい砂粒のようなものとは違う。鳥の羽のように柔らかい灰だ。柔らかく熱いものが肌や背負ったバックパックにまとわりつく。

人々は緩い斜面を下り出す。背後を振り返りながら一正も戻る。人見の姿は見えない。

「旦那」

声をかけられた。アハメドだ。

「港に行くんだろう」

「ああ、頼む。だが……」

人見が見つからない。子供ではないので、車のところまで行けば会えるだろう。

森の中の細道を行列になって降りきり、未舗装道路を小走りに下って車の置いてある空き地まで戻った。

「そこが伯父の家さ」

空き地の隣の崩れかけた塀をアハメドは指差す。

「お袋と妹たちが居候している」

「君の家じゃないの？」

「ああ」

「お父さんは？」

「知らない。ニアス島に出稼ぎに行ったきり、戻ってこない。俺が子供の頃は、ときおり帰ってきたが、いつの間にか戻ってこなくなった」

どこも苦しい事情がありそうだ。アハメドはエンジンをかけたが人見は来ない。

電話をかけてみたが通じない。

もしやと、振り返るが木々に遮られ山頂は見えない。

「旦那、行かないとフェリーに間に合わないぞ」

「いや、もう一人、来ないので」

置いて帰るわけにはいかない。鈍い爆発音のようなものが背後で響く。

外輪山の内側で噴火しているのだから大丈夫だろうが、それでも身が縮む。怖いからこそ、一人では帰れない。女を置きざりにするなど、一生の恥だ。たとえ歳がいっていようと、最初の妻に似てがさつな女であろうと。

蚊に刺されながら待ち、あたりが薄暗くなりかけた頃、メールの着信音が聞こえた。

「マヒシャたちと一緒に山を下りました。悪いけれど一人でフェリーに乗ってください。まもなくバッテリーが無くなるので、電話は受けられません」

「何やってるんだよ、まったく」

舌打ちしながら「ホテルに戻って待っています。どうか気をつけて」と紳士的な言葉を返信して、車を出してもらう。


林の中の未舗装道路を出て、ビアクの町に入った頃、あたりがひどく埃っぽいのに気づいた。降灰だ。噴火は終わりそうにない。

人見に電話をしても出ないので、ケワンの携帯にかけると、マヒシャたちは山の中腹に差し掛け小屋のようなものを作って、そちらから戻ってこないと言う。人々が供物や果物を差し入れてくれるので、それで飢えや渇きをしのぎ夜通し祈りを捧げているらしい。おそらく人見も一緒だ。

ホテルに向かい大通りを行くと、市庁舎と千年モスクの間の公園の供物台には、ますます多くの花や菓子袋が積まれている。

市庁舎の前の広場にはたくさんの島民が座り込んでいる。その様子や横断幕から何かの抗議集会だとわかる。通常こうした運動を繰り広げる学生やインテリ市民運動家風の人々ではなく、瘦せて日焼けし、ぼろぼろのTシャツに半ズボン姿の、いかにも田舎から出て来た農園労働者風の人々なのが意外だ。地域政治の反対勢力から金で動員されたデモ要員かもしれない。供物の上にも、座り込んだ人々の頭上にも、火山灰が降り注ぐ。

四半世紀も昔、この国に赴任して日が浅い頃のジャカルタ暴動の記憶が蘇った。

独裁政権への反発とアジア通貨危機のあおりで起きた物価高で人々の不満が募り、憎しみが中国人に向けられ、市内の華僑の店が軒並み壊されたり焼き討ちにあったりした。顔が黄色いばかりに中国系と間違えられ、一正も危ない目に何度もあった。群衆の不安や焦燥感が高まり、攻撃性に変わったときの恐ろしさをひしひしと感じた。

あの山に上った人々の様子からしても、スルタンの屋敷や市庁舎などが焼き討ちに遭う、あるいは市長や有力者、スルタンその人が群衆に引きずり出されて危害を加えられることも十分に起こりうる。それを鎮圧すべく警察や、場合によっては軍が出て、大規模な衝突が起こるかもしれない。ぼさっとしていたら火山災害より先に、そうした衝突のとばっちりで怪我をする。硫黄を含んだ火山ガスより先に警察の放つ催涙ガスで苦しい思いをしそうだ。

ホテルに戻り、タブレット端末をインターネットに接続し、島の近隣のニュースを見るが、人々の動きやスルタンの動向についての報道はない。

続いて火山情報を見る。防災局の発表によれば、小イスカンダルの噴火は、この日再び活発化した。ただ溶岩噴出はあるが、ビアクについては溶岩流や火砕流に見舞われる可能性はない。プラガダンの方向の斜面については、地上への溶岩供給は止まっているが、おそらく一時的なものでいずれ溶岩ドームが崩壊し、大規模火砕流が発生するおそれがあり、非常に危険。荷物を取りに村に戻るのは止めるように、残っている住人は速やかに避難するように、とある。

細かな英文を追っているうちに、新しい情報が入った。夕刻から降灰がひどくなり、風向きと地形の関係から、場所によっては一メートル近くも積もるかもしれないという。

眩暈《めまい》がしそうだ。雪なら春が来れば溶けるが、火山灰は溶けない。日本と違い、ミネラル分の多い肥沃な畑の土になるとはいえ、町中で積もったら物流が止まる。いても立ってもいられず人見の携帯電話を呼び出す。通じない。ケワンにかけたがこちらは出ない。見捨てて一人で帰ろうか、いや、そんな格好の悪いことはできない。俺は、男だ。日本男児などというドメスティックなものではなく、子供からばあさんまで、分け隔てなく弱い者を守る男だ……。それにつけても腹が減る。

いったんホテルを出て、町中の食堂を目指す。人が集まっている公園前を避け、裏通りを抜け、打ちっ放しのコンクリートの上にプラスティックのテーブルを置いた食堂に入る。その間にも降灰が激しくなってきた。肩や頭がうっすらと灰色になっている。

のんびりしていないで、チャプスイと唐揚げをテイクアウトしてホテルの部屋で食べることにした。

「ひどいことになってきたね」

食堂の店主に話しかけると、色白、扁平な顔立ちの、一目で華人とわかる男は肩をすくめた。

「この国はどこもこんなもんさ」

外の様子を窺いながら、売れ残ったと思しき焼きそばをパックに詰め込んでいる。

灰が降る中、人々がぞろぞろと店の前を通りすぎる。公園前に集まっていた薄汚れた風体の人々だった。

「暴動が起きなければいいね」

ちらりと外を窺う。一九九八年のジャカルタ暴動で火をかけられたのは、ちょうどこんな中国人の店が軒を連ねる一帯だった。

「田舎から出て来た連中だろう？　大丈夫さ。ジャカルタやアチェではいろいろあったが、ここじゃ警察だの軍だのの治安部隊が出たことは一度もない」

店主はのんきな口調で答える。

「そんなに穏やかな住人なのかい？」

「いや……」

言葉を濁しながら、店主は一目で入れ歯とわかるよく揃った真っ白な前歯を見せた。

「この島の連中は、我々とは違う世界に生きているのさ。市庁舎や議会を襲ったり、スルタンの別宅になだれ込んだり、なんてことは実際にはしないんだよ」

「そんなことをしても警察や軍には勝てない、とでも？」

「いや、警察も軍も、神には勝てないからさ」

店主はアラビア人を自称する島民の思考と行動を揶揄するように、薄笑いを浮かべた。

金を払って外に出ると、闇はかなり深くなっていた。ビニール袋を提げて裏通りを歩いていると、こちらでも人々が集まって道を塞いでいる。

建物と建物の間の小さな緑地でかがり火を焚いているのが見えた。マリーゴールドの花輪を首にかけた男が祈禱のようなことをしている。人々は、あのモスクの周りに集まったときと違い、奇妙に静かだ。耳を澄ますとぼそぼそと何か口の中で、祈りを唱えている。低い声が不吉なリズムを刻んで響いてくる。マリーゴールドの花輪の男は、鉈《なた》を振り上げた。台の上にはココナツが一つ置かれている。

鈍い音を立ててココナツを割った。ぎょっとした。割ったココナツからあふれ出たのはジュースではなく赤い液体だ。血だ。おそらく鶏か牛の。それをあらかじめ詰めておいたのだろう。

ココナツは生首の代わり、というプラガダンで聞いた話を思い出した。

薄気味悪くなり、早々にホテルに引き揚げる。

客室に入り、買ってきた夕飯を広げようとしたそのとき、電灯が消えた。

停電らしい。火山弾で電線でも切れたか、ショートしたかだ。なすすべもなく窓から真っ暗な町を眺めていると、足音がしてオーナーの息子らしき男がランプを持って現れた。

格別、災害などなくても停電などは始終あるらしく、言い訳も説明もない。ランプも高級ホテルの間接照明より明るいくらいだ。

「まいったね、こりゃ」

「神の思し召しだ」

オーナーの息子は、さしたる深刻さも見せずに天を仰ぐ。


その夜は静かに灰が降った。そして一晩中、停電していた。蒸し暑い部屋で一正は幾度か水浴びをしながら、夜を明かした。

朝になって一階に下りていくと、ロビーのテレビが点いている。電気は復旧したらしく、オーナーの家族がコーヒーとパンを出してくれた。

ケーブルテレビではニュースが流れている。一面灰色に変わった林が映し出される。

灰を被ったアブラヤシのプランテーションの映像だった。熱帯雨林が灰を被っても人の生活にそう影響はないが、経済林の降灰は、経営者にとっても労働者にとっても深刻だ。

風向きによるのだろうが、プランテーションのある町の北東部の降灰は、ビアクの比ではなかったらしい。農園労働者の小屋も降灰で被害を受けており、政府の避難勧告が出されている。

その後に見覚えのある映像が出た。千年モスクと市庁舎の間の公園で、灰の降る中、篝火《かがりび》が焚かれている。袋菓子やペットボトル入り飲料、花などが山になった台の上に、ココナツが置かれ、鉈を持った男がそれを割る。

一正は思わず画面を指差し、カウンター内で何やら書き物をしているオーナーに向かい叫んでいた。

「見たよ、見たよ、昨日、これやってるの」

「ああ……」

オーナーは視線だけテレビ画面に向ける。

「島内のあちこちでやっているさ。昨日から、どこに行っても見かける」

うんざりした顔でオーナーは首を振った。

「田舎から出て来た無知な浮薄の徒が、ああいう連中に騙される」

オーナーによれば、彼らが行っているのは人を呪う儀式らしい。

「だれを？」

「スルタンさ、田舎者が首狩り族の老婆の託宣に踊らされたのだ。あれでスルタンを殺せるか島から追い出せる、と信じているんだ。我々、島民は歴《れっき》としたアラビア人であるにもかかわらず、事が起きると野蛮の民の真似をする。まったくもって嘆かわしい。政府もこの島の教育にもう少し本腰を入れてくれないと困る」

呪われた相手は、ほどなく病気に倒れ、ひどいときには死んでしまう、といわれる。野蛮の民でなくても、ジャワ島や出張で訪れたタイのバンコクあたりでも、人々は本気でそうしたことを信じ、怖れていた。

華人の店主が言う「我々とは違う世界に生きている」世界とは、単に敬虔なムスリムの世界というよりは、マレー半島とその先に広がる島嶼地域を含む一帯の精神風土を指すのだろう。

島の人々は、不満も不安も神や呪いで解消するから、市庁舎やスルタンの屋敷の襲撃といった現実的な手段には出ないと、店主は言いたかったようだ。

「山の上で呪術師の老婆が言ったそうだ。山の精霊が、今夜にもスルタンの作ったアブラヤシ林を滅ぼす、と。無知な者どもはいつ溶岩が流れてくるかと怯えている」

アブラヤシのプランテーションは斜面の中腹に作られているから、大噴火が起きれば最初に滅ぶ。それにしても物騒な託宣だ。

いずれにせよいよいよ島から出なければならないというのに、人見の電話は相変わらず繋がらず、ケワンも出ない。とりあえずケワンたちの簡易住居に向かおうかと思ったが、今度はアハメドに連絡がつかず足がない。そうこうするうちに降灰のせいか、それとも曇天のせいか薄暗い空がさらに暗くなり、雨が降り始めた。

「見捨てて帰るぞ」

人見の繋がらない電話に、悔し紛れにそう怒鳴り、一正は灰混じりの雨の中を徒歩で港に向かう。

水を含んだ灰が貼り付いてたちまち重たくなる傘を何度か逆さにし、灰を落としながら、何とか港に辿り着くと、幸いフェリーは運航されていることがわかった。もし夕刻の出航時刻まで待って人見に連絡がつかないなら、一人で島を出ようと決意する。

引き返しかけたときのことだった。

一隻の船が湾内に入ってきた。小型カーフェリーだ。臨時便が出たのだ、と思い走って戻る。

灰色の雨の中を、フェリーは白波を蹴立てて近づいてきて接岸した。

まず四輪駆動車とトラックが下りて来て、続いて男たちの集団が駆け下りるように下船する。

「なんだ、ありゃあ」と思わず身構えた。頭にぴったり貼り付いた白い帽子、立ち襟の白い膝丈上着と太ももあたりがゆったりした真っ白なズボン。ジャカルタあたりでときおり見かける中東風のデザインの服だ。だぶついた服の上からさえ、鍛え上げた体の線がうかがえる。この島ではまったく見ない、黒々とした顎髭を喉のあたりまで伸ばした集団であるのが不穏な印象だ。髭のせいで歳を食っているように見えるが、目を凝らせばずいぶん若い。顔立ちはこの島の住人同様マレー系だが、髭と服装から強面《こわもて》に見える。

「彼らは？」

傍らの男に尋ねると、ボランティアだと言う。スマトラ本島の複数のイスラム団体が、次々に救援ボランティアをこの島に派遣しているらしい。

「さすがに迅速だ、いやぁありがたいね」

テロリスト集団と間違えて身構えた我が身を恥じる。イスラム団体もキリスト教団体も、事が起きれば真っ先に乗り込んできて、物資の供給や難民の受け入れなど救援活動を行う。

「金儲けに腐心するうちの菩提寺なんぞ、爪の垢でも煎じて飲めってもんだよな」とつぶやき、同時に一正の男の矜持《きょうじ》が、ふたたびうずいた。

ボランティアとして、危険を承知で入ってくる男たちを前にして、日本男児が逃げ出すのか、しかも同胞の女を置き去りにして。

フェリーが島民を乗せて出て行くのを一正は見送り、市場に行って飲料水と食べ物を確保する。袋を提げて大通りに戻ってくると再びフェリーが入港しており、別のイスラム団体が降り立ったところだった。こちらはまさにテロリストか軍隊かという迷彩服姿だ。

彼らは入ってくるや否や、町中にあるいくつかのモスクや学校に散っていった。屋根に積もった灰を下ろし、周辺の灰を退かす作業を行うらしい。

どうせここに残る以上は、と一正も彼らの活動に合流することにした。

迷彩服姿のボランティアの責任者と思しき男に、達者なインドネシア語で協力を買って出ると、快く受け入れられた。

指示された通り、黄色くペイントされた校舎のような木造モスクに出向き、屋根の灰下ろしを手伝う。当然のことながら一般の人々も黙々と作業をする。

時刻が来ると迷彩服の集団は手を止めて、人々にお祈りを促し自らもメッカの方向にひざまずき頭を下げる。

モスクの灰を片付けると、近くの学校や、周りの木造民家に積もった灰下ろしをする。火山灰に雨が染みこんで重みを増せば、家が潰れるおそれがあるからだ。また別のグループは降灰の多い田舎に行き、避難キャンプの設営や避難誘導を手伝っているということだ。

そうした中で、人々の言い争う声が聞こえてきた。

モスク前に供物を置いた人々と、神は供物も偶像も求めないという白装束の中東風な出で立ちのボランティアの間で、小競り合いが起きている。

どっちだっていいだろうが、この際、と舌打ちして、一正は屋根から下ろした灰を片付ける作業を続ける。

モスクに集まる人々はますます増えてきた。降り積もった灰を退かしたり、掃除をしたりした後、供物を台の上に置き、床に頭をすりつけて祈る。

「アッラーは完全に満たされている、何も必要としない。供物など無知な迷信の徒の伝統は神を穢《けが》すだけだ」

だれかがラウドスピーカーを使ってインドネシア語で呼びかけている。

振り返ると白装束に髭の青年だ。

現代インドネシアにおいて、無条件に人々の尊敬と憧れの眼差しを注がれるのは、欧米からきた白人ではない。もちろん日本人や中国人でもない。イスラムの本家本元のアラビア人だ。白装束の若者たちは人々の憧れを誘うアラビア風俗と、中東風のイスラム信仰を見せつけることで、ただでさえ自らをアラビア人の子孫と考えるこの島の人々の心を摑んだようだ。

聞いているうちにむやみに腹が立ってきて、「うるせえ、どうだっていいだろ。演説してる暇があったら働け、若造」と日本語で怒鳴りながら、スコップを振るう。

降灰はますますひどくなる一方で、退かしたはしから積もってくる。屋根の次は排水路に積もった灰も退かし、人々が作業の手を止めてお祈りを始めたのを見計らい、一正はホテルに戻った。

気がつくと降灰が止んでいた。噴火が静まったのか、それとも風向きが変わっただけなのか知りたかったが、停電だったために タブレットの充電ができず、情報が得られない。

暴動や暴力事件は起きていないまでも、町の混乱がますますひどくなっていくのは、ホテルの開け放った窓から入ってくる救急車やパトカーのサイレンや人々の声、ヒステリックに響くクラクションの音からわかる。

噴火はスルタンの悪行と神への儀礼を欠いたせいだ、せめて自分たちが神に捧げ物をして怒りを静めてもらおう、と考えているのか、街角の小さなモスクや四つ辻に置かれる供物台の数は増えていき、置かれた袋菓子や花や果物に、たたきつけるような雨が降り注ぐ。呪術師の唱える祈りに人々が不気味な沈黙で答える呪いの儀式も、あちこちで見られる。

降灰は止んだ。だが町の北東部の山の斜面ではそのときすでにかなりの灰が降り積もっていたことを後から知った。

小石をぶちまけるような勢いの雨が、午後から夕刻にかけて降った。そして水びたしの町に宵闇が迫る頃、地震が発生した。

強い揺れがきてから数十秒後、地響きが聞こえてきた。

慌てて外に飛び出すと、路地を隔てた向こう側から煙のようなものが立ち上っている。火災ではない。粉塵だ。

走っていったときには、すでに狭い道は野次馬で埋め尽くされ、背後からサイレンが聞こえてきた。人垣の間から瓦礫の山が見え、女が一人、半狂乱で家族とおぼしき者の名を叫んでいる。

なすすべもなく一正はホテルに戻った。

このホテルだって、いつ倒壊するかわからない、と思えば、生きた心地もしない。

噴火に伴う地震で倒壊した建物を見たのは島に来て二回目だ。たまたま目にしなかっただけで、もっと潰れているだろう。今さら取り壊して建て直すのは無理だとしても、せめて筋交いを入れる補強工事だけでもできたら、と建設会社の社員であった頃に自分が幾度か手がけた事業を思い出す。

ジャカルタで開かれた国際防災会議に出席したこともあった。あのときこの国の政治家や行政担当エリート、国営や財閥系の企業の幹部たちは、大規模な都市計画を前提としたグランドデザインを描くための議論をしていたが、今こうしてみると、当面必要なのは、普通の町にある既存のビルの倒壊を防ぐための、安価にできる耐震補強工事の方ではないかと、切羽詰まった気持ちになる。

いずれにしてもビルが倒壊したのは、火山性の地震が原因だった。

次はいよいよ大噴火か、と身構えた。

「呪術師の老婆」マヒシャの託宣が現実的な恐怖となってのしかかってくる。

とにかく瓦礫の下敷きになるのだけは御免被りたい。

雨に打たれながら夕空を見上げる。水煙に閉ざされた灰色の空間には何も見えない。地鳴りもない。

夜になっても、空の一角に不穏な明るみが覗くこともない。

滝壺にいるような雨音だけが続いていた。

不安はあった。余震も幾度か来たようだが、食事を終えた後はいつも通りに眠った。何があろうと置かれた場所で眠れることは、本人は自覚していないが一正の大きな強みだ。駐在員の多くが心身を病んで帰国を願い出るような、中東の国々や有色人種への偏見の強いオーストラリア内陸部でも、格別の苦痛も感じずに仕事ができたのは、そうしたワイヤーのような神経のおかげだ。

それでも、さすがに深夜、大音響で鳴り渡るサイレンの音に目覚めた。いよいよ大噴火か、と身の回りのものだけを手にして階下に降りる。

オーナーの妻や息子がロビーに集まっていた。

「何が起きた？」

そう尋ねたところに、オーナーが扉を開けて室内に入ってきた。

「田舎の方が大変なことになっている。ちょっと行ってくる」とスコップを手にしている。

泥流が発生し人が埋まっているらしい。親類が住んでいる集落あたりなので様子を見にいくと言う。

「一緒に行きます」

一正はすばやく二階に駆け上がり、着替えてきた。

入り口に錆だらけのトラックが停められており、荷台に男が数人乗っている。自分がどんな役に立つかはわからないが、とりあえず体力に自信はある。

荷台に飛び乗った。オーナーの妻がビニール袋に入ったちまきのようなものを手渡してくれた。

だが車はオーナーの親類が住む集落の手前で進めなくなった。

渋滞が起きている。警察のスピーカーが、車でやってきた人々に戻るようにと呼びかけている。

先頭の乗用車が雨で粘度を増した火山灰にタイヤを取られ、立ち往生していたのだった。

警察や軍、そして迷彩服姿のイスラムボランティアを乗せた軍用車のようなトラックだけがその先に進めるが、民間車は引き返さなければならない。それでも多くの人々が荷台から降り、夜の道を歩いて被災地の村へと向かう。一正もスコップを担いで歩いた。幸い雨は止んでいる。

泥流発生で人が埋まった、という以外、正確な情報はない。

ただ警察の説明や人々の話からすると、ケワンたちの避難先である簡易住宅あたりのようだ。

灯り一つないぬかるみの中を、泥の上についたタイヤの跡を頼りに二時間近くも歩いた頃、警察や軍の車列が見えてきた。警察官や兵士たちの制服姿に交じって、迷彩服姿のイスラムボランティアの人々が、スコップをふるっている姿があった。

泥で道が埋まっているのだ。一正や他の男たちも行って泥を退かす。普通の泥ではない。水を吸った火山灰の中に、大量の倒木や板きれが交じっている。

この上の山の斜面で、一メートル近く積もった火山灰の上に雨が降り注ぎ、一気に流れ落ちたのだと、傍らで作業していたボランティアの男が説明した。

泥に埋まった木を取り除こうとしたときだ。サーチライトに照らし出された、灰色の粘り着くものに覆われたその幹から、ぼろぼろとピンポン球大の果実がこぼれ落ちた。放射状に広がった葉が泥の中から顔を出す。

火山灰に埋まっている樹木はたった一種類だった。熱帯のジャングルに繁る雑多な木々ではない。どれもこれもアブラヤシだ。灰色の流れは密林を切り開いて作ったプランテーションを直撃し、整然と植栽されたアブラヤシをなぎ倒して流れ落ち、その下にある農園労働者の家族たちの住む小屋や、近隣農民の集落を呑み込んだのだ。

山の精霊が今夜にもスルタンの作ったアブラヤシ林を滅ぼす、というマヒシャの託宣を思い出し、一正は戦慄した。

溶岩でも、火砕流でもない。山は大噴火することなく、斜面に積もった火山灰と雨で、アブラヤシのプランテーションを滅ぼした。

偶然か、それとも本当にマヒシャの託宣が当たったのか。

だが、と一正はいつになく冷静に考えた。高い密度で雑多な木々と下草の繁った原生林に比べて、規則正しく植栽されたアブラヤシ林の密度は低く、斜面にひっかかりがない。泥流は、ボウリングのピンを倒すようにアブラヤシの幹を倒しながら斜面を駆け下ったのだ。

全身灰色の泥に覆われた怪我人が、急ごしらえの担架で運ばれてくる。民間人のバイクが数台やってきて助け出された人々をリアシートに乗せて去っていく。掘り出された遺体が道端に転がされる。

サーチライトの中に、灰色の火山灰にまみれて泣き叫んでいる人々の姿があり、叱責するような怒号が響き渡った。

「何を言っているんだ？」

傍らの男に尋ねたが、迷彩服のその男は、自分はスマトラ本島からきたので、島の言葉はわからないと首を振る。

地元の警察官に尋ねると、渋い顔で首を振った。

「スルタンと市長、県の幹部の行いが悪いので、火山の精霊が怒った。彼らを島から追放しないから村が泥流に呑み込まれた。このままだと島が爆発して海の底に沈む」

村人はそう言って騒いでいたのだと言う。

「本当のところどうなるんだろう」

反射的に一正は問い返していた。噴火はどうなるのか、という意味だったのだが、警察官は低い呻き声を発した。

「確かに山の神を怒らせてしまったのだろう。お偉いさんたちは、ここ二十年近く、神に供物を捧げて山を鎮めてもらう儀式をしていない。そんなものは迷信だ、アッラーの神はそんなものは欲していない、と言うが、本当にそうだろうか。いくら毎日お祈りしたってそんなのはただの形式だ。年に一回の儀礼もせず、供え物もしないのでは、神だって山の精霊を鎮めてなどくれない」

「あ……そうだね」

十年の赴任中に身辺にいた普通のインドネシア人も、この島の自称アラビア人であるインドネシア人も、こんなことが起きれば考えることは同じだった。

精霊や祖霊を敬い、祟りや呪いを怖れ、毎日五回お祈りし、モスクに通う敬虔なイスラム教徒。お偉いさんや都市の知識階層は別として、庶民はそのことに矛盾も疑問も感じていない。

盆に迎え火を焚いて祖霊を歓待し、墓参りして線香をあげ、真っ白な教会で結婚式を挙げ、子供が生まれればお宮参りをし、クリスマスを祝い、年が明ければ初詣に出向き、坊主に経を読んでもらってこの世に別れを告げる日本人からすれば、首を傾げるようなことでも、軽蔑するようなことでもない。欧米人や中東の原理主義者が何を言おうと、それが人々の日々の営みであり、人生でもある。恥じ入るようなことでは絶対にないと一正は信じている。

ヘッドライトが近づいてきた。またトラックが一台やってきた。制服姿の男たちが道端に転がされた遺体を荷台に積み込む。

無意識のうちに一正は両手を合わせて南無阿弥陀仏、南無阿弥陀仏と唱えている。

そのトラックに向けて悲鳴に似た泣き声と怒号がわき起こる。遺族たちだ。

トラックを見送った後、一正は現場を後にして歩いてホテルへと戻った。

翌朝、一正は火山情報にアクセスすることができた。ネット情報によれば島内のいくつかの集落に避難命令が出ているが、ビアクの町については、火口に遠く、しかも頂上からはなだらかな斜面が続いており、危険な状態ではないとされている。また噴火自体は外輪山の内側に留まっており、特にビアク側の外輪壁は高いために、溶岩や火砕流、熱風などが町を襲う危険性は今のところない、ということだ。

動画サイトを見ると、被災した人々やその親族たちが警察官に詰め寄る場面が映し出されている。

「このままでは山が爆発する」

「呪術師の老婆が言った通りじゃないか」

そんな内容の抗議だとオーナーは言う。

テレビで流れているローカルニュースによれば、防災局は雨が降り出した時点で、すでにアブラヤシ農園の中やその周りに住んでいる人々に避難命令を出していたのだが、停電している上に、道路が火山灰で埋まり伝達の手段がなかったと言う。

「実際のところは」とオーナーが口を挟んだ。

「一般農民は、トランジスタラジオや携帯電話を持っているから避難情報にアクセスできる。それで夜の道を徒歩で避難できたんだが、椰子林の中の小屋で家族と寝起きしている農園労働者たちはそうはいかない。携帯だのトランジスタラジオだのなんてものは持ってない。ハンモックに鍋釜、最低限の物しか無いんだ。ただ神に祈ることしかできなかったのだろう」

そして深夜、木々をなぎ倒して襲ってきた泥流に飲み込まれ、あるいは彼らが育てた椰子の木々に直撃され、命を落としたのだった。

マヒシャの言葉どおり、山の神はまさに夜のうちにスルタンの作ったアブラヤシ林を滅ぼした。しかしその犠牲になったのは貧しい農園労働者たちだった。

辛くも生き残った農園労働者や周辺の村の人々も、実家が心配で様子を見に行った町の人々も、今は防災局の発表ではなく、「呪術師の老婆」の託宣を信じているらしい。

確かに大爆発など起きていないが、命と財産を脅かされるような火山被害を受けたのだ。彼らにしてみれば山の精霊が怒った、としか考えられない。


携帯電話の充電を終えてあらためて人見に電話をかける。

今度は通じた。一瞬、声が聞こえてきた。それだけだった。噴火や地震で中継地がどうにかなったのか、大気中の粉塵の影響か、「大丈夫、マヒシャ、山」という単語が聞こえただけだ。諦めて切ってケワンにかけると、こちらはちゃんと通じた。

昨日、バイクのエンジンを使って充電したと言う。

「で、どうだ？　そっちは大丈夫か？」

「どうにか。ただだいぶ灰が降ったので、今、屋根の灰を下ろしているところだ。昨日もいちおう午後に一回やっておいたから良かったけど、もし気がつかなければ家が潰れていた」

人見の行方を聞くと、今朝から山に登っていると言う。

「何だと？」

「ああ、鎮めないと本当に島が割れて海に沈む。それでお袋たちが登った」

いい加減にしてくれ、と叫びたかった。何も人見までもが彼女らと行動を共にする必要はない。

「で、今、そんなこんなで忙しいんだ」

ケワンは電話の最中も、あちらこちらと会話している。

「人がたくさん来た。昨夜、泥流にやられた村の連中が来ている。お袋が山の上で託宣を出したので、アブラヤシ林のまわりに住んでいた者が逃げてきたんだ」

結果的にマヒシャの言葉を信じた者が救われた……。

スマホをシャツの胸ポケットに突っ込み階下の食堂に降りていく。

昨夜、戻ってきて、そのまま水浴びしただけで寝たので腹が空いている。だが、テーブルに置かれた朝食はいつにも増して粗末だ。インスタント焼きそばとコーヒーだけで、卵も野菜もない。

「田舎から来ないのさ、食べ物が。野菜もパンも牛肉も店頭にない」

オーナーが渋い顔で説明した。

降灰の影響で、生産にも流通にも支障が生じているのだと思った。

「運転手がストライキを決め込んだ。スルタンが不信心と悪い生活態度を改めないかぎり、物など運んでやらない、と言い出した。このままだと壊滅的な噴火が起きる、と。店も市場もシャッターを下ろしている。興奮した連中に襲撃でもされたらたいへんだからな。悪いが今夜も出せるのは干し魚と漬け物と飯だけになるかもしれん」

「やれやれ」と一正は、容器に入った焼きそばをすする。マヒシャも人騒がせな託宣を下したものだ。

そのとき点けっぱなしになっていたテレビの画面が突然変わり、淡いクリームイエローの布で頭部から首、肩まで覆った女性アナウンサーが甲高い声でローカルニュースを読み上げ始めた。

続けて画面に燃え上がる炎の映像が現れた。見覚えのある豪邸だった。一正たちが訪れたスルタンの屋敷だ。

「なんだ？　焼き討ちか」

屋敷にガソリンをまかれて火を付けられたという。棍棒や鍬《くわ》を手にした暴徒がなだれ込んだらしい。スルタンは不在で難を逃れたが、ガードマンが撲殺された。

この島の人間は暴動の類いは起こさないなどという、あの中国人店主の言葉は嘘じゃないか、と戦慄した。

「大丈夫かな、ここは」とオーナーの艶やかな褐色の顔をうかがう。

「うちはスルタンのような大金持ちじゃない。だいいち呪術師の老婆に名指しされていないから大丈夫だ」とオーナーは落ち着き払った様子で答えた後に付け加えた。

「いずれにせよスルタンが無事でよかった。これで警察が暴徒の逮捕に本腰を入れるだろう。椰子の実と山羊の血で人を呪い殺すのと違って、この襲撃は間違いなく犯罪だ。農村からかなり引っ張って行かれるかもしれない」

オーナーの言葉を腕組みしながら聞いていたが、ふと思い当たって血の気が引いた。

火山の噴火はだれのせいでもないが、スルタン云々の物騒な託宣をくだして事件の引き金を引いたのはマヒシャだ。

マヒシャとプラガダンの女たち、そして簡易住宅にいるプラガダンの村人が、島民を扇動したとして逮捕されるかもしれない。逮捕されなくても事情聴取という名目で連れていかれ、手荒な尋問を受けるかもしれない。その中には、彼らからしてみれば謎の外国人である人見も含まれる。

「えらいことだ」

無意識に腰を浮かせ、おそらく繋がらないとは思ったが、ケワンと人見に電話をする。やはり繋がらない。しかたなく人見に「現在、先生は非常に危険な立場にいます」から始まるメールを打つ。

おかわりのコーヒーに砂糖を二杯ばかり入れて飲み干したが、メールの返信はない。

こちらから出向き、引きずってでも人見を連れ帰るしかないか、とアハメドに電話を入れるが、こちらも通じない。

どいつもこいつも、と舌打ちしたところに、着信記録を見たケワンから電話があった。

スルタンの屋敷の焼き討ち事件で、村人が引っ張られるかもしれない、というオーナーの言葉を伝え、たとえ実行犯でなくてもマヒシャや人見も危ない、という話をしたが、ケワンの方は、「警察官は避難キャンプに来たが、危ないから山に近づくなと言うだけで焼き討ち事件のことなんか何も言ってないぞ。だいいち、お袋はスルタンを追い出せ、とは言ったが、焼き討ちしろだの使用人を殺せだの、なんて物騒なことは言ってない」

「そりゃそうだが……」

人見が山から戻ってこないが、とりあえず無事だということだけを確認し通話を終える。

どうにも落ち着かず、部屋に戻り荷物をまとめた後、様子を見にいったん外に出る。

雨も降灰も止んでいる。振り返り火山の方向に目をやるが、そのあたりの上空に煙は見えない。

「どこへ？」とオーナーに声をかけられ、「そろそろ店が開いたかと思って」とごまかす。

外に出ると町は落ち着きを取り戻しているように見えた。

ホテルの数軒先にある小さな食料品屋が店を開け、台の上にジャックフルーツが山を成している。

運転手たちはストを解除したらしい。

繁華街に入るといくつかの食堂は開店し、水を打ったコンクリートのたたきに、青菜の束やビニール袋入りの肉が置かれ、道路脇に置かれた寸胴《ずんどう》鍋からは肉と血とスパイスの入り交じった独特の臭気が上がっている。

昨日、町に溢れていた貧しげな服装の人々はまだいるが、その表情からは不安にかられ殺気立った気配は消え、一帯には祝祭的な雰囲気が漂っていた。まさか、スルタンの屋敷を焼き討ちしたので火山が鎮まったと本気で信じ、安心しているのか？

港に行くと、停泊している高速船に迷彩服姿のイスラムボランティアの男たちが足早に乗り込んでいくところだった。昨日の災害現場で助けられた人々だろうか、去って行く男たちに泣きそうな顔で手を振っている。別れを惜しみ感謝の言葉をかける村人たちを振り切るようにしてタラップを渡った迷彩服の一団を乗せて、高速船は出航していった。

その足でフェリーのチケット売り場に行き、パダン行きとニアス島行きの船の出航日と時刻を確認したが、以前と変わってはいない。実際は時刻表通りになど出航しないことはわかっているから、職員に尋ねようとしたが、相変わらず窓口にはプラスティック板が立てかけられており、だれもいない。

帰りがけに千年モスクの前を通りかかると、群衆が建物を取り巻いている。礼拝をする人々が入りきれないようだ。

坂を上がった高台には尖塔と丸屋根を備えたアラビア風の巨大モスクが建っているが、一般庶民はそこには行かない。島民にとっては千年モスクこそが大本山なのだ。

中を覗くと、白い帽子に髭の集団が礼拝の最中だ。迷彩服のイスラムボランティアたちは帰っていったが、彼らはまだ残っていた。

「彼らはいつまでいるの？」とそちらを指差し、傍らの男に尋ねる。

「わからないが……」

中年の男は前歯の欠けた口を開き、いささか興奮気味に答えた。

「みんな俺らの先祖が住んでいるアラビアで勉強してきた方々なんだ。メッカにも行っている。それだけじゃない、アラビア語だって話せるんだ」

「そりゃご立派なことで」と言って、早々に退散した。


昨日も訪れた中華系の食堂に入り、プラスティックの椅子に腰掛けた。朝、ろくなものを食べずにホテルを出てきたきり、そろそろ正午に近い。

山羊肉の煮込みや野菜いためを頼み、人見の携帯に電話をかける。相変わらず繋がらない。

「俺はさっさと帰るぞ、もう知らんからな」と何百回となく吐いた言葉を、人見の無言の携帯電話にぶつける。

昨日の、色白の中国系の店主が皿を運んできた。

「やぁ、だいぶ静まったね、山も」

そう声をかけると、店主は肩をすくめた。

「こんなものさ。火山なんていうのは、ぐらぐらっと来て、シューッと煙を吐き、静まる」

「そうなのかい。それにしてもスルタンの屋敷が焼き討ちされたらほんとに静まっちまった。それはありがたいが、暴動はやはり起きるときには起きるってことだね」

「ありゃ暴動じゃない。ただのテロだ」

「テロ？」

「噂によれば、町の若い跳ね上がり連中がやらかしたことだ」

「跳ね上がり連中」が、短絡的な頭を持つ乱暴者を指すのか、イスラム過激派を指すのか、共産主義過激派を指すのか、一正にはわからない。

「いずれにしてもこの島にやってきて十年だが、前にいたジャワでも噴火などしょっちゅうあった。毎年やってくるサイクロンと同じようなものさ。定期的に火を吐いて灰を降らせる。この島では十年に一度くらい大きな噴火があるそうで、始まるとみんな港のあるこの町に逃げてくる。それで金のある連中から順番に逃げ出すが、そうこうするうちに、静まる。田舎の連中は村に戻っていき、スマトラや他の島から来たボランティアも引き揚げる。ところがそこが火山のたちの悪いところさ。みんなが安心して高いびきをかき始めた頃に、突然」

もったいをつけて皿を置いた。

「ドカーン。いきなり熱風と焼けた石とどろどろの溶岩を食らわせる。そういうものさ」

人を不安にさせる物言いだが、自称アラビア人のマレー系より料理はうまい。

人見と連絡が取れないまま島内に留まったその夜、店主の言葉通り、再び不気味な鳴動が島を包んだ。

細かな揺れがきて、山の方を仰ぐと夜空にかかった薄雲が、何とも不気味な赤色を帯びていた。スルタンに鉄槌、のお陰で静まった火山が再び火を噴き始めていた。

翌早朝、港の様子を見に行こうと町に出ると、晴れているにもかかわらず噴煙に暗く閉ざされた大通りを、人々をかき分けるようにして一台のベンツがのろのろと進んで行くのに出合った。

「あれ、何？」と傍らの男に尋ねると、「スルタンだ」と言う。

「スルタンが心を入れ替えてモスクに拝礼に行くんだ」

「へぇ？」

車は人々が集まっていた千年モスクではなく、丸屋根の脇に尖塔のそびえる巨大モスクに通じる坂道を上がっていく。人々の波に押されるように一正は、巨大モスクへの近道である階段を上がる。

巨大モスクの正面には、すでに人垣が出来ていて、近づくことができない。ベンツは道路脇に止められ、周りを警察官に守られ、中からスルタンこと、ジャミルが姿を現した。そのとき群衆の中から若者が一人飛び出してきた。

人々の間から怒号と悲鳴が上がったが、たちまち数人の警察官に阻まれ、若者は地面に引き倒される。警官のブーツに踏まれた手から、細く鋭い刃物が敷石の上に落ちて、噴煙の薄暗がりの中できらりと光った。

Tシャツに長ズボン姿の若者が、一体どんな信念で凶行に及んだのかわからないが、目の前で繰り広げられたテロ未遂事件に背筋がこわばった。

だが一正は見ていた。その場にいた人々が、スルタンに近付いていく若者の服を勇敢にも摑んで止め、警察官が飛びかかる前に、その男の背に多くの拳が向けられていた様を。

ジャミルは背後の騒ぎに一瞥もくれずに、供物の載った銀の盆を持ち、巨大モスクの白い参道を落ち着いた足取りで進んでいった。白い帽子、白い立ち襟シャツ、白いズボン。こちらもモスクで演説していたイスラムボランティア同様、まばゆいばかりの白装束だが、中東風ではなくインドネシアの正装だ。

ジャミルは巨大モスク前にしつらえられた祭壇の前で拝礼すると、そこに置かれた供物台に盆を置く。さらに携えてきた剣を祭壇に置き、厳かな声で祈りを唱えながら空中に花と米粒をまいた。

非難の声があちらこちらから上がる。だが圧倒的多数は無言のまま頭を垂れ、敬虔な態度でジャミルを見守っている。

「スルタンが反省して、ちゃんとやることをやればいいんだ、殺したり家を焼いたりすることなんかないんだ」

隣で見守っていた島民の一人がそんなことを一正にささやいた。やることとはすなわち、こうした儀礼のようだ。

同じ頃、県の議員と市長たちの一行が、防災局が入山禁止命令を出している火山に登っていた。投稿された動画を、ノートパソコンで一正が後から確認したところによれば、彼らは怯えてしばしば立ち往生する牡山羊を一頭、無理矢理に山頂近くまで連れていった。

壁のようにそそり立つ急斜面の手前にマヒシャたちがしつらえた祭壇の前まで行くと、部下の管理職や秘書たちとともに車座になって座り、体を揺すって祈りを唱え、その後市長は山羊の喉笛を掻き切り、まだ事切れず暴れまくる山羊を数人で担ぎ、硫黄臭い煙の流れてくる外輪山の縁まで上り詰め、下の斜面に投げ込んだらしい。

肩で息をし、硫黄の煙にむせ、ハンカチで鼻と口を覆いながら、全身に返り血を浴び、真っ青な顔でよろめきながら下山してくる市長の姿を、見物人のスマートフォンが正面から捉えていた。

同じ映像は地元のテレビ局でも流された。

夕刻、一正と一緒にロビーでその画面を見ていたオーナーが、「しかたないことさ」と呆れたように首を振る。

「行政当局としてはこんなときに島民に暴動なんか起こされたらたまらない。議員の方も次の選挙が近いから、島民の機嫌を損ねたくない。無知の徒のために地位も教育もある者がこんな真似をしなければならないとは、嘆かわしい限りだ。科学的思考を以て知られる我々アラビア人も、一千年以上この地に住まうと、野蛮人に影響を受けてしまうのか」

まったくの正論が、我々アラビア人という一言で、ただの冗談に聞こえてくる。

「でもさ、山羊一匹で火山は鎮まらないが、島民が鎮まるのならそれも方便というものじゃないのかな」

そんなことを言いながら、一正はオーナーがくれたピーナツを口に放り込む。

しかし山は確かに静まっていた。

昼間、刻々と暗さを増していった空が、夕刻以降は不気味なほどに澄んでいる。噴煙は収まった。鳴動も止んでいる。


翌日、久々に見るぎらつくような南国の青空の下、モスクのスピーカーががなり始めた。

アザーンにしてはおかしい。

耳を澄ますとインドネシア語だ。

「神は供物も偶像も望んではいません。火山の噴火は神の御意思です。迷信に惑わされることなく、敬虔さをもって身を慎んで日々を過ごしなさい」

防災無線か、それともあの白装束のイスラム団体が流しているのかと首を傾げていると、続いてアザーンが流れてきた。

今は収まっているが、中華料理屋の店主の言葉通り、またいつ噴火が始まるかわからない。どうやっても繫がらない人見に連絡をとるのはやめて、アハメドに電話をかけた。

「あ、旦那。火山は鎮まった。ありがとう。供物を買う金をくれたこと、恩に着るよ、で、今、どこ？」

「ビアクだよ、ビアク」

「はぁ、何でまだそんなところにいるんだ？」

「ま、いろいろ」と答え、すぐに車を出してくれないか、と頼んだ。

「何をするんだ？」

「仲間の女性が、プラガダンの避難民と一緒にいる。ちょっと行って連れ帰ってきたいんだ」

「前に乗せたあの女性か？　旦那の奥さんじゃなかったのか」

「勘弁してくれ」と答えて電話を切った。

密林の中の未舗装道路を、降り積もった火山灰にタイヤを取られながら、アハメドの車は自転車ほどのスピードで上っていった。

カーブを曲がったところで警察車両に進路をふさがれた。

「通行止めだ、帰れ帰れ」

蠅を追い払うように制服姿の警察官が片手を振った。

「何があったの？」

車から首を出して一正は尋ねる。

「何でもない。逮捕されたくなければさっさと戻れ」

取りつく島もない。

方向転換できるような道幅もなく、アハメドは火山灰でタイヤを滑らせ、ぶつぶつ言いながらバックする。ずいぶん戻ったところにアブラヤシのプランテーションがあり、そこのトラックステーションでようやく方向を変えた。

農場の管理人と思しき男が小屋から出て来た。

車を降りてアハメドが何かしゃべりながら、さきほど引き返してきた方向を指差している。

「アブラヤシ林で市長の死体がみつかったらしい」

アハメドは戻ってくると短く一正に告げた。先ほどの警察官たちはそのために来ていたのだ。

「物騒だな」

「昨日、山に登って山羊を捧げた。あの後、行方不明になっていたらしいが、山羊同様に喉笛を掻き切られていた」

「どういうことだ、彼は島民の望むことをやったんじゃないのか？」

「偉い人間には敵が多い。事が起きれば殺される。事が起きれば嫉妬で殺される」

目立った奴は事が起きれば殺される。嫉妬とは限らない。そこには合理的な社会に生まれ育った人間にはわからない理由がある。ジャワの辺境の村では、呪術師に大金を払って政敵を呪い殺させた、と疑いをかけられた村出身の議員が、急死した政敵の甥に刺し殺されたこともある。

「今、聞いたんだが、スルタンはあのあと、とっととスマトラに逃げ帰ったんで無事だそうだ。他の偉い奴もとっくに逃げた。博物館のフスニ・ビン・ヤーヤも工場の経営者もでかいホテルのオーナーも、金持ちと偉い奴は、いつの間にかいなくなってる」

ああ、と自分が幾度も乗り損ねたフェリーのことを思う。そして逃げ場所といえば不自由な避難キャンプしかない貧乏人だけが、最後まで噴火の続く島にとり残される。その憤懣がスルタンの屋敷のガードマンや、山に登って血まみれの儀礼を行った市長に向かったのだと思うとやりきれない。

そんなときアハメドは唐突に言った。

「市長が殺されたアブラヤシ林の先には、プラガダンから避難してきた首狩り族の住宅があるな」

「連中が殺したとでも言いたいのか？」

アハメドは無言のまま小さくうなずく。

「市長は、彼らの言うことを聞いて火山に犠牲を捧げたじゃないか。だいいち彼らはやたらに人なんか殺さない」

「いや、首狩り族は何をするかわからない。たぶん市長は何か彼らを怒らせるようなことをしたのだろう」

島民たちのプラガダンの人々に対する偏見は根強い。火山でのマヒシャの託宣を信じる者は多いが、それでも彼らは、プラガダンの人々は怒らせると何をするかわからない野蛮人だと思い込んでいる。

この調子だと、いつケワンたちが濡れ衣を着せられるかわからない。

「おい、何とかして避難民の住宅まで行けないか。ちょっとさっきの警官にチップでもやってさ」

「二十年前ならな。今のインドネシアはれっきとした法治国家なんだぜ」とアハメドは鼻から息を吐き出した。それからアブラヤシの林を指差す。

「ここを通り抜ければ、近道になる。歩いて行けるはずだ」

「おっ、そうか」

「途中で警察官に捕まっても知らないぞ。自己責任で行くなら行ってくれ。でも、旦那、プラガダンの連中なんかどうでもいいじゃないか。今度は連中に旦那が殺されるかもしれないぞ」

「だから違うって言ってんだろ」

怒鳴りながら車を降りる。方向を確認し、アハメドを置いて椰子林の中を歩き出す。

「気をつけてくれ、旦那」

言い終える前に、アハメドが叫び声とともに駆け寄ってきて、突き飛ばすように背後から押した。

「まったく見てられないぜ」

足下にある、濡れた火山灰を被った灰色の塚を踏みそうになっていた。

「アリに一斉に這い上がられてたらたいへんなことになるぞ」

舌打ちをすると、先に立って歩き始める。

「すまん」

「いいよ、旦那には供物を買う金を出してもらった」

ところどころでアハメドは立ち止まる。灰色の火山灰の上に、さざ波のような文様が浮き出ており、その先に蛇が鎌首をもたげていた。

「毒がある。怒らせないように、そうっと通り抜けるんだ」

「ああ、わかった。しかし密林の道では気づかなかったが、怖いものだな」

「密林には、ヒルも毒蛇もネズミも鳥もアリもトカゲもいる。だがアブラヤシ林にはネズミと毒蛇とアリしかいない。そのかわりネズミと毒蛇とアリは、密林の百倍くらいいる」

大げさな物言いだが、当たっていないこともなさそうだ。灰を被った椰子林の中を一正は歩いていく。プランテーションを出ると山の斜面を巻く小道が続いていた。農園労働者として働いている農民の村に通じる道だ。歩き始めてまもなく分岐が現れ、片方は斜面を火口に向かって登る急峻な道だ。

そのとき携帯電話が鳴り出した。

ケワンからだ。

「おっ、無事だったか。今、どこだ」と挨拶がわりに尋ねる。

「プラガダンに戻っている」

「なんだよ、こっちは心配して避難キャンプに行こうとしていたところだ」

「いや、それがたいへんなことになった。ついさっき塔がやられた。あのボロブドゥールだよ。ダイナマイト漁の何倍もの爆弾が仕掛けられた。島はもうだめだ。山の精霊だけじゃない。海神も怒らせた」

息が詰まった。

「どういうことだ」

何かの聞き違いであってくれと祈るような気持ちで尋ねる。

「余所者がやってきた。島民じゃない。見たこともないやつらだ。髭だよ、髭を生やして真っ白な帽子を被った連中がボートでリーフの中に入ってきたんだ。俺たちの船が近づいていったら、挨拶もなく引き揚げていく。おかしいと思いながら浜に戻ったときに、いきなりどかん、と」

「なっ……」

心臓とともにこめかみの血管が脈打つのを感じた。

「あいつらか、あの白帽子白装束の髭か」

「ああ、真っ白な、きれいだがとてつもなく邪悪な感じのするやつらだ……」

可能性は十分にあった。しかしわかっていたとして何ができただろう。

どこまでも楽天的な一正もさすがに深い絶望感と無力感に見舞われ、その場にくずおれそうになる。

「で、マヒシャたちは無事か？」と辛うじてそれだけ尋ねた。

「いや、まだ島の表側だ。山に登っている。山をなだめようとしているんだ。でも、もうだめだ。海神を怒らせたから。バイラヴァの壺から悪霊が放たれた。海が荒れる。俺たちは、もう、だれも島から出られない」

「大丈夫だ、悲観的な事を口にするんじゃない。口にするから実現しちまうんだ。助かると信じろ」

そう言って電話を切ったが、こちらの方もどうにも気持ちのやり場がない。

ボロブドゥール遺跡公園の整備の仕事を手伝っていた二十代の頃、上司にあたる日本人が、十年前にそこで起きた爆破事件について話してくれた。

イスラム過激派がストゥーパ九基を破壊したというものだった。

「いいかい、加茂川君、日本人観光客にとってインドネシアはボロブドゥールとバリ島しかない。だが、ここは世界最大のイスラム国家なんだ。いくら国がパンチャシラを掲げたって、庶民からすればボロブドゥールなど国の宝じゃなくて異教のシンボルに過ぎん。その公園整備のために土地から追い出された百姓たちにしてみれば、苦々しい思いしかないんだよ。過激派の活動の背後には、そういう一般国民の気持ちがあることを忘れずに、この国では慎重に行動してくれな」

ボロブドゥールで破壊されたのは九基のストゥーパだったが、プラガダンでは、貴重な古代コンクリートと島の歴史が浮き彫りで刻まれた石版の、たった一つの塔が破壊されてしまった。

遠い昔の高い文明の跡、島の歴史を雄弁に語る貴重な文化財、インドネシア国民の宝を、歪んだ思想と狂信の下に破壊していく者がいる。それも災害に乗じてやってきて。

幾度もこの地に通い、会社を辞めて命がけで守ったものが壊された。中年をとうに過ぎて手に入れた人生最後の夢が飛び去っていった。

あいつら、とつぶやいた。あの白帽、髭のやつらが集まっているモスクに爆弾を投げ込んでやりたかった。

足下のぬかるんだ火山灰は厚みを増している。三日前の泥流の跡だ。アハメドは泥流に足を突っ込み、引き抜き、履いていたサンダルを時々泥に取られながら、しゃにむに登っていく。

「待ってくれ、もう行かないでいい。連絡がついた」

額の汗を拭き、荒い息を吐きながら一正はアハメドの後ろ姿に声をかけた。

「そうか、良かった」

振り返ったアハメドが、くっきりした眉を寄せた。

「どうかしたのか、旦那」

「消えたんだよ」

「何が？」

「夢が消えた。俺の人生をかけた夢が」

汗でぬめるように光っているアハメドの顔に、泣き笑いのような表情が浮かぶ。

「夢が持てる人生だっただけ幸せだよ」

それだけ言うと、背を向けて斜面を下りていく。

車に戻り、ホテルに戻る間際、スマホに再び殺人事件のニュースが入ってきた。

今度は、市長とともに儀礼に参加した議員が殺された。町外れの、ひとけのない海岸で斬首されたらしい。後ろ手に縛られた体から首は切り離されていたという。

「ほら、言ったとおりだろ、旦那。連中、未だに首狩りをやってるんだ」

一正は思わず呻き声を上げる。

「そりゃ違うぞ、アハメド」

喉笛を掻き切られた市長、遺跡の爆破、浜辺で後ろ手に縛られ斬首された議員。イメージが繋がり形を成していく。

「プラガダンの連中は関係ない。殺《や》ったのは連中じゃない。ここの島民でもない。市長の喉笛を掻き切った後は、議員を縛り上げて斬首ときた。そんなことをここの人間がやると思うか？」

「だから首狩り族が……」

「まだわからんのか？　ジェマ・イスラミアだのＮＩＩのやり方じゃないか。外から入ってきたイスラム過激派の仕業だよ。あの白装束の連中だ。やつらはプラガダンにある遺跡も爆破したんだ」

「遺跡と首狩りに何の関係がある」

アハメドが鋭い視線で一正を睨み付けた。

「あるもある、大ありだ。スルタンの屋敷の焼き討ち、ガードマン殺し、スルタンの殺害未遂、ここまでは連中に踊らされた大馬鹿者がやらかしたことだとしても、遺跡の破壊と市長と議員の殺害についちゃ連中の仕業だ。あの白装束の原理主義者どもが、災害に乗じて、この島を実効支配するつもりなんだ」

わずかな沈黙があった。

「だから嫌なんだよ」

アハメドはいきなりブレーキを踏むと甲高い声を上げた。

「降りてくれ旦那。もう町だ。ホテルまで歩ける。外国人はどいつもこいつもイスラムと聞いただけで、テロリスト扱いする」

「ああ、降りてやる」

負けずに怒鳴り返す。

「わかってるんだろうな。あんなやつらをのさばらせておくと、この島だって、そのうち女の子と歩いただけでむち打ち千回の世界になるぞ」

車を降り、一正は藤井の電話番号をタップする。

留守番電話になっていたので、海のボロブドゥールが外からやってきたイスラム過激派によって破壊された旨のメッセージを入れた。

破壊されたのが果たして塔だけで、古代都市跡が無事だったのかどうかわからない。

ホテルの前まで戻って来ると、泥落とし用のマットを交換していたオーナーが声をかけてきた。

「歩いてきたのか？　アハメドの車じゃなかったのか？」

「まあな」

渋い顔のままホテルに入り、食堂のテーブルの前にどっかりと腰を下ろす。

「コーヒー？」

続いて入ってきたオーナーが尋ねる。

「あ……ああ」

腕組みして天井を見上げたまま、上の空で返事をする。

俺のボロブドゥール、とつぶやいた。この島の歴史、もう一つのマレー世界の歴史を刻んだ塔が、瓦礫と化して海底の珊瑚の上に無残に積み重なった。

たとえあの古代都市跡が無事だったとして、いつ標的になるかわからない。

運ばれてきた熱く甘いインスタントコーヒーをすすり、無意識に呻き声を発していた。

「どうかしたのか？」

「あ、いや」

オーナーが怪訝そうな視線を向けてくる。

「それにしても物騒なことになったもんだ、この島も」

「ああ」とオーナーがうなずいた。

「そういえば昼間、この先のバイク屋の親父がモスクで殴られた」

「喧嘩か？」

「いや、火山が鎮まった後にお礼に供物を捧げようとして、アラビア帰りの若者に殴られたんだ」

「あの白装束か」

思わず腰を浮かす。

「警察は何をしてるんだ」

「その程度のことでは警察官の出番じゃない。本来、神は供物など欲しがらない。菓子だのジュースだの積み重ねるのはモスクを汚すだけだ。しかし殴ることはなかった」

「バイク屋の親父が殴られただけじゃない。市長の殺害は？　議員の斬首は？」

詰め寄るように尋ねた。

「それとこれに何の関係がある」

「だから」と気色《けしき》ばみながら一正は続ける。

「やったのは奴らだ、他に考えられんだろう」

「証拠がない」

オーナーの口調は少なくともアハメドよりは冷静だった。

「他に考えられないだろうが」

オーナーはため息をついて首を振った。

「殺されたのは、ヘリコプターでこの島とスマトラ本島を行き来して、あっちに大きな屋敷があってイギリス製のスーツを着て、ジャガーを乗り回しているお偉方だ。災害に乗じて殺してやりたいと密かに思っている者はたくさんいる」

「だが斬首までするか？　刺し殺すくらいのことはしても」

「さすがにそういうやつはいない。いずれにしても捜査中だ。余所者だからといってやたらに逮捕はできない。言っておくがインドネシアは法治国家なんだ」

ちがうだろ、触らぬ神に祟り無しで腰が引けてるんじゃないのか、と一正は腹の中で吐き捨てる。

そのときバドミントンの試合を放映していたテレビ画面がいきなり切り替わった。ブレーキングニュース、と英語の字幕が入った。

一昨日の朝も見たクリームイエローの布で髪と首を覆った女性アナウンサーが、早口でニュースを読み上げる。

イスラム指導者であるカリフの統治を主張する組織「イスラムの大地」が、ネピ島の異教遺跡の破壊と、堕落した支配者の処刑を行った、との声明を発表した。

「ほら、言った通りだろうが」

一正は勝ち誇ったように画面を指差す。

オーナーは静かに首を横に振る。

「あの白服の連中が、その犯行声明を出したグループとは限らない」

完全にバイアスがかかっている。憤然として押し黙り、一正は高速船で去って行った迷彩服姿の男たちのことを思った。本気で救援ボランティアで入ろうとする人間は、ムスリム団体であろうとキリスト教団体であろうと仏教団体であろうと、政府主導のNGOであろうと、それなりの服装で入ってくるものだ。

およそ労働に不向きな、優雅な中東風イスラム服でやってきたことからして、彼らの目的が救援などではないことは、初めから明らかだった。しかも三日前の夜、災害現場に駆けつけたのは迷彩服の集団だけで、あの白装束、髭の若者たちは一人もいなかった。

大規模災害や事故、病気など人の不幸に乗じて教宣活動をするのは、日本の宗教団体もよくやる手口だが、この島で行われたのは、宣教、伝道、折伏の類いではない。

彼らは不安に駆られた大衆を扇動し、スマトラ島沖のこの島を活動拠点に変えるつもりだ。

「ちょっと歩いてくる」と言い残し、一正は再びホテルを出る。

町を抜け、千年モスクに向かう。モスクの遥か手前から道は人々で混み始める。人をかき分けて千年モスクの前まで行く。

正月の浅草寺のような賑わいだ。若者の姿が目立ち、これまで幾度となくアジアの国々で目にしてきた、腐敗した政府を糾弾するために立ち上がったデモ隊を思い起こさせる。しかしその姿に邪《よこしま》なものを感じるのは、彼らを指導する者の正体がわかっているからだ。

千年モスクの敷地内に昨日まであった供物の類いは、今はまったく見当たらない。

その隣の公園で煙が上がっており、髭に白装束の男二人が、人々の面前でこれ見よがしに供物を焼いている。包装のビニール袋の焼ける嫌な臭いが漂っている。

この日の早朝、「神は供物を望んではいません。迷信に惑わされず、敬虔さをもって身を慎んで日々を過ごしなさい」という放送を流していたのは、彼らに間違いない。

ここにいる人々は犯行声明のニュースには接していないのだろうか、と首を傾げる。犯罪者集団を前に警察が動いている気配もない。

目を凝らせば、モスクを取り巻いた群衆の中に、警察官の姿がぽつりぽつりとある。

手出しできないのだ。白装束、髭の集団は、島民から支持され、喝采されている。供物を献げ、儀礼を行った政治家や行政の長を讃える人々がいる一方で、そうした行為を非イスラム的な悪習、迷信に与《くみ》したものとして非難する層もいる。

数にしてまさる群衆を制圧して、彼らを逮捕し取り調べるなど、島の警察官にはできない。

「どうなんだろう、そこの中国人の旦那」

傍らで火山灰の除去作業をしていた全身泥まみれの男が、訛《なま》りの強いインドネシア語で話しかけてきた。俺は日本人だ、とこんなところで叫んでも始まらない。

「神はほんとうに供物を喜ばないのだろうか？　俺には小イスカンダルの女神は供物を捧げると機嫌を直すように思えるのだが」

「君達にとっての神はアッラーだけじゃないのかい？　火山の女神なんて信じるのかい」

「いや、信じちゃいない」

首を横に振った後、困惑したように男は言葉を継いだ。

「けれど火山の噴火が神の思し召しとは思えないんだ。やはりあれは女神の虫の居所が悪くて起きているんじゃないだろうか」

火山の島で生きてきた者の実感だろう。

「スルタンは確かに、傲慢にも女神への礼節を欠いてきた。この島のお偉いさんたちも同じだ。しかし一昨日、彼らはこれまでの行いを反省して、儀礼を行った。それで女神は機嫌を直したんだ。ところが議員も市長も殺されてしまった。俺は怖い。今はもうあの連中とは関わり合いになりたくないんだ」と千年モスクの入り口にいる白装束に視線を向ける。

ガソリンのようなものをかけられ焼かれていく供物を見つめている無精髭だらけの男と、一瞬目が合った。

無意識のうちに一正は、彼に視線で語りかけていたらしい。

「あれは俺が持ってきた砂糖菓子だぞ」

相手の男は白装束の男の手元を指差し、欠けた前歯をむき出した。

「虫の好かねえやつらさ。さっき、アラビア人の俺たちを差し置いて、自分らこそが本家本元だとこきやがった。あいつらの髭だの服だの帽子だの、ただのアラビア人の猿まねじゃねえか」

「余所者が千年前からある俺らのモスクに居座って、自分たちはアラビアに留学して正しいイスラムを学んできたので、お前らに教えてやるとぬかしくさった。俺らの島のイスラム教徒の信仰を正すだと、ふざけやがって。若い連中はあんなやつらにしっぽを振ってるが、俺たちは絶対認めねえぞ」と、隣にいた年配の男が息巻く。

「いいか、俺たちの先祖はアラビア人だぞ。正統派は俺たちの方だ。昨日今日、親の金でちょろっと中東に行ってきた連中にでかい面されるいわれはねえ」

都市部のインテリ青年層の間でアラビア帰りの若者は一目置かれるが、田舎町の労働者や農民にしてみれば、地元のイスラム信仰を否定し見下したような態度を取る者たちは許しがたいのだろう。

日が暮れた頃、外に出る気にもなれず、ホテルの食堂で焼き魚と漬物と長粒種の白飯といった地元の夕飯を摂っていると、藤井から電話が来た。

メダン、ジャカルタを経由して、学生たちとともに昨日の早朝に成田に帰国したということだ。

「遺跡については残念の一言です」

短い言葉の中に万感がこめられていた。

「しかし僕はともかく、学生たちを無事に帰国させられたのでほっとしています。で、加茂川さんと人見さんは無事にそこを脱出できそうですか」

「いや、そりゃ出たいさ。人見さんに連絡さえつけば」

「非常に危険な状態ですよ、火山の噴火に加えてイスラムテロ集団までが入っているんでしょう」

「いや、だからこっちだって脱出したいさ。だが人見さんがマヒシャたちと山に登って、それきり連絡が取れないんだよ」

思わず愚痴っぽい口調になるのを藤井が遮る。

「とにかく僕はもう帰国してしまったので、何もできません」

わざわざそういうことを言うか、とむっとしていると、「しかしできる限りのことはしてみます」と続けた。

外務省とＩＩＭＵを通じて、救出の依頼をすると言う。

「おいおい、外務省って、ＩＳの人質になってるわけじゃないぞ」

大ごとになり、帰国したとたんに日本のマスメディアやネットで叩かれるのではたまらない。

「とにかく高速艇をチャーターして、せめて近隣の島に逃げられるように手配してもらいます。準備ができたら連絡を入れますので、ビアクの町を離れないでください。住民が船に殺到するはずですから、港ではなくどこかの金持ちのプライベート桟橋に着けることになると思います。人見さんに連絡がつかなければしかたありません。加茂川さんだけでも脱出してもらえるように、できるかぎりのことをします」

藤井らしい合理的判断だが、男としては自分だけ逃げ出すというわけには行かない。

「いや、人見さんも必ず連れ帰る」

「ありがとうございます、では」と礼の言葉を残して電話は切れた。

「ご飯のおかわりはいるかね？」

テーブルに近づいてきたオーナーが尋ねた。

「ありがとう」と皿を出すと、よそってきた白飯の上にピーナツや塩辛いじゃこを振りかけて差し出しながら、オーナーはため息をついた。

「あんたの言った通りだったな……」

「ああ、あれな」

「余所者のことは余所者が一番よく知っている」

「島の格言か？」

「いや」とオーナーは眉間に皺を刻んだ。

「ほんの少し前までは、島民は連中のことを諸手を挙げて歓迎していたんだ。だが今は早く出て行ってくれないかと、みんな思っている」

「一般庶民はそんなものさ。最初はああいうやつらを救世主のように迎える、プノンペンでも、テヘランでもそうだった。そしてほどなく地獄が始まるんだ」

「他の国のことはわからんが」

「しかし連中は犯行声明まで出しているってのに、警察は何をやってるんだ」

オーナーはため息をつく。

「ここはジャカルタとは違う。警察官の数などたかが知れているし武器も限られている。何しろ共産主義者も人殺しも泥棒も、ほとんどいない平和な島だ。強盗やかっぱらいが逃げようとしても、船着き場でとっ捕まるからな。悪いことなどできない島で、警察官ったって、テロリストに応戦などできない。スマトラ本土から応援が来ない限り何もできない」


早朝、小さな地震で目覚めた。それと同時に、例によって大音量でアザーンが聞こえてきた。空はよく晴れ上がっている。噴煙も降灰もないが、不気味な音が止まない。窓から外を見るが、隣の建物に遮られて小イスカンダルの山容は見えない。

再び、小さな地震が起きた。地鳴りのような海鳴りのようなものが聞こえる。海の方からのような気がする。

それから二十分もして、オーナーのお祈りが終わった頃を見計らって階下の食堂に降りる。

町が騒然としていることに気づいたのはそのときだ。

ホテルのある裏通りを三人乗り、四人乗りのバイクが頻繁に通り過ぎる。

バイクのない人々は歩いてどこかに向かう。

大通りの方からクラクションの音がいくつも重なり合って聞こえてくる。

「何があったんですか？」

町のどこかに爆弾をしかけられたのか、大規模テロの予告でもあったのか、と身構え、オーナーに尋ねる。

「島が滅びるそうだ」

ため息をついてオーナーは首を振った。

「呪術師の老婆が言ったらしい。山の霊が怒って、もう止められないと。もし滅びるのがいやなら、山に登って島民全員で女神をなだめろ、と」

「人騒がせな」と一正は無意識に吐き捨てた。人見の顔を思い浮かべ、君はいったい何をしているんだ、と地団駄を踏みたい気分になる。

「体が弱くて山に登れないものは、あの滅びた旧ビアクの町まで登って来い、と老婆が言ったそうだ。この島の者の大半はあの野蛮人であるところの、首狩り族の老婆の言いなりだ。我々アラビア人の誇りはどこに行った」

アラビア人だけ余計だ、と思いながら、次の瞬間、あることに思い当たり、背筋が冷たくなった。

市長が喉笛を掻き切られて殺され、議員が斬首された。

白装束の連中に感化されたとおぼしき若者がスルタンを襲おうとして未遂に終わった。異教の遺跡が破壊され、アッラーに捧げられた供物がガソリンをかけて焼かれ、供物を捧げようとした島民が殴られた。

スルタンも殺された二人も、富をため込み堕落したムスリムであったかもしれないが、制裁の理由は他にある。

敬虔なムスリムでありながら、アッラーに供物を捧げ、火山の女神の存在を無視できずに、山に登り異教の儀式を執り行った。

あの白装束髭集団の標的は個人ではない。精霊信仰や呪術の基盤の上に立脚している、この国の伝統的イスラムであり、建前上多様性を認めるパンチャシラ体制そのものだ。連中から見たらそれらは紛れもない「間違ったイスラム」だ。その「間違ったイスラム」の元凶こそ、マヒシャたちの存在だ。

とすれば……。

繋がるわけがないと思いつつ、人見のスマホに電話をかける。予想通り繋がらない。

ケワンにかける。やはり出ない。というより電源が入っていない。

アハメドの電話番号をタップする。

こちらはすぐに出た。出るなりアハメドは早口でまくしたてる。

「昨日のことは、俺、まだ怒ってる。だが、旦那には恩があるから教えてやる。旦那は金持ちなんだろ。だったらスマトラのヘリコプター会社に電話をかけるんだ。金を積んで迎えにきてもらってとっとと島を出ろ。この島はまもなく滅びる」

「その前に山に行きたい」

「だめだ。俺はこれからお袋や妹たちのところに行く」

「行ってどうするんだ？　島を出られるのか？」

「わからない。すべては神の思し召しだ。人の知恵や力でどうなるということでもない。もし逃れられなかったなら、俺の敬虔さが足りなかったということなんだ」

「ばかやろう」

アジアの国々で決して口にしてはならない言葉を日本語で叫んでいた。

「くだらねえやつらに洗脳されやがって、このばかやろ」

無言で電話が切られた。

かけ直す。当然出ない。

どうしても早急に人見やマヒシャたちのところに行かなければならない。

オーナーに車を貸してもらえないか、と頼んでみた。

「悪いがだめだ」

ラジオの災害情報を聞きながら、オーナーは首を振った。

「いざとなったら、家族と親類を乗せて避難しなければならん」

そう言った後に、一正をみつめて付け加えた。

「あんたも乗せてやる。詰め込めば大丈夫だろう」

「いや、そうじゃないんだ、今すぐ山に行きたい」

無言のままオーナーはかぶりを振った。その視線に憐れみの表情が浮かんでいる。

再びアハメドに電話をかける。

出ない。かけ直す。出ない。またかけ直す。

遠慮したり、相手の感情を慮《おもんぱか》ることを一正はしない。ただ粘り強く交渉するだけだ。繊細な神経ではアジアや中東で仕事などできない。

「いい加減にしてくれ旦那。お祈りの最中だったんだぞ」

「頼む、お袋さんたちのところに行く途中までもいいから乗せてくれ」

「何するんだ」

「山に登る」

「旦那もこの島の愚かな年寄りたちと一緒か」

「ああ、俺も年寄りだ」

「わかった」

冷たい口調でアハメドは言った。

「火口に一番近いところまで乗せていってやる。だから金輪際、俺に関わらないでくれ」

スマホを握り締めたまま、ホテルのロビーでアハメドを待った。無意識に貧乏ゆすりをしている。

アハメドは来なかった。そうこうするうちに外が騒がしくなった。人々が動き出した。

山が煙を吐き始めたからだ。

スマホで火山情報を見ようとすると、いきなり動画の画面が出た。

煙を吐く山を背景に両腕を高く掲げたマヒシャが、島の言葉で何か言っている。オーナーに尋ねると、人々に向かい、山の女神の怒りを鎮めるために登って来い、山まで来られないものは旧ビアクの町まで登ってきて祈りを捧げろ、身一つで良いから一刻も早く山に登ってこい、という内容らしい。

どこかに電話をかけていたオーナーがいきなり怒鳴り出し、通話を切ると同時にソファにどさりと座り込む。

「どうしたんですか」

「フェリーが欠航になった。スマトラ本島行きも、ニアス島行きも」

「どうして」

「理由なんか知らん」

いちいち律儀に欠航理由を告げるなど日本くらいなものだ。天候、船体トラブル、船員のスト、航路の変更。理由などいくらでもあるだろうが、そんなことを知らせる必要などないということだろう。船は来るときには来る。来ないときには来ない。

小さな地震が来た。いくら鉄筋が入っていない建物とはいえこの程度なら崩れはしないが、何度も繰り返し揺れるといずれ倒壊する。

揺れが収まるのを待っているうちに、不意に思った。

自分が建築家としてこの国でやるべきことはまだあるのではないか。自分がトータル十年以上もこの国に関わったのは、遺跡公園整備の仕事のためだけではなかった。メインは橋や道路やビルの建設で、そのときの最大の課題は、この地震国でいかに揺れに強いものを造るか、ということだった。ロマンではなく、必要とされる場で自分のミッションを完遂してこそ男じゃないのか、と唐突に思い至った。

そのとき足音も荒々しくアハメドが部屋に入ってきた。

「迎えに来た、乗れ」

血走った目で一正を睨み付ける。

「ああ、頼む」

表に出るとバイクが一台置いてある。

「あれ、車じゃないの？」

「わかるだろ」

通りからひっきりなしにクラクションの音が聞こえてくる。

「みんな山に向かっている。大渋滞だ」

「わかった」

バイクの後ろに乗り、不本意ながらアハメドの腰にしがみつく。

「すまんな」

「いや」

「みんな山に行くのか」

「ああ。俺たちも山に行ってアッラーに祈ることにした」

「いいのか？　そんなことをして」

「あいつら、あの白帽子だ。たった今、俺たちの目の前で、島の聖木を切り倒したんだ。あの博物館の庭にあった樹齢千年の丁子の木だぞ。こんなものはすべて迷信だ、と言って。千年前に、嵐の中で俺らアラビア人の乗った船を導いて救ってくれた神の木だぞ。それを斧で、根元から切り倒した。恐ろしいことだ。あんな奴らの言うことを信じた俺がばかだった。祟りがあるぞ、とんでもないことが起こる。だから俺たちは神に謝罪に行く」

「切ったやつは袋だたきにされなかったのか」

「やつらは剣で武装している。それにとてつもなく強い。止めようとした島民も罵った島民も殴られた。それも容赦ない殴り方だ。死んだかもしれない」

「銃は？」

アハメドは首を振った。

「見てないが、持っているだろう。この国は警察と軍以外銃の携行は禁止だから、どこか、たぶんやつらが寝泊まりしているイスラム神学校《プサントレン》の中にでも隠しているのだろう」

「プサントレンか。あのテロリスト養成学校か」

「振り落とすぞ」

アハメドが怒鳴った。

「どこのプサントレンの話だ。いいか、俺らの国のプサントレンは、辺境の子供や貧しい子供を集めて人間らしく生きられるように、読み書きと人としての正しい行いを教えるところだぞ。校長も教師もみんな良い人だ。それを白帽子のやつらが殴って追い出したんだ。自分らが習ってきたアラビアの正しいイスラムを教えると言い出して。子供も俺らのような若い者も、昨日のうちに大半が逃げ出した。アラビア語の発音が悪いと言って殴ったり蹴ったりするからだ。あいつらはムスリムじゃない、イスラム服を着たただのちんぴらだ」

「警察は？」

「何もできない。怖がっている。それについ昨日までは、俺たちはみんな連中の言うことを信じていた。まさか聖木を切り倒すとは。裏切られたんだ。あいつらこそが正しいムスリムだと信じていたんだ。ばかだったぜ。それでみんな千年モスクを離れて旧ビアクの町に登ることにした。そこに古い方の千年モスクの跡がある」

渋滞した幹線道路を避け、バイクの列が裏道を山へと向かっていく。

途中、旧ビアクの町を通過した。

たくさんの人々が集まっていた。こちらには島のイマムが来て、伝統的イスラムの儀礼を執り行っており、テロリストの襲撃を恐れた議員や行政官たちも、この集団に紛れた。だが、ここは半世紀前に、噴火に伴う火砕流で滅びた町だ。ということは、今回だってここが火砕流に飲み込まれる可能性が高い。

やがて急な上り坂にさしかかり、バイクの貧弱なエンジンがあえぎ始める。リアシートの一正は両足で地面を蹴る。

「だめだ、旦那《トゥアン》、ここまでだ」

アハメドがバイクを停めた。

道が泥流で埋まっていた。

「山の上までは行かれない」

そのとき胸元に入れていたスマートフォンが鳴った。見慣れぬ番号が表示されていたがすぐに出る。ケワンだ。

「おっ、何だよ。なんで電話に出なかったんだ」

「しょうがないだろ。バッテリー切れだ。避難キャンプは年がら年中停電してるんだぜ」

「それより」

「わかってる。塔を壊した連中が次にはお袋たちを襲いにくるかもしれない。お袋が島民に『山に登れ、ここまで来られない者は旧ビアクの町に行け』と託宣を下した動画にコメントが付いた。お前の喉笛を山羊のように搔き切り、火口に落とすと」

「何だと」

「姉ちゃんにはあらかじめ連絡してある」

「で、どうする気だ。相手はテロリストだぞ」

「姉ちゃんのことだから、何かまた目に見えない力でお袋の身を守るだろう」

「そううまく行くか」

電話を切ってアハメドに言った。

「何としても山の上まで行く。どこかに道はないか？」

アハメドは無言で首を横に振った。

「無い。行くな。聖木を切り倒したやつらが、次には山に行って何かやらかすかもしれないと、もっぱらの噂だ。何も知らない旦那は危険だ」

「知ってるよ」と怒鳴った。「だから行くんだ」

「何考えてるんだ」とアハメドは天を仰いだ。

「ここを突っ切れば行けるんだな」と泥流の斜面を指差す。

アハメドは無言で一正を見つめると、小さく息を吐き出した。

「無事に行き着けるように神に祈っていてやるが、気をつけて行ってくれ、旦那。俺はお袋のところに行く」

火山灰の上に足を付けてアハメドはバイクの向きを変える。

「ああ、君こそ、旧ビアクは危ない。ぱらぱら小石みたいなのが降ってきたら逃げろ。下じゃなくて横の丁子の林の方に逃げるんだ」

わかってるよ、と言うようにうなずくとアハメドは戻っていく。

泥流の中に足を突っ込んでは引き抜く。二、三歩行くだけで息が切れるが、滑落することもなく、灰色の地面を抜けると林が切れて視界が開けた。

踏みしめるそばからさらさらと崩れるような火山岩と火山灰に覆われた荒涼とした山腹を、大勢の人々が列を成して登っている。

気が急いて一正は人々が一列縦隊で登っている曲がりくねった登山道から逸れ、人見やマヒシャたちのいる場所まで谷状の地形を横切って最短距離で行こうとする。そのとたん並んでいた島民が駆け寄ってきていきなり服を摑んだ。

血走った目で何か怒鳴っている。

島の言葉を別の島民が片言の英語に訳してくれた。

人が並んで登っているルートは参道なので、そこから外れると祟りで死ぬと言う。

島のムスリムたちは、どこまでも迷信や呪術の影響下にある。白装束集団が短気を起こして聖木を切り倒したくなる気持ちもわからないではない。

「今は祟りどころじゃないんだよ」と叫びながらも、余所者が地元民を無視するわけにも行かず、一正は列の最後尾に着く。だが、のんびりしてはいられない。

「ちょちょっと、ごめんなさいよ」

一正は片手で仁義を切りながら並んでいる人々の脇をすり抜け、先を急ぐ。意外にも人々が妨害してくることはない。

急ぐと咳が出る。火山ガスだ。かなり危険なレベルのような気がするが、人々は供物を抱え、あるいは身一つでゆっくり登り続ける。

マヒシャたちの姿が見えるところまで来た。

数日前に市長や議員が山羊を投げ入れた外輪山の縁のはるか下だ。

比較的勾配の緩い場所に女が一人いる。長袖のだぶついたロングワンピース姿で、しかも淡いピンク色の布で髪だけでなく口元まで覆っている。目を凝らすと、そこにいるのはマヒシャではない。エダだ。普段の半袖Tシャツに巻きスカートではなく、敬虔なムスリム女性の服装をしていることに度肝を抜かれる。だが、すぐにそれが、エダらしい節操の無さと抜け目無さだと納得した。

山に登ってきて儀礼に参加するとはいえ、島の人々の大半はムスリムなのだ。彼らを刺激せずに、自分に従わせるつもりだ。

祈禱の準備をしているのだろう。

台の上に供物のマリーゴールドの花や袋菓子、箱や木の枝を置いていく。

背後から肩を叩かれた。ケワンだ。

「お袋さんは？」

とっさに尋ねると、ケワンは斜面のはるか下を指差した。

平坦な台地状の場所に人が集まっている。ここまで登ってきた人々は、外輪山の壁のような斜面を登ることなく引き返し、そこにしばらく留まることになっているらしい。テントのようなものもいくつか張られている。

「お袋はあっちに行っている。あの場所からだと海がよく見えるそうなんで」

「海?」

「まあ、そういうことだ」

「なぜエダだけが?」

「さあ、女たちで決めたことだから、俺にはわからない」

母親を逃がして危険を一人で引き受ける気だ。

そのとき大きなうなり声が聞こえてきた。エダだ。両手を空に挙げた。イスラム風ワンピースのくるぶしまであるスカートが風にはためく。

参道に並んでいた者の中から数名の男が供物を手にエダに近付いていく。

「冗談じゃないぞ」

崩れやすい斜面を蹴って一正は走り出す。とたんに刺激性のガスを吸い込んで咳き込む。

人々の中から怒声が上がる。インドネシア語も混じっているので、「近付くな、ここにいろ」「勝手に行くと祟りがある」という意味であるのがわかる。

ためらう様子もなく近付いていった男たちはエダとの距離を詰めると、一斉に供物をその場に投げ捨てた。

人々の間から悲鳴が上がった。

男たちの脇腹にぴたりとつけられた拳の中で、太陽を反射した何かがきらりと光った。

「姉ちゃん」

ケワンが甲高い叫び声を上げて、そちらの方向めがけて走る。一正も咳き込みながら後を追う。

次の瞬間、無駄の無い俊敏な動きで、男たちが火山灰土のもろい地面を蹴ってエダに飛びかかったように見えた。

その直前にエダの姿が消えた。

続いて殺戮者の男も足元から消える。

エダが祈りを捧げていた緩やかな傾斜地の向こうはかなり深い窪地になっていた。近付いて硫黄の臭いにひどく噎《む》せた。窪地の底にエダがうずくまっている。傍らには刃物を手にしたまま、男たちが、潰れた蛙のようなかっこうでゆらゆらと手足を動かしている。

何が起きたのか一瞬のうちに理解できた。

エダを助けに降りようとしたところを背後からケワンに引き戻され、火山岩の上に突き飛ばされた。

「死ぬぞ、カモヤン」

ケワンが叫ぶ。

わかっている。窪地の底には大気より重たい火山ガスが溜まっているのだ。落ちた人間は一瞬のうちに意識を失い死に至る。だからと言って女を見殺しにするのはどうか。息を止めて降りていってエダを担ぎ上げてくるしかない。

再び窪地に視線を移すと、エダが自ら斜面を登ってくるところだった。

えっ、と目を凝らす。

ワンピースの胸元をはだけ口に何かをくわえている。

レギュレーターだ。

あっ、と大声を上げていた。

「俺のタンク、俺のエア」

思わず叫んで、硫黄臭いガスを吸い込み、激しく咳き込んだ。

海中遺跡を探索するために一正がプラガダンに持ち込んだ、レギュレーター付きコンパクトタンクだ。

　エダはそれを胸元にセットし、だぶだぶのワンピースの下に隠して、刺客に襲われた瞬間に、火山ガスが溜まった窪地へと跳んだのだ。

　一正の足元まで這い上がってきたエダは、彼の姿を認めるとにやりと笑った。

「返すよ、役にたった。ありがとうね」

　体にくくりつけたボンベを素早く外すと、レギュレーターごと、「はいよ」と放り投げて寄越した。

「加茂川さん」

　背後から懐かしい日本語が聞こえてくる。人見だ。

「下の斜面に島民が集まってる。マヒシャたちも一緒よ」

「何をしていたんですか、あなたまで。外国人の身分で」

　反射的に叱責の言葉を浴びせていた。

「心配させてごめんなさい」

　まったく真情の籠もらぬ儀礼的な謝罪の後、人見はケワンからの電話で殺害予告を知らされたとき、エダが一計を案じたのだと話した。

　年老いたマヒシャを説得して下の斜面に下ろし、急遽エダが母親に代わって祭祀を執り行い、自ら囮《おとり》となってテロリストたちを火山ガスの溜まった窪地に誘導する作戦だ。

　このあたりは火山ガスの溜まる危険な窪地があちらこちらにあるという。参道から外れた一正に島民が「祟りで死ぬ」といったのは、そういう意味だった。

　一方エダの方は、それではあなたも死んでしまうと人見が止めると、私は大丈夫、と笑いながら一正のバッグから盗み出したレギュレーター付きコンパクトタンクを見せたらしい。

「おっそろしい女だ」

この先起こりそうなことを予測して、万端の準備をしていたのだ。

「タンクを隠すためにイスラム風ワンピースを着ろといったのは私よ。いざとなれば周りのムスリムたちを味方につけられるでしょ」

そのとき地鳴りのような音が聞こえてきた。山からではない。足元の地面の地中深くからでもない。振り返った。

海だ。海面がゆっくり上昇したかと思うと黒い波となって押し寄せてくる。

話には聞いていた。二〇一一年の東日本大震災のときには、テレビやＹｏｕＴｕｂｅの画面で繰り返し見せられた。だが実際に目にするのは初めてだった。

押し寄せてきた黒い波がビアクの港から這い上がってくる。周辺の海岸線を這い上がってくる。港付近の倉庫や住宅、千年モスクのあたりを飲み込んで迫ってくる。いったいどこまでせり上がってくるのか。

人々が祈っている。いや、祈りなどという悠長なものではない。声の限りアッラーへの祈りの言葉を叫んでいる。

やがて波が引いていった。そして数分後、さらに大きな波が来た。黒い水が山の斜面をかけ登り、ここまでやってくるような気がして、一正は凍り付いたまま眼下の光景をみつめていた。

その第二波が最大だった。数分後に来た波は小さくなり、幾度か上がってきては引いた後、静まった。

「エダが最初にみつけたの。この山のてっぺん、火山の縁に立ったときに。海面の色が変わっているところがあると。海底火山が噴火していたのよ。この山の噴火はそれに連動したものだった。近いうちに海底噴火に伴う巨大津波が来て、ビアクのある側の海岸沿いの町や村は壊滅的な被害を受ける、と私たちは考えたの」

「だから島民に山に登れ、登れない者は旧ビアクまで来い、と」

「マヒシャは山の女神の声というか、つまり直感で言ったのでしょうけれど、少なくともエダや私たちには根拠があった」

「根拠があった……か」

それ以上の言葉はない。脅威は山ではなく、はるか離れた海中にあった。そこで起きた噴火が凄まじい津波となって、ビアクの町を襲っていた。


数時間後、人々は山の斜面や旧ビアクから町へ降りた。

そして破壊された町の光景を呆然として眺めやった。

港近くに位置していた木造の千年モスクとプサントレンは跡形もなくなり、周辺には泥に半分埋まった人々の遺体があった。マヒシャたちを襲うために山に登った数人を除き、ここに残った白装束に髭の集団は、襲ってくる黒い水の壁から逃れる術を持たなかったらしい。それが水死ではなく、迫り来る水の圧力で車にはねられたような形でなぎ倒された圧死であることが、損傷の激しい遺体の様からうかがい知れた。

だが島民の遺体はほとんどない。津波の第一波が来る直前に、防災局によって警報が出され、警察に避難を促され高台に逃れた。火山島で幾度も災害に見舞われてきた島民の中には、海鳴りにしては異様な音に何かを感じ、その前に、自発的に高台を目指した者もいる。

若干の入院患者のいた病院も、比較的早い時点で、旧ビアクの町の裏手の斜面にある農村まで患者を避難させていた。

そして大半の島民は津波の来る数時間前には、マヒシャの言葉に促され、まさに噴火真っ最中の危険きわまりない山に登ることで、死を免れたのだった。

ただこの島に入ってきた白装束の余所者だけは何もわからないまま、千年モスクとその周辺に留まり、神の意志を黙々と受け入れて、黒い水の壁と水が巻き込んできた瓦礫や板きれや車になぎ倒され、潰されて死んでいった。

ネピ島周辺の島とスマトラ本島を結ぶフェリーが欠航していた理由が、海底火山の活動の活発化が観測されたから、ということは後で知った。だがそれによって巨大津波が発生するとは、防災局でも直前までわからなかったのだろう。

津波で家を失ったビアクやその周辺の海岸沿いに住んでいた島民のうち、島内の別の場所に親類のいる者たちはそちらに身を寄せ、いない者は、一面に破壊され瓦礫の山の築かれた、かつての町や集落に降りていった。

港が破壊されたために救援物資が届かない。

それから三日ほど、ビアクの町の人々は、破壊された町に半ば泥に埋もれて散らばった飲料水や食料を拾い集めてしのいだ。あるいは高台で被害を免れた店や金持ちたちの無人の別荘に侵入し、飲料水や食料を略奪した。生きるためにはしかたのないことだった。

それでも町の規模が小さいことが幸いした。

孤立した島の中で、多くの島民が、村に伝わる儀礼を通してほのかに記憶に留めていた祖先たちの生活様式に則って、森に入っていった。そこでわずかな食料や水を確保して命を繋いだ。

一正は、島を出る手段もなく、人見とともにマヒシャたちの住んでいる木造仮設住宅のような避難キャンプに居候していた。

「魚も米もない、椰子酒も造れない。こんなときは昼寝でもしてるしかないね」とマヒシャはいたって暢気《のんき》だ。

森に入った男たちはサゴヤシを切り倒し、女たちが鉈で樹皮や木部を削り、芯の部分を細かく砕く。砕いたものを布の袋に入れ、川の水を満たした金属桶に入れてもみだし、デンプンを抽出する。

気が遠くなるような作業だが、この島に米がふんだんに入ってくるようになる以前は、それが人々の主食だった。他の島民の命を繋いだのも、被害を免れた農地で取れた芋や野菜の他は、この米代わりの伝統食だった。

器用に罠を作り、小動物や海岸の魚を捕える人々もいた。

国軍がやってきて港の復旧作業を終え、国内外からの救援物資が到着するまでのしばらくの間、ネピ島は再び、アラビア商人たちが入ってくる以前の文化果つる地、原始の島に戻ることで、島民は命を繋いだ。

災害から十日あまりが過ぎた頃、一正たちは、藤井がＩＩＭＵの人々を通して地域の有力者にかけあって差し向けてくれたモーターボートで、ようやくネピ島を出ることができた。

被害の少なかった隣の島にいったん渡り、そこからフェリーでニアス島に行き、さらに国内線旅客機でメダンまで飛ぶことで、危険な海域を去ることができたのだ。

ネピ島を出てから一週間後、ようやくメダン行きのシティリンクの座席に収まったとき、人見は窓から滑走路を見下ろし、「私たちは帰るところがあるけれど」と悲痛な口調でつぶやいたまま、言葉を失ったように押し黙った。

旅行者は危険な地域から脱出すれば済む。金のある者は安全な土地に新たな住まいを見つければいい。だがケワンは、マヒシャは、アハメドは、そしてあのホテルのオーナーや中華料理屋の店主は、おそらくこれからも噴火と地震と津波の島で生きていくしかない。事が起きれば安全な場所を求めて島内を移動するしかない。

「やっぱりねぇ」と一正は、自分自身に言い聞かせるようにつぶやく。

「神の思し召しと、女神のご機嫌次第じゃ困るんだよな」

「どうすれば……」

気遣わしげに人見が尋ねた。

「防災だよ、防災。遺跡のロマンはテロリストに破壊されるわ、こちらのお国の先生方とお役人に取り上げを食うわでさんざんだった。しかし防災ならまだ私の出番があるんですよ。建築基準だの、災害に強い都市設計だの、でかい話は、古巣のゼネコンの連中に任せるとして、私はね、考えてみれば今すぐ役に立つノウハウを持っているんです」

「今すぐ、って？」

「たとえば、低コストでできる建物の補強工事。とりあえず筋交いを入れておくだけで、倒壊の危険は減る。地震のたびにホテルやアパートや学校が潰れるんじゃかなわない。国も政治家も財閥もそっぽを向くようなけちくさい仕事だが、火急緊急でやらなければならんことがあるんだ。こっちに腰据えれば、私だってまだまだ役に立つ」

人見が大きくうなずいた。


一正が帰国して三ヶ月後、マヒシャやケワンたちが仮設住宅を出てプラガダンに戻ったというメールが、ケワンから入った。

仮設住宅は電気もガスもあり、学校も近い文化的な環境だったが、漁業で生計を立てている男たちの仕事がなかった。便利で文化的な住居も、しばらくたてば、暑い、風通しが悪い、何より虫が多い、と良いことばかりでないと女たちも気づいた。

プラガダンは島を回り込んだ反対側でもあり、津波の被害はほとんど受けず、高床式の住宅は無傷だった。

噴火の折に自身に差し迫った危険に怖気づいたのか、灰をかぶったアブラヤシ林の壊滅的な被害を目の当たりにして島での事業を断念したのか、スルタンことジャミルは、焼き討ちされた別宅を再建することもなく、ネピ島を去ったきり戻っては来ない。

遺跡公園計画は夢物語に終わった。

かつて文明など存在しなかったと言われた地に、古代ヒンドゥー王国と地域独自の高い文化の痕跡があることを証明した藤井は、手柄のほとんどをＩＩＭＵの研究者たちに横取りされた。しかし根っからの研究者気質の無欲さからか、あるいは何か遠大な計画でもあるのか、自らの功績評価に拘泥する様子など微塵も見せず、白装束の過激派に破壊された塔の調査と修復作業に、あくまでサポーターという地位に甘んじながら、根気良く関わっている。

入り江にある古代の港町跡については調査途中だ。しかし本格調査や整備等に必要な予算と人手が確保できず、今後、新たな堤防を水中に再建することで、埋没保存という形で再び砂と海水に埋められるらしい。

人見は帰国してほどなく、五年という期限付きで、大学から関西にある博物館に出向し、研究の傍ら、貧困や海洋環境の悪化に苦しむ現地住民のための支援活動を行っている。

一正は帰国後、日系の中規模建設会社から声がかかり、メダンに渡った。

ジャミルの描いた「海の公園」のプランが跡形もなく消えたことで、一正の夢は潰《つい》えた。しかしそれ以上に差し迫った課題を解決する方向に、彼は人生の舵を切った。

メダンを拠点に、日本企業と現地企業や役所との橋渡しをする傍ら、小規模ビルや一般住宅を対象にした耐震補強工事を行うことで、草の根的に防災事業に関わっている。

エダからはときおり電話が入る。子供が欲しければ産んで育ててやる、と言われるが、あれ以来ネピ島を訪れる機会はない。

四人目の妻はまだみつからない。

謝辞

本書を書くにあたり、海外の遺跡発掘に関し、貴重なお話を賜りました金沢大学の鏡味治也先生、サイバー大学の小野邦彦先生、早稲田大学の中川武先生、この作品に着手する機会を提供してくださった講談社の奥村実穂様、多くのインスピレーションを与えてくださいました故武藤友治先生とインドサロンの皆様に深く感謝いたします。

また本書の連載と単行本化にあたり、適切なアドヴァイスと温かい励ましの言葉をいただきました新潮社の小林加津子様、中村睦様、藤本あさみ様、ありがとうございました。

参考文献

「インドネシアの『文化財』政策とバリ島での文化遺産の活用」鏡味治也
「世界遺産プランバナン遺跡修復協力事業報告」国立文化財機構東京文化財研究所文化遺産国際協力センター
「インドネシアにおける保存事業の技術的課題と将来への展望」ユベルトゥス・サディリン
「アジアの歴史的建造物の設計方法に関する実測調査研究」中川武監修
「インドネシアにおける建築遺産保護の軌跡と展望」小野邦彦
「病と癒しの歴史　もうひとつのインドネシア史研究を目指して」大木昌
『政策文化の人類学　せめぎあうインドネシア国家とバリ地域住民』鏡味治也　世界思想社

『フィールドワーカーズ・ハンドブック』日本文化人類学会監修　世界思想社
『民族大国インドネシア　文化継承とアイデンティティ』鏡味治也編著　木犀社
『インドネシアの密教』松長恵史　法藏館
『狂気の時代　魔術・暴力・混沌のインドネシアをゆく』リチャード・ロイド・パリー　みすず書房
『インドネシア　イスラーム大国の変貌　躍進がもたらす新たな危機』小川忠　新潮社
『アジアの巨石文化―ドルメン・支石墓考―』八幡一郎・田村晃一編　六興出版
『海が見えるアジア』門田修　めこん
『東南アジアの民族と歴史　民族の世界史6』大林太良編　山川出版社
『古代インドの文明と社会　世界の歴史3』山崎元一　中央公論社
『インドネシア　島々に織りこまれた歴史と文化』小池誠　三修社
『イルカとナマコと海人たち　熱帯の漁撈文化誌』秋道智彌　NHK出版
『女の文化人類学　世界の女性はどう生きているか』綾部恒雄編　弘文堂
『インドネシアの魔女』鍵谷明子　学生社
『サラワクの先住民　消えゆく森に生きる』イプリン・ホン　北井一・原後雄太訳　法政大学出版局
『水中考古学への招待　海底からのメッセージ』井上たかひこ　成山堂書店
『図説　火山と人間の歴史』ジェイムズ・ハミルトン　鎌田浩毅監修　月谷真紀訳　原書房
『歴史を変えた火山噴火―自然災害の環境史―』石弘之　刀水書房

その他多くの書籍、論文、ウェブサイトを参考にさせていただきました。著者編者の方々に深謝いたします。

本書はフィクションであり、ネピ島は実在いたしません。また、ご教示いただいた内容と文献の記述を正確に反映するものではありません。

初出　『小説新潮』二〇二一年七月号～二〇二二年十二月号

装画　高野謙二

ドゥルガーの島《しま》

著者
篠《しの》田《だ》節《せつ》子《こ》

発行
2023年8月20日

発行者　佐藤隆信
発行所　株式会社新潮社
〒162-8711　東京都新宿区矢来町71
電話　編集部　03-3266-5411
　　　読者係　03-3266-5111
https：//www.shinchosha.co.jp

装幀
新潮社装幀室
組版
新潮社デジタル編集支援室
印刷所
錦明印刷株式会社
製本所
加藤製本株式会社

乱丁・落丁本は、ご面倒ですが小社読者係宛お送り下さい。
送料小社負担にてお取替えいたします。
価格はカバーに表示してあります。

ISBN978-4-10-313366-7 C0093